Manhattan Freud

Luc Bossi

Manhattan Freud

ROMAN

Albin Michel

À Christiane et Michel

1

Du haut des quarante étages du gratte-ciel, il observa un goéland plonger vers Manhattan, happé par la beauté vertigineuse de la ville. Comme lui, il aurait voulu s'immerger dans la fulgurante floraison de pierre et d'acier qui avait métamorphosé le paysage de la cité.

Son regard s'engouffra dans les canyons d'architecture ininterrompus entre l'Hudson et l'East River. Deux décennies après l'apparition du premier générateur électrique à Pearl Street, c'était une galaxie de lumières qui se déployait sous ses yeux dans la profondeur de la nuit noire.

Très loin au-dessous de lui, les passants qui malgré l'heure tardive fourmillaient dans les rues n'avaient qu'une vision fragmentée de Manhattan. Ils ignoraient tout de l'ambition hors du commun qui avait créé cet espace sacré, cette géométrie divine dans laquelle, chaque jour, des rituels s'accomplissaient.

Pour laquelle, dans quelques instants, il allait reprendre sa cérémonie.

Son corps vibra quand les cloches se mirent à sonner – il était minuit aux horloges du gratte-ciel. Il nota avec satisfaction à quel point il était maître de ses nerfs. Sa respiration était tranquille. Ses tempes sèches. Son cœur régulier.

Tout près de lui, par contre, il pouvait entendre des halètements saccadés, des battements de cœur affolés.

Sa victime l'attendait.

Il se dirigea vers la cage et souleva le loquet de la grille pour l'ouvrir.

Les oiseaux voletèrent aussitôt vers la poitrine dénudée du traître. Leurs ailes frôlèrent ses plaies.

Bientôt, il expierait.

Mais pas si vite que cela.

D'abord, il lui enlèverait son bâillon, le ferait boire et manger. Sa souffrance devait durer pour prendre tout son sens.

L'homme le regarda avec ses yeux inexpressifs par lesquels la vie se déversait.

C'est alors qu'une lueur apparut dans le regard défait.

En une fraction de seconde, son corps affaissé sembla trouver l'énergie nécessaire pour se déployer et lui sauter à la gorge.

Il se réveilla en sursaut. Des battements sourds cognaient dans son crâne, des gouttes de sueur perlaient sur sa poitrine. Il mit quelques secondes à prendre conscience qu'il venait de faire un rêve – un rêve au cours duquel il tuait un homme, avant que cet homme ne tente à son tour de le tuer.

Il lui fallut un moment pour s'en remettre.

Pour ressentir pleinement le soulagement empreint d'une sourde angoisse de celui qui vient d'échapper à un cauchemar.

Il fut encore plus rassuré quand il réalisa que tout dans son rêve n'était pas irréel.

Le traître était bien là-haut, agonisant devant la plus haute fenêtre du gratte-ciel.

Un sourire triomphant vint éclairer ses traits.

2

– Docteur ?

– …

– Docteur !

Assis sur son fauteuil de cuir pivotant, Sigmund Freud sortit enfin de sa rêverie.

– Mademoiselle ?

Isolda Breheim se contorsionna sur son divan pour le regarder dans les yeux.

– Chaque fois que vous entamez un cigare, vous ne vous concentrez plus sur ce que je vous raconte, constata-t-elle. Votre silence prend une qualité différente. Vous êtes ailleurs.

– Vous avez raison, admit Freud en tirant une dernière bouffée de son Trabucco avant de le poser dans un cendrier. Je m'imaginais déjà en Amérique – j'y serai dans à peine dix jours.

– Je me demande, poursuivit Isolda, si votre amour des cigares ne remonte pas à une fixation enfantine sur les seins de votre mère…

– Parfois, un cigare n'est qu'un cigare, répondit Freud.

Il jeta un coup d'œil à sa montre suisse – un cadeau offert par sa femme pour leur mariage, qui lui rappelait sans cesse que Martha était plus riche que lui quand elle l'avait épousé.

– Et notre séance est terminée…

– Docteur Freud !

Isolda s'assit d'un mouvement vif et leva vers Freud son front d'une fraîcheur juvénile et ses yeux pétillants d'intelligence.

– Il y a quelques années, vous passiez des après-midi entières à analyser vos patients ! Il paraît que vous avez soigné des amis au cours de longues promenades dans les Alpes. Mais pour moi, c'est cinquante-cinq minutes seulement, un jour par semaine, à la même heure, dans *votre* bureau, sur *votre* divan...

– J'ai affiné ma technique, dit Freud. Les analyses que vous décrivez remontent à l'ère pré-psychanalytique. Et puis vous êtes ma onzième patiente de la journée. Je suis exténué.

– Ce n'est pas une excuse pour montrer si peu de sensibilité à mon égard ! dit Isolda en se levant.

Elle arbora une moue boudeuse.

– Vous préférez sans doute des patients plus excitants, comme votre méchant Homme aux rats. Je me doute bien que mes problèmes vous paraissent insignifiants en comparaison.

– J'attache beaucoup d'importance à votre traitement, répondit Freud. Mais mes sentiments n'ont pas d'importance ! Comme un chirurgien, j'écarte tout affect pour atteindre mon seul objectif : réussir mon opération. Je vous semble peut-être opaque, mais c'est pour mieux refléter votre recherche intérieure...

– ... à la manière d'un miroir, je sais, compléta Isolda avec un soupir. Mais j'espérais que nous atteindrions un jour une certaine complicité. Pourquoi m'arrêter dès que je relève les raisons inconscientes de votre comportement ?

Freud sourit devant la ténacité d'Isolda. Évidemment, elle avait raison : il considérait avant tout ses patients comme des cas offerts à sa science. Mais il n'avait pas le choix : son travail n'avancerait jamais s'il laissait s'installer entre eux une plus grande intimité.

– Mademoiselle Breheim, dit-il fermement, je sais que vous ferez à l'avenir une psychanalyste de tout premier ordre. Mais votre traitement n'est pas terminé et par conséquent je ne vous accorde pas le droit d'analyser quiconque. Encore moins votre médecin, qui a sacrifié suffisamment de nuits de sommeil à son autoanalyse pour accorder une trêve à sa petite enfance.

Sans être convaincue, mais compréhensive, Isolda hocha la tête.

– Nous reprendrons donc dès mon retour fin septembre, conclut Freud.

La jeune femme s'habilla sans rien dire puis serra affectueusement la main du quinquagénaire.

Il était pour elle bien plus qu'un médecin : un père spirituel, et l'inventeur de la profession qu'elle comptait exercer à l'avenir.

Elle jugeait utile de le provoquer, mais ne voulait surtout pas le fâcher.

Sigmund Freud referma la porte derrière sa dernière patiente de la journée et remarqua que sa main sur la poignée tremblait plus qu'à l'ordinaire. Encore une montée d'angoisse, diagnostiqua-t-il. Il eut l'impression qu'elle avait débuté au moment où Isolda avait fait allusion à l'« Homme aux rats ».

C'était le surnom que Freud avait attribué à son patient Ernst Lanzer. Obsédé par un supplice oriental utilisant des rats affamés, Lanzer avait une peur panique de voir son père subir cette torture. En même temps, il entendait des voix intérieures qui lui ordonnaient d'assassiner ledit père.

Mais pourquoi l'évocation de ce cas l'avait-elle perturbé ?

Une piste s'imposa d'emblée. Une partie des troubles de Lanzer avaient pour origine un lointain souvenir : enfant, son père l'avait puni parce qu'il l'avait surpris en train de se masturber. Or Freud s'était, au cours de son autoanalyse, découvert un traumatisme similaire. Le jour où, à sept ans, il avait par accident fait pipi dans la chambre à coucher de ses parents, Jakob Freud avait prononcé un verdict qui résonnait toujours à ses oreilles :

– Rien de bon ne sortira jamais de cet enfant !

Cet épisode honteux avait sans doute ressurgi par réaction à la fierté que lui inspirait son voyage en Amérique. Stanley Hall, président de l'université de Clarke dans le Massachusetts, l'avait invité à prononcer cinq conférences devant un parterre prestigieux comprenant plusieurs Prix Nobel. À cela s'ajoutaient une bourse généreuse, un diplôme honorifique, et l'assurance que cet événement servirait de tremplin aux idées de la psychanalyse…

Qu'aurait-il pu espérer de mieux pour clouer le bec à ce géniteur qui l'estimait perdu pour la société ? Devenir industriel – mais marchand d'armes – comme Krupp ? Maire de Vienne – mais antisémite – comme Herr Lueger ? Ou simplement homme d'affaires suffisamment malin pour éviter la faillite ?

Contrairement à vous, papa.

Non, il ne devait pas manquer cette occasion de répondre de façon définitive à l'augure erroné du vieux Jakob.

Et puis, depuis quelques mois, ses rêveries le poussaient par vagues régulières vers l'Amérique. Il écoutait volontiers les impulsions de ce que la langue anglaise appelait, de façon idéale, *day dreams*. Son voyage serait, c'était certain, l'occasion d'un fabuleux rêve diurne.

Il allait tirer une bouffée festive de son cigare quand quelqu'un frappa à la porte.

– C'est moi !

La voix qui venait interrompre ses pensées était forte et nerveuse.

Freud fronça les sourcils. Carl Jung était censé le rejoindre le lendemain pour l'accompagner à Brême, où était amarré le transatlantique *George Washington*. Mais il venait d'arriver à Vienne un jour trop tôt.

Cette arrivée impromptue trahissait sans nul doute une forme d'*impatience* envers son autorité.

Il ouvrit la porte pour laisser entrer un homme dont le corps robuste faisait toujours sur lui une forte impression de puissance.

– Je ne supportais plus de rester à Zurich, dit Jung en rajustant sur son nez ses fines lunettes rondes.

– Pourquoi donc ?

– J'étais dépassé par la situation.

– Quelle situation ?

– Avec Sabina.

Freud hocha la tête en allant chercher sa boîte à cigares sur son bureau. Il connaissait par cœur la liaison passionnelle de Jung avec Sabina Spielrein, une jeune patiente de son hôpital du Burghölzli. Et cela d'autant mieux que Sabina lui avait écrit pour lui demander conseil – en tant que meilleur ami de son amant.

Dans sa lettre, elle expliquait que Jung lui avait vanté les satisfactions d'une vie à l'écoute des pulsions charnelles. Qu'il avait juré qu'Emma, son épouse, n'aurait pas d'objection à leur liaison. Qu'il avait même mentionné les bienfaits de la polygamie. Bref, qu'il lui avait tourné la tête à force de fadaises.

– Non merci, dit Jung quand il revint avec les cigares pour lui en proposer. J'ai l'estomac vide.

Encore une démonstration d'indépendance, se dit Freud qui croyait pourtant avoir démontré à son confrère que fumer était la jouissance la plus apaisante et la moins onéreuse de l'existence.

– Que s'est-il passé entre vous deux ? demanda-t-il.

– Avant-hier, expliqua Jung, nous sommes entrés ensemble en transe pour tenter de contacter ses ancêtres.

Freud fit un effort pour dissimuler son irritation. L'intérêt de Jung pour le spiritisme lui donnait de l'urticaire.

– En parlant avec son grand-père, un commerçant moscovite, poursuivit Jung, elle s'est excusée de lui avoir fait autrefois des reproches *gratuits*. Ces mots m'ont illuminé ! J'ai compris que nos soucis venaient de ce que Sabina ne *payait* pas ses consultations. Si nous avions une relation de docteur à patiente, rien ne se serait passé. Mais en tant qu'amis… comment éviter l'explosion de nos sentiments ? J'ai donc écrit à sa mère pour lui demander de me verser le règlement de deux années de thérapie.

– À sa mère !?

Freud se lissa la barbe de la main, attristé par l'absurdité de l'initiative de son collègue.

– C'était stupide, admit Jung. Mme Spielrein a cru que je

monnayais la tranquillité de sa fille. Quant à Sabina, elle a menacé de me dénoncer à ma hiérarchie et de s'exiler définitivement en Russie.

Freud posa une main apaisante sur celle de son confrère.

– J'écrirai à Sabina, dit-il. Je lui expliquerai qu'il faut qu'elle se sépare de vous sans gâcher sa carrière – ni la vôtre.

– Mais il ne faut pas qu'elle sache que je vous ai parlé...

– Elle n'en saura rien.

Une lueur éclaircit davantage le bleu azur des yeux de Jung.

– Ce serait fantastique... Je ne sais comment vous remercier !

– Ne me remerciez pas. Vous devez vous affranchir de ces contingences pour vous concentrer sur notre mission. Ce voyage en Amérique est très important pour nous.

Les mots venaient facilement, affectueux et limpides, mais Freud avait l'impression qu'une vague lourde et nauséabonde déferlait sur le lac de sa conscience.

Afin de s'attirer la sympathie de son protégé, il venait d'entrer dans une conspiration aux dépens d'une patiente.

Pour ce genre de faiblesses, un jour, il y aurait un prix à payer...

Quelques heures plus tard, après avoir dîné en compagnie du couple Freud, Jung sortait du 19, Berggasse sous la lumière blafarde des réverbères.

Par la fenêtre de son salon, Freud le regarda s'éloigner, dépassant rapidement les promeneurs de ses longues jambes.

Toute l'histoire de leur relation défilait devant ses yeux.

Quand Jung lui avait rendu visite pour la première fois, quatre ans auparavant, Freud avait été ému aux larmes de constater qu'un savant aussi réputé s'entichait de ses idées. Le médecin suisse s'était en effet fait connaître très jeune en inventant une technique de diagnostic révolutionnaire de certaines maladies mentales. Il était un pionnier dans le traitement de la *démence précoce*, ou schizophrénie, un mot inventé, comme celui d'*autisme*, dans son hôpital de Zurich.

Le voir adopter les principes controversés de la psychanalyse était donc une aubaine inouïe... Devant les analystes viennois, Freud avait déclaré que Jung était devenu son *Kronprinz* – son prince héritier. Jung, pour sa part, avait écrit que leur amitié était celle d'un « père et d'un fils ».

Mais très vite, des fissures étaient apparues entre eux.

Malgré son talent, Jung se passionnait pour des phénomènes qui semblaient scientifiquement ineptes à Freud : télépathie, alchimie, voyance, occultisme.

Ses liaisons féminines devenaient aussi de plus en plus compromettantes. Et comme Jung souffrait de la réprobation de Freud à l'égard de ses mœurs, il tendait à rejeter la plus fondamentale des théories freudiennes : la prééminence des pulsions sexuelles dans la formation de la personnalité.

Freud estimait pourtant que leur inéluctable divorce devait être évité à tout prix. Ou tout au moins, retardé.

D'abord, bien que Jung soit un mystique et un séducteur, sa présence à ses côtés le stimulait prodigieusement. Et puis, il fallait qu'ils restent solidaires à un moment où ils étaient attaqués de toutes parts. La semaine précédente encore, une association de médecins bien-pensants avait fait paraître un pamphlet affirmant que leurs publications étaient de la pornographie et que tout psychanalyste devait être envoyé en prison.

Le pire serait que leurs différends éclatent en public, au cours de leur périple américain ! Bonaparte avait perdu sa Grande Armée en la poussant jusqu'en Russie. Freud se demanda si le périple de septembre 1909 dans le Nouveau Monde entrerait dans l'histoire comme l'heure de la débâcle de la psychanalyse.

La phrase de la mère du petit empereur à l'ego surdimensionné lui vint à l'esprit : « Ça va bien pourvu que ça dure. »

Lui, il n'irait bien que quand il aurait la certitude de durer.

3

Le fait marquant de l'année pour le département de police de New York avait été l'acquisition de dix Ford T Touring – un modèle léger, au système de transmission au pied révolutionnaire, qui avait gagné au printemps la première course automobile *d'une côte à l'autre* entre New York et Seattle.

Auparavant, l'inspecteur-chef Reynolds Kahn avait milité pendant des mois auprès des fonctionnaires corrompus de son administration pour qu'une fraction de leur budget annuel soit consacrée à des véhicules qui avaient jusqu'ici la particularité de servir davantage aux criminels qu'aux policiers.

Kahn prenait son service tôt pour être sûr d'avoir une « T » à sa disposition et ce matin du 29 août 1909, il n'était pas huit heures que sa voiture longeait déjà les ormes de Colombus Avenue, l'une des rues les plus chics du West Side, la bande de quelques kilomètres de large entre Central Park et la rivière Hudson.

Il se gara devant le numéro 1303, où s'élevait un élégant hôtel particulier Art déco aux balcons en fer forgé. Puis il ajusta son feutre, sauta d'un bond de la voiture et grimpa d'un pas vif la volée de marches menant à une massive porte en chêne. Une première pression sur la sonnette ne suscita aucune réponse. Il allait sonner une seconde fois quand la porte s'entrouvrit et une jeune servante apparut, les cheveux en bataille et les yeux écarquillés de peur.

– Oh, Seigneur ! Monsieur, il faut appeler la police !

– Je suis la police, répondit Kahn.

La fille ouvrit la porte et le laissa entrer en tremblant de tous ses membres. Dans le hall, deux labradors aboyaient sans que personne n'essaie de les calmer.

– Qu'est-ce qui s'est passé ?

– Là-haut ! M. Korda !

– Qu'est-ce qu'il a ?

– On l'a assassiné !

Kahn saisit son colt et se précipita dans l'escalier. À l'étage supérieur, il se trouva au bout d'un long couloir recouvert d'une épaisse moquette.

Il entendit des éclats de voix et courut dans leur direction jusqu'à la pièce qui occupait l'extrémité de l'étage. La porte était grande ouverte. En entrant, il faillit trébucher sur un corps allongé sur le parquet.

C'était une jeune femme aux longs cheveux noirs. Kahn considéra son visage livide, qu'il identifia aussitôt : Grace Korda, la fille unique du maître de maison.

Une deuxième servante était penchée sur elle et lui faisait respirer des sels, sans succès. Kahn s'agenouilla pour tâter son pouls.

– Elle est vivante ? demanda la servante.

– Elle a perdu connaissance, dit Kahn en se levant. Continuez !

Il leva les yeux et découvrit avec horreur, au centre de la chambre, August Korda gisant sur son lit, les bras en croix. Sa robe de chambre écartée dévoilait son bas-ventre ensanglanté. Le sang avait aussi inondé les draps, composant un disque pourpre autour de son corps.

Kahn se dirigea fébrilement vers le téléphone qui se trouvait sur la table de travail. Il souleva le combiné et manipula l'appareil.

– Votre numéro, s'il vous plaît ? fit la voix de l'opératrice.

– Mulberry 5-5300.

Kahn attendit sa communication avec le commissariat de Mulberry Street, le regard fixé sur le visage du défunt. Dans les yeux grands ouverts de ce dernier, on pouvait lire sans effort d'imagination une expression particulière : la stupéfaction.

Comme si, plusieurs heures après sa mort, il ne parvenait toujours pas à croire au mauvais tour que le sort lui avait joué.

Une heure plus tard, Thomas Sullivan, commissaire divisionnaire de la police de New York, se déplaçait en personne sur les lieux de l'assassinat.

Sa présence montrait simplement que l'affaire était éminemment politique.

Le mort était un homme d'influence. Financier, promoteur, urbaniste, August Korda avait, au cours des vingt dernières années, réussi à focaliser l'attention universelle sur Manhattan. Et ce grâce à une idée d'une simplicité enfantine : en faire la ville la plus *élevée* du monde. Il avait initié la *course à la hauteur* entre promoteurs qui avait donné naissance à une floraison de gratte-ciel dans le firmament de leur cité.

De la présence de Sullivan, Kahn concluait déjà une chose : il allait devoir jouer serré pour conserver la direction des opérations.

– Qu'est-ce que vous fichiez là ce matin ? lui demanda le commissaire, l'air exaspéré de devoir se trouver à l'heure du petit déjeuner dans une pièce qui sentait les tripes et l'hémoglobine.

– Korda voulait me voir.

– Pourquoi ?

– Il ne m'a rien dit. Je comptais en profiter pour lever des fonds pour nos services. On a besoin de nouvelles recrues.

Sullivan – que Kahn avait classé depuis longtemps dans la catégorie des lèche-bottes du maire McClellan, le vrai patron de la police de New York – lui lança un regard hostile.

– Vous n'avez pas à prendre ce genre d'initiative. La municipalité s'occupe du budget du département de police.

Kahn eut envie de répondre que le « département de police » n'était rien d'autre qu'un sombre lupanar, d'une inefficacité notoire. Tandis que la plus grande partie de leur supposé budget était détourné par la corruption.

– Passons pour l'instant, dit Sullivan en se lissant la moustache. Qu'est-ce que vous avez ?

– On n'a pas trouvé l'arme du crime, dit Kahn, mais c'est une lame. Un coup unique dans le bas-ventre, du côté de l'abdomen. D'après la rigidité du corps, il est mort au petit matin. J'ai envoyé le corps à l'autopsie.

– Personne n'a rien entendu ? demanda Sullivan.

– Les deux servantes ne se sont pas réveillées. Et les chiens n'ont pas aboyé. Mais la fille de Korda, qui dort à l'autre bout du couloir, a accouru. La servante qui a trouvé le corps l'a découverte à quelques mètres du lit, assommée. Elle est encore trop faible pour parler, mais il y a des chances pour qu'elle ait vu l'assassin.

– Qui d'autre habite ici ?

– Dans l'aile ouest de l'hôtel réside le frère d'August, Herman, avec deux domestiques, mais ils sont en voyage à Washington. Dans cette aile-ci, il y avait aussi son secrétaire particulier, John Manson, vingt et un ans. Il a disparu. De plus, il avait déclaré un faux domicile, sur la 22e Rue. L'adresse est celle de l'entrepôt du grand magasin des frères Stern.

– Il habite où alors, ce Manson ?

– Renzo est en train d'interroger les servantes à son sujet.

– C'est sûrement lui qui a fait le coup, conclut Sullivan qui se mit à humer l'air de façon prétentieuse, les mains derrière le dos.

– Aucune fenêtre ou serrure n'a été brisée, reprit Kahn, donc on dirait effectivement que le meurtrier était dans la place. Manson a pu tuer Korda, puis assommer sa fille venue à sa rescousse. Sans doute avec ça.

Il désigna une statuette en bronze posée sur la table qui représentait un moine barbu, le pied sur la tête d'un lion.

– Il y a du sang sur la tête du saint Jérôme. Une analyse nous dira si c'est celui du père ou de la fille.

Sullivan hocha la tête d'un air satisfait.

– Retrouvez rapidement ce Manson et l'affaire sera réglée.

– Ça ne sera pas forcément si simple, lâcha Kahn, que l'assurance du commissaire commençait à agacer. Le mobile manque : rien n'a été volé. Même si Manson a tué, il est probable qu'on l'a engagé pour le faire. Korda avait des ennemis.

– Ne vous occupez pas de ça, dit Sullivan. Je n'ai pas encore décidé comment procéder dans cette enquête.

Kahn sentit ses muscles se raidir.

– Le règlement, dit-il fermement, stipule qu'en cas de découverte d'un crime, le premier inspecteur sur le terrain est celui qui est chargé de l'affaire…

– C'est le règlement, comme vous dites, répondit Sullivan. Trouvez-moi Manson dans les vingt-quatre heures, et je réfléchirai à la manière de l'appliquer.

Il fixa Kahn sévèrement, comme pour souligner que l'opportunité qu'il lui offrait n'était pas sans danger.

Dans l'antichambre, Kahn rejoignit Matteo Renzo – le seul flic sur qui il avait l'indulgence de compter. Il appréciait les hommes qui savaient échapper à leur destin – et Renzo avait défié l'autorité de la Mano Nera sur son quartier de la Petite Italie pour entrer dans la police. De plus, la décontraction du jeune Italo-Américain contrebalançait son caractère angoissé.

– Elles ne savent pas grand-chose, lui dit Renzo en désignant les servantes. Manson ne travaillait là que depuis trois mois. C'était un garçon discret. Mais la plus jeune dit que c'est un beau mec et qu'il lui avait offert du tabac emballé dans une boutique d'Oxford Street.

– Oxford Street ?

– Au cœur de Five Points…

Five Points. Depuis quatre décennies, les flics de New York s'épuisaient à assainir ce quartier du crime organisé, planté au beau milieu de Manhattan.

– Quand on a besoin d'un tueur à gages, c'est là qu'on trouve les meilleures adresses, fit une voix derrière Kahn.

L'inspecteur se retourna pour faire face à un petit homme au faciès de souris et au chapeau de guingois qui venait d'apparaître dans la pièce. Il fit un effort pour extraire son nom des centaines de fiches signalétiques qu'il consultait chaque jour.

– Roy Blake.

– Pour te servir, inspecteur, dit le nouveau venu.

– Qu'est-ce que tu fiches ici ?

– Je travaille pour Pinkerton. Et Pinkerton m'a engagé il y a quinze jours pour ouvrir un œil sur Korda.

– T'as pas ouvert le bon, on dirait…

– J'étais censé le surveiller uniquement pendant la journée.

– Pourquoi ?

– Il se sentait en danger.

Kahn regarda Blake avec suspicion. Jadis reporter au *New York Journal*, la feuille à ragots de William Randolph Hearst, il s'était à présent reconverti en détective professionnel. Rien de très surprenant. Depuis quelques années, Manhattan était envahi par les privés, qui avaient comme avantage précieux sur la police de pouvoir utiliser des méthodes illégales. Parmi eux on trouvait, selon ses besoins, des espions mais aussi des braqueurs, des incendiaires, des acheteurs de jurys, des briseurs de grèves.

Et même des assassins.

À Manhattan, une centaine d'agences avaient pignon sur rue. Pinkerton, la plus ancienne, se distinguait par ses tarifs élevés et sa clientèle huppée…

– Tu ne bosses plus du tout pour Hearst ?

Blake grimaça.

– Je suis exclusif chez Pinkerton.

– OK, ça va, lâcha Kahn. T'as des preuves contre Manson ?

– Il fréquente bien les gars de Five Points. Je l'ai suivi une fois. Il se rendait à un meeting politique – un amalgame de socialistes et d'anarchistes. J'ai signalé à Korda ce qu'il trafiquait là-bas.

– Comment a-t-il réagi ?

– Il m'a interdit de le filer de nouveau.

Blake sourit mielleusement à Kahn.

– Je peux t'aider à le trouver. Je connais Five Points comme ma poche. Bien mieux que tes nullards de flics.

Kahn secoua la tête. Sa maîtrise de l'enquête serait compromise si un Pinkerton arrêtait son suspect.

– Je veux pas voir ta tête de fouine là-bas !

– On vit en démocratie, protesta Blake. T'as pas le droit de m'empêcher de décrocher la prime.

– Je sais pas à quoi tu joues, dit Kahn mais je te conseille de te tenir à carreau. Sinon, je te fais coffrer pour avoir tué Korda.

– Pourquoi j'aurais fait ça ? dit Blake, l'air indigné.

– Pour le scoop. Ça serait pas la première fois qu'un journaleux commettrait un meurtre pour vendre trois colonnes.

– Ne me cherche pas, dit Blake nerveusement. Tu ne voudrais pas que Hearst dévoile que la police de Boston t'a viré il y a dix ans parce que tu jouais trop des poings.

Kahn fit glisser sa main sur la nuque de Blake et, comme on écarte un fruit gâté, le poussa vers la sortie.

– Fiche-moi le camp.

Il se tourna vers Renzo.

– On emmène une patrouille à Five Points. On ratisse le quartier, en commençant par la boutique de tabac.

– Ça risque d'être chaud, dit Renzo.

– Plus que d'habitude ?

– Kid Twist est à cran parce qu'un lieutenant des Anges des Marais lui a piqué sa petite amie. Il y a des règlements de comptes entre gangs un peu partout. Une seule chose les réconcilierait, c'est qu'on se pointe chez eux pour jouer aux cow-boys…

– On fera profil bas, dit Kahn.

Kahn suivit Renzo dans la rue avec une énergie accrue. Il réalisait que cette enquête lui offrait une opportunité unique.

La criminalité était en pleine explosion, mais les meurtres vraiment sensationnels ne couraient pas les rues. Depuis le début du siècle, on pouvait compter sur les doigts d'une main ceux qui avaient vraiment défrayé la chronique.

En 1901, l'assassinat du président William McKinley à l'exposition panaméricaine de Buffalo avait choqué l'opinion. L'anarchiste Leon Czolgosz s'était inspiré du meurtre du roi d'Italie Humbert Ier survenu l'année précédente. Il avait été jusqu'à utiliser le même revolver.

En 1903, Lutgert, un fabricant de saucisses de Chicago, avait jeté les morceaux de sa femme – qu'il avait assassinée – dans un de ses hachoirs à viande, suscitant l'horreur des consommateurs.

En 1906, au sommet du Madison Square Garden, Harry Thaw, baron du charbon, avait tiré trois balles dans le visage de Stanford White, l'architecte qui avait dessiné les plans du Garden. L'opinion publique s'était déchaînée en apprenant que les deux hommes rivalisaient pour une *chorus girl* nommée Evelyne Nesbitt. White l'avait déniaisée. Thaw l'avait épousée.

August Korda était lui *déjà* en passe de devenir une légende. Son assassinat offrait donc à Kahn une chance de se faire un nom. Et aussi de soutenir la cause qui lui tenait à cœur : réformer la police de New York. Ses flics étaient des éboueurs, qui nettoyaient le sang sans avoir rien fait pour l'empêcher de couler. Leur ville était déjà dotée du taux de criminalité le plus élevé du monde, et la situation ne faisait qu'empirer.

Pour y implanter une criminalistique rigoureuse, basée sur le relevé des empreintes et des mensurations, la précision statistique et le travail de laboratoire, il lui fallait des dollars. Qu'il n'obtiendrait pas en passant son temps dans les quartiers malfamés, à marcher dans du crottin de cheval.

Mais plus facilement en résolvant une affaire aussi épaisse et juteuse que le fameux steak de la brasserie Delmonico qu'il se promettait de dévorer dès qu'il aurait arrêté l'assassin de Korda.

Il avait sur les bras bien plus qu'un assassinat.

Il tenait la chance de sa vie.

4

Un soleil rayonnant brillait au-dessus des trois cheminées du *George Washington*, qui crachaient avec enthousiasme une épaisse vapeur blanche.

Sur le pont supérieur, un léger nuage de fumée enveloppait les psychanalystes Sigmund Freud, Carl Jung et Sándor Ferenczi qui fumaient de concert, allongés sur des chaises longues.

Freud se souleva sur un coude pour tendre à Jung le guide *Baedeker* de New York qu'il venait de parcourir.

– Les tarifs à Manhattan sont extravagants. Hôtels, dîners, cochers… Une nuit à l'auberge coûte plus de vingt dollars !

– Nous nous renflouerons avec quelques patientes fortunées…, répondit Jung avec un clin d'œil.

En ce neuvième et dernier jour de leur traversée, il avait l'air radieux. Comme si l'accumulation des miles marins l'éloignant de Sabina avait sur ses neurones l'effet euphorique d'une substance psychotrope.

Freud, par contre, était fortement contrarié par l'attitude de son disciple. Par des lapsus et des actes manqués en cascade, Jung dévoilait, en effet, depuis le début du voyage son ambition de le surpasser.

Deux soirs de suite, après dîner, il avait attrapé par mégarde la clé de la cabine de Freud sur la table au lieu de la sienne. Signe peu contestable qu'il voulait *dormir dans son lit*. Et il ne s'agissait pas là d'un désir homosexuel, mais bien de celui de le remplacer à la tête du mouvement psychanalytique.

Un matin, Jung avait aussi renversé du café sur le programme des conférences. Il s'était excusé pour sa maladresse alors qu'il avait au contraire manifesté une grande habileté inconsciente pour que la tache s'étende précisément sur la présentation des œuvres de Freud.

Après ces incidents, Freud eut logiquement une intuition désagréable quand Jung, à quelques heures de leur arrivée en Amérique, se tourna vers lui et annonça :

– Au fait, j'ai fait un rêve étrange, cette nuit.

Ferenczi, le jeune psychanalyste hongrois que Freud avait invité à se joindre à eux, s'extirpa du *Jahrbuch*, la première revue de psychanalyse, dans laquelle il était plongé.

– Racontez-le donc ! dit-il.

– Nous l'analyserons ensemble, proposa Freud.

Jung acquiesça et commença son récit, les yeux mi-clos :

– Eh bien, je visitais un petit immeuble que j'avais l'impression de bien connaître.

– À Zurich ?

– Non, à Vienne. La façade ressemblait d'ailleurs un peu à celle du vôtre sur la Berggasse. Voilà qu'au premier étage, je me retrouve dans un séjour bourgeois avec de beaux meubles rococo. Je descends l'escalier jusqu'au rez-de-chaussée. Là, tout est très ancien, moyenâgeux. Des tuiles rouges recouvrent les murs. Je poursuis ma descente, par un escalier de pierre, dans la cave. C'est une pièce antique au plafond voûté. Je reconnais d'ailleurs la composition du mortier des murs : ils datent de l'époque romaine. Sur le sol, je vois une dalle avec un anneau.

– Vous la soulevez…

– … et je descends un nouvel escalier, pour arriver dans une grotte. Dans la poussière, j'aperçois des débris de vases, les vestiges d'une civilisation primitive. Je fouille et finis par découvrir deux crânes humains, très vieux, à moitié désagrégés.

Il ouvrit les yeux et sourit à Freud.

– Et c'est alors que je me réveille.

Freud sentit que son cœur battait plus vite qu'à l'ordinaire.

– La maison est une image de votre moi, commença-t-il. Le rêve lui-même est bien sûr l'expression d'un désir refoulé, que je qualifierais de particulièrement vital pour vous.

– Vous avez déjà une opinion sur ce désir ?

– Le crâne dans la cave exprime à mon avis votre souhait d'être débarrassé de quelqu'un qui vous fait de l'ombre. De l'enfouir très profondément dans votre passé…

– Il y avait *deux* crânes, le contredit Jung. Et puis de qui pourrait-il s'agir ?

Freud n'avait qu'une réponse à cette question : Jung venait de souhaiter ouvertement sa mort. Il voulait faire déchoir son maître, le forcer à disparaître dans le sous-sol de son inconscient.

Bouleversé, il tenta de cacher son trouble.

– Peut-être de Sabina ? hasarda-t-il.

– Je ne désire pas tuer Sabina ! s'indigna Jung. Ça n'a pas de sens !

– Vous n'êtes pas le mieux placé pour en juger, dit Freud, agacé par le ton agressif de son confrère.

– Je suis incapable de lui vouloir du mal, assura Jung. Vous ne parleriez pas comme ça, Herr Freud, si vous étiez déjà tombé follement amoureux d'une femme.

– Pardon ?

– Si vous me permettez, votre épouse Martha est une compagne, pas une passion. Et votre belle-sœur Minna est une relation platonique. *Amor intellectualis.* C'est bien joli, mais ça n'a rien à voir avec le vrai amour.

– Je serais curieux de vous voir prouver l'existence de ce « vrai amour », dit Freud, sarcastique. Et je vous rappelle que la psychanalyse n'implique pas d'avoir vécu ce qu'on tâche de comprendre…

– La psychanalyse a bon dos, s'énerva Jung. Quant aux rêves, très franchement, je ne suis pas sûr qu'ils avancent *masqués*, dissimulant nos désirs. Je serais même enclin à croire qu'ils expriment *clairement* la direction que souhaite nous voir prendre notre inconscient. Ils sont incitation à l'action et non répression.

Cette fois, c'en était trop. D'abord, Jung souhaitait sa mort. Ensuite, il contredisait ouvertement les principes exprimés dans son œuvre maîtresse, *L'Interprétation des rêves*.

Non, décidément, son hostilité ne connaissait plus de bornes.

Freud voulut protester, son pouls s'accéléra, puis ce fut comme si une aiguille s'était arrêtée de tourner dans son crâne.

En un bond, Jung fut à ses côtés. Freud avait laissé sa tête glisser sur le tissu de la chaise longue, le teint extrêmement pâle. Ses genoux étaient agités de mouvements incontrôlés.

Jung lui saisit le poignet.

– Il n'a plus de pouls ! s'écria-t-il.

Ferenczi se pencha pour constater lui aussi que Freud s'était arrêté de respirer.

– Il est mort, reprit Jung. Mon Dieu, il est mort.

– Il fait une syncope, corrigea Ferenczi.

Il se précipita sur un verre d'eau pour verser des gouttes sur le visage de leur confrère.

Une minute plus tard, Freud ouvrit les yeux. Quelques secondes encore, et sa conscience était claire.

– Qu'est-ce qui m'est arrivé ? demanda-t-il.

Jung s'était agenouillé devant lui.

– Je suis désolé, dit-il avec des sanglots dans la voix.

– Vous avez été pris d'une vive émotion, le coupa Ferenczi. D'où la chute de tension, puis celle du débit sanguin dans votre cerveau.

– C'est ma faute, dit Jung. Je n'aurais pas dû vous provoquer ainsi. J'ai cru un instant que…

Freud lut avec soulagement dans son inquiétude que, consciemment du moins, Jung l'aimait toujours. Il secoua la tête.

– C'est plutôt le vin que nous avons bu hier soir. Le mélange de l'alcool et du tabac, certainement.

– Je vous promets, dit Jung, pas dupe, de vous apporter un concours sans faille pendant tout notre séjour en Amérique.

– Je n'en ai jamais douté, dit Freud.

– Quoi qu'il en soit, il faudra ménager vos efforts dans les prochains jours, soupira Ferenczi. Sinon vous ne serez pas d'attaque pour les conférences.

– J'irai bien mieux une fois sur la terre ferme.

Peu à peu, l'air du large le ranimait.

Il avait ressenti une vive émotion, c'était certain. Mais pourquoi donc l'avait-elle abattu aussi vite ? L'inéluctable conclusion le terrifia.

C'était comme s'il s'était laissé aller, sans résistance, au désir mortifère de Jung.

Comme si lui aussi avait fantasmé son propre décès.

Dans un flash, il devina, plus intensément que jamais, la présence tentaculaire de la mort dans les creux de sa conscience.

La psyché abritait, intimement liée à l'instinct de vie – *Éros* –, un instinct contraire – *Thanatos*.

– Terre !

Freud leva la tête. Des passagers s'amassaient contre la rambarde du pont.

– *America !*

Freud refusa le bras de Jung qui se penchait vers lui et se leva à son tour.

Sa tête lui tournait et il tituba en s'approchant de la rambarde. Il fixa l'océan dans la direction donnée par des bras tendus et il vit une forme noire, massive et familière, jaillir de l'eau à quelques centaines de mètres du paquebot.

– Une baleine, souffla-t-il.

– Quelle baleine ? lui lança Jung, amusé. Nous arrivons à Manhattan.

Freud plissa les yeux et se rendit compte qu'il avait oublié de mettre ses lunettes. Confus, il alla les chercher là où il les avait laissées, sur la chaise longue.

Quand il revint, il réalisa l'étendue de sa méprise.

C'était bien une ville qui venait d'émerger de l'océan, longue et bigarrée, pleine de pics et de gouffres, à la fois lourde et aérienne, dégageant une énergie contagieuse.

Tellement attirante qu'il se demanda s'il ne fallait pas aux voyageurs les ruses d'Ulysse pour pouvoir l'aborder sans danger.

5

Les Five Points étaient le meilleur coin du pays pour disparaître : un dédale de ruelles et d'immeubles à l'architecture chaotique, dans lesquels se nichaient des milliers de chambres et dont les toits communiquaient souvent entre eux.

Après avoir écumé en vain une ribambelle de bars et de boutiques dans les pâtés de maisons situés entre Broadway, Canal Street et le Bowery, Kahn commençait à désespérer de trouver une trace quelconque de John Manson.

Sans compter que la plupart des habitants avaient prêté serment à l'un des principaux Pointeurs – Chick le Tricheur, Paul Kelly, Big Jack Zelig – de ne jamais livrer une quelconque information à la police.

Pourtant, la vendeuse de sucreries accepta de les renseigner. La commerçante aux tresses blondes identifia le visage sur le portrait-robot qu'il avait posé sur son comptoir.

– Il ne s'appelle pas Manson, mais Connell, dit-elle. C'est le fils de Mary qui travaille à la soupe populaire.

Une fausse adresse, un faux nom. Kahn comprenait maintenant pourquoi ils avaient fait chou blanc.

– Elle vit dans l'allée de l'Aveugle, dit la femme. Qu'est-ce que vous lui voulez ? Elle a un cœur d'or. Elle travaille pour M. Jacob Riis.

– Le philanthrope ?

– Ne l'insultez pas, dit sévèrement la vendeuse. C'est une grande âme.

Kahn la remercia en faisant signe à Renzo qu'il fallait partir.

– Vous êtes courageuse de nous parler. Si jamais quelqu'un vous cherche noise, faites-nous signe…

– Vous rigolez ? Qui va me faire quoi ? Les Pointeurs sont bons qu'à briser des tabourets de bar ou mettre leurs petites sœurs sur le trottoir.

La vendeuse se mit à rire :

– L'année dernière, il y a eu une fusillade devant ma boutique. Une centaine de types de trois gangs différents. Quand la fumée s'est envolée, il y avait que trois morts sur le pavé… Vous appelez ça des fines gâchettes ?

L'allée de l'Aveugle se révéla être une impasse, étroite et boueuse. L'immeuble en bois dans lequel ils entrèrent était si délabré qu'il semblait clair que le prochain incendie n'en ferait qu'une bouchée. Accompagné de Renzo, Kahn monta au pas de charge les cinq étages.

Écartant un rideau rouge qui tenait lieu de porte, ils entrèrent dans une tanière aux murs fraîchement recouverts de chaux, mais dont le parquet était à moitié dévoré par les rats.

Aussitôt, ils entendirent des cris.

Dans un coin de la pièce, sur un divan, une femme d'âge mûr était secouée de spasmes. Son corps s'était arc-bouté, et son bassin était agité de mouvements circulaires accompagnés de gémissements.

Autour d'elles, des voisines s'étaient regroupées, tâchant de la maîtriser et de la calmer.

La scène avait un côté théâtral, irréel. Kahn prit à part l'une des voisines.

– C'est Mary Connell ?

– Oui.

– Elle est ivre morte ?

– Non, monsieur. Elle n'a jamais bu une goutte de sa vie.

– Elle fait une crise de nerfs, expliqua une autre femme.

– Quand est-ce que ça a commencé ?

– Il y a une heure, dit la première femme. Elle a eu des palpitations et des suées, et puis elle a commencé à trembler.

– Son fils est passé par ici, dit Kahn à Renzo.

Il surprit la lueur affolée dans le regard des voisines.

La crise de Mary Connell semblait être en train de passer – elle se contentait de gémir, le regard vitreux.

– Et si sa crise était feinte ?

– Tout ça pour détourner notre attention ?

– Loin de la fenêtre.

Kahn l'ouvrit pour passer la tête à l'extérieur. Une échelle de secours descendait vers l'impasse, qui était vide. Mais il aperçut deux mètres plus bas une ombre anormale portée sur le mur.

– Il est là, dit-il à Renzo.

Il avait parlé bas mais Mary Connell avait dû l'entendre car elle s'arrêta soudain de gémir.

Une seconde plus tard, l'ombre bougea – puis une silhouette s'accrocha à l'échelle, qu'elle entreprit de dévaler.

– On prend les escaliers, dit Kahn à Renzo.

Une minute plus tard, ils débouchaient dans Oxford Street. Un marché encombrait la rue, succession bariolée de carrioles en bois débordant de nourriture, de vendeurs et de clients.

– On l'a perdu !

C'est alors que son regard fut attiré par le manège d'un Chinois qui collait une affiche annonçant une soirée de jeux sur un poteau télégraphique. Juste derrière, une forme noire s'immobilisa, puis fila devant ses yeux.

– Là-bas !

Kahn, suivi de Renzo, se mit à courir et tourna à la suite de Manson dans une autre ruelle, Bayard Street, où ils remarquèrent plusieurs poubelles renversées par terre, comme après une bagarre.

Au coin de la rue, ils tombèrent en arrêt. Dix mètres devant eux, un jeune homme ceinturait un petit individu à chapeau en lui appliquant une arme sur la tempe.

– Pose ton feu ! cria Kahn.

L'otage, Roy Blake, lui sembla moins affolé que John Manson, qui avait le regard d'une bête aux abois.

– Fais pas de bêtises ! lança Kahn.

– C'est un assassin ! cria Blake.

– C'est lui qui a essayé de me tuer ! protesta Manson.

– C'est faux !

– C'est son flingue que je tiens, il voulait me tirer dessus !

– Laisse tomber, dit Blake, il te croira pas.

Kahn, indécis, échangea un regard avec Renzo.

– Jette ton arme, Manson, dit-il finalement. Tu n'as aucune chance.

Le jeune homme hésita.

– Dernier avertissement !

Manson poussa brutalement Blake sur le côté et tenta de s'enfuir. Kahn tira, et sa balle effleura l'épaule de son suspect, lui arrachant un cri de douleur. Il tomba à genoux.

Aussitôt, Blake fut sur lui, et lui mit une droite en plein visage. Manson s'affaissa en lâchant son arme et en se tenant l'épaule. Le détective lui posa un pied sur la poitrine.

– C'est Blake, de l'agence Pinkerton, qui t'a arrêté, clama-t-il.

Kahn le repoussa vivement et se pencha vers le jeune homme pour lui passer les menottes.

En le relevant, il vit enfin de près son visage : il avait de grands yeux clairs, des pommettes hautes, imberbe comme un gamin.

Blake était toujours là, adoptant son ton le plus suave.

– Parle, Manson. Dis que t'es désolé. Je l'écrirai dans le journal et ça allégera ta peine.

– Laisse-le tranquille, dit Kahn. Tu l'auras, ta putain de prime.

– T'as aucune chance de t'en tirer, persifla Blake. La fille Korda va te dénoncer. Tu vas regretter de pas l'avoir cognée plus fort.

– Encore un mot à mon suspect, et je te fais coffrer !

Il sentit le regard narquois de Blake dans son dos tandis que, aidé de Renzo, il entraînait le jeune homme menotté. Blessé, les vêtements en loques, Manson avait du mal à marcher. Il jeta à l'inspecteur un regard aussi lourd et acéré qu'un couteau de chasse russe.

– Je suis innocent.

– Si t'es innocent, pourquoi t'as laissé ta mère seule dans un état pareil ?

Manson eut un rictus douloureux :

– Espèce de fils de pute, occupe-toi de la tienne.

Ce fut comme si la tension des heures précédentes s'était concentrée dans le poing de Kahn, qui explosa soudain au visage de Manson. Le jeune homme s'écroula.

– Tu parleras quand je te dirai de parler ! cria Kahn en lui bourrant le ventre de coups de poing. Maintenant tu la fermes !

Renzo ceintura Kahn et l'obligea à abandonner son corps-à-corps avec le prisonnier.

– Ça va pas, boss ?

Kahn épousseta ses vêtements. La colère le secouait toujours tandis que Manson restait allongé par terre en gémissant.

– Embarque-le-moi, dit-il à Renzo.

Le jeune flic le regarda en secouant la tête.

– Si ça continue, dit-il, il va falloir te faire soigner.

6

À Ellis Island, les trois psychanalystes furent accueillis par le docteur Onuf, un neuropsychiatre chargé de superviser les interrogatoires d'immigrants. Onuf leur permit d'éviter fouilles et questionnaires pour prendre rapidement un ferry qui les déposa sur le dock 24 du port de Manhattan.

Là, Stanley Hall les attendait. C'était un petit homme au sourire débonnaire et à l'allure modeste dominée par un chapeau de paille blanche entouré d'une bande noire. Si Freud n'avait pas lu ses articles d'une considérable érudition, il aurait cru avoir affaire à un apothicaire. Mais Hall le conquit par sa courtoisie chaleureuse tandis qu'il les faisait monter dans une calèche découverte tirée par deux chevaux alezans.

– Nous vous emmenons à l'hôtel Astor, à l'intersection de Broadway Avenue et de la 44e Rue, dit-il en élevant la voix pour couvrir le bruit des sabots. C'est un palace très à la mode. Cet hiver, j'y ai rencontré Gustav Mahler, qui venait diriger notre orchestre philharmonique.

– Mon ami Mahler est non seulement un génie, mais aussi un homme de goût, dit Freud. Je suis ravi d'être logé au même endroit que lui.

– Il m'a parlé de vous dans les termes les plus flatteurs. Il m'a même révélé que vous l'aviez sauvé du suicide…

– Il s'est sauvé lui-même, dit Freud. Il lui fallait simplement accepter certaines contradictions – qui font d'ailleurs la grandeur de son art.

– Quelles étaient-elles ? demanda Hall avec curiosité.

– On pourrait les résumer en un épisode de son enfance. Un jour, il a fui une violente dispute entre ses parents – ce n'était pas la première fois que son père brutalisait sa mère. Dans la rue, il a entendu un orgue de Barbarie jouer une joyeuse mélodie populaire. Ce moment s'est gravé en lui. Sa musique est devenue une polyphonie d'états d'âme, la grande tragédie s'y superposant de façon surprenante à de frivoles ritournelles.

– La pertinence de vos remarques me surprendra toujours, docteur Freud, dit Hall avec admiration.

La calèche tourna dans une grande artère.

Autour d'eux, le trafic incessant des voitures à chevaux et des véhicules motorisés traçait des diagonales dans tous les sens.

– Nous sommes dans la Cinquième Avenue, dit Hall. J'ai demandé au cocher de faire un détour pour vous faire observer les coins les plus caractéristiques.

Freud se concentra, comme Jung et Ferenczi, sur le tissu urbain qui défilait devant leurs yeux.

Très vite, il se sentit happé par l'énergie cinétique de Manhattan.

Des agrégats de chapeaux melons surmontaient la foule dense et masculine des passants. Le regard de Freud s'immisça entre les automobiles rutilantes et les trolleys aux couleurs criardes qui créaient une panique constante sur leur passage ; puis s'éleva à cent pieds au-dessus du sol jusqu'à un train aérien fonçant comme si le sort du monde en dépendait, avant de replonger vers la multitude s'engouffrant avec le plus grand désordre dans les bouches du métropolitain.

Là, il remarqua avec intérêt que la marée humaine se divisait en deux pour contourner un couple qui s'embrassait, indifférent à la pression des corps qui les environnaient.

Son observation fascinée fut interrompue par le professeur Hall qui se posa en spécialiste éclairé de la modernité new-yorkaise :

– Cette cité était encore vide ou presque il y a quarante ans. Maintenant elle abrite la plus grande concentration humaine du monde. Le port le plus actif. Les ponts les plus audacieux. Ce n'est qu'une petite île, mais elle est veillée, au large, par une statue haute de cinquante étages – tandis qu'un parc de neuf cents acres respire en son sein. Et s'y élèvent désormais les plus grandes constructions humaines depuis l'édification des cathédrales, il y a sept siècles.

Joignant le geste à la parole, il désigna une tour qui apparaissait maintenant au détour de la Sixième Avenue. Sa façade, qui sembla à Freud aussi haute et glacée que la face nord d'un sommet alpin, surplombait une petite église noiraude, réduite à presque rien par l'immensité de son orgueilleuse voisine.

– C'est le Park Row Building. L'architecte a travaillé dans le style de Chicago, en se démarquant des canons européens.

– Sa taille est impressionnante, dit Freud, qui se demandait pourtant comment une telle absence de charme pouvait être un « style ». À Vienne, un décret impérial interdit de construire plus haut que la flèche de la cathédrale Saint-Étienne…

– D'où vient ce nom de gratte-ciel ? demanda Jung.

– C'est un terme nautique, dit Hall, le surnom du plus haut mât d'une goélette.

– Et comment expliquez-vous leur apparition à New York ?

– La pression démographique et l'innovation technologique. Quatre inventions ont permis de concevoir des immeubles dépassant dix étages : les caissons qui permettent de construire des fondations profondes, l'acier pour les structures portantes, les ascenseurs électriques, et, *last but not least*, le téléphone. Tenez, nous arrivons à Madison Square et voici l'immeuble qui détient actuellement le record de hauteur.

Freud leva les yeux pour considérer le mastodonte. Lourd et

carré, il était paré d'ornements gothiques, de grandes horloges et d'une coupole. Le sommet se perdait dans les nuages.

– Il s'appelle le Metropolitan Life, du nom de l'entreprise qui le possède, dit Hall. La partie supérieure est, vous l'aurez remarqué, imitée du campanile de Saint-Marc à Venise.

Malgré ces efforts de décoration, ce deuxième gratte-ciel déplut à Freud autant que le premier. Plongeant tout ce qui l'entourait dans la pénombre, il trahissait une recherche du choc sensoriel qu'il estima dépourvue de sincérité comme de maturité.

Puis il repensa à la musique de Mahler : il ne pouvait nier que ces constructions grandiloquentes contribuaient aussi à faire de Manhattan une symphonie chaotique de formes – alternant sublime et pitoyable, jaillissements de lumière et gouffres de noirceur.

– Cette ville semble vous heurter intérieurement, dit Hall en considérant son invité.

– Je suis frappé par son égocentrisme, dit Freud. Tout ici crie pour attirer l'attention à soi. Mais cela ne me heurte pas. Il est très difficile de me choquer, vous savez…

– C'est vous, sans doute, qui choquerez Manhattan le premier, dit Hall en souriant.

– De quelle façon ?

– Disons que vos théories sur la sexualité ne sont pas la tasse de thé du père de famille américain.

– Vraiment ?

– On enseigne ici que l'activité sexuelle n'a qu'un but : faire des enfants. Et ceci exclusivement à l'intérieur de l'institution du mariage… Les enfants sont maintenus en état d'« innocence ». La femme est un ange qui ignore tout du désir. Quant à l'homme, il doit garder ses pensées blanches comme de la pâte dentifrice…

– Quel tableau ! Mais vous avez raison, les bien-pensants vont sans doute me causer des misères. Je ne les blâme pas. D'une certaine façon, je leur apporte la peste…

– Celui-là est remarquable, l'interrompit Jung.

– C'est le « fer à repasser », ou *Flat Iron*, expliqua Hall.

Ils passaient devant un nouveau gratte-ciel à l'étrange forme triangulaire, qui semblait posé au milieu de l'intersection, tel un monument commémoratif.

– Son vrai nom est le Fuller Building, dit Hall, mais les New-Yorkais, par affection, l'ont surnommé le Flatiron.

Loin de le comparer à un ustensile ménager, Freud jugea le gratte-ciel étonnamment gracieux et aérien avec ses bords arrondis et sa façon de cacher son relief sous certains angles, comme s'il n'avait que deux dimensions.

– C'était l'immeuble le plus haut avant que le Metropolitan ne lui vole son record. Qu'il ne gardera pas longtemps non plus…

Alors que la calèche contournait le Flatiron, une forte brise se fit sentir. Freud aperçut une passante qui plaquait sa jupe sur ses jambes pour éviter de les découvrir, tandis que des hommes retenaient leur chapeau de la main. Plus loin, des policiers coiffés de casques en cloche dispersaient sans ménagement un groupe d'hommes adossés contre la façade.

– Les attroupements sont interdits ? s'étonna Jung.

– Ces ouvriers, expliqua Hall, savent que les robes s'envolent sous l'effet de l'appel d'air au pied du gratte-ciel. Ils profitent du spectacle gratuit. Je trouve pour ma part que la police ferait mieux d'ouvrir les yeux sur cette coutume folklorique.

– De *fermer les yeux*, vous voulez dire ? corrigea Freud.

– Oui, bien sûr, répondit vivement Hall. Joli « glissement de la langue », comme on dit ici. Mais je vous défie de lui trouver une explication !

– Un lapsus signifie toujours quelque chose, fit Freud, saisissant la perche que l'Américain lui tendait. N'avez-vous pas récemment vécu une situation qui vous a fait souhaiter que la police *ouvre* davantage les yeux ?

Hall prit un air confus.

– J'aurais dû vous en parler plus tôt, avoua-t-il. Ce matin, j'ai appris la mort d'un homme que j'estimais beaucoup. Ses bureaux se trouvaient justement au dernier étage du Flatiron.

– De qui s'agissait-il ?

– D'August Korda, un important homme d'affaires et l'un des principaux donateurs de mon université.

– Que lui est-il arrivé ?

– Il a été assassiné.

Un silence stupéfait réunit les trois psychanalystes.

– On l'a retrouvé mort poignardé, ce matin, dans son lit, poursuivit Hall. Sa fille Grace était à ses côtés, inconsciente.

– Vous devez être sous le choc !

– Je ne suis pas le seul. On ne parle que de cela en ville.

– Qui a pu commettre ce meurtre ? demanda Jung.

– Le principal suspect est son secrétaire particulier. Ce qui me trouble, docteur Freud, c'est qu'August Korda m'avait demandé s'il pouvait vous rencontrer au cours de votre voyage.

– Pour quelle raison ? demanda Freud.

– À cause de sa fille. Elle a vingt-quatre ans et souffre de névroses sévères et handicapantes. J'avais parlé à son père des méthodes de la nouvelle psychiatrie et il était enthousiaste à l'idée que vous puissiez soigner Grace. Je trouvais pour ma part que c'était une excellente idée : elle aurait pu devenir votre première patiente américaine.

– C'était très aimable de votre part, dit affectueusement Freud. Et je suis vraiment désolé que vous ayez perdu un ami. Vous auriez dû nous en parler plus tôt.

– Je répugnais à vous présenter cette facette atroce de mon pays à votre arrivée.

Freud eut un geste évasif.

– Nous avons aussi d'horribles assassinats à Vienne.

– Sans compter les meurtres fantasmés, compléta Jung. Freud nous parlait hier d'une patiente qui aime dissimuler les rasoirs de son mari, refoulant ainsi son désir latent de lui trancher la gorge.

– Mais elle n'a pas été, dit Hall d'une voix sombre, jusqu'à réellement trucider son compagnon de lit ?

Freud se rendit compte que son confrère avait choqué Hall par sa réaction trop détachée.

– Excusez-nous, dit-il. Parfois, l'horreur d'une situation nous conduit à nous protéger derrière une carapace de cynisme.

La calèche ralentissait en arrivant devant l'hôtel Astor – une superbe demeure carrée ornée de balcons ouvragés, et d'un toit encerclé d'élégants lampadaires. Des portiers en livrée rouge se pressèrent à leur rencontre.

– En fin d'après-midi, dit Hall, je passerai vous chercher pour une promenade à Central Park. Nous en profiterons pour organiser le programme des conférences.

– Nous vous remercions de tout cœur pour votre accueil, professeur, dit Freud.

Le regard intense que lui lança Jung en descendant de la calèche lui révéla que ce dernier était frappé, comme lui, par le caractère dramatique de leur arrivée. Dans cette architecture oppressante, réduisant les individus à des grains de poussière, un homme qu'il aurait dû rencontrer venait de trouver une mort violente. Un meurtre interférait donc avec son voyage en Amérique, en bouleversait peut-être le sens et la portée, et cela le troublait étrangement.

Sans compter que l'évocation d'une éventuelle patiente américaine lui avait fait réaliser qu'après dix jours de *farniente*, il ressentait physiquement le besoin de renouer avec son métier.

7

La maison d'un mort fait souvent l'impression d'un espace hors du temps, où êtres et choses se sont figés. Quand Kahn entra dans la chambre de Grace Korda, cette sensation lui parut renforcée par l'apparence picturale de la scène qui s'offrait à ses yeux.

La jeune femme était allongée sur son lit, immobile, un pansement sur la tempe.

À sa droite, le docteur Jones, le médecin de famille, était en train de l'ausculter à l'aide d'un stéthoscope.

À sa gauche, une dame âgée lui tenait la main. Kahn l'identifia comme étant Aileen Damon, l'ancienne gouvernante de Grace.

Entre lui et le lit, un homme en complet noir lui tournait le dos. Quand il se retourna, Kahn sursauta, stupéfait.

August Korda !?

Il cligna des yeux, ahuri, et comprit son erreur. Avec sa grande taille et son nez busqué, le nouveau venu ressemblait au défunt. Mais il était plus maigre, plus âgé, et ses yeux, rentrés dans leurs orbites, donnaient l'impression d'être éteints.

– Inspecteur Reynolds Kahn ? Je suis Herman Korda.

– On m'avait dit que vous n'étiez pas en ville, dit Kahn en lui serrant la main.

– J'arrive tout juste de Washington. Je suis parti hier soir et mon chauffeur a roulé toute la nuit. Je devais retrouver August pour déjeuner. Mais quand je suis arrivé…

Sa voix se brisa.

Il parlait avec un léger accent de la Nouvelle-Angleterre qui, d'après Kahn, devait être acquis plutôt qu'inné.

– Où se trouve mon frère à présent ? lui demanda Herman.

– Nous procédons à une autopsie pour déterminer les circonstances de son assassinat.

Herman se raidit.

– Je supporte mal l'idée qu'on le découpe avec des bistouris.

– On sait trop peu de choses concernant sa mort. On est donc obligés de prélever le maximum d'indices sur son corps.

– Je comprends, dit Herman après un temps. Ces méthodes me déplaisent, mais je veux que vous fassiez tout ce qui est en votre pouvoir pour arrêter le meurtrier.

Kahn jeta un coup d'œil au lit où Grace refusait en secouant la tête un verre d'eau que lui tendait Miss Damon.

– Si votre nièce a vu l'assassin, la procédure pourrait aller très vite.

Comme si elle avait entendu, Grace tourna vers eux un regard perdu. Kahn en profita pour s'avancer.

– Mademoiselle, je suis l'inspecteur chargé de l'enquête. Je voudrais que vous me disiez en quelques mots ce qui s'est passé cette nuit et ce que vous avez vu avant de perdre connaissance.

Grace voulut parler, mais fut prise d'une quinte de toux.

– Je suis désolée, dit-elle quand elle fut remise. Je ne me souviens pas…

– Quand vous avez accouru au secours de votre père, demanda Kahn en sourcillant, avez-vous vu le meurtrier ?

– Je ne sais pas.

– S'agissait-il du secrétaire de votre père ?

– Je ne me souviens de rien. Même pas de m'être réveillée, ni d'être entrée dans la chambre.

– Vous avez perdu la mémoire ? demanda Kahn, abasourdi.

– C'est sûrement le coup que j'ai reçu sur la tête, dit Grace avec précipitation. Ça va revenir.

Elle se remit à tousser.

– Quelle est la dernière chose que vous vous rappeliez ?

– Hier, après le déjeuner, dit Grace en plissant le front, mon père a dit qu'il souhaitait me voir. Je l'ai rejoint dans son bureau. Après, j'ai sombré dans une sorte de trou noir.

– Je vous ai vue à quinze heures, intervint Miss Damon. Nous devions répéter ensemble le texte de votre pièce.

Kahn détailla son visage grave autour duquel des tresses attachées sur le front formaient une sorte d'auréole.

– Mais vous m'avez dit que vous aviez à faire et vous êtes sortie, conclut Miss Damon.

– Pourquoi avez-vous évité ce rendez-vous ? demanda Kahn à Grace. Où êtes-vous allée ? À quelle heure êtes-vous rentrée ?

Grace, l'air épuisé, ne répondit pas.

– Mademoiselle, êtes-vous consciente que le refus de répondre à mes questions peut vous rendre suspecte ? dit Kahn.

– Il vaut mieux la laisser maintenant, s'interposa Herman Korda en lui mettant une main sur l'épaule.

Kahn, agacé, se dégagea et se tourna vers le médecin.

– Docteur, le coup sur la tête peut-il expliquer qu'elle ne se souvienne plus de la journée d'hier ?

– C'est peu probable. Le choc ne semble pas avoir provoqué d'hématome profond ni de traumatisme crânien.

– Qu'est-ce qui explique le trou de mémoire alors ?

– Ce n'est pas un simple « trou de mémoire ».

Il fuyait le regard de Kahn, comme s'il était gêné par ce qu'il s'apprêtait à lui révéler.

– Le fait qu'elle ne se souvienne plus de la nuit dernière, poursuivit le docteur, n'est étonnant ni pour moi, ni pour son oncle. Elle a déjà vécu plusieurs épisodes semblables pendant lesquels elle a perdu toute conscience de ce qu'elle vivait.

– Et quand la mémoire lui revient-elle ?

Le médecin se gratta la tête.

– Elle n'a jamais pu recouvrer le souvenir d'une période durant laquelle elle se trouvait dans cette sorte d'état second.

– Plusieurs spécialistes se sont penchés sur son cas, sans succès, ajouta Herman.

– Une amnésie rétrograde peut couvrir une période plus ou moins longue, mais ses limites restent floues, précisa le médecin. Le cas de Grace est différent : elle n'oublie que certains épisodes très précis de sa vie.

Kahn fixa Grace, dont le regard meurtri semblait fuir ce qu'il était en train d'entendre.

La jeune femme était aussi connue pour son caractère fougueux que pour sa beauté.

À dix-neuf ans, au lieu de se consacrer à la vie mondaine, cette héritière avait voulu devenir comédienne, malgré la réputation sulfureuse de cette carrière. Avec succès : les critiques avaient applaudi en elle un talent inné lorsqu'elle avait joué dans la pièce *Les Deux Orphelines*.

Un an auparavant, elle avait défrayé la chronique en rompant ses fiançailles avec un avocat renommé. La presse à scandale avait alors fait courir toutes sortes de ragots à son sujet.

Mais Kahn n'avait jamais entendu parler de ses épisodes d'amnésie. Il les trouvait même bien trop commodes. Il n'était pas rare de voir des suspects se réfugier derrière d'énormes artifices devant des accusations de meurtre…

Herman fit un nouveau geste pour l'attirer à l'écart du lit.

– Je vous en prie. Laissez-la se reposer à présent.

Kahn regarda Grace qui avait fermé les yeux et posé la tête sur son oreiller.

– Je voudrais un rapport complet sur son état de santé aux cours des années passées, dit-il en se tournant vers le médecin. Quant à vous, monsieur Korda, j'aimerais vous voir tout à l'heure au commissariat.

Il tendit la main à Herman qui se courba pour la lui serrer, mettant respectueusement son visage au niveau du sien.

Kahn n'apprécia guère l'affectation du geste, ni la moiteur de la main. De toute évidence, le destin avait frappé du mauvais côté : des deux frères, c'était le meilleur qui était parti le premier.

Le scalpel de Lawrence Price pratiqua l'incision standard, de l'épaule gauche puis de l'épaule droite à la poitrine, et puis tout droit vers le ventre, jusqu'au pubis. Ensuite, d'un geste à la précision diabolique, il souleva la peau de la poitrine comme si c'était une chemise, et plongea ses mains à l'intérieur.

Kahn réprima un haut-le-cœur. Il avait l'habitude de voir le sang et les viscères se répandre sur les tables d'autopsie de la morgue municipale de l'hôpital Bellevue. Mais il trouvait le dépeçage du corps couleur calcaire d'August Korda inhabituellement pénible. Asphyxié par la puanteur, il eut une hallucination et crut voir les membres du cadavre tournoyer autour de la plaie béante qui lui tenait maintenant lieu de torse.

Il se ressaisit pour ne pas s'attirer les moqueries du légiste Price, dont les rapports méticuleux lui étaient indispensables pour faire aboutir ses enquêtes. Au sein des forces de police new-yorkaises, Kahn mettait ce médecin au sommet de sa hiérarchie personnelle. Le légiste ne pouvait rendre la vie à une victime, mais il ressuscitait des choses presque aussi importantes : la cause concrète du décès, la réalité tangible du meurtre, les éléments objectifs pouvant incriminer l'assassin.

Price avait fait un prélèvement sanguin avant de commencer à extraire les organes qu'il transmettait à un assistant qui les pesait sur une balance.

– Ses poumons sont parfaits. C'est aussi le cas du cœur. Et j'ai rarement vu un pancréas d'une telle beauté. Cet homme ne buvait pas – que je sache, il n'avait même aucun vice !

Il souleva avec enthousiasme un pudding pourpre que Kahn imagina être le fameux pancréas.

– August Korda était en parfaite santé, conclut Price après quelques examens supplémentaires. C'est un spécimen très agréable. Je ferai une analyse du sang, mais je ne pense pas qu'il ait été empoisonné.

– C'est donc bien un coup de couteau qui l'a tué ?

– Une lame, mais pas un simple couteau. L'agresseur n'a frappé qu'une fois, très profondément. Korda est plutôt épais et musculeux. Or la lame, entrée environ trois centimètres en dessous du nombril, a traversé l'abdomen puis est ressortie de l'autre côté. Vu la longueur de l'entaille, il s'agirait plutôt d'un… d'un long poignard. Ou même d'une épée.

– Une épée ?

– J'ai un jour autopsié une femme japonaise qui avait pratiqué un suicide rituel à l'épée – un *seppuku* – pour suivre dans la mort son mari décédé. La blessure était semblable en tout point.

– Sauf qu'ici il ne s'agit pas d'un suicide.

Kahn passa une main circonspecte dans sa chevelure. Le coup de couteau collait déjà mal avec l'hypothèse mafieuse : les gangsters commettaient quatre-vingt pour cent de leurs crimes avec des armes à feu. Même en admettant que Manson ait voulu agir en silence, pourquoi aurait-il utilisé une épée – arme voyante dont il n'avait probablement pas l'habitude ?

– Il est mort en combien de temps ?

– Trois à quatre minutes. Aucun organe vital n'a été touché, mais le sang a coulé en abondance.

– Sur la scène du crime, il n'y avait aucune trace de lutte.

– Sur le corps non plus. Par contre, on lui a fourré un tissu dans la bouche pour l'empêcher de crier. La gorge s'est crispée et des fils sont restés accrochés à l'intérieur. De la laine rouge.

Kahn jeta un regard résigné sur feu August Korda.

– Vous avez terminé les prélèvements ?

– Je ne crois pas que je trouverai quelque chose d'autre sur cet oiseau-là.

– Je peux envoyer le corps à l'embaumeur alors ?

Price acquiesça en lui faisant un clin d'œil.

– On n'a pas trop transpiré avec celui-là. C'était pas un client difficile.

Kahn comprenait l'humour à froid du légiste – qui lui permettait de tolérer jour après jour la compagnie de la mort. Mais il s'étonnait à chaque fois de le voir se signer rapidement avant de faire glisser le drap sur le corps, jusqu'à ce que le visage disparaisse.

Comment pouvait-on croire en Dieu après avoir côtoyé autant de cadavres ?

En ce qui le concernait, un seul lui avait suffi pour devenir athée.

8

En début d'après-midi, dans un salon de l'hôtel Astor, Freud eut affaire à une dizaine de reporters qui le pressèrent de questions sur sa première visite aux États-Unis :

– Docteur, que pensez-vous de la société américaine ?

– Je viens d'arriver et je la connais encore bien mal, répondit Freud.

– Et comment jugez-vous Manhattan, d'un point de vue psychanalytique ?

– Je vous répète que j'ai débarqué hier soir. Il est encore tôt pour livrer mes impressions !

Les journalistes avaient secoué la tête. L'un d'eux avait alors trouvé la faille :

– Vous avez bien vu la statue de la Liberté en entrant dans le port ?

– Certes, et elle m'a beaucoup impressionné.

– Pensez-vous que c'est un symbole phallique ?

Freud s'était attendu à des éclats de rire, mais il n'entendit qu'un silence circonspect. Les journalistes s'apprêtaient à écouter sa réponse avec le plus grand sérieux.

– Eh bien, non, je ne le pense pas, dit-il. La statue est une femme ! Elle symbolise sans aucun doute une mère aimante, éclairant de sa torche ses fils prodigues de retour au port…

Cette fois, la salle se remplit de rires. Le reporter féru de psychanalyse sembla déçu. Freud voulut le réconforter :

– La torche, à la limite…

No comment. Les journalistes n'insistèrent pas. Mais Freud était affecté de constater que seul le côté pittoresque de la psychanalyse les intéressait. Il y avait encore bien des étapes à franchir pour que sa science soit, sinon comprise, du moins traitée avec un minimum de sérieux…

La journée se poursuivit sous de meilleurs auspices. Freud eut la bonne surprise d'apprécier enfin pleinement un lieu new-yorkais. Au sein du corps vibrant et frénétique de Manhattan, Central Park semblait être une zone sous anesthésie, dans laquelle toutes les sensations étaient agréablement ralenties et adoucies. Il aima la grandeur des lacs, la fraîcheur des bosquets, et l'impression que les promeneurs semblaient pour la plupart fraîchement débarqués de quelque lointaine contrée.

Il s'attarda sur de vieux Russes serrés sur un banc qui lisaient des journaux en cyrillique, puis sur une bande d'enfants portant des kippas qui jouaient au base-ball dans une clairière.

– Et voilà les maîtres des lieux ! lança-t-il soudainement.

Jung et Stanley Hall s'arrêtèrent pour regarder les écureuils à la queue grise qu'il pointait avec son cigare.

Hall toussa. Freud se rendit compte que la fumée le gênait, même en plein air, et rangea le cigare dans sa boîte.

– Merci de nous avoir amenés ici, dit-il. Avez-vous eu le temps de voir la famille de votre ami ?

– Oui, et c'était fort émouvant, répondit le professeur. Grace Korda était très affectée. À ce sujet, j'ai une demande délicate à vous faire, Herr Freud.

– Je vous écoute.

– Je vous ai dit que j'avais pensé proposer à August Korda de vous confier la cure de sa fille. Cela aurait été une occasion pour vous d'introduire ici vos méthodes thérapeutiques.

– Je vous répète à quel point cette initiative m'a touché.

– Je ne pouvais pas deviner ce qui arriverait.

– Bien sûr, et cela n'a plus aucune importance.

– En fait… au contraire. J'ai dit à Grace Korda que j'étais à New York pour vous y accueillir, et elle a émis le désir de vous rencontrer sans plus tarder.

Freud et Jung échangèrent un regard surpris.

– Je m'explique. Parmi les symptômes qui affectent Grace depuis des années, j'ai noté des pertes de mémoire concernant certaines périodes de sa vie. Or elle traverse justement une crise de ce type depuis la nuit dernière.

– Une amnésie d'origine hystérique, suggéra Freud.

– Elle a donc oublié ce qu'elle a vu au moment du meurtre ? demanda Jung.

– Oui, or elle est sans doute la seule à avoir aperçu l'assassin. Le policier qui l'a interrogée, incapable de comprendre son trouble, a dit qu'elle pourrait devenir suspecte si elle ne témoignait pas. Je trouve cette possibilité insupportable et insultante pour la mémoire de mon ami August.

– Vous voudriez que je l'aide à reconstituer ses souvenirs ?

– J'ai lu les analyses que vous avez publiées, docteur Freud. Je suis persuadé que vos méthodes aideraient profondément Grace. Mieux encore, la justice pourrait être faite et le véritable auteur de ce crime sordide condamné. J'en ai déjà parlé à son oncle…

– Comment a-t-il réagi ?

– L'idée le séduisait. Il est prêt à tout pour aider sa nièce.

Freud marqua un temps.

– Décrivez-moi les symptômes dont souffre cette jeune femme, demanda-t-il finalement.

– Ils sont variés et semblent pour certains dater de la mort de sa mère – d'une pneumonie – quand Grace avait cinq ans. Aujourd'hui, elle se plaint notamment de problèmes de mémoire qui lui rendent difficile d'apprendre ses textes pour la scène et de douleurs au ventre qui la clouent au lit. Elle parle aussi d'une irritation constante de la gorge. Et elle a parfois des mouvements convulsifs du visage accompagnés d'une expression de terreur.

– Parlez-moi des phases amnésiques... Quelle est leur fréquence ?

– Personne ne le sait précisément. Mais August m'a raconté que plusieurs fois, elle a perdu conscience dans l'après-midi, puis est revenue à elle au petit matin sans avoir la moindre idée de ce qu'elle avait fait, ni des endroits où elle était allée.

– Il y a eu d'autres incidents ?

– Il y a six mois environ, son père l'a trouvée dans sa chambre, couchée par terre, inconsciente. Elle avait essayé de se suicider en avalant des médicaments. Elle a été tirée d'affaire à l'hôpital, où elle a affirmé ne pas savoir pourquoi elle avait commis cet acte. Un médecin lui a prescrit un traitement pour les nerfs. Je pense par ailleurs qu'elle nous a caché de nombreux épisodes. Elle a un caractère discret et pudique, relayé parfois par de grosses bouffées de colère.

– Pas de transes, pas de somnambulisme ?

– On ne m'en a pas parlé.

– Une vie sexuelle mouvementée ?

– Pas à ma connaissance. Elle a failli se fiancer il y a un an. Elle a fait une dépression après l'échec de cette relation...

Hall regarda Freud dans les yeux avec insistance.

– Cette jeune femme ne mérite pas ce qui lui arrive. Je suis désolé de vous demander ce service maintenant, à quelques jours de votre départ pour Worcester, mais...

Pour toute réponse, Freud se remit à marcher. Hall et Jung le suivirent en silence, attendant son verdict. Ils traversèrent ensemble un gracieux pont de granite qui surplombait une voie réservée aux calèches tirées par des chevaux.

À la sortie du pont, une résolution s'était formée dans l'esprit de Freud – même s'il avait l'impression diffuse de s'engager sur une de ces voies obscures où un homme avec ses ambitions n'aurait pas dû se risquer.

– Je suis médecin, dit-il finalement. La psychanalyse sert à guérir. Pas à élucider des énigmes, ni à arrêter des assassins. Et je n'ai jamais envisagé une carrière d'avocat ou de policier.

– Donc, vous refusez ? demanda Hall d'une voix déçue.

– Je refuse d'aider la police à résoudre cette affaire. Mais j'accepte toujours un patient qui a vraiment besoin de moi, ou qui présente un cas intéressant pour la science. Dans le cas de Grace, les symptômes névrotiques ne sont pas exceptionnels. Mais les amnésies semblent, je l'avoue, plus qu'intriguantes.

Freud embrassa du regard la vue panoramique sur les immeubles qui entouraient le parc comme une couronne.

– L'effort tout entier de la psychanalyse, poursuivit-il, peut être résumé comme une tentative de colmater les trous béants dans le tissu délicat de la mémoire. Quand nous y parvenons, les troubles du psychisme sont expliqués et les névroses disparaissent. D'un point de vue théorique, Grace Korda présente donc un cas intéressant. D'un point de vue pratique, elle semble être un sujet cultivé et intelligent. Si elle est volontaire, je ne vois pas sous quel prétexte je refuserais de la soigner…

– Ce serait pour elle une chance extraordinaire, dit Hall.

– Mon seul problème est qu'un suivi aussi court ne suffira certainement pas, dit Freud. La cure peut prendre quelques jours ou même quelques heures. Parfois aussi des mois ou des années.

– Parfois la guérison ne vient jamais, compléta Jung.

– Il arrive que le patient se décourage en cours de route, dit Freud pour relativiser la remarque de son collègue. Toujours est-il que je n'ai que sept jours devant moi avant notre départ pour Worcester.

– Je vous remercie infiniment, Herr Freud, dit Hall.

– Gardez en tête que je ne travaillerai pas au service de l'enquête ! Si cette demoiselle parvient à récupérer ses souvenirs et que, par la suite, elle veut aider la justice, c'est son problème, pas le mien.

– Je suis d'accord, dit Hall. Et il n'y a pas de temps à perdre. L'enterrement d'August a lieu demain matin. Je m'arrangerai pour que vous puissiez voir Herman Korda dans l'après-midi.

Freud grimaça soudain.

– Vous semblez regretter votre décision, s'alarma Hall.

– Non, non, dit Freud en se tenant le ventre. C'est simplement que j'ai du mal avec la nourriture américaine. Le déjeuner que j'ai pris à midi à l'hôtel m'a complètement retourné l'estomac !

Hall eut une mimique désolée et les invita à venir dîner chez lui, où sa femme Rose leur préparerait des petits plats européens. Quelques minutes plus tard, il les quitta pour aller se procurer les cigares Don Pedros, importés directement de Cuba, qu'il avait promis à Freud pour agrémenter leur soirée.

À la sortie du parc sur la 57e Rue, Jung saisit le bras de Freud.

– La cure de Grace Korda est une chance unique pour vous, expliqua-t-il, enthousiaste. Les Américains n'aiment que les résultats. Une action, disent-ils, vaut mille phrases. Si vous la guérissez, c'est la consécration : ce pays s'arrachera la lecture des principes de la psychanalyse !

Jung secouait à présent Freud des deux mains, comme s'il le trouvait trop amorphe pour l'occasion.

– Ne dites pas que vous n'avez pas envisagé cet aspect de la question !

– Si, mais ne nous emballons pas, dit Freud en se dégageant.

Il dissimula l'émotion que suscitaient en lui les propos de Jung. Non seulement il partageait l'avis de son collègue sur l'intérêt de la cure, mais son soutien lui réchauffait le cœur. L'hostilité qui avait marqué leurs relations pendant la traversée semblait s'être complètement évaporée.

– J'ai bien senti ce matin que les journalistes n'étaient pas encore prêts à nous prendre en affection, dit Jung. Nous avons besoin d'un peu de publicité.

Il mit affectueusement la main sur l'épaule de Freud.

– Maintenant, voulez-vous vous confier à moi pour que j'analyse votre évanouissement de l'autre jour ?

Freud grimaça. *C'était trop beau.*

– Pourquoi perdre notre temps à cela ?

– Cela vous ferait gagner du temps au contraire. Vos maux de ventre sont des résidus de votre incompréhension de mon rêve !

– Dans les jours qui viennent, dit Freud fermement, entre le traitement de Grace Korda et la préparation de nos conférences, je n'aurai *pas le temps* de me préoccuper de l'origine de mes malaises. Vous non plus, car j'ai besoin de votre concours.

– Qu'attendez-vous de moi ?

– Que vous me disiez *qui* a tué August Korda.

Jung eut un sourire incrédule.

– Comment voulez-vous que je devine qui est l'assassin !...

– Je ne vous demande pas son nom et son adresse, dit Freud. Je vous demande de faire une analyse à l'envers. Il s'agira d'étudier l'acte du meurtrier et d'en tirer, par induction, son portrait psychologique. Ce portrait m'aidera en retour à comprendre pourquoi Grace Korda a oublié ce qu'elle a vu sur la scène du crime.

– Vous voulez que j'analyse le crime pour connaître son auteur ?

– Exactement.

– Je risque de ne pas avoir en ma possession tous les éléments nécessaires.

– Il vous faudra faire preuve d'ingéniosité – surtout que, comme moi, vous n'avez que quelques jours.

– Votre demande m'intrigue cependant..., dit Jung.

– En quoi ?

– Vous avez affirmé plusieurs fois à Hall votre volonté de ne pas collaborer à l'enquête.

– Et alors ?

– Pourtant, nous allons faire un travail parallèle à celui de la police. L'interrogation du témoin. Le profil du meurtrier.

– La méthode diffère, et l'objectif aussi… Ce qu'ils veulent, c'est la justice. Ce que nous cherchons, c'est la vérité.

– Les deux choses ne vont-elles pas de pair ? dit Jung.

– C'est généralement le contraire qui est vrai, répondit Freud. Voyez la théorie de la sélection naturelle. Elle est aussi vraie qu'injuste.

Il s'impatienta en échouant à arrêter un fiacre. Le soir qui tombait n'était que leur deuxième à New York et le temps commençait déjà à leur manquer.

9

Plus Reynolds Kahn l'interrogeait, et plus John Manson niait toute implication dans le meurtre d'August Korda.

– Voyons plutôt ce que tu ne nies pas, fit l'inspecteur avec ironie. Ton identité par exemple. Es-tu bien John Manson, fils de Mary Connell, cuisinière, et de Patrick Manson, pêcheur, inconnu au bataillon…

– Mon père, dit le jeune homme d'un air défiant, est parti sur l'île de Nantucket avant ma naissance.

– Et ça, dit Kahn en lui montrant une fiche, c'est bien l'empreinte de ton pouce droit ?

– Si vous le dites…

Kahn exhiba une deuxième fiche.

– Je dis que ceci, c'est une empreinte prélevée sur la statuette qui a assommé Grace Korda. Je t'épargne les comparaisons des arches, des tourbillons et des crêtes papillaires qui me permettent de dire qu'il s'agit aussi de ton pouce.

– Ça veut dire quoi ?

– Que c'est toi qui l'as assommée.

– Mais c'est faux ! Je vous jure que j'ai trouvé M. Korda mort, sa fille évanouie. Et j'ai eu peur d'être accusé…

Kahn leva sa paume ouverte.

– Vous allez encore me frapper ? demanda Manson.

– Si je le faisais, il y aurait sur ta joue mon empreinte palmaire, unique et inimitable.

Kahn soupira et se pencha vers le secrétaire.

– Qu'est-ce que tu as fait de ton arme ? Où est-ce que tu l'as balancée ?

– J'en ai jamais eu. Je vous jure que c'est la vérité.

– Tu penses qu'un jury la croira, ta vérité ? Écoute, gamin, tu as de la chance : je te propose un marché. Tu dénonces celui qui t'a payé pour tuer. Tu inscris son nom ici.

Il rouvrit le dossier, lui tendit une feuille et un crayon.

– En échange, tu échappes à la peine de mort.

Manson resta silencieux.

– Ça t'est arrivé de lire des comptes rendus de procès de gangsters ? poursuivit Kahn. Les hommes de main qui dénoncent leur commanditaire obtiennent *toujours* des remises de peine.

– Je ne suis pas un gangster ! glapit Manson. Et j'aurais jamais touché à un cheveu de M. Korda.

Kahn le fixa, intrigué par son ton respectueux.

– Pourquoi lui avoir donné une fausse adresse ?

– S'il avait su d'où je venais, il ne m'aurait jamais engagé.

Il fixa l'inspecteur avec insolence.

– Vous n'avez rien contre moi. Même pas le témoignage de Mlle Korda. Sinon vous auriez pas besoin d'utiliser le truc des empreintes.

Kahn observa la lueur dans ses yeux : Manson avait compris qu'ils n'avaient pas trouvé ses empreintes sur la statuette. Il était bien trop malin pour un simple scribe.

Il rassembla son dossier et se leva.

– Tant pis pour toi, dit-il. Ça arrangera tout le monde que tu tombes : la police, le maire, le juge. De leur point de vue, ils ont déjà tout ce qu'il faut pour te lyncher.

Il ouvrit la porte, mais se retourna avant de sortir.

– Il paraît qu'Edison a mis au point un modèle de chaise

électrique très efficace. De quoi rendre la peine capitale encore plus séduisante pour les jurys.

– Attendez.

Manson roulait des yeux, cherchant une échappatoire.

– Je sais peut-être qui l'a tué, dit-il.

Kahn referma la porte.

– Qui ?

– Son nom, je le connais pas.

– Qu'est-ce que tu sais sur lui ?

– Juste que M. Korda le connaissait. En fait tout a commencé il y a deux semaines, quand son ami Emery a disparu.

– Qui ça ?

– Bernard Emery. Un professeur d'université. M. Korda m'avait dicté plusieurs fois des lettres à son intention.

– Qu'est-ce qu'il t'a dit sur cette disparition ?

– Qu'elle était inexplicable. Il n'y avait pas eu de demande de rançon... Il se demandait s'il avait été tué. Il avait l'air très affecté.

Kahn comprenait maintenant pourquoi Korda avait fait appel à l'agence Pinkerton, deux semaines plus tôt.

– Et ensuite ?

– Cette semaine-là, il m'a emmené en voyage à Boston. En rentrant, il m'a demandé de l'accompagner chez une de ses relations.

– Qui ça ?

– Il l'appelait M. Ochs.

– Adolph Ochs ?

– C'est ça. Sur le chemin, il n'arrêtait pas de regarder des documents dans une chemise. Ils semblaient l'effrayer.

– C'était quoi ces papiers ?

– J'ai pas pu les voir.

– Et pourquoi y attachait-il de l'importance ?

– Je n'en sais rien... En les lisant, il répétait quelque chose comme : « *Ce serait donc lui ?* »

Kahn se demanda si c'était pour lui parler de ces documents que Korda l'avait appelé la veille de sa mort.

– Pourquoi tu m'as pas raconté ça plus tôt ?

– J'avais promis à M. Korda de ne jamais en parler.

Cette fidélité à la parole donnée au défunt sonna étrangement aux oreilles de Kahn. Il y avait encore un mystère là-dessous.

Il se leva.

– Vous allez m'aider ? demanda Manson.

– Je vais vérifier ce que tu viens de me dire.

Il jeta un coup d'œil par la fenêtre. La nuit était tombée, mais un petit groupe de reporters en costumes bon marché continuaient à faire le pied de grue devant le commissariat. Grâce au nom cité par le secrétaire, il n'avait plus besoin de s'adresser à des sans-grade. Il pouvait frapper directement au sommet.

Ce nom, Adolph Ochs, n'était autre que celui du patron du *New York Times*.

La réunion de rédaction touchait à sa fin.

Une vingtaine de collaborateurs du journal, maigres et secs, étaient rassemblés en demi-cercle autour de leurs cafés et de leurs paquets de cigarettes.

Devant eux, un type aux sourcils épais et à l'allure martiale attribuait à chaque journaliste son sujet avec l'autorité cérémonieuse d'un officier confiant des fusils à ses soldats.

Ce n'était pas pour rien qu'Adolph Ochs était devenu, à cinquante ans, la figure de proue de la presse américaine.

Quinze ans plus tôt, ce petit entrepreneur avait réussi à persuader les actionnaires du *Times*, alors en sérieuse perte de vitesse, qu'il était l'homme qu'il leur fallait pour ressusciter le journal.

Une fois en place, il avait choisi une stratégie opposée à celle de ses principaux concurrents – les journaux « jaunes » à sensation sponsorisés par Hearst – en imposant une ligne austère et rigoureuse. Faisant mentir les cyniques, le succès avait suivi. Le tirage avait même centuplé et le nouveau *New York Times* était devenu la plate-forme médiatique la plus puissante du continent.

Subjugués, les collaborateurs du journal ne prenaient aucune initiative sans l'aval de leur patron.

– J'ai des infos sur les tarifs des tueurs à gages de Five Points, lança un reporter. Coup de feu mortel : 500 dollars ; non mortel : 100 dollars ; empoisonnement : 50 dollars ; empoisonnement d'un cheval : 35 dollars. Et ce sont les prix des pros.

– Mais est-ce vraiment l'un d'eux qui a tué Korda ? demanda Ochs.

– C'est peut-être sa folle de fille, hasarda quelqu'un.

L'idée scandaleuse parcourut comme une onde électrique les membres de l'assistance.

– Je suis sûr que William Randolph Hearst est dans le coup, fit un jeune journaliste à lunettes. Korda avait refusé de financer sa campagne aux élections municipales.

– Vous avez des preuves ?

Ochs fusilla du regard le binoclard qui ne répondait pas.

– Combien de fois vais-je dire que j'exige des principes dans ce journal ! On ne trafique pas les histoires ! On ne remplit pas les pages avec de grandes photos ou des bandes dessinées ! Et on ne défend pas systématiquement le petit peuple contre le grand capital ! On dit la vérité au *Times* !

– Qu'est-ce que vous voulez titrer sur l'affaire Korda, alors ? lança un rédacteur.

– Puisque vous n'avez rien sur sa mort, parlez-moi de sa vie. Que cache-t-elle ? Quel genre d'homme était-il au fond ? Que cherchait-il ? Quand il a été construit, le gratte-ciel où nous sommes touchait des nuages plus hauts qu'aucun autre. Pourquoi s'est-il imposé ce défi ?

– C'était un grand Américain, dit le binoclard, qui voulait se rattraper.

– Nous sommes tous de grands Américains ! En quoi était-il différent ? Expliquez qui était Korda et vous saurez qui l'a tué !

– C'est Dieu qui, jaloux de ce Prométhée, l'a rappelé à lui, lança un chroniqueur sur le ton de la plaisanterie.

Ochs ne sourit pas.

– Eh bien prouvez-moi donc l'existence de ce Dieu, et dites-moi s'il a un casier judiciaire ! Là-dessus, Ochs se leva pour signifier la fin de la réunion. Une secrétaire s'avança aussitôt vers lui pour lui annoncer qu'un inspecteur de police l'attendait.

Dans le bureau d'Ochs, Kahn jeta un regard par la fenêtre d'angle, par-dessus le *s* du néon *Times* plaqué sur la façade. Dans la lumière matinale, les tramways colorés qui filaient trente étages plus bas évoquaient des lucioles aux trajectoires étrangement disciplinées.

– Je vous ai remarqué au fil des années, commença Ochs en allumant une cigarette. Vous êtes l'une des meilleures recrues de Teddy Roosevelt.

– Merci, répondit Kahn.

– Je compare souvent notre ville à un fruit si juteux qu'il attire les insectes les plus nuisibles. Seuls les flics intègres comme vous l'empêchent d'être complètement gâté.

– C'est peut-être pour cette raison qu'August Korda m'a contacté la veille de sa mort.

– Vraiment, fit Ochs, intrigué. Et que vous a-t-il dit ?

– Malheureusement, notre rencontre n'a jamais eu lieu. Je suis arrivé trop tard.

Ochs durcit son regard.

– Korda était un prodige d'intelligence. Je n'aurais jamais cru qu'il se laisserait surprendre bêtement comme ça, dans son sommeil.

– Je ne veux pas abuser de votre temps, aussi j'irai droit au but. J'ai appris que Korda est venu vous consulter peu avant sa disparition. Ceci en connexion avec la disparition d'un certain Bernard Emery. Professeur d'histoire à l'université de Columbia et spécialiste de l'antiquité.

Ochs regarda à son tour par la fenêtre, comme pour fuir le regard perçant de l'inspecteur.

– Pourquoi est-il venu vous voir à ce sujet ? insista Kahn.

– Emery était un ami commun. Korda est venu discuter de différentes hypothèses quant aux disparitions.

– *Les* disparitions ?

– Quelqu'un d'autre s'est volatilisé, une semaine après Emery, avoua Ochs. James Wilkins, un assureur. Nous le connaissions bien lui aussi.

– Est-ce que Korda avait une explication ?

– Simplement des conjectures.

– Lesquelles ?

– Il se demandait si, à travers ces hommes, ce n'était pas lui qui était visé.

– Il était en affaires avec eux ?

– Wilkins, expliqua Ochs, est l'assureur de la plupart des gratte-ciel de Manhattan que Korda a financés. Emery, en tant qu'historien des civilisations, conseillait Korda sur ses projets de transformation urbaine de New York.

– Et les ennemis de Korda, qui sont-ils pour vous ?

– La liste est longue. Des promoteurs concurrents. Des politiciens qui craignaient qu'il prenne encore plus d'envergure. Et en finançant le bâtiment dans lequel nous sommes, Korda s'est mis à dos mes rivaux de la presse.

Ochs baissa la voix.

– Korda avait aussi des lubies. Il faut savoir que son père a été assassiné il y a plus de trente ans, dans l'Oregon. Par des bandits de grand chemin. Il a toujours été obsédé par cette histoire et il m'en a reparlé ce soir-là. Il se demandait si ce n'était pas les mêmes hommes qui étaient maintenant à ses trousses…

– Vous n'avez pas publié cette affaire…

– Korda était ma seule source, dit Ochs, et je recoupe toujours mes informations. Et puis je me méfie des histoires trop sensationnelles.

– Vos principes vous honorent, observa Kahn en le fixant. J'espère que vous les mettez en pratique en dehors de votre métier.

– Qu'est-ce que vous insinuez ?

– Est-ce que vous me dites *tout* ce que vous a révélé Korda ?

– Oui, dit froidement Ochs.

– Vos amis Wilkins et Emery…, insista Kahn, il est urgent de les retrouver maintenant. Ils sont en grand danger.

Ochs lissa du doigt le cuir épais qui couvrait son bureau.

– J'ai conscience de cela. D'autant plus que j'étais moi aussi un proche de Korda. Celui qui l'a tué est peut-être derrière ma porte.

Juste à ce moment-là, on frappa.

– Entrez ! dit nerveusement Ochs.

Un reporter fit irruption pour demander s'il pouvait passer deux colonnes sur les premières impressions d'Amérique du fameux « docteur *Freund* » qui avait débarqué à New York l'avant-veille.

– Qui est ce Freund ? Qu'est-ce qu'il a inventé ?

– Il cherche l'origine des maladies mentales. Il affirme que pour garder l'esprit sain, nous avons tous dû survivre à un conflit œdipien.

– Un quoi ?

– Un conflit œdipien. C'est-à-dire qu'enfant, nous voulons tuer notre père et coucher avec notre mère.

Ochs lança un regard désespéré vers le ciel.

– Non, non et non ! Combien de fois vais-je le répéter, nom de Dieu ? Je ne publie pas de ragots dans le *New York Times* ! Je fabrique un journal de référence ! Mettez-vous ça dans la tête !

Le journaliste s'éclipsa. Ochs se tourna vers Kahn.

– Je dois maintenant me rendre à l'enterrement à Trinity

Church. Quand je saurai quelque chose de plus, cela paraîtra dans mon journal…

Kahn serra la main qu'on lui offrait.

Ochs avait des secrets, c'était certain. Le patron de presse n'avait pas confirmé l'existence des documents dont Manson avait parlé. Il ne lui avait offert aucune piste sérieuse sur le meurtrier, si ce n'est une obscure histoire datant de trois décennies.

Mais la disparition d'un deuxième proche de Korda donnait à l'affaire une nouvelle ampleur et une nouvelle urgence.

Il fallait qu'il trouve les documents.

Il fallait aussi que l'unique témoin du meurtre commence à l'aider.

Amnésie ou pas, il devait la faire parler.

10

Dans l'intimité solennelle de la petite église de Trinity à Wall Street, Freud observait August Korda reposant dans un costume noir sur un coussin de velours violet. Son visage avait été rendu paisible par les soins des thanatopracteurs. Son expression était sereine, comme plongée dans une radieuse vision intérieure.

Comme s'il partageait la confiance dans le rayonnement *post mortem* des cinq pères de la Constitution qui, selon le *Baedeker*, étaient enterrés sous ce parvis.

La veille, au dîner, Freud avait accepté l'invitation de Stanley Hall à se rendre à l'enterrement. À leur arrivée, l'église était pleine. Quand il arracha finalement son regard du mort pour faire le tour de l'assistance, il reconnut certaines personnalités vues en photo dans les gazettes viennoises. Hall lui confirma la présence, au premier rang, de Theodore Roosevelt, qui avait quitté la Maison-Blanche quelques mois plus tôt.

Et qui fut le premier à rendre hommage au défunt en s'approchant du cercueil.

– On dit de Roosevelt, glissa Hall à l'oreille de Freud, qu'il a un ego formidable. Il voudrait être la fiancée à chaque mariage et le cadavre à chaque enterrement…

Hall se plaça à son tour dans la file pour marcher jusqu'à l'autel, et Freud lui emboîta le pas. Quelques minutes plus tard, il arrivait à la hauteur de celle qu'il reconnut être la fille du défunt, sa future patiente. En s'approchant, il vit Grace Korda se pencher vivement sur le cercueil. D'un geste compulsif, elle avança la main pour effleurer celle de son père en s'attardant sur l'alliance en or qu'il portait.

– On dirait qu'il dort, murmura-t-elle.

Une vieille dame qui se tenait juste derrière elle sembla bouleversée par cette remarque.

– Il ne dort pas, il est mort, articula-t-elle d'une voix rauque. Son sang a coulé et rougi la face de son serviteur…

Les yeux étincelants, elle se tourna vers la foule et leva une main en l'air comme pour la haranguer.

– « Mes mains sont pleines de ce sang ! Aie pitié, mon Dieu. J'ai honte d'avoir gardé un cœur si blanc ! »

Un brouhaha succéda à cette étrange intervention.

– C'est Miss Damon, l'ancienne gouvernante de Grace, glissa Hall à Freud.

Freud regarda Grace Korda prendre la vieille dame par le bras pour l'entraîner à l'écart de l'autel.

– Elle a cité Shakespeare, murmura Freud. Lady Macbeth.

– C'est une Écossaise, dit Hall. Et tout le monde sait qu'elle est un peu folle.

L'assistance se dispersait. Manifestement, tous considéraient avoir assisté aux divagations d'une excentrique traumatisée plutôt qu'à la confession d'une criminelle.

Tous, sauf un individu costaud au visage rond, qui s'était avancé à leur hauteur et scrutait le visage de Miss Damon. Il semblait partager son intérêt pour l'esclandre de la gouvernante.

En avouant un meurtre imaginaire, celle-ci avait voulu soulager un sentiment de culpabilité lié au défunt. Elle faisait donc maintenant partie de son enquête psychologique.

En lui jetant un dernier regard, Freud constata que Miss Damon continuait à pointer son index vers le sol. Comme pour rappeler à ce lieu sacré qu'elle avait bel et bien tué August Korda.

L'inhumation se déroula au cimetière de Greenwood, à Brooklyn – où des vallons et lagons idylliques encadraient les tombes de façon élégiaque. Quelques heures plus tard, Hall accompagnait Freud au vingtième étage du Flatiron, entièrement occupé par la Korda Bros. Inc, l'entreprise d'August et Herman Korda.

Le bureau d'angle de ce dernier était brillamment éclairé par des baies vitrées qui offraient aussi une vue plongeante sur Madison Square.

– Je vous remercie d'avoir assisté à la cérémonie, dit Herman à ses hôtes en affichant une mine d'enterrement probablement plus ancienne que la mort de son frère.

– Elle m'a fait regretter de ne pas avoir connu cet homme exceptionnel, répondit Freud.

Herman ne sembla pas réagir, comme plongé dans une austère méditation.

Freud le dévisagea. Sa première impression concordait avec le bref portrait que Hall lui avait fait de l'aîné des Korda. Grand travailleur, toujours dans l'ombre de son frère, toujours prêt à le seconder. C'était pour se consacrer aux projets d'August, avait souligné le professeur, qu'il n'avait jamais fondé de famille.

– August, dit finalement Herman, a été fauché en plein vol, alors qu'il était en train d'accomplir un rêve très ancien…

Il se tourna vers Freud. La lumière du soleil se refléta dans ses yeux, l'obligeant à cligner des paupières.

– Vous pouvez donc guérir Grace ? demanda-t-il. Je me fais du souci pour elle. C'est une jeune fille tourmentée.

– J'ai fait part des drames qu'elle a traversés au docteur Freud, dit Hall.

– La perte de sa mère, petite, l'a marquée, approuva Herman. Et puis son père n'était pas facile, comme tous les grands hommes…

– En quoi un grand homme est-il difficile ? demanda Freud avec une pointe d'ironie.

– Il aimait Grace comme tout ce qu'il aimait : avec trop d'ardeur. C'est sans doute pour ça qu'elle a refusé de se marier.

– Élucider cette relation complexe, approuva Freud, est peut-être la clé pour guérir la névrose de Grace.

L'expression terne d'Herman s'éclaira.

– Je ne vous garantis pas de résultats, ajouta vivement Freud. Je n'aurai que peu de temps pour effectuer ce travail difficile.

– Si ma nièce nous révélait qui a commis cet horrible meurtre… nous vous en serions extrêmement reconnaissant.

Freud toussota.

Il regarda Freud avec intensité.

– Comme je l'ai dit au professeur Hall, dit-il, mon analyse ne consistera pas à trouver l'assassin, mais à guérir Grace de ses troubles psychiques.

– Mais pour elle, le plus important est de trouver le coupable du crime dont a été victime son père ! Je vous l'ai dit, ils avaient une relation fusionnelle.

– Si vous aviez connu August… vous ne seriez pas en paix tant que vous ne sauriez pas qui l'a tué. Il faut que vous compreniez à quel point cet homme était…

Il chercha l'expression juste.

– … à quel point il était *plus* qu'un homme.

Il se dirigea vers une porte qu'il ouvrit.

– Venez, je vais vous montrer quelque chose.

Devançant Hall, Freud le suivit dans la pièce adjacente.

Ce qu'il vit le stupéfia.

La salle était presque entièrement occupée par la maquette la plus grande et la plus détaillée qu'il ait jamais vue.

Une ville entière avait été sculptée, de la plus petite impasse à la plus grande avenue. De puissants faisceaux de lumière mettaient en valeur chaque détail de centaines de bâtiments fabriqués en bois ou en métal avec une précision fascinante.

– *August était une œuvre*, dit Herman en tournant autour de l'édifice, une lueur dans les yeux.

La construction massive, montée sur une estrade en bois, était une représentation en trois dimensions de l'île de Manhattan, y compris les amorces des six grands ponts qui la reliaient à Brooklyn, à Queens et au New Jersey.

– Je suis un simple architecte, dit Herman. Je dessine des bâtiments. Mon frère était un visionnaire. Il concevait une ville.

Il désigna un siège en cuir pivotant élevé sur un socle dont le dos évasé rappela à Freud son cher fauteuil de consultation viennois.

– Il s'asseyait ici chaque jour pour contempler d'en haut cette maquette, qu'il a mis cinq ans à construire. Il faisait ajouter les nouvelles constructions au fur et à mesure qu'elles émergeaient.

Il virevolta autour de la maquette. À présent, réalisa Freud, il avait l'air éveillé, énergique, vivant.

– Regardez, tout y est, dit Herman. Chaque sentier de Central Park est représenté ! Ici, c'est Pennsylvania Station, chef-d'œuvre d'architecture néoromaine. Et la Poste centrale, construite dans le même style. Ces filaments rouges ici sont les trajectoires souterraines des lignes de métro. Et toutes les rues et les avenues sont là. L'intégralité de la grille est respectée…

– La grille ?

– Manhattan est ordonnée de façon mathématique. Douze avenues qui courent du nord au sud. Cent cinquante-cinq rues d'est en ouest. Soit une grille de deux mille vingt-huit blocs définie par les Hollandais en 1807, quand l'île n'était encore qu'une terre agricole en friche. Aujourd'hui, chaque bloc est l'enjeu d'une compétition féroce entre promoteurs, politiciens et investisseurs.

Il étendit ses longs bras maigres vers la maquette, en restant à distance respectueuse.

– August a employé son génie à redéfinir les blocs et la grille de Manhattan. Et cela pour lui donner la possibilité d'accueillir ce que les pharaons ont offert à l'Égypte ancienne : des constructions éternelles…

L'ambition démesurée d'August Korda rappela à Freud sa lecture fascinée des *Mémoires d'un névropathe* de Paul Schreber. Ce magistrat allemand s'était persuadé que Dieu l'avait transformé en femme, afin qu'un enfant né de ses entrailles sauve l'humanité...

– Il a convaincu nos concitoyens que Manhattan devait gagner en hauteur, dit Herman. Et l'élévation des gratte-ciel actuels n'était qu'un commencement à ses yeux.

Il appuya sur un bouton caché sous la plate-forme. Dans un chuintement, certains immeubles s'élevèrent de dizaines d'étages, donnant un profil encore plus vertigineux à l'ensemble.

– Pourquoi cette obsession de la hauteur ? demanda Freud.

– Elle incarnait la leçon que Manhattan devait donner au monde. Pour August, le plus grand pouvoir de l'homme était celui de *multiplier la surface terrestre*. Par l'architecture, il peut ajouter autant de niveaux qu'il le désire à la création divine. La cité verticale est donc l'aboutissement de la civilisation.

Freud effleura le flanc d'un gratte-ciel remarquablement miniaturisé. Suivant son geste, Herman manipula un interrupteur et le bâtiment s'illumina de l'intérieur.

– Ceci est la tour Singer, dont mon frère était le principal actionnaire.

Il alluma un à un d'autres gratte-ciel.

– Dans le cas du Metropolitan Life, juste à côté, il en a conçu l'idée pour la plus grosse maison d'assurances du pays. Son intervention a aussi été décisive dans la construction du Flatiron où nous nous trouvons, de Park Row, la rue des organes de presse, et de l'immeuble bien connu du *Times*, ici.

– Si ce n'est pas indiscret, demanda Freud, d'où venaient ses énormes capacités d'investissement ?

– Notre père avait investi sa fortune dans l'achat de terrains à Manhattan. August a commencé à faire construire sur ces terrains il y a trente ans. Or depuis, la valeur immobilière de l'île a explosé. Mais l'argent n'était pas l'essentiel pour August : il ne voulait pas posséder Manhattan, mais la transformer. Il s'est mis en tête d'aider tout promoteur désireux de construire les plus grands immeubles du monde.

– Sa vision se résumait-elle à la hauteur ? fit Freud en laissant passer une pointe d'ironie dans sa voix.

– La hauteur n'était qu'un point de départ et une façon de marquer les esprits. Ses gratte-ciel ne devaient pas seulement multiplier la surface mais aussi les *contenus*. Chacun des blocs devait constituer une entité autonome, un îlot, une *ville miniature*.

– Comment un immeuble peut-il devenir une ville ?

– Dans le gratte-ciel du futur, chaque étage sera un quartier d'activités différentes : affaires, divertissement, restaurants, sports, soins de santé. Les ascenseurs seront les rues faisant communiquer entre eux ces quartiers. En théorie, un homme pourra y passer toute une vie sans éprouver le besoin de le quitter. Sa productivité sera ainsi démultipliée.

– J'ai l'impression d'entendre de la science-fiction…

– Ces idées ont pourtant déjà été implantées de façon embryonnaire dans plusieurs bâtiments de New York. Tenez, ici, le Madison Square Garden contient des salles de spectacle, des bureaux et un centre commercial. Et avec le Woolworth, August comptait aller plus loin.

Il montra à Freud un emplacement à côté du pont de Brooklyn où s'élevait une élégante maquette blanche.

– Ce gratte-ciel sera une véritable cathédrale du commerce et de l'industrie. Il sera fini dans trois ans. Mais ce n'est encore rien.

Il désigna un espace de quatre blocs à Wall Street laissé vacant sur la maquette.

– Ici sera construit le bâtiment le plus ambitieux jamais réalisé par la main de l'homme. Ce sera le premier de quatre *piliers* disposés aux quatre coins de Manhattan et qui permettront de « soulever » notre île vers les cieux.

– Dans quel but ? demanda Freud.

– Faire des habitants des êtres sublimés, dirigés par des

instincts supérieurs. August était un *initié* qui voulait démontrer que l'esprit humain peut dominer les éléments naturels.

Il désigna les lampes qui éclairaient la maquette.

– Ainsi, ces sources lumineuses représentent un projet visant à suppléer aux rayons du soleil.

– Par quel miracle ? s'étonna Hall.

– Nous avons travaillé avec un brillant ingénieur sur une technologie consistant à diffuser du courant à haute tension dans la stratosphère, afin de créer un « parapluie lumineux ». Le but est d'éclairer Manhattan en permanence, de jour comme de nuit.

– Votre frère avait une âme visionnaire, murmura Freud.

Korda lui semblait poursuivre des objectifs radicalement opposés aux siens. Il concevait une architecture pour les corps, au lieu d'une architecture de l'esprit. Il travaillait sur la matière, et non sur la chair.

Pourtant, malgré ces divergences, son utopie le fascinait. Il lisait des liens nébuleux, métaphoriques entre leurs univers respectifs – ainsi, la ville fantasmatique du milliardaire évoquait à ses yeux un cerveau contrôlant un réseau d'artères de fer, de veines de cuivre, de nerfs électriques, de flux énergétiques...

Dans le silence qui se prolongeait, Freud comprit qu'Herman guettait une réaction digne de ce nom.

– C'est... assez admirable, dit-il.

– Surtout si vous prenez en compte le peu de temps que j'ai eu... Pardon, le peu de temps qu'August a eu pour concevoir et réaliser tout ceci, avec mon modeste soutien.

Gêné par son lapsus, Herman évita le regard de Freud.

– Vous comprenez maintenant à quel point il est important de savoir qui l'a assassiné ?

Il sortit une montre en or de son gousset.

– D'ailleurs, ma nièce vous attend.

Freud eut l'impression que l'architecte regrettait d'avoir autant parlé.

– Ne la bouleversez pas trop, ajouta Herman. À deux heures,

l'inspecteur chargé de l'affaire devait l'interroger de nouveau, et j'espère vivement qu'il ne l'a pas brutalisée.

Freud comprit que cette dernière phrase était un avertissement et, troublé, détourna les yeux. Son regard tomba sur un portrait au mur. Il crut reconnaître Grace Korda.

– C'est le portrait de ma mère Lucia…, le détrompa Herman.

Freud s'approcha pour regarder le tableau de plus près.

– La ressemblance avec Grace est étonnante, commenta-t-il.

– On le lui a souvent dit, approuva Herman.

Grace était le double physique de sa grand-mère, nota Freud, en se demandant si cela avait pu influencer la relation d'August avec sa fille.

– Docteur, conclut Herman, merci de nous venir en aide.

Freud serra une main redevenue molle et impersonnelle. L'excitation qui avait saisi Herman un peu plus tôt était retombée. De nouveau, il semblait avoir de la peine à exister.

Il se tourna vers Hall. Du regard, le professeur lui signifia que plus rien ne s'opposait à ce qu'ils s'en aillent.

Sa première patiente américaine l'attendait.

11

Une analyse commençait toujours mal.

Quand un patient s'allongeait pour la première fois sur son divan, il abordait immanquablement Freud avec une hostilité plus ou moins prononcée. Certains s'efforçaient par exemple de ne pas avoir l'air malades et de lui prouver que sa présence était injustifiée. D'autres exagéraient au contraire un symptôme bénin afin de détourner l'attention de leurs névroses.

Ce n'était que plus tard qu'ils dévoilaient leurs failles psychologiques réelles, toujours plus troublantes que celles avouées au départ : ainsi les visions délirantes d'animaux d'Emmy von N., les fausses douleurs d'accouchement qui alitaient la petite Dora ou les chocs électriques dans les cuisses qui empêchaient Elizabeth S. de marcher.

Grace Korda sembla déroger à la règle. Elle n'essaya ni d'esquiver ses questions, ni de détourner son attention. Au contraire, elle se déclara d'emblée prête à mettre son chagrin de côté pour collaborer en toute franchise au traitement et comprendre ce qui lui arrivait dans ses « moments d'absence ».

Puis, elle fut prise d'une quinte de toux – symptôme banal, mais qui offrait à l'analyste un point de départ.

Freud en profita pour lui proposer de s'allonger. Il avait avisé en entrant une banquette jaune qui pouvait faire l'affaire – même si elle ne valait pas le chaleureux divan de sa salle de consultation viennoise, recouvert d'un tapis persan.

Il lui tut, en revanche, la raison pour laquelle il imposait à ses patients la position couchée : il ne voulait pas qu'ils interprètent ses réactions muettes au cours de l'analyse.

Grace s'étendit avec bonne volonté, s'arrêta de tousser, et attendit qu'il lui pose une première question.

Il garda pourtant le silence pendant un moment.

Maintenant qu'elle ne le regardait plus, il éprouvait un besoin inhabituel de la contempler. Depuis longtemps, il ne s'attardait plus sur les particularités physiques de ses patients. Il se forgeait dès l'abord une représentation globale – « traits intelligents », « physionomie agréable » – puis plongeait dans leur psyché. À Trinity Church, il avait ainsi mentalement qualifié Grace Korda de « beauté victorienne classique ».

À présent, ses traits fins et son nez romain lui évoquaient plutôt la Gradiva, cette gracile citadine représentée sur un bas-relief retrouvé dans les cendres de Pompéi.

Ses yeux aussi le frappaient. Les iris verts étaient parsemés de fissures dorées, comme sur le point de se craqueler. Surtout, le mouvement constant, incisif, du regard dans toutes les directions révélait qu'il y avait en elle quelque chose d'instable. De ce visage parfaitement sculpté émanait une mystérieuse fébrilité.

– C'est vrai que vous demandez à vos patients de vous raconter leurs rêves ? demanda Grace, rompant le silence.

– Les rêves sont l'une des portes les plus fiables vers l'inconscient, répondit Freud. Et c'est dans votre inconscient que se trouvent ces souvenirs apparemment effacés par vos amnésies.

– Malheureusement, s'exclama Grace, je ne me souviens jamais de mes rêves – hormis quelques détails.

– Les détails sont justement ce qu'il y a de plus important !

Il remarqua que Grace triturait le fermoir en métal de son petit sac à main, l'ouvrant et le fermant machinalement. *Celui dont les lèvres se taisent bavarde avec le bout des doigts*, se dit-il. Par ce geste symptomatique, la jeune femme montrait sa crainte que le psychanalyste aborde certains sujets intimes.

– Stanley Hall m'a dit que vous êtes passionnée de théâtre, dit-il pour la mettre à l'aise. Comment est née cette vocation ?

– En voyant Sarah Bernhardt sur scène. C'est mon idole. Vous savez qu'elle dit que montrer ses émotions à une foule est un art essentiellement féminin ? Vous pensez que c'est vrai ?

– Certainement. Mlle Bernhardt, que j'ai aussi pu admirer à Paris, a plus de compétence que moi en la matière.

– Elle prétend même que seule une femme est capable de céder au public, de s'offrir à lui.

Décidément, Grace l'entraînait, consciemment comme inconsciemment, sur le terrain de la sexualité.

– Cette capacité des femmes à se livrer, approuva Freud, en fait aussi de meilleurs sujets pour la psychanalyse.

– Je ne crois pas être un très bon sujet, dit Grace en soupirant.

– Nous verrons cela rapidement. Nous n'avons d'ailleurs que six jours à passer ensemble. Je vais donc sauter un certain nombre d'étapes pour en arriver aux points essentiels. Pour réussir, j'aurai besoin de votre collaboration la plus totale.

– Je ferai de mon mieux, dit Grace en toussant de nouveau.

– Le principe de la psychanalyse est très simple, poursuivit Freud. Il s'agit pour vous de me raconter librement tout ce qui vous passe par la tête, en associant les idées et les souvenirs comme ils viennent, sans censure, sans rien taire ni cacher.

– Mais par où commencer ? demanda Grace, hésitante.

– Parlez-moi donc de cette toux qui vous gêne.

– J'ai en permanence une sensation constante de picotements dans la gorge. Parfois je n'en dors pas de la nuit.

– Quand est-elle apparue ?

– Il y a environ un an. Je me souviens, je me suis mise à tousser comme une folle au milieu d'une représentation des *Deux orphelines*. J'ai dû courir en coulisses pour me remettre...

Grace se contorsionna pour épier la réaction de Freud. À son regard sévère, elle comprit qu'il désapprouvait cette initiative et tourna ses yeux vers le plafond.

– Est-ce qu'il s'était passé quelque chose de notable ce jour-là ? demanda-t-il.

– Dans l'après-midi, j'avais rompu mes fiançailles, avoua-t-elle après un temps. Enfin, je veux dire que c'est Morris, mon fiancé, qui les avait rompues.

– Mais vous avez gardé la bague, remarqua Freud.

Grace regarda son annulaire où brillait un diamant.

– Je ne sais pas pourquoi.

– Parce qu'elle entretient votre sentiment de culpabilité – en vous rappelant que c'est vous qui êtes au fond la cause de la rupture.

– Mais pas du tout… ! protesta Grace.

– Qu'est-ce qu'il s'est passé exactement ? insista Freud.

– Ce jour-là, il m'a demandé d'arrêter ma carrière d'actrice après notre mariage. Ça m'a mise en colère. Il voulait que je fasse des enfants et je lui ai dit que je préférais travailler et être libre.

– Et qu'a-t-il répondu ?

– Qu'une femme qui ne veut pas être mère est folle… Qu'est-ce que vous en pensez ?

– Qu'il vous a convaincue. Et que votre toux est une sorte de punition que vous vous infligez pour vous être mal conduite.

Elle se renfrogna, tandis qu'il méditait ces révélations qui tentaient de préserver, comme des couches de jupons, la virginité de son secret. La toux hystérique semblait bien liée à la rupture des fiançailles. Le cas lui rappela celui d'Ida Bauer, ou « Dora », une adolescente dont il avait publié l'analyse trois ans plus tôt.

– Continuez à associer librement vos pensées, dit-il à Grace en espérant qu'elle irait dans le sens de son hypothèse.

– Mon fiancé n'était pas obtus, dit Grace. Je lui ai expliqué que ne pas avoir d'enfants ne devait pas nous empêcher d'être heureux. Mais lui craignait que…

Elle se tut en faisant glisser sa bague sur son annulaire.

– Il craignait, proposa Freud, que votre rejet des enfants n'entraîne celui de toute vie sexuelle ?

– Je trouvais cette idée dépassée, admit Grace sur un ton de défi. Il y a des moyens de contraception de nos jours.

– Mais vous étiez néanmoins consciente qu'aucun d'entre eux n'est pleinement efficace ?

– Oui, c'est vrai…

– Alors, poursuivit Freud, vous vous êtes interrogée sur les types de rapports sexuels n'entraînant pas la conception.

La nuque ivoire de Grace rougit instantanément.

– Je ne vois pas à quoi vous faites allusion ! dit-elle vivement.

Freud se reprocha d'être allé trop vite : il était contre le principe de lancer leurs quatre vérités aux patients – trop souvent, une telle attitude suscitait de l'antipathie.

– J'ai eu une patiente bien plus jeune encore que vous, dit-il pour parvenir à son but par une voie détournée. Je l'ai surnommée Dora. Elle souffrait elle aussi d'une toux nerveuse. Mon analyse a permis de conclure que cette sensation irritante dans sa gorge était née de son désir d'y sentir un sexe masculin.

– Docteur Freud ! lança Grace en se redressant sur le divan, comme mue par un ressort.

– Elle avait refoulé ce fantasme dans son inconscient, poursuivit Freud, mais sa mauvaise conscience à ce sujet avait persisté et l'avait transformé en trouble physique.

Grace lui jeta un regard indigné.

– Pour ma part, je n'accepterai pas d'analyse aussi perverse. Je préfère arrêter ce traitement dès à présent.

– Mademoiselle, protesta Freud, la notion de perversion est relative. Vous considérez comme pervers le contact entre une bouche et des organes génitaux. Mais que penser de deux personnes rapprochant, pour un baiser, les membranes muqueuses du point d'entrée de leur système digestif ? Elles s'affichent en public et personne, même vous, n'y trouve à redire !

Voyant les traits de Grace se détendre quelque peu, il se leva pour pousser son avantage en lui faisant face.

– Dès mes premières cures j'ai décidé d'appeler un chat un chat. Je n'ai pas le choix : avant d'entreprendre le traitement d'une névrose, il faut être convaincu de la nécessité de toucher à des sujets sexuels. En principe, les patients ne sont pas difficiles à convaincre car ces sujets leur tiennent à cœur. C'est ce qui s'est passé avec Dora. Et comme par miracle, une fois qu'elle a accepté la réalité de son fantasme, ses maux de gorge ont cessé, car le refoulement n'avait plus lieu d'être.

Grace, l'air mécontent, ne disait rien.

– Si vous n'aviez pas eu de pensées prétendument « perverses », conclut-il, vous ne souffririez pas de pareils troubles. Faites-moi confiance. Il y a dix minutes, vous m'avez promis de le faire.

Il la fixa, guettant l'instant où l'indignation de l'ego céderait la place au désir éthique de dépassement de soi. Ce qui lui permettrait de poursuivre la séance.

Grace lui lança un regard toujours aussi peu indulgent, mais sa voix s'était adoucie – et elle ne toussait plus.

– Dans le cas de cette jeune fille, demanda-t-elle, les symptômes ont disparu quand vous en avez trouvé la cause ?

– Exactement.

– Vous voulez dire qu'une simple conversation a guéri un trouble physique ?

– C'est le principe même de la thérapie. D'ailleurs, ce n'est pas moi qui ai inventé ce type de cure, mais une patiente comme vous.

Il jouait là sa carte la plus forte. Il s'agissait de valoriser le fait que, loin de se contenter d'essayer de guérir, Grace pouvait contribuer à une tâche plus haute en faisant progresser la science.

– Cette jeune femme, poursuivit-il, a été, elle, surnommée Anna O. par mon confrère Breuer, qui la soignait. Elle souffrait de symptômes aussi graves que les vôtres – entre autres, elle ne parlait plus que l'anglais.

– Est-ce si grave d'oublier ses langues étrangères ?

– Anna était allemande. C'est sa langue maternelle que sa névrose avait effacée de sa mémoire. Mais elle a découvert au cours de la thérapie que cela lui faisait du bien de parler librement de ses maux. Elle s'est surtout aperçue que, quand elle mettait le doigt sur l'origine psychologique d'un trouble, il disparaissait.

– Comme par miracle, dit Grace avec une pointe d'ironie.

– Elle appelait cela la « cure de parole ». Pour ma part, j'ai nommé ce phénomène la *catharsis*. Vous avez la possibilité de faire la même découverte. Je ne veux pas vous harceler : ne me dites pas si l'irritation dans votre gorge diminue parce que j'en ai hasardé une explication. Mais aidez-moi à attaquer vos symptômes les plus graves. Car c'est *vous* qui allez mener le gros de la bataille…

Grace s'était rallongée sur le divan. L'identification aux figures de Dora et Anna O. semblait fonctionner. Telles des fétiches posés près d'eux dans la pièce, elles permettaient à la jeune femme de projeter sur elles une part de sa peur de se livrer.

– Est-ce qu'Anna O., demanda Grace en faisant une moue, vous a dit qu'on ne peut jamais avoir raison avec vous ?

– Abordons à présent vos pertes de mémoire, reprit Freud. Quelle est la plus ancienne dont vous vous souveniez ?

– C'était peu après la mort de ma mère. Un soir mon père m'a grondée parce que j'avais fait une fugue. D'après lui, j'avais disparu pendant toute une après midi. Je n'ai rien pu lui raconter, et il m'a punie en me privant de dîner.

– Étiez-vous fatiguée, excitée ? Que ressentiez-vous ?

– Un grand vide. J'avais l'impression que les gens qui me parlaient étaient des inconnus. J'avais aussi peine à me reconnaître dans un miroir.

– Votre fugue *physique*, expliqua Freud, s'accompagne à

chaque fois d'une fugue *psychique*. Vous sortez de vous-même en même temps que de chez vous… Après cette première crise, vous en avez eu d'autres régulièrement ?

– Très souvent au début. J'allais mieux quand mon père a engagé Miss Damon. Mais j'ai continué à « perdre » des après-midi entières. Plusieurs fois, j'ai perdu une nuit. Un matin, je me suis retrouvée devant chez nous dans Columbus Avenue – avec pour seul souvenir de mon escapade un ticket de la nouvelle ligne de métro resté dans ma poche.

– Vous n'avez rien dit à votre père ?

– Je ne voulais pas l'inquiéter. Il avait toujours peur pour moi. La dernière fois que je l'ai vu, il avait l'air tellement effrayé…

Freud eut l'impression qu'il était sur le point de faire une percée. S'il parvenait à la pousser encore davantage…

– Fermez les yeux.

Cet acte simple aidait souvent à rompre le barrage que la pensée faisait aux images jaillissant de l'inconscient.

Grace ne sembla pas l'avoir entendu – elle garda les yeux grands ouverts.

Doucement, Freud approcha alors sa main pour appliquer une légère pression sur ses paupières.

– Dites-moi ce qui s'est passé lors de cette dernière rencontre avec votre père…

– Je l'ai trouvé dans son bureau en compagnie de John Manson, son secrétaire…

Elle se tut brusquement. Puis elle eut un soubresaut et son corps se raidit. Freud, stupéfait, se pencha vers elle.

Grace respirait profondément et sa première intuition fut qu'elle était plongée dans un état d'hypnose.

À part lui fermer les yeux, il n'avait rien fait pour provoquer cela. Il avait abandonné depuis presque dix ans cette technique contraignante qui ne permettait pas de surmonter toutes les résistances du patient.

La physionomie pâle et fine de la jeune femme était certes d'un type que les praticiens disaient sensible à la *suggestion.* Mais Freud n'aurait pu la plonger autoritairement dans cet état que si Grace s'était volontairement laissée aller entre ses mains.

– Tout ça ne vous regarde pas !

Freud sursauta. Grace était sortie de sa léthargie. Les yeux grands ouverts, elle avait adopté une voix autoritaire qui contrastait avec la douceur de son ton habituel.

– Mademoiselle Korda... Vous vous sentez bien ?

– Je me sentirai mieux quand vous cesserez de me poser toutes ces questions stupides.

Elle s'assit sur le divan. Tout comme son ton, devenu agressif, son vocabulaire aussi avait changé de registre.

Freud se demanda un instant si la comédienne en Grace avait décidé de perturber l'analyse. Puis il rejeta cette idée. Pourquoi aurait-elle essayé de le berner de cette façon ?

– Allongez-vous, je vous en prie, dit-il fermement.

– Vous voulez reprendre votre position dominante, docteur ? demanda la jeune femme. Remettre le couvert de l'analyse ?

Elle afficha un sourire sarcastique.

– Grace ne tombera plus dans des pièges aussi grossiers, dit-elle. Vous la prenez pour une belle idiote !

Elle parlait d'elle-même à la troisième personne.

Freud comprit qu'il avait affaire à un phénomène de *dissociation.* Une névrose dont la littérature psychiatrique ne recensait que de rares exemples et dont la description n'avait jamais été faite avec la rigueur scientifique adéquate.

– Vous n'êtes pas Grace ? demanda-t-il en s'efforçant de garder un ton neutre.

Sa patiente éclata d'un rire rauque qui le secoua.

– Moi, la charmante petite Grace ? Non, vraiment pas.

– Qui êtes-vous alors ?

La jeune femme croisa les jambes et lança son buste en avant.

– Je ne vous le dirai pas.

– Où est Grace ?

– Endormie.

Elle posa un doigt sur sa tempe.

– Ici.

– C'est vous qui prenez les commandes de Grace quand elle perd conscience d'elle-même ?

– Vous êtes un grand malin, docteur...

– Pourquoi avez-vous interrompu ma séance avec Grace ?

– C'est *vous* qui m'y avez forcée.

– De quelle manière ?

– Vous faites dire à Grace des choses qu'elle doit oublier.

Elle m'écoute quand je parle à Grace, se dit Freud.

Elle est là en permanence.

– En plus, vous prenez plaisir à l'humilier, ajouta la jeune femme.

Elle remonta le bas de sa robe de deuil pour caresser sa cheville du bout des doigts.

– Vous jouissez de la voir honteuse, poursuivit-elle.

– J'essaie de la guérir, dit Freud. Elle a le droit d'explorer librement son inconscient.

– Bien sûr. Vous adorez travailler dans l'obscurité de l'inconscient : personne ne peut voir ce que vous y faites. Personne ne peut vous juger.

Freud fut frappé par la souffrance qui transpirait dans cette attaque – plus brutalement efficace que celles des adversaires habituels de la psychanalyse.

– Vous êtes trop curieux pour être honnête, docteur, conclut la jeune femme. Maintenant, si vous permettez, fichez-nous la paix. Notre petite réunion est terminée.

– Cette séance ne peut pas se terminer en l'absence de Grace, dit Freud, alarmé. Ce serait catastrophique pour elle.

– Je lui transmettrai votre message.

– Quand Grace reviendra à elle, elle ne comprendra pas et se sentira trahie, insista Freud. Vous ne pouvez pas lui faire ça.

Comme piquée au vif, la jeune femme changea brutalement d'attitude. Elle afficha une moue sensuelle, et se laissa glisser du divan pour s'avancer vers lui en ondulant.

– Vous gagnez au change, susurra-t-elle. Je pourrais vous emmener au bal, ou au cinéma, et vous faire passer des moments bien agréables.

Parvenue à sa hauteur, elle caressa d'un index le poignet de Freud et se pencha sur lui.

– J'ai remarqué que vous aimiez parler à Grace de choses cochonnes, docteur.

– Asseyez-vous, s'il vous plaît.

– Je pourrais m'allonger sur ce divan… avec vous.

Freud sentit son souffle chaud sur son front.

– Vous avez parlé à Grace de ses fantasmes sexuels, poursuivit la jeune femme. Qu'en est-il des vôtres ?

Elle se glissa sur ses genoux. Freud eut l'impression que l'instant qui suivit durait une éternité, avant qu'il parvienne à le briser en saisissant son poignet et en la relevant.

– Grace veut guérir, dit-il avec force en se levant à son tour. Pour cela, elle a besoin de se souvenir de ce qui l'a traumatisée, puis de se dissocier de ce souvenir.

Il fit quelques pas pour dissiper la pression érotique qu'elle venait d'exercer sur lui, puis se tourna vers elle :

– En sabotant notre relation, vous lui faites du mal.

– C'est faux !

La jeune femme avait crié. Dans son regard, la langueur avait de nouveau laissé place à de la défiance.

– Je l'empêche de souffrir au contraire, dit-elle. Je la protège.

– Pas en la maintenant dans l'ignorance. Quand elle apprendra votre rôle dans sa vie, elle vous en voudra.

La jeune femme pâlit.

– Je vous interdis de lui parler de moi !

– Je regrette, dit fermement Freud. Je décide seul comment mener mes analyses.

Son interlocutrice, visiblement inquiète, recula d'un pas.

– Mais si vous n'entravez pas mon travail, je vous aiderai. Ça fait des années que vous vous battez seule. Vous avez besoin de soutien.

– Non.

– Vous n'êtes pas heureuse – vous voulez trouver la paix.

La jeune femme le regarda droit dans les yeux.

– Si vous lui faites le moindre mal, dit-elle d'une voix glaciale, je me vengerai.

Elle s'assit rageusement sur le divan et ferma les yeux. Ses lèvres remuèrent – comme si elle était en train de se parler à elle-même. Puis elle rouvrit les yeux en battant frénétiquement des paupières. Freud se pencha sur elle :

– Grace ?

L'air affolé d'oiseau blessé de la jeune femme semblait indiquer à Freud qu'il venait de retrouver sa patiente.

– Qu'est-ce qui m'est arrivé ? demanda-t-elle.

Elle rabattit vivement sa robe sur ses mollets nus.

Freud se rappela son témoignage sur l'étrangeté des moments où elle revenait à elle après une période d'inconscience.

– Vous avez perdu connaissance, dit-il en tâchant de sourire. Avec toutes les émotions que vous avez vécues ces derniers jours, cela n'a rien d'étonnant.

– Je me suis évanouie en pleine conversation ?

Freud hésita à persister dans ses mensonges. Grace, dont l'angoisse se plaquait mimétiquement sur la sienne, le dévisagea.

– Docteur, *dites-moi la vérité !*

Freud réalisa qu'il s'était laissé intimider. Il se reprit :

– Mademoiselle... Je vais vous expliquer ce qui vous est arrivé.

12

Kahn fut déçu par son interrogatoire d'Aileen Damon. La vieille dame s'était rétractée en affirmant que son aveu de Trinity Church n'était qu'une « image » et qu'elle se sentirait du « sang sur les mains » tant que le meurtrier ne serait pas arrêté.

Elle habitait depuis la majorité de Grace dans une mansarde de Greenwich Village où elle subsistait en publiant des histoires fantastiques dans des magazines à dix *cents*. Kahn en conclut qu'elle vivait dans la fiction plus que dans la réalité.

Il avait aussi questionné Herman Korda, qui avait produit deux témoins attestant qu'à l'heure du meurtre, il était à deux cents miles de New York. Et précisé qu'il n'héritait pas de la fortune de son frère, qui irait à sa fille. Il n'avait rien révélé de nouveau sur les disparitions d'Emery et de Wilkins.

Kahn avait été un peu plus avancé en revoyant Grace : en effet, elle l'avait persuadé que ses trous de mémoire n'étaient pas des faux-fuyants. Elle souffrait vraiment d'amnésie.

C'était toute l'ironie de cette affaire : la certitude d'une ignorance était déjà pour lui un pas en avant.

Grace avait également évoqué le nom du médecin autrichien dont il avait déjà entendu parler dans le bureau du *Times.* Elle l'avait présenté comme un célèbre neurologue qui venait de débarquer à New York et pouvait lui restituer ses souvenirs.

Elle espérait que Kahn approuverait cette initiative. Guérie par le docteur Freud, elle pourrait répondre à ses questions…

Kahn s'était montré dubitatif. Il avait une aversion instinctive pour les spécialistes en psychologie. Dans l'affaire du Madison Square Garden, des psychiatres avaient témoigné que Thaw, le meurtrier, n'avait pas toute sa raison. Ils avaient fait acquitter un homme qui avait tué de sang-froid devant cinq cents témoins.

Ces « experts » avides de publicité étaient par ailleurs faciles à corrompre. Le docteur Freud pouvait avoir été recruté pour faire *taire* Grace, plutôt que pour la faire parler…

Il décida de mettre rapidement les points sur les i avec celui qui faisait intrusion dans son affaire.

Un entrefilet du *Herald* lui avait appris que le docteur logeait au luxueux hôtel Astor. La réception dudit hôtel l'informa elle que Freud était invité à la *party* organisée sur son toit le soir même. Et qui, d'ailleurs, avait déjà largement commencé.

La fête battait son plein.

À cent pieds au-dessus du sol, se tenait une orgie ordonnée par la fée Électricité. Sous la nuit étoilée, des centaines de luminaires révélaient un lieu paradisiaque : une suite de restaurants en plein air, de piazzas et de jardins miniatures, peuplés de statues, de colonnes, de tonnelles et de recoins d'un romantisme raffiné. Par-delà les terrasses et balcons, on voyait, dans toutes les directions, les lumières scintillantes de Manhattan.

L'endroit était bondé. Les jardins sur les toits étaient les lieux de vie nocturne les plus courus de la ville quand, dans la chaleur étouffante du mois d'août, les théâtres devaient fermer. Les hôtels rivalisaient alors d'attractions pour drainer l'élite et les célébrités dans des espaces spécialement réaménagés.

Le toit de l'Astor était doté d'une vaste scène en bois, sur laquelle des couples dansaient en faisant resplendir l'éclat de leur jeunesse, tandis que l'orchestre enchaînait les valses prestigieuses de Johann Strauss et celles, populaires, de l'opérette *Florodora*. Des dizaines de serveuses en tenue satinée se démenaient pour satisfaire les convives attablés autour de soupers fins.

Carl Jung était à l'une des tables. Il avait échappé à une discussion ennuyeuse sur l'hérédité des maladies mentales, impliquant Ferenczi, Hall et quelques psychologues new-yorkais, pour se détendre en compagnie d'un couple plein d'allure.

Anna Landis, jeune médecin, était une admiratrice de l'Europe en général et de ses savants en particulier. Son mari James, avocat de renom, avait déjà ingurgité trois whiskies, quand un serveur déposa devant eux deux verres remplis d'un liquide verdâtre. Il en tendit un à Jung.

– Goûtez. C'est la spécialité du bar, l'Astor Hôtel numéro 1. Un mélange épatant de rhum et de jus de raison !

– Jus de *raisin*, corrigea son épouse en roulant des yeux. Quel lapsus épouvantable ! Docteur Jung, il faut que vous soigniez mon mari. Les médecins disent qu'il est cliniquement alcoolique.

Jouant de sa robe rose au décolleté plongeant, Anna fixa Jung avec candeur. Depuis un moment, ce dernier se rendait compte que, consciemment ou non, elle était en train de flirter avec lui. Il évita son regard pour se concentrer sur James.

– Est-ce que vous désirez être soigné, monsieur Landis ?

Son interlocuteur éclata de rire.

– J'ai déjà essayé les traitements les plus draconiens.

Il désigna Anna d'une main fébrile.

– J'ai même épousé cette charmante vipère. Elle devait m'aider à oublier la lenteur des heures comme la fuite des années.

– Mais pourquoi buvez-vous ? demanda doucement Jung.

Anna s'interposa :

– Mon mari voulait passionnément être musicien, mais il a renoncé à sa vocation en se persuadant qu'il n'avait aucun talent.

– Je n'en avais pas assez ! dit James avec amertume.

– Mais pourquoi abandonner sans lutter ? demanda Jung.

James grimaça.

– Soit un musicien est un génie, comme Beethoven, et il ne fait pas de compromis – soit il en fait et il devient un croque-notes.

– Beethoven était invivable, remarqua Anna.

– Quitte à être invivable, je préférerais être Beethoven !

Exaspérée, Anna se retourna vers Jung.

– Pouvez-vous le débarrasser de sa manie ?

À la grande surprise de Jung, elle se pencha vers lui pour lui chuchoter dans l'oreille :

– L'alcool rend notre vie intime terriblement monotone.

Jung accueillit la confidence parfumée d'un hochement de tête discret.

– J'ai déjà guéri un patient américain souffrant d'éthylisme, dit-il. L'héritier du *Chicago Tribune,* John Meddil McCormick. Il était soumis sentimentalement et matériellement à sa mère, détentrice de la fortune familiale. Une diablesse castratrice.

– James souffre du même complexe ! s'exclama Anna. Son père l'emploie dans son cabinet d'avocats et c'est un vrai dictateur. Comment avez-vous soigné ce McCormick ?

Jung sourit.

– J'ai écrit au comité directeur du *Tribune* en leur expliquant que son cas était désespéré et qu'il ne guérirait jamais. Le conseil de famille l'a viré et privé de son héritage. Il a été contraint de couper tous les ponts avec sa mère. Et il n'a plus bu une seule goutte d'alcool.

– Vos méthodes sont aberrantes ! s'indigna James.

L'air atterré, il vida un nouveau verre d'une seule traite.

– Guérir demande de la volonté et des sacrifices, insista Jung.

– Mais n'avez-vous pas une méthode un peu moins vigoureuse ? demanda Anna.

Jung se demanda pourquoi il avait décrit son traitement de McCormick de façon aussi provocante… Était-ce Anna qu'il cherchait inconsciemment à déstabiliser ?

– Une expérience spirituelle, dit-il à James, pourrait créer en vous un référent qui vous aiderait à résister à l'alcool…

Anna Landis éclata d'un rire rauque.

– Vous voulez que je le traîne à l'église ?

Jung allait répondre quand Ferenczi apparut à ses côtés, le regard brillant.

– *Il* est arrivé !

Jung suivit le geste de son confrère, pour repérer Freud qui s'avançait dans leur direction, l'air sombre, indifférent aux convives et aux serveurs impatients qui le bousculaient.

– Excusez-moi, dit-il à Anna et à James.

Il se leva, laissant la jeune femme, dépitée, aux prises avec son mari ivre.

Freud dut laisser passer un groupe de danseuses en paillettes qui allaient entamer un ballet sur la scène avant de les rejoindre.

– Vous devez avoir soif, lui dit Ferenczi en lui avançant un siège. J'ai commandé des rafraîchissements.

– Comment s'est passée votre séance avec Grace ? demanda Jung.

– Il lui est arrivé quelque chose d'inouï, dit Freud.

Il s'assit avant de poursuivre :

– Une transformation saisissante, en pleine séance. J'ai d'abord cru qu'elle était tombée dans un sommeil hypnotique. Mais la jeune fille que j'avais devant moi était pleinement éveillée. Et c'était *quelqu'un d'autre que Grace.*

– Une dissociation psychique ? demanda Ferenczi.

– Je conçois la nouvelle venue comme une *ombre* de la conscience de Grace. Elle joue un rôle précis : la protéger de certains souvenirs, en l'empêchant d'y accéder. On pourrait aussi la qualifier d'*incarnation du refoulé.* Une incarnation dotée d'une personnalité marquée, très différente de celle de Grace.

– Mais elle s'oppose donc à votre thérapie ? demanda Jung.

– De toutes ses forces. Elle a peur que je ne brise les défenses qu'elle a construites autour de Grace. J'ai pu lui faire avouer, cependant, que c'était elle qui prenait les commandes durant les phases d'amnésie.

– Comment a réagi Grace ? demanda Jung.

– Bien, étant donné les circonstances. Je l'ai convaincue de ne pas s'affoler. Mais je suis en difficulté. Si ma théorie est juste, cette « ombre » est en prise directe avec l'inconscient de Grace. Elle a tout loisir de perturber mon analyse.

Un serveur se présenta pour déposer devant eux des bouteilles évasées contenant un liquide noirâtre.

– Un verre de Coca-Cola va vous remonter, dit Ferenczi.

– *Coca-Cola ?* s'étonna Freud. C'est un de ces dérivés du bon vieux vin Mariani ?

Le goût de ce mélange de bordeaux et de cocaïne qui faisait fureur quand il vivait à Paris monta dans son palais. Le breuvage avait l'aval de la reine Victoria et avait donné naissance à de multiples avatars dont les noms contenaient tous le mot « coca ».

– Oui, dit Ferenczi, mais il n'y a plus ni alcool ni feuilles de coca dans la recette. Goûtez, c'est très rafraîchissant.

– Cet *alter ego* de Grace, reprit Jung tandis que Freud testait l'étrange breuvage, est-ce qu'il sait ce qui s'est passé le jour du meurtre ?

– Sans doute, mais cette Grace-là ne me dira rien. À la fin, elle est même devenue très agressive.

Freud cacha à ses collègues – ce qu'il se promit d'analyser plus tard – les provocations sexuelles dont il avait été l'objet.

– Qu'allez-vous faire ? demanda Jung.

– Concernant l'*alter ego*, comme vous dites, mon but sera de le convaincre de suivre la thérapie. Il doit comprendre que cela lui permettra d'aider Grace. Je vais aussi essayer de déterminer ce qui a provoqué son émergence au milieu de la séance.

Une forme rose se glissa entre les trois hommes en noir.

– Cessez donc de jouer les trouble-fête !

Freud dévisagea la nouvelle venue : Anna Landis faisait semblant de sourire, mais elle avait les yeux pleins de larmes.

– J'ai bu trop de champagne, s'excusa-t-elle.

– Enchanté, dit Freud.

– Pas autant que moi, Herr Freud. J'ai lu tous vos livres. Vous êtes le nouveau Darwin !

– Je suis très flatté.

– Votre mari n'est plus là ? dit Jung, agacé par le compliment.

– L'attention que je vous portais l'a mis en colère. J'ai oublié de vous dire que l'alcool le rendait terriblement jaloux.

Elle sécha ses joues, puis saisit les mains de Jung.

– Allons, venez danser !

– Je suis très maladroit, dit Jung.

– Vous vous êtes aussi excusé pour votre anglais mais j'aime votre accent. J'adorerai votre maladresse.

– Pour ma part, je vais aller me coucher, dit Freud à Jung. Poursuivons cette conversation demain matin.

– D'accord, dit Jung en prenant le bras d'Anna qui l'entraîna.

Ferenczi se rapprocha de Freud.

– Puis-je vous parler franchement ?

– Comme toujours.

– Vous n'avez pas le temps de vous consacrer à cette analyse. Les conférences sont dans moins de dix jours : il faut les préparer. Et avec ces délais, vous pourrez difficilement mener à terme ce traitement – or un échec sera contre-productif pour notre mouvement !

– Je n'échouerai pas, dit Freud. Et puis il est trop tard maintenant pour me retirer. Ma réputation est en jeu.

Ferenczi le fixa d'un air sceptique, mais respectueux.

– Dans ce cas, permettez que pour ma part je me consacre aux conférences. Stanley Hall repart demain pour Worcester. Il m'a proposé d'y rencontrer quelques-uns des professeurs de Clarke. Je crois que je vous serai plus utile là-bas en les familiarisant à vos théories qu'en me plongeant dans cette affaire criminelle.

– Cela me sera effectivement précieux, dit Freud. Merci.

Il regarda Ferenczi avec reconnaissance.

– Je vous ai dit que vous étiez à mes yeux le grand espoir de la psychanalyse ?

– Je croyais que c'était Jung..., dit Ferenczi. Moi, je ne suis qu'une fourmi laborieuse.

Freud jeta un coup d'œil au couple improbable que formaient sur la scène en bois le grand Suisse et la petite New-Yorkaise.

– Lui préfère être une cigale. Le voilà qui danse, maintenant...

Ferenczi sourit.

– Je vous laisse, dit-il. Nous partons tôt demain matin.

– J'en ferai de même dans quelques minutes, le temps de finir un cigare.

Ferenczi s'éloigna. À sa place, surgit un homme aux larges épaules et au visage poupin, qui lui tendit la main.

– Docteur Freud ? Je suis l'inspecteur Reynolds Kahn. J'ai quelques questions à vous poser.

– Je vous ai vu à l'enterrement ce matin, lui dit Freud en lui serrant la main.

Kahn hocha la tête, un peu vexé de ne pas avoir remarqué le psychanalyste à Trinity Church.

– Je vous en prie, poursuivit Freud en désignant le siège abandonné par Ferenczi.

Victime de ses habitudes, Kahn le détailla : *la cinquantaine. 1,72 mètre environ. Yeux bruns, veloutés, regard scrutateur. Épaules voûtées de l'intellectuel. Doigts teintés de tabac.*

– J'ai interrogé Grace Korda cet après-midi, commença-t-il. Elle m'a dit que vous alliez la soigner par la « psychanalyse ».

– Vous êtes bien renseigné, dit Freud.

– Puis-je savoir ce que c'est exactement ?

– Une discipline thérapeutique que j'ai inventée, et qui s'appuie sur l'exploration de l'inconscient de mes patients.

D'ordinaire, Kahn collait l'étiquette de « charlatan » sur quiconque lui assénait ce genre d'élucubrations. Mais malgré sa prévention contre les psychologues, il devait admettre que l'homme qui lui faisait face respirait l'intelligence.

– Grace, comme vous le savez, reprit Kahn, souffre d'amnésies concernant certaines périodes courtes de sa vie, dont la nuit du meurtre.

– C'est en effet pour cela que je la soigne.

– Votre position d'autorité, dit Kahn, me préoccupe. Elle risque de vous donner un dangereux ascendant sur cette jeune femme. Elle pourrait confesser en votre présence des choses qu'elle a peur de me dire…

– Confesser ? dit Freud en souriant. Vous me voyez donc comme une sorte de prêtre ?

– Peu importe comment je vous vois.

– Non, non, votre préjugé m'arrange au contraire.

Il alluma tranquillement son cigare.

– Il vous aidera à comprendre que, pas plus qu'un prêtre, je ne pourrai vous révéler ce qu'elle me dit. Mon analyse relève du secret médical. Elle ne concerne pas la police.

– Arrêter le meurtrier d'August Korda, expliqua Kahn en se raidissant, pourrait empêcher de nouveaux crimes. Si elle évoque ce qui s'est passé en votre présence, vous devez être assez intelligent pour me le rapporter.

– Il n'en est pas question.

– Vous n'êtes peut-être pas familier avec notre système judiciaire, dit Kahn, mais si vous influencez sa déposition, vous pouvez être incriminé pour complicité de faux témoignage.

Freud eut un sursaut.

– Vous pensez apparemment que j'ai été payé pour faire subir à Grace Korda une forme de lavage de cerveau !

Kahn soutint son regard sans le contredire.

– Laissez-moi dissiper un malentendu, dit Freud. Je m'intéresse peu à ce que Grace a vu il y a deux jours – et beaucoup à son enfance. Je cherche les racines profondément enfouies de sa névrose, certainement d'origine sexuelle.

– Et comment vous y prenez-vous ?

– Je vais la laisser me raconter des histoires. À l'aide de ces histoires, je vais remonter à la source de son mal. Et quand j'y serai parvenu, c'est à elle que j'en ferai part, et à elle seule.

– Êtes-vous sûr que vous ne vous fichez pas de moi avec vos histoires et vos névroses ? demanda brusquement Kahn. Il est évident qu'il n'y a rien de sexuel dans toute cette affaire.

– Korda a reçu un coup de couteau dans le bas-ventre, répondit Freud. Pour moi, c'est un acte motivé sexuellement.

– Il s'agissait d'une épée... et je ne vois pas ce que...

– L'épée, de façon plus arrogante encore que le poignard, est une approximation du pénis, insista Freud. Il y a peut-être, caché derrière ce crime, un fantasme de viol...

– Tout ça est complètement irrationnel, dit Kahn.

Freud l'observa attentivement, une lueur dans l'œil.

– Vous, demanda-t-il, comment est-ce que vous avez l'intention d'apprendre ce que Grace Korda nous cache ?

– J'ai quelques options, dit Kahn. Par exemple, je vais confronter Grace à notre principal suspect, John Manson. Ce face-à-face avec le meurtrier potentiel de son père pourrait créer un choc qui ravivera ses souvenirs.

– Cela n'aura aucune utilité, dit vivement Freud. Vous la choquerez, mais vous ne l'aiderez en rien à recouvrer la mémoire.

– Comment en êtes-vous si sûr ?

– Parce que comme je vous l'ai dit l'obstacle qui fait obstruction à ses souvenirs est quelque chose de très ancien. Créer artificiellement un choc n'aura pas plus d'effet sur sa mémoire que de la frapper sur la tête avec un gourdin.

– Vraiment ? dit Kahn d'un ton irrité.

– Vos méthodes sont contre-productives, dit Freud sans se démonter. En quittant Grace Korda cet après-midi, je suis passé devant la chambre de son père. Plusieurs policiers la fouillaient. Ils cherchaient des documents : l'un d'eux séparait un miroir de son cadre en bois. Un autre feuilletait les livres. Un dernier enfonçait des aiguilles dans des coussins. Mais malgré leur diligence, ils semblaient plutôt bredouilles.

– C'est peut-être parce qu'il n'y avait rien à trouver.

– Ou parce que ce type de fouille est un peu trop primaire.

– Et comment vous y seriez-vous pris ?

– D'après mon expérience, dit Freud, les meilleures cachettes se trouvent dans notre cerveau. L'inconscient notamment est un coffre-fort inviolable. On n'arrive à se représenter ce qu'il contient que par le biais de phénomènes incontrôlés : rêves, erreurs, méprises, maladresses.

– Vous me dites, ironisa Kahn, que Korda dissimulait des documents dans son for intérieur ?

– Non, mais sa cachette pouvait symboliser sa conscience. Tenez, la maquette de Manhattan qu'il a fait construire. Cette représentation de la ville était pour lui comme une matérialisation de sa pensée.

– Ce serait une cachette bien trop voyante, dit Kahn.

– L'un de vos compatriotes, réagit Freud, a démontré qu'une lettre peut être difficile à trouver précisément parce qu'elle est exposée aux yeux de tous.

– Edgar Allan Poe buvait trop d'absinthe, dit Kahn avec vivacité.

– Il n'écrivait que quand il était sobre, protesta Freud. Et vos collègues ont bâclé leur travail quand il a été assassiné, à Baltimore, il y a soixante ans.

– C'est son foie qui l'a tué, rétorqua Kahn. Je connais le dossier : ces rumeurs de meurtre ne sont que des ragots.

Les deux hommes se défièrent du regard dans un silence que l'inspecteur finit par briser :

– Merci pour vos conseils. Mais pour l'instant je préfère vous en donner. Si je découvre que vous travaillez pour quelqu'un, ou si vous compromettez mon témoin – vous pouvez annuler votre voyage retour. À très bientôt, docteur.

Freud se contenta de hocher la tête en regardant Kahn s'éloigner dans la foule qui s'éclaircissait, même si l'état d'ébriété des convives maintenait une certaine effervescence.

Après avoir terminé son cigare, il se dirigea à son tour vers les ascenseurs en se disant que sa position face au représentant des forces de l'ordre était fragile. L'idée de cacher à la justice américaine les révélations que Grace Korda pouvait lui faire le mit, pour la première fois, mal à l'aise. S'il se trouvait à son tour traîné devant un tribunal, sa réputation en serait irrémédiablement ternie…

En sortant de l'ascenseur au cinquième étage, il vit un couple riant aux éclats s'éloigner dans le couloir. Il reconnut aussitôt la haute silhouette de Jung qui se dirigeait vers sa chambre en tenant par la taille la jeune Anna Landis.

Freud s'arrêta net et se colla contre un mur. Il vit alors Jung se tromper de porte, la clé n'entrant pas dans la serrure, et revenir sur ses pas avec Anna jusqu'à la chambre précédente.

Acte manqué typique : en essayant d'ouvrir par effraction une porte dotée d'un numéro plus élevé que la sienne, Jung dévoilait à la fois son sentiment d'être en train d'accomplir un acte répréhensible, et son désir d'aller *loin* en Amérique en utilisant ses talents de séducteur.

Quand ils eurent disparu, Freud se dirigea vers sa chambre, en essayant de se débarrasser des images mentales de Jung et Anna en train de se dévêtir. Par contamination, le souvenir du double de Grace en train de lui faire des avances s'imposa à son esprit. Troublé, il scruta en imagination les traits de la jeune femme, déformés par une émotion insondable.

Incapable de l'analyser, il décida de se mettre au lit sans dîner et de s'endormir aussitôt. Le moment où le sommeil le gagnait était l'un de ses préférés. En rejoignant le monde des rêves, il avait l'impression de recommencer à travailler.

13

Les propos de l'étrange docteur Freud revenaient dans ses pensées comme une entêtante ritournelle. Cacher quelque chose dans un endroit *a priori* trop voyant : l'idée n'était pas absurde.

Au vingtième étage du Flatiron, Kahn se rendit bientôt compte que sa tâche était, elle, loin d'être aisée. Tout dans le bureau d'August Korda sortait de l'ordinaire et semblait conçu pour attirer l'œil. La sophistication et la richesse s'affichaient dans l'horloge Gilbert en or et marbre vert. Dans une gravure au mur signée Claude le Lorrain, qui représentait le somptueux palais d'un roi perse. Dans les candélabres de style rococo reconvertis en lampes. Dans la vaste collection d'ouvrages et de parchemins rassemblés dans la bibliothèque.

Ces objets témoignaient même d'un goût si exquis et de moyens tellement illimités qu'ils en devenaient impersonnels. Ils ne lui révélaient rien sur Korda, ses désirs, ses secrets.

La maquette de Manhattan dans la salle adjacente lui fit une tout autre impression. C'était un objet extraordinaire, certes, mais aussi un outil de travail. Korda devait passer devant un temps considérable.

Kahn repéra l'immeuble de la Septième Avenue dans lequel il vivait puis, à quelques rues de là, le bâtiment de la préfecture de police, insignifiant par rapport aux colosses qui l'entouraient.

La différence de statut entre lui et Korda le frappa. Lui

travaillait les pieds dans la boue, à la lumière des lampadaires, aux prises avec des gangsters de bas étage. Il n'était qu'un exécutant, œuvrant à l'ombre des gratte-ciel. Pour Korda, en revanche, la ville était un jouet, appréhendé d'en haut, qu'il pouvait gérer à sa guise. Il était de ces conquistadors qui en traçant la première carte d'une lointaine contrée avaient la certitude de se l'approprier.

Avec curiosité, il se hissa sur le fauteuil surélevé.

Son regard tomba alors sur la maquette de la majestueuse Pennsylvania Station et un détail le frappa. Sur le toit de la gare, des lettres en relief révélaient les patronymes des architectes : *McKean, Mead & White.*

Après examen, il découvrit que tous les bâtiments importants avaient, de même, le nom de leur concepteur gravé sur le toit. Sur le Park Row Building : *R. H. Robertson.* Sur le Singer : *Ernest Flagg.* Sur le Metropolitan Life : *Napoleon Lebrun et fils.* Sur le Madison Square : *Stanley White.* Sur le Flatiron : *Daniel Burnham.* Sur le Woolworth : *Cass Gilbert.* Puis il retrouva les noms *McKean, Mead & White* sur un autre bâtiment à colonnes, celui de la Poste municipale.

Seulement, il y avait une faute d'orthographe dans le deuxième nom : *Mead* était écrit *Mad* – « fou ». Intrigué, il effleura le mot du doigt, et se rendit compte que le relief de la lettre « e » était estompé, comme victime d'une érosion.

Une autre phrase de Freud lui revint en mémoire – ce dernier avait affirmé que le contenu de l'inconscient était dévoilé par des *erreurs, méprises, maladresses.*

Il tâta avec insistance le mot « Mad ». Bientôt, il entendit un déclic. Le toit se souleva, mû par de minuscules ressorts. Il n'eut qu'à pousser dessus pour le faire pivoter. À l'intérieur, une cavité contenait un rouleau de papier.

Il retint une exclamation. *La Poste.* Quel endroit plus évident pour déposer du courrier ?

Il prit un gant dans sa poche pour saisir ces pièces à conviction sans effacer les empreintes qui s'y trouvaient.

De retour dans son bureau, Kahn déplia le rouleau. Le premier document comportait une simple liste de noms.

CLUB DES ARCHITECTES

ROOSEVELT
KORDA
MORGAN
WILSON
BURNHAM
EMERY
WILKINS
MOORE
WALDORF
OCHS
TESLA
MCCLELLAN

Il jubila en comprenant que Korda, Wilkins et Emery faisaient apparemment partie d'un même club – une organisation composée de douze membres.

Les questions affluèrent : qui étaient ces gens ? Quel était leur but ? Pourquoi étaient-ils menacés ? Dans l'espoir de trouver des réponses, il déroula les autres documents. Il s'agissait de trois feuillets de papier vélin de la taille d'une carte de tarot.

Le premier d'entre eux comportait un dessin à l'encre de Chine. En haut, un soleil projetait quatre rayons ondulés vers l'objet qui occupait le centre de l'image : un triangle, pointe vers le bas, dans lequel flottait une créature à l'allure effrayante – une sorte de dragon. Sur chaque côté rampait un serpent doté de nageoires, la tête recouverte d'une minuscule couronne. Un même mot était inscrit au-dessous de chaque serpent : *Ignorantia.*

– Qu'est-ce que c'est que cette connerie ? s'exclama Kahn.

Il écarta le feuillet pour passer au suivant.

La deuxième illustration ressemblait à la première, à quelques détails près. Le triangle était tourné vers le haut et barré d'un trait qui le traversait en son centre. Les trois serpents portaient des ailes et le mot inscrit à trois reprises était *Fanatitia.*

Le troisième dessin montrait, lui, un triangle barré d'un trait et à nouveau tourné vers le bas. Les serpents cédaient la place à des lézards à la peau tachetée. Le mot était *Ambitio.* Et tout en bas de la feuille, il y avait deux lignes d'une écriture minuscule qu'il déchiffra péniblement :

Vos Trahisons appellent mon Châtiment.
Mes Noces seront l'Apothéose.

Sa frustration était à son comble.

– C'est quoi ce truc ? dit une voix derrière lui.

Kahn sursauta avant de constater que Renzo l'avait rejoint.

– Je n'y comprends absolument rien.

Il relata à son jeune partenaire ses recherches sur les deux disparitions qui venaient s'ajouter au meurtre de Korda. Renzo se montra stupéfait de la liste de noms qu'il venait de découvrir.

À juste titre. Quand ils eurent associé une identité probable à chaque nom, ils constatèrent que le club semblait réunir quelques-uns des hommes les plus puissants d'Amérique.

Theodore Roosevelt, ancien commissaire de la police de New York, ancien président des États-Unis.

Marion Waldorf, magnat de l'immobilier, dont la famille possédait un bon vingtième de Manhattan.

George McClellan, maire en exercice de New York.

John Pierpont Morgan, financier capable de faire fluctuer la Bourse d'un claquement de doigts.

Daniel Burnham, architecte, concepteur du Flatiron.

Nikola Tesla, concepteur du courant alternatif et de dizaines d'autres inventions révolutionnaires.

Woodrow Wilson, président de l'université de Princeton, juriste constitutionnaliste réputé.

William Moore, *chairman* d'une société d'armement riche de quarante-sept contrats officiels avec le gouvernement américain.

Adolph Ochs, patron du *Times*.

Emery, Wilkins et August Korda.

– Allons interroger ces hommes ! proposa Renzo, passant de la stupeur à l'excitation.

– Difficile, dit Kahn. C'est une organisation secrète. Ochs n'a pas dit un mot au sujet de ce club, même quand je l'ai interrogé sur les disparitions. Et cette liste n'est pas une preuve de son existence. De plus, si nous les enquiquinons, ils sont assez puissants pour nous débarquer de l'enquête.

– Que fait-on alors ?

– On trouve des preuves. Démontrons que le club existe et qu'il joue un rôle dans notre affaire.

– Le dossier de Korda ne mentionne aucune appartenance à un quelconque club, dit Renzo. Il a été franc-maçon au début des années 1890 puis a démissionné de sa loge. Ensuite, plus rien.

– Justement, je trouve ça bizarre. Un homme comme Korda se *devait* d'appartenir à un ou plusieurs clubs d'influence.

Depuis le début du siècle, c'était en effet la vogue des organisations « fraternelles » destinées aux citoyens désireux de gravir l'échelle sociale. On comptait en Amérique soixante-dix mille *loges* de trois cents *ordres* différents, regroupant au moins cinq millions d'individus.

– Les deux disparus sont plus actifs, dit Renzo en parcourant ses dossiers. Wilkins est l'un des membres fondateurs d'un certain Rotary Club, créé il y a quelques semaines à New York.

– Son but ?

– Promouvoir les intérêts de ses membres, développer l'esprit citoyen, œuvrer pour la nation. La routine. Quant à Emery, il fait partie d'une foule d'organisations : la grande loge maçonnique de New York, un groupement d'hommes de lettres nommé l'Association Century, et même les Chevaliers de Pythias.

Kahn hocha la tête. Les associations les plus importantes étaient d'énormes ordres spirituels aux appellations pittoresques : les *Patriciens Prudents de Pompéi,* les *Drôles de Gars,* les *Macchabées,* les *Témoins de Jéhovah.* Tous prospéraient en jouant les courtiers d'assurances pour leurs membres. Certains sombraient parfois dans des pratiques mafieuses ou criminelles.

– Une piste s'ouvre, conclut Kahn. Korda a pu être tué par celui ou ceux qui ont enlevé Wilkins et Emery, et pour la même raison : son appartenance au club. Ça signifierait qu'on ne travaille plus sur le meurtre d'un individu, mais sur l'attaque en règle d'une communauté. Et ça impliquerait aussi autre chose.

– Quoi ?

– Que les membres de cette « communauté » surveillent sans doute chacun de nos gestes.

Des pas dans le couloir. Quelqu'un de pressé se dirigeait vers leur bureau.

– Chut, fit Kahn.

D'un geste, il glissa les dessins dans un dossier, juste au moment où la porte s'ouvrait.

– Joli travail, Kahn.

Le commissaire Sullivan, en complet jaune vif, balança un exemplaire du *New York Times* sur la table.

– Avec la presse, j'entends.

Kahn ramassa le journal et lut le titre à la une : AFFAIRE KORDA : UN SUSPECT SOUS LES VERROUS.

Il parcourut rapidement l'article, flatteur à son égard et critique de l'agence Pinkerton, qui avait échoué à protéger Korda.

– J'ai eu un coup de fil du maire McClellan, ajouta Sullivan. Ochs, le patron du *Times,* lui a dit le plus grand bien de vous.

– Nous avons parlé, dit Kahn en sautant sur la perche qui lui était tendue, des disparitions de deux proches de Korda : Bernard Emery et James Wilkins. Nous n'étions même pas au courant.

– Les enquêtes ont été menées par Pinkerton, dit Sullivan.

– Il me semble capital de les reprendre de notre côté.

Sullivan le regarda avec un sourire que Kahn jugea encore plus louche que la méfiance qu'il avait manifestée auparavant.

– S'il y a quelque chose à trouver, faites-le.

Le sourire disparut pour laisser place à l'habituel rictus menaçant.

– Vous remarquerez qu'on vous fait confiance. Vous veillerez donc à ne pas nous décevoir.

– C'est-à-dire ?

– Arrêtez de parler à la presse. Je ne veux plus vous voir cité dans un article. Si vous trouvez un lien entre le meurtre et les disparitions, vous devez me le rapporter, à moi exclusivement. C'est clair ? Si quelque chose filtre…

Il martela ses derniers mots.

– Vous finirez votre carrière *en amont de la rivière* – si vous voyez ce que je veux dire.

Kahn tiqua à la référence argotique à la prison de Sing Sing, construite sur l'Hudson au nord de New York.

Il se demanda quel rôle des hommes d'influence comme Sullivan, Ochs et McClellan voulaient lui voir jouer dans la toile qu'ils étaient en train de tisser. Et s'il serait une bestiole assez maligne pour ne pas s'y faire dévorer.

14

La deuxième séance commença dans la pénombre. Freud avait trouvé sa patiente déjà allongée sur son petit divan jaune, tous rideaux tirés. Elle se plaignit de maux de tête et de la lumière du soleil qui lui brûlait les yeux.

– Depuis hier, commença Grace, cette *personne* en moi m'obsède. C'est comme si mes yeux étaient aussi *ses* yeux. Mes mains les siennes. J'ai l'impression de devoir me battre à chaque instant pour qu'elle ne me chasse pas de moi-même.

– Le travail sur l'inconscient est toujours très épuisant, généralisa Freud, désireux de laisser pour l'instant l'*autre* en dehors de la conversation. C'est comme de faire jouer un muscle qui n'a pas servi depuis très longtemps…

– Elle m'a empêchée de dormir une partie de la nuit, insista Grace. Et quand je me suis enfin assoupie, j'ai fait des cauchemars qui m'ont épuisée encore davantage.

– Est-ce que vous vous en souvenez ?

Après un temps, Grace acquiesça.

– C'est drôle, je vous avais pourtant dit que j'oubliais tous mes rêves…

– Peut-être que vous commencez à les comprendre, suggéra Freud. En tout cas, nous savons par où commencer.

Elle posa la tête sur le divan.

– J'ai d'abord rêvé que j'étais sur le balcon d'un immeuble en feu. Un oiseau chante. Je tiens une cage à la main. J'ai ma poupée dans l'autre main. En bas, dans la rue, des pompiers s'affairent avec des lances à eau, mais ils ne me voient pas.

– Comment essayez-vous de vous échapper ?

– Je cherche mon père des yeux. J'ai l'impression que lui seul peut me sauver. Il survient enfin, juché en haut d'une échelle. Il veut me prendre dans ses bras. Au moment où il va y arriver, je glisse et je tombe du balcon. C'est alors que je me réveille.

Elle sourit, gênée.

– Mon rêve ne veut rien dire, n'est-ce pas ?

– Au contraire, dit Freud. Je ne m'attendais pas à tomber sur un matériel aussi riche aussi rapidement.

– Qu'est-ce qu'il signifie alors ?

– C'est vous qui allez me le dire…

– Pour moi ce cauchemar n'a aucun sens !

– Laissez-moi vous introduire à quelques notions théoriques, dit Freud. Cela nous permettra d'aller plus vite par la suite.

– Vous allez m'apprendre à interpréter les rêves ?

– Je vais vous indiquer un chemin. L'hypothèse fondamentale de mon travail est que tout rêve témoigne d'un désir profond du rêveur.

– Comment pourrais-je désirer me retrouver dans une situation aussi horrible ?

C'était l'objection la plus courante. Freud avait lui-même mis des mois à comprendre pourquoi les idées morbides et obsédantes s'épanouissaient aussi volontiers dans les rêves.

– Le désir que le rêve contient a été refoulé par la conscience vers l'inconscient. En d'autres termes, la conscience ne veut plus avoir affaire à ce désir, et c'est pour ça qu'il réapparaît sous une forme *a priori* illisible. Les rêves, pour nous égarer, opèrent en fait des substitutions. Le plaisir devient dégoût. Les rires se transforment en sanglots.

– Je ne suis pas sûre de comprendre.

– Prenons un exemple. Une femme fait un cauchemar : un

bébé pleure derrière sa porte, il pousse dessus pour l'ouvrir, mais elle ferme la porte à clé. En l'interrogeant, je découvre qu'elle a récemment subi un avortement. Elle a ensuite refoulé son désir d'avoir un enfant. Il ressurgit dans son inconscient sous la forme du bébé qui essaie d'entrer dans sa chambre.

– Chaque élément du rêve signifie son contraire, alors ?

– Ce n'est pas si simple. Il y a des déplacements plus complexes, des échanges de valeurs. Une émotion forte se déplace sur un objet faible et insignifiant. La pensée la plus pressante se niche dans un épisode apparemment négligeable.

– Mon cauchemar n'a rien de discret : il y a un incendie, je tombe dans les flammes.

– Le feu, venons-y. C'est un symbole fréquent de l'état amoureux. Le désir de votre rêve n'était pas de mourir dans les flammes : au contraire, vous vouliez sans doute leur échapper. D'ailleurs, vous « échappez » à autre chose.

– À quoi ?

– Au geste de votre père pour vous sauver. Tout se passe comme si vous le rejetiez.

– Ça, c'est absurde, dit Grace.

– C'est ce que nous verrons. Avez-vous peur de l'eau ?

Grace hésita à répondre.

– Le rêve indique que vous évitez aussi les lances à eau des pompiers, dit Freud. Et j'ai remarqué que vous aviez les lèvres très sèches aujourd'hui.

– C'est étrange. Depuis hier, j'ai l'impression qu'il y a des bactéries nocives dans l'eau, que je pourrais m'empoisonner.

Freud montra un verre d'eau posé sur la table à son intention.

– Pourriez-vous boire à présent ?

Grace regarda le verre et grimaça.

– Non.

– Continuez à *associer.* L'idée que de l'eau puisse être empoisonnée vous était-elle déjà venue à l'esprit ?

– Oui, dit Grace après un temps de réflexion. Il y a six mois environ, le jour où mon père m'a fait visiter un tout nouveau gratte-ciel, la tour Singer. À un moment, il m'a expliqué le fonctionnement des canalisations, du pompage. Il m'a dit à quelle profondeur les ouvriers perçaient pour atteindre la nappe phréatique. Quand j'ai compris d'où venait l'eau, j'ai eu un haut-le-cœur. Pendant plusieurs jours, j'ai été incapable de me laver.

Freud réagit au nom de l'immeuble : *Singer* – le chanteur. Le chant de l'oiseau dans le rêve pouvait y faire référence.

– Continuez.

– Je ne sais pas quoi vous dire d'autre. Aucune pensée ne me vient.

Freud comprit que le « blanc » dans l'esprit de Grace était le signe qu'une résistance se créait – et donc qu'ils s'approchaient d'une notion importante pour sa névrose.

– Est-ce que quelque chose dans la journée d'hier a pu vous rappeler ce moment avec votre père ? Un rêve continue souvent le travail de l'inconscient pendant la journée précédente.

Le regard de Grace s'assombrit.

– Hier matin, à l'église… J'ai touché la main de mon père et je me suis rappelé ce jour-là, à la tour Singer. À la fin de la visite, nous sommes montés sur le balcon au dernier étage. Il m'a pris la main pour que j'admire la vue sans souffrir de vertige.

Les fils du rêve se déroulaient dans l'esprit de Freud. L'apparition de son père sur le balcon trahissait le désir de revivre le moment d'intimité vécu à la tour Singer. Le sens œdipien était clair : Grace désirait une union avec son père. La cage – objet creux, ouvert malgré ses barreaux – était un symbole sexuel féminin. Elle le tenait à bout de bras, comme un bouclier. L'oiseau était lui un symbole masculin. L'amalgame des deux signes révélait une contradiction à élucider.

– Dans ce rêve, votre mère est-elle décédée ?

– Oui. Seul mon père peut venir me sauver. Son échec m'affecte plus que le fait de tomber dans les flammes.

Les hypothèses se multipliaient. L'eau, en tant que source de vie, symbolisait la mère. L'allusion au percement de la nappe phréatique avait pu évoquer en Grace la mort de sa maman. L'idée que cette eau était empoisonnée trahissait la coloration négative de la présence maternelle dans son conflit œdipien. Clairement, cette présence l'empêchait de « s'unir » à son père comme elle aurait voulu le faire.

Dans le rêve, son père venait la sauver, mais elle sautait dans le vide. Le saut lui-même était traditionnellement un fantasme d'accouchement. Le message inconscient était-il qu'elle refoulait son attraction *taboue* envers lui afin que l'enfant qu'elle désirait ne soit pas le fruit d'une relation incestueuse. Ces hypothèses étaient encore fragiles : il lui fallait étayer, recouper, trouver de nouveaux indices.

– Vous aviez peur en tombant du balcon ? demanda-t-il.

– Pas vraiment. Je tenais bien fort Judith dans ma main pour me rassurer.

– Judith, c'est… ?

– Le nom de ma poupée. Je l'ai toujours. La cage à oiseau, par contre, je n'en ai jamais eu. Une fois, j'ai insisté pour en acheter une, et mon père m'a défendu d'enfermer des animaux. Il m'a dit que quand je serais grande, je ferais ce que je voudrais avec mon argent, mais qu'en attendant je devais l'écouter. Ça m'avait blessée. Mais ce souvenir n'a rien à voir avec mon rêve, n'est-ce pas ?

– Au contraire. L'argent est un symbole sexuel. L'idée de faire « ce que vous voulez » avec votre argent renvoie au passage à une sexualité adulte. Il est significatif que cette proposition vous ait fait peur.

– Encore un symbole, dit Grace, troublée. Pourquoi les rêves en utilisent-ils autant ?

– Par souci d'efficacité. Ils n'ont que peu de temps pour retranscrire des représentations complexes. Le symbole est un moteur puissant, qui transpose en images toute une succession d'idées. Il fait du rêve un amalgame d'éléments disparates. Une création foisonnante comparable à celles des contes pour enfants.

Freud se rendit compte qu'il se montrait professoral et sourit.

– Je profite de vous pour préparer mes conférences.

– Vous êtes fier de vos découvertes, remarqua Grace.

– C'est vrai. Le jour où j'ai écrit ma première interprétation, au café Bellevue, à Vienne, je me suis dit qu'il y aurait un jour à cet endroit une plaque : « C'est ici que le 24 juillet 1895 fut révélé au docteur Sigmund Freud le secret des rêves. »

– Ce n'est plus un secret à présent...

– Non, et heureusement. Il est très difficile d'analyser un rêve sans l'aide du rêveur. Une interprétation est une création qui se fait à deux. Justement, racontez-moi donc votre second rêve.

– Quel rêve ?

– Celui qui vous préoccupe depuis tout à l'heure.

– Je ne me souviens pas d'un autre rêve...

– Vous m'avez dit avoir été bouleversée par *des* cauchemars. Puis vous m'avez parlé de ce dont vous aviez *d'abord* rêvé. Et maintenant que vous comprenez où peuvent mener les techniques d'analyse, vous ne voulez plus me raconter votre second rêve ? Pourquoi est-ce qu'il vous fait si peur ?

La main gauche de Grace frottait régulièrement contre le velours du divan.

Celui dont les lèvres se taisent...

– Les rêves d'une même nuit font partie du même cercle de pensées, expliqua Freud. Interpréter le second peut nous aider à comprendre le premier.

– J'ai mal à la tête, dit Grace.

Sa « résistance » cherchait des renforts, creusait des tranchées, se barricadait. Elle se tourna vers Freud, ne trouva pas de porte de sortie dans son regard impassible, puis reposa la tête et ferma les yeux comme pour mieux se concentrer.

– Mademoiselle Korda ?

La respiration de la jeune femme changea. En l'entendant

plus forte et saccadée, Freud comprit aussitôt que Grace était passée dans son second état de conscience.

L'ombre était revenue.

Comme elle ne bougeait pas, il décida de tester son intuition et s'empara du verre d'eau posé sur la table pour le lui tendre.

– Vous devez avoir soif à présent, Grace.

– Je ne suis pas Grace, mettez-vous ça dans la tête ! répondit la voix grave à laquelle il s'attendait.

Elle avait ouvert les yeux et s'était assise sur le divan en le fixant d'un regard perçant.

– Je n'ai pas d'autre nom à vous donner, dit Freud.

– Appelez-moi Judith.

Ces derniers mots avaient la vigueur d'une incantation.

– Judith, comme la poupée de Grace ?

– Vous comprendrez vite que je n'ai rien d'une poupée.

Elle s'empara du verre et but, à longues gorgées. Freud s'aperçut alors qu'elle était gauchère, tandis que Grace saisissait les objets de la main droite.

– Vous avez de nouveau interrompu l'analyse, dit-il.

– Grace ne vous racontera pas ce rêve, répondit la jeune femme en posant son verre.

Elle se leva, le regard à la fois hautain et menaçant.

– Ce n'est pas à moi qu'elle doit le raconter, mais à elle-même, dit Freud, suivant le plan de bataille qu'il s'était fixé. Grace a besoin de comprendre ce qui s'est passé dans l'année qui a suivi la mort de votre mère. Ce n'est qu'ainsi qu'elle pourra surmonter la panique qui la ronge en profondeur. Si elle « s'évanouit » à chaque fois qu'elle rencontre une source d'angoisse, ses souffrances ne feront que grandir.

Figée comme une statue, « Judith » semblait cependant boire chacune de ses paroles.

– Votre père lui a révélé quelque chose juste avant sa mort, poursuivit Freud. Cela a réveillé en elle un traumatisme ancien.

Vous, vous étiez déjà au courant. En lui cachant la vérité, vous n'avez fait qu'aggraver la douleur de sa prise de conscience.

Le regard de Judith sembla s'adoucir. Était-elle sur le point d'être convaincue ?

– Je comprends que vous ayez pris les commandes pour la protéger, conclut Freud. Mais votre attitude l'a au contraire mise en danger. Grace est à présent au centre d'une investigation criminelle. Si vous la gardez dans l'obscurité, elle risque de…

La jeune femme fit un pas vers lui, le regard fixe. Allait-elle réitérer son exercice de séduction de la veille ? Freud, alarmé, n'eut pas le temps de se lever, qu'elle était déjà tout contre lui, et, les deux mains autour de sa gorge, entreprenait de l'étrangler.

Après un moment de stupéfaction, Freud se débattit et la repoussa de toutes ses forces. Judith tomba et l'entraîna dans sa chute, les mains toujours serrées sur sa nuque. Il se retrouva couché sur le dos, le poids de la jeune femme sur sa poitrine.

– Arrêtez ! parvint-il à dire. Vous m'étranglez !

– C'est comme ça qu'on ressent le plus de plaisir, dit-elle en haletant.

L'inconscient en action. Désir et haine s'y mêlaient avec une sauvagerie primitive. Freud attrapa des deux mains les avant-bras de Judith pour desserrer l'étreinte, sans y arriver. Il commençait à suffoquer. Il lutta pour rouler sur lui-même et parvint à faire basculer la jeune femme sur le côté. La tête de Judith alla frapper le pied en bois d'une commode.

Étourdie, elle continuait cependant à serrer le cou de Freud qui eut le plus grand mal à se dégager et à se relever, le visage rougeâtre, le corps éreinté.

Il recula de trois pas sans la lâcher du regard.

Elle se recroquevilla puis se leva à son tour.

Ils se dévisagèrent comme des boxeurs entre deux rounds. Une chaleur moite avait envahi la pièce.

Freud s'était déjà battu. Vingt ans auparavant, à la gare de

Berlin, il avait eu le courage de régler son compte à un voyageur qui l'avait abreuvé d'insultes antisémites.

Mais rien ne l'avait préparé à se bagarrer comme un chiffonnier avec une patiente.

Il scrutait le regard de Judith, cherchant une ouverture. Mais il était lisse, impénétrable. Le regard vitreux d'une poupée. *« Judith » est une poupée*, se dit-il. Devenue la gardienne irascible d'un secret, certes. Mais dont le caractère s'était *fixé* pendant l'enfance de Grace. Elle n'avait jamais vraiment grandi. Elle était encore soumise à l'autorité des adultes…

– Ça suffit ! dit-il d'un ton claquant. Vous avez assez joué !

L'expression de Judith perdit sa férocité. Ses bras se relâchèrent.

Une poupée veut être cajolée.

– Ça fait des années que vous vous battez pour Grace, dit Freud. Vous ne pouvez plus le faire toute seule.

Lentement il s'approcha d'elle. Elle ne bougeait pas.

– Il est temps de passer le relais.

Il tendit vers elle des mains rassurantes. Pour toute réponse, elle s'affaissa sur lui comme une chiffe molle.

Il l'attrapa au vol et sentit son corps s'abandonner dans ses bras. Son parfum l'enivra de nouveau. Rassemblant ses forces, il la souleva et la déposa délicatement sur le divan.

Puis il resta près d'elle, troublé par son abandon comme il l'avait été par sa lutte.

Au bout d'une minute, elle ouvrit des yeux effarés – les yeux de Grace. Son regard glissa sur Freud puis sur son propre corps.

– Ma robe est toute froissée… Mes côtes me font mal.

Elle leva les yeux vers Freud.

– Pendant combien de temps est-ce que je suis partie ?

– Quelques minutes seulement, répondit Freud.

– Qu'est-ce qu'elle a fait ? demanda vivement Grace. Qu'est-ce qu'elle *m'a* fait ?

– Elle a paniqué.

Fidèle à sa volonté de dire la vérité, il lui raconta les détails de ce qui s'était passé. Grace écarquilla les yeux avec horreur.

– J'ai cette violence en moi ? souffla-t-elle.

– Nous avons tous de la violence en nous, balbutia Freud. La vie n'est qu'un combat pour la contenir.

Grace lui saisit fébrilement le bras.

– Mais cette « Judith » ne se contient pas. Elle a essayé de vous étrangler. Docteur – mon père, et si…

Sa voix se brisa et Freud eut l'impression que les filaments d'or dans ses yeux s'embrasaient.

– Et si c'était elle qui l'avait tué ?

15

– Une strangulation ! s'écria Carl Jung. Et vous dites qu'elle était consciente des implications sexuelles de la chose ?

Freud acquiesça en remarquant que les tableaux décorant la salle de chasse de l'hôtel Astor où ils se trouvaient représentaient tous des animaux traqués par des chasseurs. Un environnement curieusement adapté au récit violent qu'il venait d'achever.

– De façon classique, dit-il, elle exprimait ainsi un complexe de castration très fort. Elle reproche à son père de lui avoir donné naissance en la privant de pénis. Elle m'identifie à lui et m'étrangle pour me castrer à mon tour.

– J'ai déjà rencontré un cas semblable chez une patiente, commenta Jung. Au cours de sa nuit de noces, après avoir perdu sa virginité, elle a serré éperdument le cou de son mari.

Il effleura du doigt la marque encore sensible sur la nuque de son aîné.

– J'aurais presque aimé être à votre place…

– Je vous assure que la séance a été plus douloureuse que plaisante, dit Freud. Grace peine à assimiler ce que je lui ai révélé en deux jours. Mettez-vous à sa place : primo, elle a un double. Deuzio, ce double dispose d'elle pendant les phases d'amnésie. Tertio, il est capable de la violence la plus extrême…

– Elle s'avère surtout bien plus complexe et excitante que je ne l'aurais espéré d'une patiente américaine !

Freud fut un instant choqué par l'insensibilité de Jung, avant de réaliser avec gêne que lui aussi avait désiré cela : un cas hors norme, mettant en valeur ses méthodes.

– Elle a perdu sa mère, poursuivait Jung. Et elle s'est dédoublée, comme une hydre remplaçant la tête « coupée » de sa parente…

Freud n'eut pas le cœur de suivre Jung sur ce terrain théorique. La confrontation avec la douceur désemparée de Grace et la violence débridée de Judith l'avait perturbé plus qu'il ne voulait l'admettre.

– L'essentiel, dit-il, est que Grace accepte de poursuivre le traitement. Mais elle a de plus en plus peur de Judith. Elle s'est même demandé si ce n'était pas elle qui avait tué son père…

– Ce n'est pas idiot, dit vivement Jung.

– Ce n'est pas mon problème pour l'instant, répondit sévèrement Freud. Ma priorité est de mettre au jour son conflit œdipien. Il y a un traumatisme sexuel là-dessous. Après la mort de sa mère, elle a sans doute voulu prendre symboliquement sa place aux côtés de son père. Mais ce processus de substitution a ensuite rencontré un obstacle psychique majeur.

Jung haussa ostensiblement les épaules.

– Vous semblez avoir une autre idée derrière la tête…, dit Freud avec un léger agacement.

– Et si, dit Jung, Judith ne faisait que vous manipuler ? Ses apparitions intempestives ne sont peut-être que des leurres pour détourner votre attention. Elle a tout simplement peur que vous découvriez qu'elle a tué August Korda.

– Arrêtez avec ça, s'énerva Freud. Où voulez-vous en venir à la fin ?

– Je vous pousse simplement à reprendre le dessus sur cette séductrice. Il faut qu'elle vous craigne davantage. Pour cela, vous devez obtenir des informations qu'elle croit être seule à détenir.

– Pour l'instant, admit Freud, je n'ai qu'une piste sérieuse : le rêve qu'elle m'a raconté.

– Celui de la tour Singer ?

– Oui.

– Pourquoi ne pas aller la visiter ? suggéra Jung. En suivant les traces de Grace et de son père, nous trouverons peut-être des informations pouvant orienter l'interprétation. Vous avez déjà fait avec succès ce type d'enquête.

– On ne peut pas débarquer là-bas comme des fleurs…, observa Freud.

– Je vais demander à Anna Landis de nous trouver un guide.

– Vous l'avez revue ? demanda Freud, estomaqué.

La jeune femme lui était complètement sortie de l'esprit. Il avait pourtant remarqué que l'attitude de Jung était plus conciliante que d'habitude et aurait dû deviner qu'il se trouvait psychiquement dans une phase *d'apprivoisement.*

– Sur mon conseil, dit Jung, son mari est parti faire une cure dans une communauté mormone, où il sera rigoureusement privé d'alcool. En son absence, elle s'ennuie et prend plaisir à me faire visiter la ville, qu'elle connaît comme sa poche.

– Elle commence à bien vous connaître aussi…

– Cette rencontre l'a transportée, tout comme moi, admit Jung, sans relever l'ironie du ton de Freud. Dès la première nuit, nous étions comme des figurines de glaise malaxées ensemble par quelque infatigable Dieu-artisan.

– C'était sûrement Dionysos en personne, ironisa Freud.

– Ne riez pas. À certains moments, j'ai eu l'impression d'abandonner complètement l'individu qui vous fait face – le dénommé Carl Jung, né le 26 juillet 1875 à Kesswil en Suisse – pour devenir l'homme universel cherchant la fontaine sacrée.

– Vous m'en direz tant !

– Vous auriez dû nous voir poursuivre nos sensations avec une frénésie joyeuse, comme on cherche par jeu un enfant caché dans un jardin. Nous culminions dans des craquements solaires, telles des terres trop longtemps arides. À un moment, elle m'a…

– Je vous en supplie, arrêtez-vous là, le coupa Freud. Je me passerai volontiers de la description *in extenso* de vos ébats !

– Vous savez quoi ? dit Jung, l'air vexé. C'est parce que nous évitons d'entrer dans le vif du sujet que les réunions de la Société de psychanalyse sont devenues aussi ennuyeuses.

Freud le fusilla du regard.

– Et je n'ai pas la chance, dit Jung, de passer mes après-midi avec la plus jolie orpheline de Manhattan.

La contre-attaque fit mouche.

– Appelez votre Anna, concéda Freud avec un soupir. Et puis, quand elle nous aura trouvé un guide de la tour Singer, nous irons à pied par Broadway. En chemin, vous aurez le temps de m'expliquer par quel processus inconscient vous vous entichez d'une femme qui porte le prénom d'une de mes filles…

– Cent quatre-vingt-sept mètres de hauteur. Plus que la pyramide de Kheops. Plus que le Mémorial de Washington. Plus que les flèches de la cathédrale de Cologne !

– Plus que la tour Eiffel ?

– Non, mais la tour Eiffel ne zert à rien, docteur Freud. Elle est belle, mais ne fait pas avanzer la zivilization.

Les jumeaux John et Brian Flagg, neveux d'Ernest Flagg, l'architecte de la tour Singer, amis d'Anna Landis, divertissaient d'autant plus Freud que le cadet zozotait. Sympathiques, ils souriaient sans discontinuer à l'intention des « grands docteurs du cerveau viennois », comme le magazine illustré *Harper's* les avait appelés dans son édition de la veille.

Venu à pied de l'hôtel, le petit groupe qu'ils formaient n'était plus qu'à quelques centaines de mètres du gratte-ciel, dont ils pouvaient déjà admirer les intimidants quarante-sept étages.

– Voici donc la tour du Chanteur, dit Jung.

John et Brian se regardèrent. John se dévoua pour contredire le docteur.

– *Singer* est le nom d'une compagnie, dit-il.

– Les machines à coudre, vous connaizez ? ajouta Brian.

– Bien sûr, mais nous ne parlions pas de cela, dit Freud.

Les Flagg renoncèrent à comprendre et ils traversèrent la rue. Arrivés au pied de *la* Singer, ils levèrent simultanément les yeux. La tour se dégageait rapidement de l'ombre des immeubles avoisinants pour s'élever de façon vertigineuse : le dôme et la flèche disparaissaient dans les nuages.

– La façade est dans le style français, expliqua John d'un air admiratif. Notre oncle a étudié à l'École des beaux-arts à Paris !

Freud fit une moue. Son jugement esthétique était suspendu. La tour n'avait rien à voir architecturalement avec les immeubles qui l'entouraient. Elle se tenait solitaire, défiant toute critique. Belle en soi peut-être, mais pas dans son contexte.

– Qu'en penzez-vous, docteur ? demanda Brian.

– Je la trouve… un peu isolée, répondit Freud.

– Un gratte-ziel, dit doctoralement Brian, ne doit pas en approcher un autre de trop près.

– Sinon les gens dans la rue ne verraient jamais le soleil, compléta John. Le conseil municipal va voter une loi à ce sujet.

Ils entrèrent dans le *lobby*, ample et luxueux. Un dédale de piliers carrés supportaient des dômes sculptés qui recelaient des verres polis et ouvragés d'où tombait une lumière forte, presque aveuglante. Les surfaces étaient couvertes de marbre coloré ou d'ornements en bronze. Jung siffla, admiratif :

– Une vraie ode à la gloire des couturières…

Au centre du hall, un gardien se tenait assis derrière une table en marbre. Il avait la corpulence d'un bouddha et Freud eut l'impression qu'il avait fait vœu de vivre cloué sur sa chaise.

– C'est nous qui avons appelé, lui dit John. Nous allons gagner le balcon d'observation.

Le couloir, assez vaste pour faire passer un régiment, les mena à trois portes d'ascenseur massives. Celle du milieu coulissa et un groom en habit rouge apparut.

– Quel étage ? demanda-t-il.

– Quarantième, s'il vous plaît, dit John.

L'ascenseur entreprit une ascension si rapide que Freud sentit la pression monter dans ses oreilles. Heureusement, la cabine cala bientôt en douceur. Le groom leur fit un clin d'œil.

– Ne faites pas de bêtises, là-haut…

Ils sortirent de l'ascenseur. Freud relança John :

– Qu'est-ce qu'il voulait dire ?

– Il faisait allusion au fait que plusieurs personnes se sont jetées de l'observatoire ces derniers mois. On a déjà surnommé l'immeuble le « pic des suicides ».

– On craignait déjà za le jour de l'inauguration, poursuivit Brian. Mais notre oncle a dit qu'il ne fallait pas zacrifier le bonheur du plus grand nombre à la bêtise de quelques-uns.

Au bout du couloir, John poussa une lourde porte métallique.

Une lumière intense dilata instantanément leurs pupilles, tandis que Manhattan leur explosait au visage.

Partout autour d'eux, la ville évoquait un immense chantier. Les immeubles en construction s'aggloméraient comme des champignons dans le quartier de Wall Street. Sur l'eau verte et vitreuse de la rivière Hudson, les trajectoires d'une flopée de bateaux, à voile, à vapeur, à roues, striaient l'eau en tous sens.

– Sacré coup d'œil pour un suicidaire…, remarqua Jung.

– En effet, dit Freud, l'air songeur.

– N'y pensez plus, dit John d'un ton agacé. Il y a cent manières de se suicider. Les gratte-ciel ne sont pas faits pour ça.

– Penzez plutôt aux innovations technologiques nézessaires pour obtenir ce point de vue, dit Brian.

– Pour construire la Singer, précisa John, notre oncle a fait creuser les fondations les plus profondes jamais réalisées.

– Le sol de Manhattan s'y prête ? demanda Jung.

– Il est d'un granite exceptionnellement dur, ce qui garantit la stabilité des constructions. Mais il faut creuser profondément.

Notre oncle a utilisé un système de caissons étanches pour poser les fondations. C'est une invention révolutionnaire pour empêcher l'eau d'envahir les sous-sols.

– Il y a une nappe phréatique sous la tour ? réagit Freud.

– À faible profondeur, oui.

– Est-il possible d'y accéder ?

– Pas à notre connaissance.

– Ni aux canalisations ?

Les Flagg se regardèrent, éberlués. John daigna répondre :

– Les canalisations sont dans les murs. Le seul endroit accessible est la salle de pompage.

– C'est-à-dire ?

– Les pompes municipales n'ont pas un débit assez fort pour entraîner l'eau jusqu'aux étages les plus élevés. Ce gratte-ciel a donc son propre système de pompage, qui récupère l'eau dans les canalisations et lui donne la force de propulsion nécessaire.

– Est-ce que cette salle de pompage faisait partie de la visite le jour de l'inauguration ? demanda Freud.

– Pour ceux qui le désiraient, dit John.

– J'aimerais y jeter un coup d'œil.

Les Flagg semblaient s'être résolus à ne plus poser de questions. Au quatrième et dernier sous-sol, Freud et Jung les suivirent dans une suite de salles encombrées par d'énormes tuyaux. L'humidité transpirait sur les murs de béton : on y voyait par endroits de la mousse verdâtre et Jung pointa du doigt une ribambelle de blattes qui se cachaient dans une fissure.

Freud, lui, avait l'impression de pouvoir être écrasé à chaque instant par une énorme masse de pierre et d'acier. La moiteur lui rappela les catacombes de Paris, qu'il avait visitées dans sa jeunesse, et qui contenaient plus de cinq millions de squelettes blanchis par les ans.

Après avoir franchi une bonne dizaine de portes, ils entrèrent dans une sorte de vaste puits de forme circulaire. Trois énormes cuves occupaient la majeure partie de l'espace, flanquées d'appareils électriques et garnies de thermomètres, d'arceaux et d'échelles. Un éclairage violent présentait l'ensemble sous un jour particulièrement ingrat – surtout quand on le comparait à la décoration intérieure du reste du gratte-ciel.

– Voici les pompes, dit John.

Sa voix résonna avec une réverbération métallique. Freud examina la pièce, sans rien voir qui ait pu exciter l'imagination de Grace.

Jung examinait les recoins, trouvant au passage d'autres espèces d'insectes.

– Vous entendez ? s'exclama-t-il soudain.

– Quoi ?

– Un claquement, là-dedans…

Il désignait l'une des cuves. Freud prêta l'oreille. Il n'entendit que le ronronnement des machines.

– Vous, dit Jung aux Flagg – comme si l'ouïe de Freud était physiologiquement déficiente –, vous entendez ?

– Non, dit John.

– Clac, clac, dit Jung. Comme un clapet.

– Z'est peut-être une zouris, dit Brian Flagg.

– Ou bien, reprit Jung, inspiré, l'expression de la tension nerveuse qui nous agite parce que nous échouons dans une analyse difficile.

Les Flagg lui lancèrent un regard d'absolue incompréhension.

– Un phénomène d'*extériorisation catalytique*, expliqua Jung.

Freud leva les yeux au ciel.

Dès leur première rencontre, quatre ans auparavant, Jung l'avait contrarié avec ses lubies parapsychologiques.

Il s'était vanté d'avoir, dès l'enfance, préféré le spiritisme et la télépathie aux parties de cache-cache. Comme Freud lui démontrait l'inanité de ces pratiques, Jung avait rétorqué que son attitude matérialiste lui retournait l'estomac.

Le ton était monté entre eux et au plus fort de la conversation, ils avaient entendu un choc sourd qui semblait provenir d'un des rayons de la bibliothèque. Jung avait aussitôt postulé qu'il s'agissait d'un événement surnaturel venu souligner le caractère émotionnel de leur discussion.

« C'est un non-sens », avait rétorqué Freud.

Jung, vexé, avait prédit que, leur désaccord s'intensifiant, il y aurait encore un bruit. Une seconde plus tard, un raffut évoquant un bris de vaisselle avait émané de la bibliothèque.

Freud, horrifié, avait eu l'impression que cet incident ridicule était une manipulation, et acquis la certitude qu'il y avait chez le jeune Suisse quelque chose de définitivement dérangé.

– Concentrez-vous un peu et vous entendrez ce bruit, comme moi, insista Jung, l'extirpant de son souvenir.

– Il n'y a aucun bruit, insista Freud.

– À moins que…

Les yeux de Jung s'illuminèrent.

– … que ça ne soit pas un phénomène d'extériorisation mais une communication télépathique. Un organisme vivant m'envoie un signal de la cuve.

– Vous savez quoi ? s'exclama Freud, exaspéré. Nous allons vérifier ça.

– Ne vous énervez pas.

– Est-ce qu'il est possible de regarder à l'intérieur ?

Brian Flagg, surpris, examina aimablement la cuve, puis la roue à main qui se trouvait sur son flanc.

Après quelques manipulations, il parvint à actionner le volant de façon à faire coulisser un couvercle au sommet. Le grincement s'accentua et un léger nuage de vapeur s'éleva au-dessus de l'ouverture qu'il venait de créer.

Freud avait déjà commencé l'ascension de l'échelle collée à la paroi de la cuve.

– Nous allons voir s'il y a un bruit, dit-il à Jung d'un ton sarcastique, ou si, comme l'adolescente Jeanne d'Arc en quête d'identité sexuelle, vous *entendez des voix*.

Une fois les pieds posés sur l'avant-dernier barreau de l'échelle, il poussa sur ses orteils pour regarder à l'intérieur.

Il remarqua tout de suite une poulie, autour de laquelle une corde était enroulée. Au bout de la corde se trouvait une sorte de harnais dont l'extrémité dépassait de l'eau trouble.

Il se pencha. Au-dessus du harnais, une boule d'aspect calcaire flottait sur la surface rougeâtre de l'eau. Elle semblait attachée à une masse immergée, jaunâtre et friable.

Puis il vit, sur le côté de la boule, un trou noir béant, duquel dépassaient des formes plus dures et plus précises.

Des dents.

Une vapeur âcre envahit sa gorge et il eut envie de vomir. Il étouffa un cri et descendit l'échelle à la hâte, les jambes flageolantes. Quand il posa pied à terre, Jung se précipita pour le soutenir. S'appuyant sur lui, Freud reprit son souffle.

Il avait compris ce qu'était la masse jaunâtre. Il en avait vu de semblables à l'université sur des planches que commentait leur professeur de médecine légale Eduard von Hoffman.

– Mais enfin, qu'avez-vous vu de si impressionnant ? demanda Jung.

– Un noyé, répondit Freud.

Il se tourna vers ses compagnons. Pris d'un sentiment de panique qu'il n'avait jamais éprouvé.

– Il y a un cadavre dans la cuve. Il est là depuis plusieurs semaines…

– Il faut appeler la police, dit fébrilement l'aîné des Flagg.

Freud acquiesça, le regard sombre. En lui, graduellement, la colère prenait le pas sur la confusion.

Quelque part, une force malfaisante le défiait. Elle cherchait à le sortir de son élément, à le pousser dans des situations où il se retrouvait complètement impuissant.

Il devait apprendre à l'affronter.

16

Le destin a le sens de l'ironie. Souvent, des êtres qui semblent inopportuns au premier abord vous apportent le petit coup de pouce nécessaire pour aller de l'avant.

C'est du moins ce qu'avait offert Sigmund Freud à l'inspecteur Reynolds Kahn. En retrouvant un individu que les Pinkerton cherchaient depuis quatorze jours, Kahn avait justifié la confiance placée en lui par le commissaire Sullivan.

– Fais entrer les deux zigotos, lança-t-il à Renzo.

Freud et Jung ne se firent pas prier. Ils firent irruption dans la pièce, le visage congestionné. Kahn crut d'abord qu'ils étaient sous le choc : ces vénérables savants européens ne devaient pas avoir l'habitude des face-à-face avec un cadavre. Mais Freud lui fit comprendre qu'ils étaient surtout en colère.

– Vos collègues nous font patienter depuis plus de deux heures, s'indigna-t-il.

– Nous sommes les invités officiels d'une grande université de ce pays, ajouta Jung en ajustant ses lunettes. Nous ne nous attendions pas à y être traités comme des criminels !

– Je suis désolé, dit Kahn en leur serrant la main, mais je n'ai pas eu une minute de libre. Et je dois prendre votre déposition.

Il alla ouvrir un store pour qu'un peu de lumière égaie l'atmosphère. Ses hôtes, moins hostiles mais toujours aussi excités, inspectaient la pièce d'un regard inquisiteur.

– On se croirait dans un musée, dit Freud.

Il considéra tour à tour la collection d'armes à feu derrière une vitrine ; la bibliothèque débordant de volumes de criminologie ; les murs couverts de photos de scènes de crime soigneusement cadrées : un cadavre criblé de balles dans une ruelle sombre ; un corps sans tête assis dans un fauteuil persan ; une femme blonde éventrée sur un billard.

– Un musée du Mal, alors, lâcha Kahn.

– Ces images sont terrifiantes, dit Jung.

Freud réagit :

– Savez-vous pourquoi la vision de membres tranchés ou de corps tronçonnés provoque en nous une turbulence aussi profonde ?

– Encore notre complexe de castration ? suggéra Jung.

– Précisément.

Kahn fronça les sourcils. Ses clichés ne montraient pas de castration – Dieu merci – et elles n'avaient rien de complexe.

– Et ça, qu'est-ce que c'est ? demanda Freud.

Il désignait une collection de photographies punaisées sur un tableau en bois. Il s'agissait de portraits en gros plan portant en sous-titre la mention « Faussaire », « Égorgeur », « Violeur »...

– Les *mug shots* sont la nouvelle manie de mes inspecteurs, dit Kahn. On photographie les criminels pour déterminer leur « type ». Cette série, ici, suggère que les faux-monnayeurs se ressemblent physiquement...

– C'est ce qu'on appelle la *police scientifique* ? poursuivit Freud sur un ton ironique. Ça me fait penser à la mode de la phrénologie qui a fait fureur il y a vingt ans en Europe : il s'agissait de classer les gens suivant la forme de leur crâne...

– La méchanceté, dit Kahn, conciliant, ne se lit évidemment pas sur un visage, ni de face, ni de profil.

Pourtant, se dit-il, le crâne bombé du docteur Freud semblait avoir été créé pour y inscrire les mots « savant excentrique »...

– Par contre, il existe une manière de classer les êtres humains :

ces bonnes vieilles empreintes digitales que les Chinois ont découvertes il y a mille ans. Et que je pense bien imposer dans ce département comme la seule méthode d'identification.

– Ces empreintes sont vraiment uniques pour chacun d'entre nous ? demanda Jung.

Kahn le remercia d'un sourire pour son attitude plus engageante que celle de Freud.

– Y compris les jumeaux. Nous avons déjà classé des milliers de ces dactylogrammes. Une tâche facilitée par le génie d'Alphonse Bertillon, inventeur de l'anthropométrie judiciaire, qui a conçu une méthode pour relever les empreintes sur des surfaces lisses.

– Le mot « génie » vient facilement à la bouche de nos jours, remarqua Freud avec acidité. En vous attendant, j'ai entendu un de vos hommes parler d'un cheval de course génial.

Kahn, impassible, tapa de l'index le tableau aux *mug shots*.

– Je vais vous dire pourquoi je laisse faire les entêtés qui se livrent à ces classifications. Pour prouver leurs théories, ils compilent des centaines de photographies et de listes de mensurations. Et moi, je peux utiliser leurs dossiers pour identifier des suspects ayant pris une fausse identité – ou des cadavres. Celui que vous avez trouvé par exemple.

Il considéra l'air grave de ses visiteurs. Il avait produit le petit effet qu'il recherchait.

– Mes fiches m'ont permis de déterminer son état civil. Ce n'était pas gagné d'avance. Le corps était dans l'eau depuis plusieurs semaines. Les vêtements s'étaient dissous, et les mains avaient perdu leur chair. Les traits du visage étaient déformés et la dentition abîmée. Mais sur son cou, qui sortait de l'eau, se trouvait un tatouage encore pigmenté. Il représentait l'aigle du blason des États-Unis. Mon collaborateur a alors parcouru nos fichiers de prévenus…

Freud regarda Renzo qui hocha modestement la tête.

– Il a trouvé un tatouage identique sur la fiche d'un ancien militaire, poursuivit Kahn. Il avait fait partie du onzième régiment de cavalerie qui, en 1881, a accepté la reddition du chef sioux Sitting Bull. C'était un moment symbolique : la fin des guerres indiennes et l'unification du territoire américain par un seul peuple. Tous les soldats du régiment se sont fait ce tatouage pour commémorer l'événement. J'ai obtenu leurs dossiers militaires et comparé leurs mensurations avec celles du noyé. C'est comme ça que j'ai trouvé le nom de notre victime...

– Il y avait certainement plusieurs soldats aux mensurations comparables, dit Freud.

– Mais un seul était un homme récemment porté disparu !

Kahn posa une fiche avec une photo devant ses visiteurs.

– Bernard Emery, cinquante ans. Lieutenant de cavalerie devenu professeur d'histoire à Yale.

Freud examina longuement la photo.

– C'est émouvant de voir son visage, dit-il finalement.

– Maintenant, c'est à vous de m'expliquer quelque chose, dit Kahn. Comment deux étrangers mettant pour la première fois les pieds à New York trouvent-ils en quelques heures un individu recherché depuis deux semaines par une escouade de détectives ?

– Nous cherchions quelque chose de très différent, dit Freud.

– Quoi ?

– Des indices pouvant nous aider à interpréter un rêve.

– Quel rêve ? demanda impatiemment Kahn.

Il n'attachait aucune importance aux rêves. Non seulement ils étaient constitués d'images irrationnelles, mais ils n'existaient que dans le souvenir du rêveur – ce qui impliquait d'énormes déformations et empêchait tout recoupement.

– Un rêve de ma patiente, Grace Korda, répondit Freud.

– Et comment son rêve vous a-t-il mené au cadavre ?

– Grace souffre d'hydrophobie.

– De quoi ?

– Phobie de l'eau courante. Mon analyse a montré que cette

angoisse était née au cours de sa visite de la tour Singer avec son père, il y a six mois. Elle a fait hier un cauchemar qui reprenait des éléments de cet épisode. Pour en savoir plus, nous avons décidé de visiter à notre tour le gratte-ciel.

– Donc, vous êtes tombés sur Emery par hasard, dit Kahn.

– Le hasard n'existe pas, dit Jung. Il n'y a pas eu relation de cause à effet, mais synchronicité entre des événements reliés par leur signification.

Freud secoua la tête en grommelant quelque chose dans sa barbe – il ne partageait apparemment pas l'avis de son confrère.

– Vous m'expliquerez cela plus tard, dit Kahn. Comment avez-vous été conduits à ouvrir la cuve ?

– Nous avons entendu un bruit à l'intérieur, dit Jung. Comme si le mort essayait de se manifester.

Freud soupira ostensiblement.

– Vous avez surtout l'ouïe fine, dit Kahn. Il y avait un objet métallique coincé dans l'arrivée d'eau, contre lequel venait taper la boucle de la ceinture d'Emery.

– Quel objet ? demanda Freud, ravi de voir Jung déchanter.

Kahn exhiba la trouvaille.

C'était une petite plaque de cuivre gravée.

Le dessin représentait un triangle dans lequel se trouvait un dragon entouré de serpents et du mot *Ignorantia*, inscrit trois fois.

– Ceci, dit Kahn, a été laissé dans la cuve par le meurtrier. Pour une raison qui pour l'instant m'échappe totalement.

– Ce dessin, dit Jung en regardant la gravure, a en tout cas un point commun avec le meurtre lui-même.

– Lequel ? demanda Kahn.

– Le dragon est emprisonné dans un triangle tourné vers le bas. Cette figure est le symbole de l'eau dans plusieurs pratiques ésotériques, notamment en alchimie.

– L'alchimie – c'est une vieille lubie, non ?

– Les alchimistes sont une confrérie qui, pendant mille ans, a déclaré qu'on pouvait créer de l'or à partir d'un métal ordinaire. Mais il y avait toute une philosophie derrière cette « lubie ».

Freud se pencha pour examiner la plaque à son tour.

– C'est une gravure à l'eau-forte, dit-il. Réalisée à l'aide d'une pointe et d'acide nitrique.

– L'*aqua fortis*, inventée par les alchimistes, confirma Jung. Le soleil, les serpents, le dragon : ce sont aussi des symboles qu'ils affectionnent.

Kahn leur tendit les feuillets trouvés dans la maquette.

– Ces dessins relèvent-ils de la même symbolique ?

Jung les examina l'un après l'autre.

– Oui. Le premier est d'ailleurs identique à la gravure.

– C'est une esquisse préparatoire, remarqua Freud. Une étape habituelle pour un graveur.

– Le dragon noyé dans l'eau sur la gravure pourrait être une représentation de la victime, suggéra Jung. Dans ce cas, les deux autres dessins esquisseraient d'autres meurtres…

– Je les ai trouvés dans le bureau de Korda, dit Kahn. Peut-être a-t-il été tué parce qu'il en avait pris connaissance.

– Si le tueur a laissé cette gravure, le contredit Freud, c'était plutôt pour qu'on la découvre. Comportement typique de névrosé profond : il laisse partout des traces de sa névrose.

Kahn jugea inutile de revenir sur le concept de « névrose ». Il était temps de tirer les conséquences de la discussion.

– Emery, dit-il, était un ami de Korda. Il y a donc des chances pour que les deux meurtres soient liés. L'assassin pourrait frapper de nouveau. Je dois comprendre la signification de ces dessins. Je dois aussi savoir ce que vous révèle Grace Korda.

– Je vous le répète, répondit fermement Freud, je ne suis pas policier. Je vous ai déjà confié trop de choses sur ma patiente.

– Si vous refusez de coopérer, répondit sèchement Kahn, je mettrai Grace en détention pour refus de témoignage. Vous serez dans l'incapacité de poursuivre votre travail.

– C'est un chantage inqualifiable, dit calmement Freud.

Kahn, qui sentait monter en lui des bouffées de colère, toisa le psychanalyste.

– Et si Emery était encore vivant ? Est-ce que, par souci éthique, vous le priveriez d'informations sur son futur meurtrier ?

Il ouvrit un dossier sous les yeux de Freud – c'était le rapport d'autopsie, signé du légiste Lawrence Price.

– Voilà comment l'assassin a procédé. Emery était en vie quand il a brisé chacune de ses côtes avec un outil. Après cela, il l'a attaché dans la cuve à l'aide d'un harnais. Seule sa tête et son cou émergeaient de l'eau, dans une bulle d'air. Il respirait, donc. Ça veut dire qu'il est resté là plusieurs jours, buvant de l'eau en courbant la tête, avant de perdre ses forces. Sa peau pourrissait, ses muscles gonflaient : la dégradation progressive de son corps a dû le rendre fou. Il a dû crier pendant des heures, en vain. Puis sa tête épuisée s'est laissé immerger.

– Comme pour un baptême, nota Jung. Un baptême de mort.

Kahn ne releva pas la remarque qui lui sembla déplacée.

– Auparavant, poursuivit-il, Emery s'est égratigné la peau avec les ongles pour colorer l'eau de son sang. Il espérait sans doute qu'ainsi quelqu'un viendrait inspecter la cuve.

Il referma le dossier.

– Un autre individu proche de Korda a disparu. Il est peut-être en train de mourir d'une façon tout aussi atroce. Et vous refusez de me livrer des informations vitales pour lui ou pour d'autres ?

Freud sortit posément sa boîte de cigares et entreprit d'en allumer un, tandis que Kahn le regardait impatiemment.

– Je réfléchirai après chaque séance à ce que je pourrai vous dire sans mettre en danger ma patiente, dit-il finalement.

– C'est un début, dit Kahn.

– Je peux déjà vous donner quelques détails sur ce dont elle souffre, poursuivit Freud avec bonne volonté. Grace est victime d'un dédoublement de la personnalité. Son « double », une jeune femme nommée Judith, est aux commandes de sa psyché pendant les périodes d'amnésie.

– Si c'est votre façon de faire de l'humour, docteur, je…

– Je n'ai jamais été aussi sérieux.

– Et qu'allez-vous faire au sujet de ce « double » ?

– Remonter au moment de sa création. Mon travail d'analyste consiste à déterminer le traumatisme infantile de Grace qui a créé cette division de son moi.

– C'est tout ? demanda Kahn, déconcerté.

– Oui, dit Freud. Désolé de vous décevoir. Je veux bien jouer, mais je ne peux pas échanger mes cartes au milieu de la partie.

– Quant à l'analyse des dessins, dit Jung, peut-être pourriez-vous nous en dire davantage sur leur provenance ?

– Korda, expliqua l'inspecteur, était membre d'un certain Club des architectes. Mon hypothèse est que le tueur les visait à cause de cette appartenance. Or de nombreuses associations de ce type utilisent des icônes, des blasons anciens. Il y a peut-être un lien entre la gravure et le club.

– Cela nous ramène de nouveau aux alchimistes, s'interposa Jung. Ils se concevaient eux-mêmes comme des sortes d'architectes de l'Univers. Le nom de votre club pourrait être une couverture discrète pour Club des alchimistes.

– Voilà pourquoi votre expertise m'intéresse, approuva Kahn.

– Ces phrases d'un pathos wagnérien m'intriguent, dit Jung en montrant le troisième feuillet. *Vos Trahisons appellent mon Châtiment. Mes Noces seront l'Apothéose…*

– Cela signifie quelque chose pour vous ?

– Un peu de documentation pourra sans doute nous éclairer. La difficulté d'interprétation est de bon augure.

– En quoi ?

– Plus les agissements du criminel sont étranges, plus nous aurons d'angles pour recréer sa vision du monde. Comme le disait mon confrère, le désir profond d'un névrosé est que sa maladie apparaisse en plein jour afin qu'il puisse s'en libérer.

– Même quand il s'agit d'un criminel ? demanda Kahn.

– Absolument. Une patiente m'a révélé un jour qu'elle avait tué sa meilleure amie afin d'épouser le mari de cette dernière. Sa vie était devenue un cauchemar. Elle avait l'impression que tous ceux qui la croisaient devinaient son crime, même les chiens et les chevaux. Elle ne cherchait en fait qu'une chose : être démasquée pour avoir une chance d'être pardonnée.

– Permettez-moi d'être sceptique, lâcha Kahn. Je pourrais vous citer dix noms de meurtriers qui sont morts dans leur lit, sans remords, entourés de leur famille et un sourire aux lèvres...

– Ce sourire est un trompe-l'œil, insista Jung. Celui qui tue refoule un désir dévorant qui grandit après chaque crime.

– Et ce désir naît le plus souvent d'un traumatisme infantile, ajouta Freud. Les récits mythologiques en portent la trace. Dionysos, assassiné au berceau, est ressuscité par Zeus, mais son martyre le pousse à devenir le premier des meurtriers.

– Je dois avoir tort de si peu me servir de l'Antiquité grecque dans mes enquêtes, dit Kahn avec ironie.

– Le tribunal de Zurich semble du même avis, car il fait régulièrement appel à mes services, répondit sérieusement Jung. Et ici même en Amérique, dans le procès de l'assassin du gouverneur de l'Idaho, un certain Munsterberg, professeur à Harvard, s'est servi de mes tests d'association.

Kahn avait suivi l'intervention de Munsterberg. Il n'avait, à son avis, fait que rendre le procès plus confus.

– Je vous confie les dessins, dit-il pour éviter de vains débats. Je voudrais connaître votre interprétation dès demain.

Freud resta assis.

– Si nous vous aidons, il faut nous aider aussi, dit-il, impassible.

– De quoi avez-vous besoin ?

– D'interroger John Manson.

Kahn sursauta.

– Ça, c'est impossible.

Freud le fixa sans rien dire.

– Il existe des procédures à respecter, insista Kahn. L'interrogatoire des suspects est la prérogative de nos services.

– Je dois définir les circonstances dans lesquelles Grace Korda entre en phase amnésique, dit Freud. Or la dernière chose qu'elle ait faite la veille du meurtre avant de « perdre conscience » a été de parler à Manson dans le bureau de son père.

– Korda avait dit à son secrétaire qu'il était menacé, dit Kahn. Il voulait expliquer cela à sa fille.

– Êtes-vous sûr que Manson vous a dit la vérité à ce sujet ?

– On ne peut jamais être sûr du témoignage d'un suspect.

– Mais on peut évaluer scientifiquement la probabilité qu'il ait menti.

– Comment ?

– Grâce à la méthode d'association de mon collègue Jung. Celle dont les tribunaux sont si friands.

Jung, flatté, rajusta coquettement ses lunettes sur son nez.

– Son questionnaire psychologique, poursuivit Freud, pourra également nous livrer le mobile de Manson, s'il est coupable. Vous avez rencontré sa mère, n'est-ce pas ?

– Mary Connell. Oui, pourquoi ?

– Les motivations profondes d'un tout jeune homme dépendent de son rapport à sa mère. Quelle est la profession de Mary ?

– Elle s'occupe d'une soupe populaire. Dans sa jeunesse, elle était cuisinière dans des familles bourgeoises. Elle a d'ailleurs travaillé pour August Korda.

– C'est intéressant, dit Freud. Des signes particuliers ?

– Quand je l'ai vue, répondit Kahn, elle était victime d'une sorte de crise d'épilepsie, qui m'a paru simulée.

– Parce que les convulsions étaient exagérées, théâtrales ? demanda Freud.

– Oui.
– Elles avaient lieu en public ?
– Oui, pourquoi ?
– Elle était sans doute victime d'une attaque hystérique. Ce n'est pas de l'épilepsie, mais l'expression d'un conflit psychologique très intense. Sans doute la conséquence de sa confrontation avec son fils.
– Je veux bien vous croire.
Freud profita aussitôt de son avantage et se leva.
– Alors, nous avons votre feu vert ?
Kahn se mordit les lèvres. Si Sullivan apprenait qu'il avait laissé des étrangers rencontrer son suspect numéro un…
Mais il y avait la malice du destin. Ces coups de pouce qui viennent parfois d'un allié inattendu.
– Vous avez une demi-heure.
Freud pointa son cigare vers Kahn.
– Une dernière chose. Vous nous laisserez seuls avec le prisonnier. La présence d'un témoin fausserait l'expérience.
Kahn le toisa.
– Vous avez intérêt à ce qu'elle soit fructueuse…

17

Il avait toujours pressenti qu'il mourrait avant trente ans.

À Manhattan, il y avait cent manières de ne pas faire de vieux os. Quand on n'attrapait pas une balle perdue dans Five Points, on pouvait se faire trucider au cours d'un duel au couteau ou faire une overdose d'opium dans une fumerie de Chinatown. Pneumonie, tuberculose, typhoïde et accidents de chantier n'étaient pas non plus des périls négligeables. Depuis la guerre hispano-américaine de 1898, les morts au combat étaient rares, mais il y avait pour compenser la nouveauté des dernières années : les collisions entre voitures, dont les victimes ne se comptaient déjà plus.

Il y avait enfin la mort que John Manson rêvait de rencontrer dans la fleur de sa jeunesse : sous les tirs de la police ou de l'armée, en défendant les intérêts des ouvriers. Il imaginait cette fin glorieuse quand il se rendait à des meetings syndicaux aux quatre coins du pays, en dévorant Fourier dans le train.

Mais il n'aurait jamais imaginé que l'État l'exécuterait sur un échafaud, pour un meurtre qu'il n'avait pas commis.

Le jeune homme ne voyait qu'une seule issue. Il fallait convaincre le plus de personnes possible de son innocence. Si le peuple le croyait, il ne serait pas condamné. Aussi, il était résolu à se défendre devant les deux psychiatres que l'inspecteur avait introduits dans sa cellule avec autant d'ardeur que s'ils faisaient déjà partie de son jury.

– Je suis innocent, dit-il à Freud et Jung quand ils se furent présentés. Je suis victime d'une grave erreur judiciaire.

Freud montra du doigt la tache pourpre sur sa mâchoire.

– Quelqu'un vous a frappé ?

– L'inspecteur Kahn, dit Manson.

– Vous l'aviez provoqué ?

– Je l'ai traité de fils de pute, et ça lui a suffi pour me sauter dessus. Qu'est-ce que vous voulez savoir ?

– Nous voudrions vous faire passer un test, dit Jung.

– Un test ?

– Rien de compliqué. Je vais énoncer une centaine de termes, et vous me répondrez, le plus vite possible, par le premier mot qui vous vient en tête à ce moment-là.

– Si vous êtes innocent comme vous l'affirmez, compléta Freud, ce questionnaire en fournira la preuve psychologique.

– Ça ne va pas, non ? On va encore me déclarer coupable, avec vos preuves à la con !

– Ce test n'a aucune valeur juridique dans ce pays, dit Jung. Et s'il démontre votre innocence, c'est uniquement à nos yeux.

– La vie, intervint Freud, m'a appris qu'il faut parfois convaincre les autres un à un, comme on laboure des sillons, avant que la vérité puisse germer aux yeux de tous.

Manson le regarda d'un air étonné. Le psychiatre avait formulé le seul espoir qu'il lui restait.

– Dites-moi comment ça marche.

Jung expliqua à Manson qu'il allait lui soumettre la liste de mots de son test standard et noter ses réactions spontanées. Il lui cacha par contre son intention d'ajouter à la liste des termes évoquant le meurtre de Korda, comme « épée », et d'autres pouvant jouer sur son éventuel sentiment de culpabilité, tels que « péché » ou « représailles ».

– Commençons donc, s'impatienta Manson.

– Dans un instant.

Jung exhiba un chronomètre que Kahn leur avait fourni et le posa sur la table. Il lui permettrait de relever les temps de réaction de Manson. Une attente de plusieurs secondes avant une réponse trahirait en effet un affect particulier. Reliées entre elles, les réponses à retardement permettraient de cerner un complexe à forte charge émotionnelle.

– « Tête », commença Jung.

– Pied, fit Manson.

Jung cliqua sur son chronomètre : six dixièmes de secondes.

– « Vert ».

– Blouse.

– « Arme ».

– Révolution.

– « Crime ».

– Justice.

– « Épée ».

– Duel.

Sept dixièmes. Les temps de réaction restaient stables. Jung lista plusieurs dizaines de mots avant que le jeune homme ait une réponse riche d'enseignements.

– « Naissance ».

– Aucun mot ne me vient en tête, répondit Manson d'une voix fébrile.

– « Sœur ».

– Pourquoi ce mot-là est-il dans le questionnaire ?

Le jeune homme avait attendu plus de deux secondes pour réagir aux deux derniers mots. Jung poursuivit un temps avant de recueillir de nouvelles réactions inattendues.

– « Péché ».

Trois secondes s'écoulèrent.

– Qu'est-ce que vous voulez dire par là ? demanda finalement Manson. Est-ce symbolique ?

Freud diagnostiqua au vol un rapport hystérique à la religion. Certains mots créaient clairement chez le secrétaire une perturbation d'ordre psychotique, le contraignant à une réflexion plus longue.

– « Père ».

– Père ? répéta Manson. Euh… Personne.

Jung lui soumit encore une série de mots, puis proposa de faire une pause. Il prit Freud à part et lui chuchota en allemand :

– D'après ces premiers relevés, il ne renvoie aucune émotion caractéristique aux mots évoquant les circonstances du crime ou le crime lui-même.

– Par contre, rétorqua Freud, ses réponses dévoilent un complexe familial anormal. Confronté aux mots « naissance », « sœur » ou « père », il dépasse la demande de l'exercice et offre plusieurs réponses, ou bien répète le mot qu'on lui soumet. Ces termes lui font l'effet d'une question personnelle et difficile…

– Je passe à la deuxième partie du test pour affiner le diagnostic, proposa Jung.

Freud regarda sa montre.

– Non, attendez. Si vous faites cela, nous n'aurons plus assez de temps pour des questions supplémentaires.

– Que proposez-vous ?

Pour toute réponse, Freud se tourna vers Manson.

– Laissons le test de côté pour aborder des questions plus personnelles. Elles concernent principalement Grace Korda.

Les doigts de Manson se crispèrent sur le verre d'eau qu'on lui avait donné. Il voulut le poser, mais manqua de le renverser et grommela quelque chose comme : « Triple idiot… »

Freud observa son visage tendu.

– Dites-moi, simplement, mais précisément, ce qui s'est passé la dernière fois que vous avez vu Grace.

– M. Korda m'a fait appeler, dit Manson après un temps.

Elle était avec lui. Son père lui a dit qu'il était en danger. Il nous a demandé de lui rapporter toute activité suspecte.

– Comment a-t-elle réagi ?

– Elle a dit… qu'elle essaierait de l'aider. M. Korda n'a pas voulu donner de détails. Ensuite je les ai laissés seuls.

Freud chercha un nouvel angle d'attaque. Il se leva et avisa un gros ouvrage posé sur l'unique étagère de la cellule. Il le saisit pour l'examiner. C'était une bible.

– Elle est à vous ?

– On m'a autorisé à la garder, dit Manson. Elle me vient de mon père. C'est la seule chose qu'il ait laissée en nous quittant.

– Ça ne vous dérange pas que je la regarde ?

Manson secoua la tête. Freud feuilleta la bible, s'arrêta sur la page de garde avant de reprendre la parole :

– Vos réponses indiquent que vous êtes engagé politiquement. Vous avez associé crime et justice, et parlé de révolution…

– Je suis socialiste, admit Manson. Comme le Christ.

– Pourquoi alors se faire employer comme secrétaire particulier d'un richissime entrepreneur ?

– J'avais besoin de gagner ma vie. J'ai une mère.

– August Korda était de quel bord, politiquement ?

– Il disait être bien au-dessus de la politique.

– Ce n'est pas votre cas.

– Non. Les socialistes sauveront l'Amérique. Un de mes amis, un Russe, a participé à l'insurrection de Saint-Pétersbourg il y a quatre ans. Il m'a convaincu que nous pouvons triompher.

– Les insurgés dont vous parlez ont été massacrés, observa Freud. Vous ne trouvez pas votre mission suicidaire ?

– Ici, les ouvriers ont déjà remporté des victoires. À Telluride, à Cripple Creek. La seule chose qui nous manque, c'est un leader.

Jung tapota sa montre. Il ne restait que cinq minutes, et son confrère lui semblait tourner en rond.

Freud réagit en se penchant vers Manson :

– Je sais pourquoi vous vous êtes enfui le matin du meurtre.

– Je l'ai expliqué dix fois à la police. C'est parce que…

– Vous vous êtes enfui, le coupa Freud, parce que vous aviez un mobile pour tuer August Korda.

Manson eut un sourire sarcastique.

– Quelle motivation allez-vous m'inventer ?

– Vous êtes son fils.

Le sourire du jeune homme se figea.

– Mon père, dit-il, est Patrick Manson. Je ne l'ai pas connu, mais il est charpentier, non, pardon, chalutier à Nantucket.

– Votre père « chalutier » n'existe pas, répondit Freud. « J'ai une mère », avez-vous répondu quand je vous ai demandé pourquoi vous aviez choisi de travailler pour un financier. C'était une bonne réponse : vous avez choisi cet emploi *à cause de votre mère*. Ou plutôt à cause de son passé. Dans sa jeunesse elle était cuisinière dans des maisons riches. Dont celle d'August Korda…

– C'est faux, protesta Manson.

– Nous l'avons vérifié.

Le jeune homme hésita.

– Ça ne veut rien dire…

– Ça veut dire, enchaîna Freud, que quand votre mère est entrée au service d'August, ce dernier l'a séduite. Bientôt, elle est tombée enceinte. August, qui était déjà veuf si j'en juge par votre âge, l'a pourtant forcée à démissionner. Mary est retournée à Five Points. Pour préserver son honneur, elle s'est inventé une liaison avec un pêcheur imaginaire, racontant qu'il l'avait abandonnée. Voilà pourquoi vous êtes né sous une fausse identité.

Manson regarda Jung d'un air suppliant, comme s'il espérait du secours de son côté.

– Il y a quelques mois, poursuivit Freud, à l'âge où l'on rêve de rivaliser avec son géniteur, vous vouliez retrouver « Patrick Manson » à Nantucket… Mary vous a dit la vérité et vous avez décidé de connaître ce millionnaire qui avait laissé votre mère dans la misère. Et à ses crises pseudo-épileptiques, dues au traumatisme d'avoir été abandonnée.

Manson, complètement déstabilisé, dodelinait de la tête.

– Vous vous êtes fait embaucher par Korda, poursuivit Freud. Au départ, vous le haïssiez. Et puis il vous a pris en amitié. Bientôt, il s'est confié à vous… Touché par sa confiance, vous avez ôté votre masque. Vous lui avez dit que vous étiez son fils !

Freud saisit avec intensité le bras de Manson.

– Korda s'est comporté dignement : il a voulu vous reconnaître. Il vous a fait venir dans son bureau en présence de sa fille. Il lui a appris qu'elle avait un demi-frère !

Manson adopta la mine défaite d'un souverain réalisant que sa garde personnelle a pris la fuite.

– Comment Grace a-t-elle réagi à ce moment-là ? demanda Freud en le fixant d'un air implacable.

– Elle s'est évanouie, dit Manson après un temps. Elle est tombée par terre comme une poupée de chiffon. M. Korda… m'a demandé de la porter dans sa chambre. Là, il lui a fait respirer des sels pour la réanimer. C'est la dernière fois que je l'ai vu vivant. Ce qui est dingue, c'est que Grace a complètement oublié tout ça. En tout cas, elle ignorait hier que je suis son frère.

Freud le regarda avec stupéfaction.

– Vous avez vu Grace hier ?

– L'inspecteur Kahn l'a amenée ici. Il voulait nous confronter pour qu'elle réalise en me voyant que j'étais l'assassin…

Freud comprit que Kahn avait ignoré ses conseils. Manson s'était redressé sur son siège.

– C'est Grace qui s'est souvenue ? demanda-t-il.

– Non. C'est vous qui m'avez mis sur la bonne voie. Je n'ai pas le temps de vous expliquer comment.

– Vous en concluez que je l'ai tué ? Que j'ai tué mon père pour venger ma mère, c'est ça ?

– Vous l'avez sans doute désiré, dit franchement Freud. C'est ce que j'appelle le complexe d'Œdipe. Mais les individus qui dépassent le fantasme pour attenter physiquement à la vie de leur père sont rarissimes. Dans votre cas, de plus, vous aviez besoin de Korda. Il était la preuve que vous étiez de haute naissance.

– Son lapsus tout à l'heure sur la profession de « Patrick Manson » est significatif, dit Jung, montrant qu'il suivait maintenant pas à pas la réflexion de Freud.

– Il a imaginé que son père était charpentier, confirma Freud. parce que sa mère s'appelle Mary, qu'il s'identifie au Christ et s'est donné comme lui une mission sur terre.

Manson, très agité, ne semblait plus les écouter.

– Est-ce que vous allez dire ça aux flics ?

Freud resta silencieux. Manson paniqua.

– Vous allez leur donner le mobile qu'ils réclament, c'est ça ? Vous m'avez piégé !

– Cet entretien, dit fermement Freud, était strictement destiné à la recherche scientifique.

Un grincement. L'heure avait expiré. La porte s'ouvrit pour laisser passer le gardien qui les invita à sortir.

– Rendez-moi un service alors, lança Manson à Freud, les yeux fiévreux.

– Je ne crois pas que…

– C'est très important. S'il vous plaît…

Freud s'approcha et Manson lui murmura quelque chose à l'oreille.

Sans lui répondre, Freud suivit Jung à l'extérieur.

– Alors, il a avoué ? leur demanda Kahn avec ironie.

– Deux choses, rétorqua Freud. D'abord, que vous avez organisé une confrontation entre lui et Grace Korda…

– Ça n'a effectivement servi à rien, admit Kahn.

– Ensuite, que vous l'avez brutalisé.

– Allez-vous me faire regretter d'avoir autorisé cet interrogatoire ? demanda sèchement l'inspecteur.

Freud le toisa.

– Est-ce que dans votre enfance votre mère était battue ou maltraitée ?

Kahn s'arrêta net de marcher.

– À quoi faites-vous allusion ?

– À votre réaction violente à une insulte proférée par Manson qui injuriait votre mère. Et puis votre hostilité envers la psychologie est typique de celui qui veut cacher – donc protéger – la part féminine – donc maternelle – de sa personnalité.

– Ma mère a été assassinée quand j'avais douze ans, répondit Kahn d'un ton glacial.

Freud se tut, choqué et pris au dépourvu.

– Dites-moi plutôt ce que vous avez trouvé, fit l'inspecteur.

– Nos tests, dit Freud, montrent que Manson ne souffre pas des séquelles psychologiques que l'on devrait trouver chez l'assassin d'August Korda.

Kahn le fixa d'un air dubitatif, et reprit sa marche.

– Je joindrai vos conclusions au dossier, lança-t-il.

– J'envie vos empreintes digitales, inspecteur, dit Freud en le suivant. Quand il s'agit d'empreintes mentales, il n'y a pas de dossier assez épais pour les conserver toutes…

18

En descendant dans le métro, Freud craignit d'être frappé par une crise de sidérodromophobie – cette peur panique des voyages en train dont il souffrait depuis vingt ans.

Mais il n'en fut rien. Sans doute les corps qui se pressaient autour d'eux atténuaient-ils ses sensations. C'était l'heure de pointe et une foule avait pris d'assaut les voitures. L'affirmation du *Baedeker* selon laquelle un demi-million de personnes utilisaient chaque jour ce moyen de transport devait être vraie : collé à une paroi, il parvenait à peine à respirer...

Après quelques arrêts, Jung finit par dénicher deux places libres et l'invita à le rejoindre.

– Vous me devez des explications, lui dit-il.

– Lesquelles ? répondit Freud avec candeur.

– Ne vous faites pas prier. J'ai l'impression désagréable d'être votre docteur Watson. Comment avez-vous deviné que Manson était le fils de Korda ?

– C'était une simple hypothèse.

– Eh bien, expliquez-moi comment elle est née.

– Vous avez entendu parler de Giovanni Morelli ? demanda Freud.

– L'historien de l'art ?

– Il est surtout le grand spécialiste de l'authentification des tableaux. Dans ses livres, j'ai compris la force d'un raisonnement basé sur des détails apparemment marginaux. La forme caractéristique d'une oreille, ou d'un ongle, permet à Morelli de déclarer vrai ou faux un Vermeer ou un Raphaël. De même, des scories dans notre portrait psychologique de Manson m'ont amené à penser qu'il était erroné.

– Et quelles étaient ces scories ? demanda Jung alors que le métro s'arrêtait.

Freud vérifia d'un coup d'œil le nombre de stations qu'il leur restait à parcourir avant de reprendre :

– Le détail qui m'a orienté sur la bonne piste, c'est la bible.

– Qu'avait-elle de particulier ?

– Les livres à l'intérieur étaient reliés dans le mauvais ordre. Cette bible réorganisée commence brutalement au milieu du second livre de Samuel, chapitre XI, verset 10.

– Un relieur distrait ?

– Vous connaissez le livre de Samuel ?

Jung dut admettre qu'il avait besoin qu'on lui rafraîchisse la mémoire.

– Le chapitre XI relate l'histoire du roi David et de Bethsabée. David couche avec Bethsabée, qui est l'épouse d'Urie, parti à la guerre. Elle tombe enceinte. David fait alors rappeler Urie pour qu'il passe une nuit avec sa femme et croie être le père de l'enfant. Mais Urie refuse de faire l'amour alors que ses hommes sont au combat. David renvoie donc Urie au front pour qu'il soit tué. Puis il épouse Bethsabée.

– Fascinant. Mais quel rapport avec Manson ?

– Attendez de connaître la suite. Le stratagème de David déplaît à Dieu qui frappe l'enfant de mort. Un second fils naît alors, Salomon, qui est lui « aimé de Dieu ». Maintenant revenons à l'exemplaire de Manson. Quelqu'un avait écrit une dédicace sur la première page : « À mon fils, aimé de Dieu. »

– Et vous en avez déduit que ce quelqu'un était August ?

– John a dit que la bible « venait de son père ». Or l'encre de la dédicace était récente. L'assemblage demandé au relieur prenait alors une signification intéressante. J'ai supposé qu'August avait avoué à son fils que, comme David, il avait commis une faute sexuelle, que lui John en était mort – symboliquement, en perdant son nom – mais qu'il était né à nouveau en le retrouvant, ce qui prouvait qu'il était aimé de Dieu…

– Drôle de manière de racheter sa mauvaise conscience.

– Nous sommes chez les puritains. Obsédé par le livre sacré, Korda a eu besoin de sublimer son sentiment de culpabilité…

Freud avait envie d'un cigare et, n'osant fumer dans le métro, il se contenta d'en sortir un pour le faire tourner entre ses doigts.

– Bien sûr, je n'aurais pas pu tirer cette conclusion à partir d'un menu indice bibliographique si je n'avais pas par ailleurs tout un environnement mental pour me guider. Ainsi, Grace est entrée en phase amnésique pendant sa rencontre avec Manson, ce qui veut dire qu'elle a revécu un choc lié à sa petite enfance. Enfin, votre questionnaire m'a mis sur la piste du complexe paternel de Manson.

– Sa réponse à « Père » : « Personne » ? Nous savions par la presse qu'il n'avait pas connu son père.

– Il a répondu *nobody*. L'adverbe veut dire « personne », mais en tant que nom, ce mot décrit quelqu'un d'insignifiant, un « moins que rien ». Ce mépris pour son père supposé ne l'empêchait pas de manifester un orgueil tranquille doublé d'une forme de messianisme révolutionnaire. Cette attitude – celle d'un jeune bourgeois privilégié, pas d'un fils de chalutier – montre qu'il était persuadé d'être en réalité d'« une autre naissance ».

– Il a toujours senti que son vrai père était quelqu'un d'autre…

– Notamment à cause du nom inventé par sa mère : Manson. *Man-son.*

– « Le fils de l'Homme », traduisit Jung. Élémentaire…

– Reprenons son cas : deux pères. Le premier prolétaire, le second milliardaire : autrement dit, pour un Américain, de sang noble. Manson adopte la cause ouvrière de son milieu, mais veut la servir comme un homme de « sang royal », un leader. Il se conforme ainsi au mythe classique du héros, rédempteur issu d'une famille aristocratique mais élevé par des parents de milieu humble. Chaque fois, il finit par affronter son véritable père. Notre ami Otto Rank a démontré la stupéfiante ubiquité de cette « légende type ». Elle apparaît avec Sargon d'Akkad, le grand souverain de Babylone. Mais il y a aussi Œdipe, Pâris, Persée, Héraclès, Gilgamesh, Romulus.

– Le cas de Moïse est contraire…, remarqua Jung. Il naît dans une humble famille juive puis est élevé dans celle du pharaon.

– Nous tenterons d'expliquer cette inversion une autre fois… Revenons à notre patiente, Grace. Nous tenons l'explication de son évanouissement. Elle apprend que Manson est son demi-frère, donc que son père a eu une autre femme que sa mère, à laquelle elle s'identifie. Elle revit alors une scène originaire qui lui aurait révélé cette trahison sexuelle. Elle panique et « Judith » prend les commandes pour la protéger…

Des crissements de freins indiquèrent que le métro s'arrêtait.

– Venez, dit Freud. Nous descendons.

– Mais ce n'est pas la station de l'hôtel ! remarqua Jung.

– Nous sommes dans le Lower East Side, dit Freud en se frayant un chemin vers les portes ouvertes. Manson m'a demandé de rendre visite à sa mère.

– Je croyais que c'était un quartier mal fréquenté !

– Je croyais que vous aimiez les mauvaises fréquentations…

Quelques minutes plus tard, ils se retrouvaient à l'air libre. Telle la barque de Charon traversant le Styx pour emmener ses passagers en enfer, leur métro avait transpercé Manhattan pour les déposer à Five Points.

Le local était chaud et enfumé. Freud et Jung se tenaient près de l'entrée, attendant que Mary Connell ait fini son service.

La femme prétendument épileptique qu'ils observaient ne ressemblait guère à ces *grandes hystériques* dont Freud avait étudié les frasques auprès de Charcot à la Salpêtrière.

Elle évoquait plutôt l'une de ces mères courageuses qu'il avait vues sur le pont inférieur du *George Washington*, tapant du pied pour participer aux danses endiablées des immigrés, malgré un enfant dans chaque bras.

Petite, boulotte, les traits baignés d'une étonnante luminosité, elle offrait en souriant des gamelles remplies d'une soupe grumeleuse à une longue file d'enfants solitaires et de vieillards.

Parmi les *homeless* – comme on les appelait – qui mangeaient à la table commune, Freud aperçut un homme encore dans la force de l'âge, mais vêtu de guenilles et l'entendit marmonner pour lui-même en yiddish. Son apparence le troubla. D'abord, il crut que c'était à cause de sa hantise de la pauvreté, ou bien parce que l'inconnu était juif. Un instant plus tard, il comprit qu'il y avait autre chose : il lui ressemblait de façon frappante.

Même taille, même maigreur, même barbe blanchissante. Même grand front – mêmes yeux perçants.

Il se souvint qu'il avait eu, vingt ans auparavant, le projet d'émigrer aux États-Unis s'il ne réussissait pas à Vienne.

Un rêve – depuis longtemps déchu – avait entraîné le vagabond en Amérique.

Lui, c'était l'interprétation des rêves qui l'en avait éloigné.

Lorsque Mary Connell eut fini, Freud s'approcha d'elle et lui dit qu'il venait de voir son fils.

Un sourire radieux s'afficha sur le visage de la cuisinière quand il ajouta que, pour sa part, il ne croyait pas à sa culpabilité. Elle leur offrit de la soupe, qu'ils acceptèrent. Freud prit la peine de la mettre dans les meilleures dispositions avant de lui poser des questions et d'obtenir les confirmations qu'il désirait.

John était bien le fils d'August. Mary avait quitté sa maison pour des raisons qu'elle se refusa à préciser et découvert sa grossesse une fois partie. Elle avait alors eu le réflexe – sain aux yeux de Freud – de donner à son fils un père symbolique, de substitution, l'aidant ainsi à construire son identité.

Freud en vint alors au point qui l'intéressait : l'impact que la relation secrète d'August avait pu avoir sur sa patiente.

– En tant que cuisinière de la maison Korda, vous deviez être en contact fréquent avec la fille unique d'August, Grace ?

– Je me suis toujours mise en quatre pour elle, dit Mary, l'air gêné. Elle n'avait que cinq ans et était orpheline.

– Est-ce qu'en retour elle s'est attachée à vous ?

– Beaucoup au début. Elle était toujours fourrée dans mes robes. Et puis un jour, il y a eu une histoire…

– Laquelle ?

– Elle s'est plainte à son père que je l'avais frappée…

– Comment a réagi August ?

Mary resta silencieuse.

– Il l'a crue, n'est-ce pas ? souffla Freud. Et vous êtes partie, sans vous révolter. Même si ses accusations étaient fausses !

– Je n'arrivais pas à croire ce qui m'arrivait…

– Mais lorsque vous vous êtes découverte enceinte, pourquoi ne pas être revenue vers Korda, pour le mettre face aux conséquences de ses actes ?

– Je n'avais aucun espoir, dit Mary avec une humilité qui toucha Freud. Il n'aimait vraiment qu'une seule femme.

– L'épouse qu'il avait perdue ?

– Non. Sa mère, Lucia. Il m'en parlait tout le temps… Un jour il m'a dit qu'à sa mémoire il bâtirait une cathédrale.

Freud associa cette réponse aux propos d'Herman selon lequel August avait construit son œuvre *pour sa fille*. La ressemblance de Grace avec Lucia était bien un élément moteur de l'inconscient d'August. Dans sa relation avec sa fille, il avait nourri des pulsions qui avaient pris naissance au sein maternel.

Cependant, l'évocation de la « cathédrale » le surprenait. Une telle référence semblait plus naturelle dans l'univers de l'Irlandaise Mary que dans celui de Korda.

– Vous êtes sûre qu'il a parlé d'une cathédrale ?

Mary fronça les sourcils et fouilla dans sa mémoire.

– Pardon, vous avez raison. Il disait que pour elle, il bâtirait un temple.

Elle servit un nouveau bol de soupe à une âme en peine, une lueur de nostalgie troublant son regard.

– Un temple plus beau que tout ce qu'on pouvait imaginer.

Pendant le trajet du retour, Freud feuilleta un exemplaire du *New York Herald* acheté dans la rue. Il ne trouva rien sur l'affaire Korda, délaissa un article sur l'impuissance de l'empire austro-hongrois à maîtriser les Slaves du Sud et tomba sur une page dessinée dont les couleurs somptueuses l'intriguèrent.

Le héros de l'histoire, un garçonnet appelé Nemo, s'endormait dans son lit pour plonger dans « Slumberland » : le pays des Songes. Dans ce monde féerique, Nemo montait avec quelques compagnons dans un Zeppelin. Ils entreprenaient de survoler Manhattan, mais le sommet d'un gratte-ciel transperçait la nacelle et ils dégringolaient dans le vide. Dans la dernière case, Nemo se réveillait en constatant qu'il était tombé de son lit.

Freud se prit de sympathie pour cet enfant perdu dans un monde immense et traumatisant.

– Les dessins alchimiques sont ma meilleure piste pour cerner la psychologie du meurtrier, dit Jung, interrompant sa lecture. Je vous propose d'aller voir un ami qui nous aidera à les interpréter. Adam Gupnine, docteur en histoire des religions.

– Jamais entendu parler de lui.

– Il avait une chaire à l'université de Kiev avant d'être contraint à émigrer il y a une dizaine d'années.

– Encore une victime des pogroms ukrainiens ?

– Il a survécu aux massacres, mais pas aux accusations de sorcellerie. Une cohorte de bigots a fini par avoir sa peau. Mais qu'importe au fond, puisqu'il a eu la possibilité de créer, à l'université de Columbia, le fonds le plus complet des États-Unis dans le domaine de l'ésotérisme.

– Comment avez-vous rencontré cet original ?

– Quand il était adolescent, il faisait des séjours en sanatorium dans mes montagnes. Il avait des dons de médium et nous avions l'habitude de faire tourner les tables ensemble.

Freud fronça les sourcils. Il aurait dû se douter qu'un ami de Jung ne pouvait être que « jungien ».

– De plus, conclut Jung, si le meurtrier est un alchimiste, Gupnine le connaissait peut-être. C'est un vrai mordu de la discipline.

– Il faudra le mettre sur la liste des suspects alors, dit Freud.

Jung sourit, amusé.

– Si je n'avais pas l'alibi de passer le plus clair de mon temps avec vous, je suis sûr que vous me mettriez aussi sur cette liste…

19

Les remarques du docteur Freud sur son rapport à sa mère avaient tenu Kahn éveillé une partie de la nuit.

Il avait senti de nouveau l'odeur du foin dans la grange.

Il avait douze ans. Il faisait l'école buissonnière.

Enfoui dans le foin, il lisait *Le Meurtrier et le Voyant*, une histoire policière. Ou plutôt le compte rendu romancé d'une véritable enquête, qui insistait sur la nécessité de la persévérance et de la rigueur pour arrêter un criminel.

Quand il était rentré à la maison, tard ce soir-là, un silence de mort l'avait accueilli. On l'avait amené auprès de sa mère, qui avait été étendue sur un lit. Il s'était approché et avait buté sur son regard dans lequel une prière s'était figée.

En revenant du village, lui avait-on expliqué, elle avait été agressée sur le bord de la route. Un colporteur à bicyclette avait découvert son corps sous un arbre. On l'avait étranglée avec une lanière en cuir. Son sac et ses chaussures avaient disparu.

Le shérif du comté disait savoir qui était le coupable : un certain « tueur vagabond » qui avait frappé deux fois dans le secteur au cours des mois précédents. Chaque fois, la victime avait été étranglée et dévalisée.

L'enquête avait été sommaire. Le shérif n'avait montré ni rigueur ni persévérance. Kahn avait compris qu'il comptait plutôt sur la chance.

Il sentait encore l'odeur de l'herbe mouillée, à l'aube.

Il s'était rendu seul sur la scène du crime. Il avait cherché à comprendre ce qui s'était passé. Il avait trouvé des cheveux sur le talus. Il avait repéré des marques de pneus sur le chemin, et des traces de bottes dans la boue. Elles l'avaient conduit dans un bois.

Là, à deux cents mètres de l'endroit où le cadavre avait été découvert, il avait déniché le foulard bleu de sa mère.

Aujourd'hui, il aurait été capable de relever des empreintes.

Aujourd'hui, il aurait pu pister le meurtrier.

Il sentait encore l'odeur de l'encre et du papier.

Sur un cahier d'école, il avait rédigé ses hypothèses avec des pleins et des déliés. Sa mère devait avoir été tuée à l'abri des regards, là où il avait trouvé le foulard, puis son corps transporté sur le bord de la route. Son meurtre semblait donc avoir été mis en scène pour rappeler à la police ceux du tueur vagabond.

Il avait fait l'école buissonnière. Il s'était rendu chez le shérif et lui avait remis le cahier.

L'assassin de sa mère n'avait jamais été retrouvé.

Mais chaque nuit, Kahn avait revu le regard qu'elle devait avoir fixé sur le tueur – cette supplique désespérée.

Il était devenu policier pour noyer ce regard dans des centaines d'autres.

Regards haineux des meurtriers.

Regards résignés des victimes.

Regards inconsolables de leurs proches qui n'avaient pas su les protéger.

– Bon sang, lui dit Renzo en entrant avec lui dans l'un des vastes ascenseurs de la Metropolitan Life Tower, tu vas desserrer les dents, oui ou non ?

– Je ne suis pas dans mon assiette, dit Kahn.

– Tu n'es jamais dans ton assiette.

Les portes de l'ascenseur s'étaient ouvertes puis refermées une bonne douzaine de fois. À chaque étage, ils voyaient monter et descendre les employées du gratte-ciel, qui leur adressaient le même sourire ingénu avant de baisser les yeux.

Elles souriaient, se dit Kahn, d'avoir échappé à l'usine, aux taudis ou aux ghettos. Et d'avoir conquis cet *American way of life* qui les payait rien de moins que dix dollars par semaine. Elles venaient d'une multitude de pays mais portaient le même ensemble : jupe tombant sur les chevilles, chemisier blanc et bottines. Seules différences, une broche, un bracelet, une touche de rouge à lèvres, un chignon relevé. Et parfois la sensation que sous un air vertueux se cachait une âme couverte de bleus.

Ils arrivèrent au trente-troisième étage, celui de la direction, et demandèrent à voir le vice-président Tanner, dirigeant intérimaire de la société. Une secrétaire les entraîna le long d'un espace décloisonné dans lequel étaient alignés des dizaines de bureaux identiques en bois de sapin.

– Dis-moi un truc, demanda Renzo, pourquoi un type comme toi est-il célibataire ? Tu as vu le nombre de jolies femmes sans alliance dans un seul immeuble de Manhattan ?

– Tu crois que si je me mariais, j'aurais davantage de succès avec les jolies femmes sans alliance ?

– Je suis sérieux. C'est à cause de ta mère ?

– Toi aussi tu te mets à la psychanalyse ? lâcha Kahn sans sourire.

La secrétaire les fit entrer dans un vaste bureau cossu où se tenait une femme d'une quarantaine d'années vêtue comme les autres employées.

– Nous venons voir le vice-président, dit Kahn.

– C'est moi. Je m'appelle Caroline Tanner.

Kahn masqua sa surprise en se reprochant intérieurement de ne pas s'être mieux renseigné. La vice-présidente s'avança pour leur serrer la main – et manqua de broyer les phalanges de Kahn.

– Excusez-moi pour l'attente, dit-elle en lui adressant un sourire artificiel. Cette entreprise n'est pas une sinécure.

– Il paraît que vous assurez un bon tiers des salariés de Manhattan, dit Kahn.

– Et ce n'est qu'un début, se rengorgea Caroline Tanner. Savez-vous que notre fondateur, John Rogers Hegeman, vient d'être désigné par sondage deuxième homme le plus utile d'Amérique ? Juste derrière Edison.

Kahn la fixa, amusé. Caroline Tanner s'imaginait sans doute déjà en « femme la plus utile d'Amérique ».

– Je ne viens pas vous faire des louanges, madame, dit-il, mais vous parler du président Wilkins. Sur demande du chef de la police, nous avons repris l'enquête sur sa disparition. Et nous avons de bonnes raisons de penser qu'elle est liée à celle d'un certain Bernard Emery, qui a été retrouvé assassiné hier.

Caroline Tanner se figea.

– Vous voulez dire que le président a pu être tué ?

– Nous disposons d'informations dans ce sens que les détectives qui ont enquêté avant nous ignoraient. C'est pourquoi nous voulons réentendre votre témoignage sur les faits et gestes de M. Wilkins le soir du 20 août.

– Vers neuf heures, je suis passée le voir et il m'a dit de rentrer chez moi. Lui-même n'en avait plus pour très longtemps.

– Il n'avait plus de rendez-vous ?

– Non.

– Avait-il l'air inquiet ?

– Il était de bonne humeur au contraire. Il venait de recevoir les résultats trimestriels, qui étaient excellents.

– Et ensuite ?

– À onze heures, sa femme m'a appelée chez moi parce qu'il n'était pas rentré. J'ai téléphoné au gardien, qui m'a dit que James était sorti à dix heures. Personne ne l'a revu depuis.

– Si, fit Kahn. Le portier l'a vu s'éloigner à pied sur Madison Avenue. Mais contrairement à tous les autres soirs, il n'a pas acheté de journal au vendeur du *Herald* qui se tenait à l'angle de la 27e rue. Ni de pop-corn pour ses enfants à la vendeuse à l'entrée de la bouche de métro.

– Il aurait donc été enlevé dès sa sortie de l'immeuble ?

– Par la force ? Peu probable : à cette heure, il y avait encore trop de passants dans la rue.

– Comment expliquez-vous sa disparition alors ?

– À notre avis, M. Wilkins n'est jamais sorti du gratte-ciel.

– Quoi ?

– Le gardien et le portier, dit Kahn, ont vu un homme portant son imperméable et son chapeau leur passer sous le nez. Mais cet homme marchait plus vite qu'à l'ordinaire et ne leur a pas dit bonsoir. En fait, ils ont à peine vu son visage.

– Autre chose, dit Renzo. Vous franchissez tous les jours le tourniquet dans le hall ?

– Bien sûr.

– Il compte chaque entrée et sortie. À minuit, le gardien relève le chiffre de la journée pour le noter dans le cahier de statistiques. Le total de chaque jour est en principe pair. Mais le 21 août, on relève un nombre impair. Pourtant, à minuit, l'immeuble était censé être vide.

– Ce qui veut dire, conclut Kahn, que quelqu'un est entré dans la journée et n'est jamais ressorti.

– Vous insinuez, dit Caroline Tanner, qu'un autre homme est sorti de l'immeuble, en se faisant passer pour lui ?

– Exactement.

– Les témoins ont-ils pu se tromper à ce point ?

– Un témoin, dit Kahn, m'a déjà soutenu avoir vu un homme avec un chien sur le site d'un meurtre, tandis qu'un autre jurait qu'il s'agissait d'une femme avec un enfant. Le premier estimait que dix secondes s'étaient écoulées entre le coup de feu et la fuite du suspect, le deuxième deux minutes. Le premier avait entendu un hurlement, l'autre le hululement d'une flûte de Pan…

– Les employés ont vu quelqu'un qui ressemblait à M. Wilkins et répondait à leur salut, résuma Renzo. Ça leur a suffi pour conclure que c'était lui.

– Maintenant, madame, conclut Kahn, nous aurions besoin

de fouiller les cinq étages que vous occupez. Tout de suite : il est possible que James Wilkins soit encore vivant.

La vice-présidente se figea.

– Je ne peux pas stopper comme ça une journée de travail !

Kahn se demanda si c'était le risque de retrouver un cadavre dans un de ses placards ou celui de sauver la vie du président et de rétrograder dans la hiérarchie qui irritait autant Caroline Tanner.

– Vos employés seront certainement plus productifs une fois que cette affaire sera close, dit Kahn.

– On voit que vous ne connaissez rien à la productivité.

– À propos, dit Kahn sans se démonter, ce soir-là, vous êtes bien partie vers neuf heures ?

– Je vous l'ai déjà dit.

– Pourquoi si tard ?

– J'avais un rendez-vous qui s'est prolongé.

– Avec qui ?

– August Korda. Le président m'avait demandé de mettre au point un dossier d'assurance pour le projet de gratte-ciel que M. Korda avait à Wall Street. Une entreprise assez colossale.

– Donc, M. Korda est parti un peu avant vous ?

– Oui.

Le regard de Kahn glissa par la fenêtre du bureau vers le Flatiron, qui s'élevait de l'autre côté de Madison Square. Il s'attarda sur le dernier étage, où travaillaient les frères Korda, et une idée folle traversa son esprit.

August Korda avait visité les citernes de la tour Singer, où le corps d'Emery avait été retrouvé. Et il se trouvait au Metropolitan juste avant la disparition de Wilkins.

Et si c'était Korda qui avait quitté le gratte-ciel en se faisant passer pour l'assureur, après avoir revêtu ses habits ?

Il rangea cette absurdité dans un coin de sa tête.

Une enquête était le voyage d'un soupçon. Et il fallait de nombreuses escales avant d'arriver à bon port.

20

Au même moment, deux hommes se promenaient le long des colonnes blanches de la bibliothèque de l'université de Columbia en attendant l'heure de l'ouverture. Le premier profitait de la brise océanique qui soufflait chaque matin sur le West Side. Le second n'avait pas fermé l'œil de la nuit et débordait d'envie de confier pourquoi.

D'une voix vibrante, Jung expliqua à Freud que sa passion pour Anna Landis s'était transformée en révélation spirituelle.

– Au cours de cette deuxième nuit, j'ai senti naître en moi Tristan succombant au filtre d'amour d'Iseult. Et l'Indien Chiwantopel trouvant au terme d'une quête longue de dix mille lunes sa sœur aux cheveux pâles.

– Vous m'avez déjà raconté cela, dit Freud.

– Je vous ai parlé de notre passion physique. Mais pas du fait que ces mythes que j'avais lus sans vraiment les comprendre m'ont révélé pour la première fois leur signification – dans une illumination de tous les sens !

– Je vous savais vulnérable aux tentations de la chair, mais pas au point d'en faire une mystique, dit froidement Freud.

– Mais je vous dis que la chair n'est pas l'essentiel ! protesta Jung. L'important est que l'énergie orgiaque canalisée dans mes veines m'a relié à des joies éprouvées par mes ancêtres et ouvert les portes d'un continent mental inexploré. Pour raccourcir une longue histoire, comme disent les Américains, j'ai enfin rencontré mon destin !

– Pour moi, le destin, c'est l'anatomie, affirma Freud.

Puis il plissa les yeux. Car il venait de découvrir, en robe blanche, portant une ombrelle et montant les marches deux à deux d'un pas léger, l'évanescente Anna.

– Qu'est-ce qu'elle fait là ? murmura-t-il.

Jung sourit.

– Elle avait très envie de venir. Elle trouve notre enquête pleine de saveur.

– Ce n'est pas une bonne idée de vous afficher avec elle, maugréa Freud. Nous n'avons pas besoin de mauvaise publicité.

Jung se hâta vers Anna. La réprobation du maître n'était pas encore suffisante pour lui donner mauvaise conscience.

D'ailleurs, dans la nuit, entre deux étreintes sur les surfaces variées et exotiques du *loft* des Landis – soie de Chine, acajou de Louisiane, marbre de Carrare –, il avait élaboré une justification éthique de son comportement. Il avait expliqué à Anna que dès dix ans, il avait senti l'émergence en lui de personnalités antagonistes, la « numéro un » – consciente, logique, responsable, faisant ce que l'on attendait d'elle – et la « numéro deux » – critique, intuitive, rebelle et bourrée de fantasmes.

La première avait accumulé les enfants et les réussites professionnelles. La seconde était restée un enfant solitaire : c'était son intériorité profonde, traversée de rêves, d'intuitions confuses de la globalité de l'âme.

Anna, enthousiaste, s'était reconnue dans cette dualité. Elle aussi avait une deuxième nature passionnée, étrangère au puritanisme de ses proches, incommunicable et incommuniquée. En particulier à son mari.

Le regard enchanté qu'elle échangeait avec Jung fut brisé par la voix agacée de Freud, qui se tenait près de la porte.

– Eh bien, venez-vous ? La bibliothèque est ouverte !

En riant pour rien, ils s'empressèrent de le suivre.

Le « médium » Adam Gupnine ressemblait à un artiste incompris : front anguleux, visage mince dévoré par des cheveux noirs en bataille, expression tendue et renfrognée laissant penser qu'il était soit en deuil, soit constipé.

Après les avoir salués, il chaussa des lunettes pour examiner la gravure et les dessins que Jung lui avait apportés.

– Ces images sont remarquables, lâcha-t-il après un temps.

Il dévisagea ses interlocuteurs avec un air désespéré.

– Mais je souffre toujours quand je constate qu'on utilise l'alchimie – cet art subtil – à des fins aussi noires... Suivez-moi.

Freud regrettait déjà de s'être laissé entraîner dans cette rencontre. Heureusement, Gupnine montra bientôt qu'il avait, malgré ses humeurs, un sens de l'hospitalité poussé. Il installa Jung, Anna et Freud dans une confortable salle de lecture où il leur fit apporter des chocolats brûlants à la mode espagnole. Après une courte attente, il ressurgit en poussant un chariot.

Il entreprit d'y piocher une vingtaine d'ouvrages anciens et volumineux, qu'il disposa sur une table devant ses invités.

– Vous avez là de vraies raretés, dit Jung.

– Ma collection est très loin d'être complète, dit Gupnine. Mais j'ai tout de même le *Lexicon Alchimiae* de 1612, le *Dictionnaire mythohermétique* de 1787, l'*Ordinall of Alchemy* de Thomas Norton, et l'*Opuscule de la vraie philosophie naturelle des métaux*, de Denis Zachaire.

Il ouvrit un tome richement illustré pour le leur montrer.

– Et puis aussi, bien sûr, les livres de Basile Valentin, Nicolas Flamel, et du magicien Paracelse. Rien de comparable cependant avec les trésors de ma bibliothèque de Kiev, que je ne reverrai jamais.

– Mais qu'est-ce donc que l'alchimie ? demanda Anna.

– Une science émerveillée, dit Gupnine.

– On ne peut honnêtement parler de science ! protesta Freud.

Gupnine fit comme s'il n'avait rien entendu.

– Les alchimistes, dit-il, affirment à la suite d'Aristote que la matière est faite de quatre éléments : l'eau, le feu, la terre, et l'air. Et que la nature a une finalité : transformer toute matière en or pur. Si rien n'entrave le processus de gestation naturelle, tous les minerais deviendront, un jour ou l'autre, de l'or.

– À quoi servent les alchimistes si la nature fait tout le travail... ? demanda Anna.

Gupnine la regarda avec affliction, comme si elle venait de prononcer une énorme bêtise.

– Ils cherchent à démontrer cette métamorphose naturelle de la matière en l'accélérant... Comme vous, la science moderne a dénigré cette prétention. Mais c'est ignorer la valeur psychique de ces expériences. Pendant qu'il travaille à ses mélanges, l'alchimiste met en scène un processus métaphorique. Ainsi une mine est un utérus. Le métal, un embryon. L'or recherché est le *lapis invisibilitatis*, la pierre d'invisibilité, ou élixir de vie. L'alchimiste se conçoit en fait comme un héros qui suit les étapes d'un apprentissage de la sagesse. Son but est celui de Nietzsche : déchaîner la puissance du moi.

Jung l'interrompit d'un ton passionné :

– Cette dimension spirituelle m'a toujours fasciné.

Freud, qui trouvait que ces digressions étaient du temps perdu, attira l'attention de Gupnine :

– Vous connaissiez August Korda ?

– Il m'a souvent rendu visite.

– Était-il un alchimiste ?

– C'était un excellent spécialiste, doublé d'un mécène. J'ai pu acquérir une partie de ces livres grâce à ses dons.

– À votre avis, en quoi sa passion pour le développement de Manhattan était-elle liée à son intérêt pour l'alchimie ?

– Je prendrais la question dans ce sens : si j'étais un alchimiste et qu'on me donnait Manhattan, quelle plus belle ambition que d'y élever d'immenses ossatures métalliques ? Pour Korda, chaque poutre d'acier des gratte-ciel était une source de puissance et de richesse. Ses immeubles valent d'ailleurs leur pesant d'or aujourd'hui. Parallèlement, concevoir l'architecture de l'île était pour lui une forme d'accomplissement mystique.

– Revenons à notre gravure, proposa Jung. Que cherchait le meurtrier en associant des symboles alchimiques à son acte ?

– Eh bien, je vous propose de prendre un à un les éléments pour en délimiter l'interprétation.

– Commençons, dit Jung, par le motif qui revient dans chaque image : le dragon au centre des triangles.

– Pour l'alchimiste, dit Gupnine, le dragon symbolise l'ennemi, le mal. Dans la quête des héros, il est souvent le dernier obstacle à affronter. Et cette bataille se fait justement à l'intérieur d'une construction grandiose, à l'architecture spectaculaire.

Il saisit un livre sur la table et l'ouvrit à une page marquée à l'avance.

– Voyez cette citation de Zosime de Panopolis : « Bâtis un temple monolithe blanc n'ayant ni commencement ni fin ; qu'il ait à l'intérieur une fontaine d'eau très pure et une lumière solaire éclatante. Prends une épée. Un dragon est caché à l'entrée. Après l'avoir maîtrisé, tue-le, démembre-le, et entre. » Le dragon est aussi l'Antéchrist. Regardez cette page de la *Summa Perfectionis.*

Il montra une gravure dont la précision du trait rappelait les estampes de Dürer.

– Ici, le dragon est le diable vu dans le désert par Jésus. Cette image en fait un ennemi « intérieur » qu'il faut surmonter en soi.

– Supposons que Bernard Emery ait été le « dragon » que visait l'auteur des dessins, osa Anna. On pourrait donc imaginer qu'il partageait quelque chose d'intime avec son assassin.

– C'est bien vu, approuva Jung, la faisant rougir légèrement.

Il se tourna vers Gupnine.

– J'ai postulé que la gravure avec le symbole de l'eau annonçait la noyade du « dragon » Emery. Mais dans quel but ? Pourquoi représenter le crime à l'avance de façon symbolique ?

– Les alchimistes accompagnent toujours l'action de sa représentation. Leur existence même est symbolique, ils en conçoivent chaque étape à la façon d'un hiéroglyphe. Pour l'alchimiste qui affronte un ennemi, la représentation joue donc un rôle actif dans son combat. Cette tradition remonte au *Livre des morts* égyptien. Pour abattre le démon Apep – qui leur apparaissait justement sous la forme d'un dragon – les prêtres du dieu-soleil Râ confectionnaient des statuettes en cire du démon ou en faisaient des dessins. Quand ils crachaient sur les dessins, les déchiraient ou les brûlaient, le démon était exorcisé.

Gupnine désigna la gravure trouvée au fond de la cuve :

– Ceci pouvait aider le meurtrier à dominer Emery en le réduisant à une figurine facile à manipuler.

Il aligna les dessins sur la table et forma du doigt une ligne invisible entre les dragons.

– L'affrontement avec chacun de ces monstres est une étape de sa quête. Les cartes forment une série. Première image avec les serpents à nageoires : l'eau. Les serpents ailés et le triangle barré : l'air. Les salamandres : la terre.

– Manque le feu, dit vivement Anna.

– La série n'est pas complète, approuva Gupnine. Mais je n'ai pas commenté l'utilisation des serpents. Pour les alchimistes, ils sont une arme sacrée. Les serpents sont ici les instruments de la sentence de mort. Mais il y a autre chose.

Il leur montra une nouvelle illustration.

– Le serpent symbolise aussi le phallus, la semence. Il est l'habitant des grottes, du sein de la terre maternelle, qui perd sa peau et se métamorphose pour renaître. L'assassin indique que le sacrifice qu'il accomplit lui offrira une forme de régénération. Il précise cette conviction en se dessinant lui-même sous forme de soleil rayonnant.

– S'il s'agissait d'un rêve, je verrais dans le soleil un symbole paternel, dit Freud.

– En alchimie, dit Gupnine, il représente le moi. Ou plutôt l'accomplissement de ce moi dans une vitalité illimitée. L'or des alchimistes est nommé « pierre du soleil ». C'est aussi une panacée.

– Qu'est-ce qu'une panacée ? demanda Anna.

– Une médecine universelle, dit Jung. Le remède suprême aux maux physiques.

– Voilà ce qu'en dit Nicolas Flamel, ajouta Gupnine en ouvrant un livre : « Ses principes restaurent la santé des malades incurables et rendent la jeunesse aux vieillards. Les hommes reviennent à l'âge suivant la puberté, les cheveux blancs deviennent noirs, on retrouve l'acuité des sens, la vigueur sexuelle. La vie est prolongée jusqu'à un âge très avancé… »

– Tout concorde, dit Jung. Le soleil incarne l'ego surdimensionné de l'auteur de la gravure. Le rayon qui émane de lui est un phallus avec lequel il métamorphose les éléments et engendre l'univers.

– Je vous confirme, dit Gupnine, que le meurtre du dragon a sans doute pour l'assassin une signification sexuelle.

Il baissa la voix en s'écartant d'Anna, comme si ce qu'il allait dire pouvait l'indisposer.

– Étymologiquement, le mot « alchimie » vient de l'arabe *Al* – qui veut dire « Dieu » – et du grec *kemia* – « fusion du métal ». Il s'agit d'une « fusion avec Dieu » dont l'image terrestre est l'acte sexuel. Dans le *Rosarium Philosopharum* du quatorzième siècle, le sexe est au cœur de l'alchimie. Les *Noces chimiques*, une forme d'union mystique, sont le but du processus.

– *Mes Noces seront l'Apothéose*, souffla Freud.

Ces réflexions le passionnaient. Comme il l'avait toujours soutenu, tout désir, fût-il de meurtre, ramenait à la sexualité. La piste alchimique, recoupant ses théories, l'intéressait maintenant bien plus qu'il n'aurait voulu l'admettre.

– Nous n'avons pas parlé des inscriptions : *Ignorantia, Fanatitia, Ambitio*, dit Anna.

– Trois vices souvent dénoncés par les alchimistes, dit Gupnine. Ils sont associés ici aux trois victimes.

– Leur nombre, remarqua Freud, s'inscrit pourtant dans une tradition liée aux *meurtriers*. Les assassins sont souvent au nombre de trois : les Gorgones, les tueurs envoyés par Macbeth, ou encore l'État, l'Église et la Foule qui assassinent le Christ.

– Trois meurtriers… mais oui, bien sûr, comment ai-je pu ne pas voir cela avant ? s'exclama Gupnine.

Il se leva avec excitation de son fauteuil :

– Les trois gravures font clairement référence à un mythe… Celui du temple de Salomon. Son bâtisseur, Hiram, a été assassiné par *trois* architectes félons. Qui symbolisaient les mêmes vices : l'Ignorance, le Fanatisme et l'Ambition.

– Hiram, bien sûr ! s'exclama Jung en se frappant les lunettes de l'index.

– Je connais Salomon mais pas Hiram, dit Anna.

– Le roi Salomon, expliqua Gupnine, avait fait construire son temple à Jérusalem par le meilleur architecte de l'époque, Hiram de Tyr. Ce dernier avait conçu pour lui un bâtiment parfait, synthétisant les connaissances humaines. Il tirait notamment les leçons de l'échec de la tour de Babel.

– Des pyramides aux cathédrales, les constructeurs des plus grands édifices se sont réclamés de l'influence d'Hiram, ajouta Jung. Les francs-maçons ont fait de son histoire la trame de l'initiation au grade de maître. Et les alchimistes le vénéraient.

– Personne n'a pu prouver que son temple ait jamais existé, tempéra Freud.

– Mais c'est la bonne piste ! exulta Jung. Notre meurtrier s'identifie à Hiram ! Un Hiram en quête de réincarnation !

– Ça veut dire, nota Freud, qu'il considère avoir été trahi, par Emery et par Korda…

À ce moment, un employé de la bibliothèque entra dans la salle de lecture et parla à Gupnine, qui se tourna vers Jung.

– Chers amis, une voiture vous attend… Envoyée par l'inspecteur Reynolds Kahn, qui veut vous voir.

Freud et Jung échangèrent un regard surpris.

– Merci pour votre aide, dit Jung à Gupnine.

– Il n'y a pas de quoi, répondit Gupnine.

Pour la première fois, il sourit à Freud.

– Et je suis heureux d'avoir croisé votre collègue et ami.

– Moi aussi, docteur Freud ! s'exclama Anna. Je suis tellement contente de vous avoir rencontré…

Jung nota la douceur du geste de sa main vers celle de Freud. Son aîné avait beau avoir dix-neuf ans de plus que lui, une vague de jalousie le submergea.

Ignorant son changement d'attitude, Anna lui lança un coup d'œil complice. Jung, décontenancé, se tourna vers Gupnine.

– Grâce à vous, la police attrapera peut-être un meurtrier.

– J'en doute, dit Gupnine avec détachement.

– Pourquoi donc ? demanda Anna.

– À cause de l'assurance avec laquelle votre homme a mis son plan à exécution, dit Gupnine, et de l'idéologie sublimée à laquelle il obéit. Ces gens-là sont rarement neutralisés.

– Vous faites une bien triste Cassandre ! dit Jung.

– Si j'ai bonne mémoire, rétorqua Freud, Cassandre avait toujours raison.

21

Pendant qu'une dizaine de policiers passaient au peigne fin les étages vingt-huit à trente-trois du Metropolitan, Kahn et Renzo avaient inspecté les citernes en sous-sol. Sans rien trouver de suspect. Puis ils étaient remontés dans le hall où Kahn s'était penché sur les plans du gratte-ciel. Leur tâche lui semblait herculéenne. Les deux cent treize mètres du bâtiment multipliaient par cinquante son espace au sol déjà vaste. Même les ascenseurs les plus rapides jamais conçus ne leur permettraient pas de le fouiller en une journée.

Tout d'abord, il y avait le *lobby*. Le regard de Kahn s'éleva vers la voûte vert émeraude du plafond, glissa sur les revêtements sculptés des murs évoquant l'intérieur des cathédrales gothiques. Son luxe témoignait de l'ambition de la société d'assurances Metropolitan Life. Le lieu était la vitrine de sa prépondérance.

Et un cadre bien trop exposé pour un assassin.

Au-dessus de cette base, l'architecte Lebrun avait conçu une tour plus étroite culminant dans une spire pyramidale. La tour était essentiellement une succession d'étages de bureaux. Aux deux tiers de l'édifice cependant, l'attention était attirée par la présence de quatre horloges monumentales dirigées vers les points cardinaux. Elles étaient encerclées de motifs de couronnes et de fleurs inspirés de la Renaissance.

Plus haut encore, la coupole contenait un carillon, ainsi qu'un phare, semblable à un gros rubis rouge, qui illuminait Manhattan dès la nuit tombée.

Kahn se souvenait que lors de la dernière élection présidentielle, le phare devait être dirigé vers le nord si le républicain Taft l'emportait, vers le sud si c'était le démocrate Bryan. Ce soir-là, les New-Yorkais avaient su très vite, et sans l'ombre d'un doute, que Taft avait gagné.

Avec les horloges, les cloches et le phare, le gratte-ciel produisait un mélange permanent de spectacle, d'information et de musique. Mais toute cette poudre aux yeux ne l'aidait pas à deviner s'il cachait en son sein un sinistre secret.

On cria son nom. Il leva les yeux vers un réceptionniste qui voulait lui passer une communication téléphonique.

Quelques minutes plus tard, il rejoignait Renzo en grimaçant.

– John Rogers Hegeman a appelé McClellan en personne pour lui demander l'arrêt de la fouille. Il juge notre opération préjudiciable à l'image de sa société, et il a le bras long. Le maire veut qu'on évacue les lieux dans les deux heures. Conclusion : il faut trouver le corps maintenant – s'il est bien là.

– Et nos deux médecins ? dit Renzo. Je sais que leurs méthodes vous hérissent. Mais elles ont déjà fait leurs preuves.

– Je les ai envoyé chercher, avoua Kahn. Mais c'est des Européens. Quand on ne leur demande rien, ils accourent ; reste à savoir si on peut compter sur eux quand on en a vraiment besoin.

Une demi-heure plus tard, un fiacre déposa les deux psychanalystes au Metropolitan.

– James Wilkins est notre deuxième disparu, expliqua-t-il. Il est peut-être séquestré ici. Nous devons fouiller tout l'immeuble et nous n'avons que très peu de temps. Avez-vous de nouveaux éléments qui puissent nous aider ?

Jung synthétisa rapidement les résultats de leurs recherches.

– Chaque dessin, conclut Jung, représente donc une vengeance d'un homme qui se prend pour l'architecte biblique, Hiram. La gravure trouvée dans la cuve concorde avec la façon dont il aurait tué Emery.

– D'après les autres images, demanda Kahn, dans quel cadre l'assassin aurait-il pu commettre son deuxième crime ?

– Le sort de James Wilkins, dit Jung, pourrait être traité dans le dessin avec les serpents ailés – ou bien dans celui avec les salamandres. Dans le premier cas, son sacrifice devait logiquement se dérouler « dans les airs ».

– Par exemple au sommet de ce gratte-ciel, dit Freud.

– La partie supérieure de ce bâtiment est complexe, observa Kahn. Il y a un phare, une cloche, quatre horloges…

– L'arme utilisée, poursuivit Jung : des serpents ailés. En clair : des oiseaux. Cela concorde avec l'idée que le meurtre ait eu lieu dans les hauteurs.

– Je vois un autre indice, dit Freud. Dans de nombreux mythes, comme celui du Phénix, l'oiseau symbolise le temps. Et le passage du temps est comparé au vol d'un oiseau.

– Où est votre indice ? demanda Kahn. Du temps, je vous rappelle que nous n'en avons que très peu !

– Vous venez de noter vous-même que la partie supérieure de cette tour est ceinte de quatre horloges…

– Vous affirmez donc que notre meurtrier a commis son crime près de ces « symboles du temps » ?

– Ce n'est qu'une hypothèse, dit Freud. Mais vous devriez examiner de près ces atroces coucous en faux gothique.

Conscient que la découverte du cadavre d'Emery avait choqué Freud et Jung, Kahn ne leur demanda pas de l'accompagner au sommet du Metropolitan. Il prit l'ascenseur pour le quarantième étage en compagnie de Renzo et d'un artisan horloger qu'ils avaient fait venir en urgence. Nommé Wiseman, ce blondinet d'origine allemande inspectait chaque semaine le mécanisme des quatre horloges.

Wiseman les emmena d'abord à l'horloge du nord, à laquelle on accédait par un escalier en colimaçon. De l'intérieur, son énormité était frappante. Kahn siffla d'admiration en découvrant les huit mètres de diamètre du cadran et les massives roues dentées qui leur donnaient l'apparence de lutins.

– Ça vous en bouche un coin, non ? Je ne vous parle pas des efforts que l'installation a demandés, dit Wiseman. L'aiguille des minutes, c'est une demi-tonne de plomb à elle toute seule. Et tout l'extérieur est recouvert de marbre de Tuckahoe.

Il sourit, exhibant une bouche où une dent sur deux manquait.

– Mais il fallait ça pour donner l'heure jour et nuit à tous ceux qui attendent que quelque chose se passe alors que rien n'arrive jamais…

Kahn s'intéressa aux ouvertures percées à intervalles réguliers dans le cadran de l'horloge – ouvertures qui, lorsqu'il s'en approcha, lui offrirent une vue vertigineuse sur Manhattan. Mais il ne trouva là rien de suspect. Ils examinèrent sans plus de succès les horloges est, sud et ouest.

Alors qu'ils repassaient devant le cadran de l'horloge nord, la paroi se mit à vibrer et un bruit de gong les agressa.

– Il est midi, cria l'horloger pour se faire entendre. Bouchez-vous les oreilles.

Quand les douze coups furent passés, Kahn jeta un dernier coup d'œil à l'horloge et se dirigea, résigné, vers l'escalier.

– Il est temps de laisser de côté la psychanalyse et de revenir à la logique, lança-t-il à Renzo.

Son regard accrocha alors une petite porte métallique à moitié dissimulée par un pilier.

– Et cette pièce-ci ?

– C'est une remise, dit l'horloger. On y range nos outils.

– Vous n'y entrez jamais ?

– Quand il y a une panne. Ça fait trois ou quatre mois que ça n'est pas arrivé. J'ai les clés, si ça vous intéresse.

À ce moment précis, ils entendirent une série de coups secs de l'autre côté de la porte, comme si quelqu'un y plantait un clou.

Kahn prit son colt à sa ceinture, l'arma. Il fit signe à Renzo de faire de même.

– Ouvrez la porte puis écartez-vous, dit-il à Wiseman.

L'horloger fit tourner lentement la clé.

– Ça doit être des rats, dit-il. Cette pièce est vide.

– Attendez ! cria Kahn.

L'horloger ne l'écouta pas et entra dans la pièce. Mais il recula aussitôt en hurlant et en portant la main à son cou. Il était ensanglanté.

– Reculez, nom de Dieu ! dit Kahn.

Un bruit sec et frénétique résonnait toujours dans la remise.

Kahn confia l'horloger à Renzo et se plaqua contre le mur en armant son colt pour regarder dans la pièce. L'odeur l'envahit alors d'un seul coup : acide, putride, évoquant un mélange de vinaigre, de lait tourné et de vomi.

Comme il ne voyait rien, il entra. Aussitôt, quelque chose bougea au-dessus de sa tête et il tira. Sa balle brisa une fenêtre.

Il avait raté sa cible – un oiseau aux couleurs bariolées, rouge, vert et turquoise, qui volait maintenant à l'aveuglette tout autour de la pièce en se cognant aux murs, cherchant une issue.

L'oiseau vola à nouveau vers Kahn, qui parvint à le frapper violemment de son colt. Sonné, le volatile plongea et s'écrasa sur le sol en perdant des plumes.

Kahn repéra alors un deuxième oiseau, semblable au premier, qui gisait à terre, inanimé, puis une pile de vêtements déposés en vrac sur le sol.

Où il vit des traces de sang ; puis il découvrit une armoire, qu'il ouvrit : des outils étaient soigneusement rangés à l'intérieur. Soudain, il constata que l'armoire était décollée du mur d'une trentaine de centimètres.

Il la contourna et étouffa un cri.

Le cadavre, nu et écartelé, était attaché par les mains et les pieds aux croisées en acier, devant une fenêtre encastrée dans la pierre. Son torse et son cou étaient boursouflés – mais la décomposition ne masquait pas plusieurs blessures à la poitrine, sur lesquelles le sang avait noirci comme du goudron. Le visage encadré de cheveux blonds n'était pas reconnaissable.

Alors que Kahn reculait, asphyxié par la puanteur, se retenant pour ne pas vomir, ses pieds heurtèrent quelque chose : une plaque de cuivre était posée par terre. Il reconnut aussitôt le deuxième dessin « préparatoire », celui avec les serpents ailés.

Il rejoignit Renzo qui était toujours avec l'horloger.

– Il faut appeler le légiste et faire une première autopsie sur place, dit-il.

Renzo acquiesça. À ses côtés, Wiseman regardait la scène, l'air hagard. Il semblait avoir des difficultés à parler et désignait sa gorge d'une main tremblante. Kahn écarta le mouchoir pour examiner la blessure sanguinolente. La chair avait enflé et bleui par endroits.

– Qu'est-ce qui m'arrive ? articula l'horloger.

Soudain, il se mit à trembler de tout son corps et s'affaissa sur le sol avec un bruit sourd.

Kahn, affolé, ordonna à Renzo de descendre chercher de l'aide parmi ses hommes occupés à fouiller les étages inférieurs. Puis il hissa la lourde carcasse de Wiseman sur ses épaules, pour l'emmener par les escaliers vers l'ascenseur.

Il se reprochait de l'avoir laissé entrer le premier dans la remise. Et d'avoir sous-estimé un homme qui, après avoir tué, avait laissé derrière lui un piège aussi cruel.

Une heure plus tard, dans un couloir du New York Hospital sur la 68e Rue, Freud et Jung attendaient des nouvelles de l'horloger. Non loin d'eux, une queue s'était formée devant une officine où l'on dispensait un vaccin contre la fièvre typhoïde. Parmi les patients courait la rumeur qu'une certaine Mary Mallon, alias « Typhoid Mary », une porteuse du virus, s'était échappée de l'hôpital dans lequel elle était en quarantaine, semant sur son passage les germes d'une nouvelle épidémie.

Appelés par Kahn, les deux docteurs avaient porté les premiers soins à l'horloger dans le hall du gratte-ciel, puis étaient restés à son côté jusqu'à l'hôpital où on l'avait transfusé. Wiseman souffrait apparemment d'un empoisonnement sanguin dû à une substance inconnue.

Au Metropolitan, Kahn n'avait eu que le temps de leur relater brièvement la découverte du cadavre de James Wilkins et celle de la deuxième gravure, avant de retourner au commissariat pour faire son rapport au chef Sullivan. À présent, le martyre de Wilkins alimentait leur conversation, qui oscillait entre incrédulité, indignation et tentatives d'explication.

– L'obstination du tueur à exhiber sa névrose, dit Freud, à laisser derrière lui des indices, est tout de même déroutante, quoi qu'en dise votre ami Gupnine.

– Il a sans doute une motivation pragmatique, en plus de ses croyances magiques, dit Jung. Les gravures peuvent être destinées à terroriser les membres du Club des architectes par exemple. Après tout, ces gribouillis alchimiques n'ont de sens que pour eux : ce sont des messages codés.

Freud s'écarta pour laisser passer un chariot emportant un homme enveloppé de bandelettes.

– Je crois aussi, comme vous, reprit Freud, que ce criminel est oppressé par une énorme culpabilité, dont il est incapable de définir l'origine. À chaque fois qu'il commet un crime, cette culpabilité s'allège car il peut alors la rattacher à un fait concret. Les meurtres s'accompagnent donc d'un grand soulagement.

– La culpabilité, développa Jung, serait présente avant la faute ? Et la faute naîtrait de la culpabilité ?

– Exactement. Voyez Hamlet ou Œdipe. Prenez *Crime et châtiment*: l'acte criminel est toujours induit par le besoin masochiste de punition et d'expiation. Ces œuvres montrent d'ailleurs qu'un criminel ne manque pas forcément de moralité ou de valeurs… Au contraire, les tourments de sa conscience sont souvent beaucoup plus aigus que la moyenne.

– Dans ce cas, il nous faut déterminer le crime originel que cet assassin expie en commettant ses meurtres.

– Il a dû transgresser un tabou extraordinairement puissant. Cela expliquerait la démesure du cadre de ses crimes. Si une maison est un symbole du moi, alors un gratte-ciel est un moi de surhomme. Le choix de cette architecture montre l'ampleur de la faute dans sa conscience.

– C'est étrange, murmura Jung.

– Quoi ?

– August Korda semble avoir souffert d'une forme inversée de cette paranoïa. Il a fait construire ces gratte-ciel, il a lui aussi incarné son identité dans leurs masses vertigineuses.

– C'est frappant en effet.

– Wiseman va s'en sortir, fit une voix derrière eux.

Dans la lumière jaunâtre du couloir, la silhouette de Kahn sembla à Freud encore plus imposante que d'ordinaire. Renzo était là lui aussi.

– Nous sommes venus transmettre aux médecins des informations sur le poison qui a tué Wilkins, dit-il. Notre légiste a identifié la substance au cours de l'autopsie. C'est un alcaloïde toxique pour le cœur et les nerfs, qui tue très lentement. Il a mis au moins soixante heures à mourir. Il s'est étouffé progressivement, sa gorge boursouflée laissant passer de moins en moins d'air.

– Le salopard ! s'exclama Jung.

– On a aussi retrouvé des miettes de pain sur la chemise de Wilkins. Et des taches de vin. Comme s'il avait été nourri.

– *Ceci est mon corps, ceci est mon sang*, murmura Freud.

Jung sursauta.

– Vous faites allusion à ma comparaison du meurtre d'Emery avec un baptême ?

– L'assassinat de Wilkins semble comporter lui une caricature du rituel chrétien de la communion, dit Freud.

– Avez-vous trouvé de nouveaux indices sur le meurtrier ? demanda Jung.

– Des empreintes digitales autour du cadavre, dit Renzo. Et aussi des cheveux noirs sur le sol parmi les cheveux blonds qui appartenaient à la victime.

– Longueur, teintures, et maladies de cheveux peuvent nous en dire beaucoup sur l'identité d'un criminel, précisa Kahn. Et Wilkins avait aussi du sang sous les ongles, comme s'il avait griffé son agresseur. Ce sang, classé AB, ne correspondait pas à celui de la victime, du groupe O.

– Et à celui de Manson ? demanda Freud.

– Non plus, admit Kahn. Mais ces éléments sont d'autant plus importants que nous avons une nouvelle disparition sur les bras.

– Qui cela ?

– William Moore, un armateur qui était censé avoir embarqué pour l'Europe sur le *Lusitania*.

– Il a disparu du bateau ? demanda Jung.

– Il n'a jamais embarqué. Juste avant le départ, le capitaine a reçu un télégramme l'informant qu'il annulait son voyage. Mais sa famille, elle, était persuadée qu'il était à bord.

– Êtes-vous certain que cette disparition est liée aux autres ? demanda Freud.

– Moore travaillait avec Korda sur un projet visant à équiper les gratte-ciel en défenses antiaériennes au cas où des aéroplanes équipés d'artillerie attaqueraient Manhattan. De plus, il était le beau-frère de James Wilkins.

– Mais le plan de notre alchimiste ne comporte que trois ennemis à éliminer – trois « dragons », pas quatre, s'étonna Jung.

– Cet enlèvement, réagit Freud, pourrait indiquer que le

meurtre de Korda – sur les lieux duquel on n'a pas retrouvé de gravure – ne fait pas partie de la même « série ».

Kahn leur jeta un regard intense.

– Moore n'a disparu que depuis quatre jours, dit-il. Le meurtre de Wilkins confirme que notre assassin aime prendre son temps. Il reste donc un espoir. Renzo va vous emmener au commissariat pour que vous vous penchiez sur le dossier de cette disparition.

– Je dois me rendre chez Grace Korda, dit Freud en regardant sa montre.

– Moi, je peux vous accompagner, dit Jung à Renzo.

– Et toi ? demanda Renzo à Kahn.

– Je me charge des oiseaux empoisonneurs. Se procurer ce genre de créatures exotiques à Manhattan doit laisser des traces…

22

Freud avait déjà fait des erreurs qui auraient pu être fatales à sa carrière.

À l'âge de trente-quatre ans, il s'était enthousiasmé pour les vertus thérapeutiques de la cocaïne. À l'époque, la drogue lui permettait de travailler des jours entiers sans dormir et il l'avait prise pour un élixir quasi universel, capable de soulager faim, soif, mélancolie, dépression.

Jusqu'au jour où l'un de ses patients était devenu dépendant. Il avait alors dû déchanter et reconnaître que la coca était non seulement addictive mais toxique, et qu'elle détruisait les muqueuses. Un peu tard : son traité prônant son utilisation faisait déjà les choux gras de ses ennemis.

Dans un tout autre contexte, en 1895, il avait secondé son ami Wilhelm Fliess lors d'une opération bâclée du nez de leur patiente Emma Eckstein. Il s'était compromis dans cette expérience en diagnostiquant chez la jeune femme une « névrose nasale » due à une forme d'érotomanie. Qu'il ait vu juste ou non, elle avait failli perdre la vie à la suite de l'intervention chirurgicale.

Mais même dans ces situations dramatiques, il n'avait jamais eu l'impression, comme maintenant, de n'entrevoir aucune issue à ses errements.

Dès qu'il fermait les yeux, il avait l'impression que le cadavre de Bernard Emery lui jetait un regard sanguinolent ou de sentir les mains glacées de Judith lui serrer le cou.

Distrait et préoccupé, il se trompa de station de métro, et fut contraint de ressortir à l'air libre pour retraverser Central Park afin de gagner la demeure des Korda par la 72ᵉ Rue.

Le résultat était inévitable : pour la première fois de sa vie, il arriva en retard à une consultation.

Grace l'accueillit pourtant avec un enthousiasme surprenant.

– Je vous ai attendu avec impatience ! dit-elle.

Elle lui présenta une boîte en métal doré qui contenait de petites pastilles beiges.

– Ce sont des bonbons japonais au bambou. On les dit excellents pour la digestion…

– Merci, dit Freud, surpris, en prenant un bonbon.

– Stanley Hall m'a dit que vous supportiez mal la cuisine locale. J'en suis désolée.

– Vous semblez un peu plus vaillante, vous.

Elle hocha la tête en le regardant attentivement.

– Après la dernière séance, des sentiments contradictoires ont surgi en moi comme une vague, expliqua-t-elle. Et j'ai enfin compris l'utilité d'exposer librement mes pensées comme vous le proposez. C'est comme si j'avais eu en moi une boîte fermée et que, d'un clic, vous aviez soulevé le couvercle.

– Vous avez l'intelligence de tirer parti de la cure, dit Freud.

– Je me sens purifiée et tranquillisée, approuva Grace. J'ai même pu reprendre le dessus sur cette « Judith ». Je n'ai plus l'impression de la voir surgir dans chaque miroir. Je ne souffre plus de toux ni de migraines. Grâce à vous.

Un analyste moins expérimenté aurait trouvé cette reconnaissance naturelle.

Freud se méfia.

Grace s'était assise sur le divan et lissait négligemment les plis de sa robe. Ses cheveux relevés en chignon mettaient son regard en valeur. Elle suçait langoureusement son bonbon, et elle avait rapproché son fauteuil du divan.

Ces signes étaient indubitables : son transfert érotique sur lui s'était consolidé.

Cela lui était déjà arrivé avec ses patientes – en particulier celles dont la névrose plongeait ses racines dans un besoin d'amour non satisfait. Projetant leur libido sur leur psychanalyste, elles se disaient aussitôt soulagées, allant jusqu'à nier parfois leur maladie.

Dans de tels cas, il y avait trois erreurs à éviter : céder aux avances ; interrompre l'analyse ; et enfin, faute la plus tentante, nier les aspirations amoureuses de la patiente.

Freud s'efforçait au contraire d'incorporer le transfert à l'analyse. Il montrait à sa patiente qu'elle ne faisait que renouer avec des émois infantiles et que son amour n'était pas authentique. Mais il lui apprenait aussi que, « faux » ou non, ce sentiment était nécessaire au traitement. En effet, l'affection qu'elle pensait éprouver pour lui la rendait attentive aux interprétations qu'il lui proposait.

Toute guérison, expliquait-il parfois, passait par l'amour sans s'y arrêter.

– Cette Judith…, dit Grace. Au début, je ne supportais pas l'idée de la savoir présente, à l'intérieur de moi. Maintenant que j'ai moins peur, je veux la connaître. Savoir qui elle est, ce qu'elle veut. Vous allez m'y aider, n'est-ce pas ?

– Pour cela, comme vous aimez maintenant le faire, il vous suffira d'associer librement vos pensées.

Grace s'assit, un peu décontenancée.

– Mais je ne sais rien sur elle…

– Vous en savez bien plus long que moi.

Elle s'allongea d'elle-même sur le divan.

– Quand je joue au théâtre, dit-elle après un temps, quand je m'immerge dans mon personnage et que je deviens quelqu'un d'autre, j'ai souvent l'impression de perdre le contrôle de mon corps. Je deviens plus audacieuse, plus mobile, plus forte. C'est comme ça que vous m'avez décrit Judith.

Elle tourna vers Freud un regard intense.

– Comment est-elle apparue en moi ? Comment puis-je être deux personnes à la fois ?

– Vous n'êtes pas « deux personnes ». Il ne saurait y avoir deux activités conscientes dans le même cerveau.

– Mais pourtant, elle prend ma place quand je perds connaissance ! J'ai l'impression d'être ce Docteur Jekyll dont Miss Damon me racontait l'histoire pour m'endormir.

– Elle vous racontait ce genre d'histoires, enfant ?

– Oui. Ses contes avaient toujours pour héros des criminels, des meurtriers, des vampires, des conquérants sanguinaires... Elle disait que je devais apprendre que dans la vie, il y avait des gens comme ça. Les contes étaient pour elles des vaccins...

Elle sourit.

– Elle se donnait souvent un surnom terrifiant pour me raconter l'histoire : Miss Hyde, Miss Dracula, Miss *Démon*...

– Elle aussi se fabriquait des « doubles », commenta Freud. Comme vous. Comme nous tous. Vous comprenez maintenant que Judith donne simplement l'impression d'une intelligence extérieure à votre conscience. Il s'agit d'une illusion. Elle incarne plutôt une part de votre psyché que vous avez refoulée.

– Pourquoi ?

– À cause d'un traumatisme qui a eu lieu dans votre enfance. Elle et vous êtes la même personne. Il faut simplement réintégrer Judith en vous, un peu comme on replace une épaule déboîtée. Et pour cela, il faut que vous communiquiez avec elle.

– Mais comment ? Je ne peux pas la voir, ni l'entendre.

– Elle, elle peut. Imaginez votre conscience comme le centre illuminé d'une pièce. Vous observez cette pièce à travers un œilleton dans la porte. Mais l'œilleton ne vous permet de voir que la partie éclairée... l'inconscient est la partie obscure. Judith, elle, se trouve *à l'intérieur* de la pièce. Elle voit la partie éclairée et se déplace dans la partie obscure. Elle est donc au fait de tout ce qui vous arrive.

– Et pourquoi me le cache-t-elle ?

– Elle refoule les informations qu'elle estime nuisibles pour vous. Quand vous ressentez une irritation à la gorge, elle dissimule l'origine psychologique de cette gêne, qu'elle sait être bien plus douloureuse. Pourtant, pour guérir, vous devez savoir la vérité.

– Mais comment faire puisqu'elle ne veut pas que je sache ?

– En trouvant par nous-mêmes ce qu'elle dissimule.

– Ce traumatisme infantile que j'ai subi, dit Grace, quelqu'un d'autre a dû en être le témoin ?

– Pas forcément. La plupart du temps, le traumatisme n'est pas réel, mais fantasmé. Il a eu lieu dans votre imagination. Et c'est là que nous allons le traquer.

– Comment ?

– Eh bien, puisque Judith s'est créée pour lutter contre ce traumatisme, nous allons essayer de déterminer à quel moment elle est apparue comme entité psychique.

– Je serais incapable de vous le dire.

– Judith, c'est le nom de votre poupée. Depuis quand l'avez-vous ?

– Il me semble que je vous ai déjà raconté cela.

– Je ne crois pas.

– Je vous assure que si…

Freud hocha la tête. Cette impression de « déjà raconté » était significative. Il ne servirait à rien d'essayer de convaincre Grace de son erreur. Elle avait sans doute voulu lui parler de la provenance de la poupée, mais avait renoncé à le faire en rencontrant une résistance inconsciente.

– Dans ce cas, rafraîchissez ma mémoire, dit-il.

– Ma mère m'a donné Judith pour l'anniversaire de mes cinq ans. Elle est morte cette année-là.

– Quel est votre souvenir d'elle le plus ancien ?

En réfléchissant, Grace commença à frotter machinalement son poignet gauche contre le bord du divan.

– Je me souviens, dit-elle finalement, de Judith une nuit où je me suis réveillée dans le noir. J'avais peur et je l'ai prise dans mes bras. J'ai appelé ma mère, et comme elle ne venait pas, j'ai marché jusqu'à sa chambre. J'ai attendu, debout devant la porte, puis mon père est apparu pour me recoucher. J'avais oublié que ma mère était morte !

– Est-ce que par la suite, il vous est à nouveau arrivé de vous réveiller en pleine nuit et de la chercher ?

Le frottement de la main sur le poignet, qui s'était interrompu, reprit et s'accéléra.

– Oui. Ça m'est arrivé plusieurs fois. J'allais jusqu'à la porte de la chambre et je l'appelais. Au bout d'un moment, mon père sortait pour me recoucher.

Révélant un point sensible, l'irritation au poignet se manifestait à chaque fois que Grace évoquait un réveil nocturne.

– Est-ce que vous cherchiez aussi votre mère dans ce rêve que vous n'avez pas voulu me raconter la dernière fois ?

– Je ne vois toujours pas de quoi vous…

Elle se tut, montrant qu'il avait encore déclenché une résistance. Il devait jouer serré, une fausse manœuvre pourrait avoir des conséquences irréversibles. Un vieux proverbe lui revint en tête : *Le lion ne bondit qu'une fois.*

– Revenons à votre toute première amnésie, à six ans, dit-il. Qu'est-ce qui s'était passé juste avant ?

– J'y ai repensé après notre séance de l'autre jour. Je passais l'après-midi avec notre cuisinière qui m'apprenait à faire des gâteaux. J'en ai profité pour m'enfuir par la porte des dépendances. Mon père m'a retrouvée bien plus tard, dans le public d'un cirque ambulant.

– Cette cuisinière, dit Freud, jubilant de tenir enfin une piste, est-ce qu'elle travaille toujours pour vous ?

– Non. Elle nous a quittés peu de temps après.

– Comment s'appelait-elle ?

– Je ne sais plus… Mon père l'a renvoyée et je n'ai plus entendu parler d'elle.

L'oubli du nom de Mary Connell était déterminant pour Freud, de même que sa présence au moment de la première fugue psychique. Une brèche s'ouvrait : la relation amoureuse entre August et son ancienne cuisinière pouvait avoir été à l'origine du traumatisme de Grace.

Donc, ce rêve qu'elle refusait de lui confier depuis la veille devait être lié à la découverte de cette relation…

– Ce rêve que vous avez « oublié » de me raconter, dit-il, il commence alors que vous êtes seule dans votre lit, la nuit.

– Non…

– Vous vous réveillez. Judith est là, à vos côtés, vous la prenez dans vos bras. Vous vous levez…

– Je ne sais plus…

– Vous ne devez pas avoir peur de la vérité !

Freud avait quelque peu forcé son ton, jouant sur l'emprise psychologique que lui offrait le transfert.

Grace passa plusieurs fois sa langue sur ses lèvres, puis :

– Je suis dans mon lit, toute petite, sous plusieurs couvertures qui me tiennent trop chaud. Soudain, je sens une présence dans la pièce. Je vois une forme qui bouge. Deux yeux perçants qui me regardent. Ça ne peut pas être mon père, parce qu'il dort.

Elle déglutit, surmontant un dégoût manifeste.

– Je voudrais me cacher, je prends Judith. Et puis j'entends la porte se fermer. Je ne sais pas si la… chose est restée dans la pièce. J'ai peur et je pousse un grand cri…

Elle se relâcha.

– C'est alors que je me réveille.

– Pourquoi refusiez-vous de me raconter tout ça ?

– Ce rêve n'est pas comme les autres, répondit Grace. Il est si présent, si réel. Si effrayant…

– Vous le supporterez si vous prenez un peu de recul.

En l'écoutant, Freud était parvenu à une hypothèse sur la scène primitive à l'origine de son traumatisme.

Il partait du principe que des inversions dues au refoulement dominaient le rêve.

Les yeux qui fixaient Grace : c'étaient les siens qui regardaient. Son corps trop couvert : elle avait vu un corps nu. Le cri qu'elle avait poussé : elle l'avait entendu. « Ça ne peut être mon père » : c'était bel et bien son père.

Elle s'était réveillée une nuit. Sa poupée à la main, elle s'était approchée de la chambre de ses parents.

La porte ne se « fermait » pas, elle s'ouvrait, ou s'entrebâillait.

Par cet entrebâillement, elle avait vu son père faire l'amour avec Mary Connell.

La scène avait inévitablement déterminé son propre rapport au sexe. C'était un exemple limpide de névrose – un cas d'école.

Freud offrit son interprétation à Grace, qui réagit aussitôt.

– Non, dit-elle, la gorge sèche, mon père ne m'a jamais…

Sa voix s'éteignit.

– … trompée ? proposa Freud.

Grace resta silencieuse.

– Cette cuisinière, pourquoi l'avez-vous fait renvoyer ?

– Ce n'est pas de ma faute si elle est partie !

– Elle s'appelait Mary Connell, n'est-ce pas ?

– Oui, concéda Grace. Je ne sais pas pourquoi son nom m'était sorti de l'esprit.

– Parce que après avoir vu Mary faire l'amour avec votre père, vous en avez conçu une intense jalousie.

Grace secoua la tête, gênée.

– J'ai rencontré Mme Connell, dit Freud. Elle dit que vous l'avez accusée de vous avoir battue. Nous comprenons maintenant la cause de votre comportement. Et nous savons aussi pourquoi Judith a fait irruption quand vous vous trouviez dans la cuisine avec cette femme.

Il expliqua à Grace comment, après la mort de sa mère, elle s'était imaginé l'avoir remplacée. L'attitude d'August avait renforcé son fantasme : il la gardait en permanence à ses côtés, s'affichait avec elle dans des cérémonies publiques. Par la suite, elle avait refoulé le souvenir de sa trahison dans son inconscient pour continuer à l'aimer.

Elle laissait à Judith le soin d'être jalouse à sa place, de ruminer des sentiments violents et inavouables.

– Quand Mary est partie, conclut-il, votre père était à vous. Mais vous vous sentiez coupable. Le repentir se paie. Chaque nuit, en rêve, vous vous revoyiez seule dans votre lit et sentiez une présence : une forme mouvante, deux yeux perçants.

– Je les ai surpris un soir, dit Grace d'une voix étouffée. J'ai eu l'impression qu'il la violait.

Freud soupira, soulagé – elle reconnaissait pour la première fois la réalité de la scène qu'il avait imaginée.

– Nous n'en sommes pas loin, admit-il. Ces maîtres qui couchent avec leur domestique… Kierkegaard, Léonard de Vinci ou Ibsen sont les fruits de telles unions : tous enfants de servantes délaissées après avoir été engrossées. L'humiliation subie par leur mère s'est gravée dans leur inconscient, suscitant en eux une mélancolie chronique. C'est ce qui est arrivé à John Manson.

– Je me souviens…, poursuivit Grace. Mon père n'a plus voulu que je me lève la nuit. Il me donnait chaque soir un verre d'eau avec de la fleur d'oranger pour que je dorme mieux…

Une nouvelle source de sa phobie de l'eau.

– Mon Dieu, s'écria Grace. John est mon frère !

Elle écarquilla les yeux, comme si des connexions inouïes pour son entendement s'opéraient dans son cerveau.

– J'entends la voix de mon père la veille de sa mort – c'est incroyable, ce souvenir qui refait surface… Il me dit qu'il craint pour sa vie. Je l'écoute à peine. Je n'arrive pas à détacher mes pensées de ce demi-frère que je viens de découvrir…

Freud avait, pour être honnête, forcé la main à sa patiente.

Mais son hypothèse sur la scène primitive semblait correcte. Au moment où les sentiments refoulés redevenaient conscients, les barrières à l'origine de l'amnésie s'étaient levées.

– Il avait un air terrible, poursuivit Grace. J'avais peur.

– Peur pour lui ?

– Oui, et aussi *de* lui. Il pouvait s'emporter violemment quand quelque chose lui résistait.

– Est-ce que vous vous souvenez de ce qui s'est passé ensuite ? Quand vous l'avez quitté ?

– Non.

Elle s'assit brusquement et lui prit la main.

– Ne m'abandonnez pas. Ne me quittez pas.

Des larmes lui montaient aux yeux.

Freud tenta de savoir si d'autres faits enfouis dans son inconscient lui revenaient, mais Grace ne put ou ne voulut se souvenir de rien d'autre.

Il commença à douter de la réussite de la séance. Son interprétation du rêve était incomplète, et avait été trop facilement acceptée par Grace. Elle avait retrouvé ses souvenirs dans une sorte de frénésie, pas dans l'angoisse sourde qui accompagnait d'ordinaire la découverte d'un traumatisme profond.

Surtout, pourquoi Judith n'était-elle pas intervenue ? N'était-elle pas résolue à l'empêcher d'analyser le second rêve ? Manifestement, les explications fournies par Freud ne l'avaient guère émue. Cela suggérait qu'il était encore loin du compte. Et que, loin d'irriter Judith, il l'avait probablement apaisée.

Son rôle se précisait pourtant. Grace était devenue, de façon fantasmatique, l'épouse admirative de son père. Judith, elle, avait porté un sentiment dévastateur de jalousie. Nourrissant probablement un clair désir de meurtre d'un père lui-même capable de violences.

Encore une fois, il dut affronter l'idée que Judith avait pu passer à l'acte…

– Mon frère n'a pas pu tuer mon père, dit Grace. Qui a commis ce meurtre ? Pourquoi est-ce qu'*elle* ne me le dit pas ?

Freud, impuissant ne répondit pas.

– Je veux lui demander, dit Grace.

Elle le regarda avec gravité.

– Venez !

Freud hésita puis la suivit. Il l'accompagna, dans une sorte de torpeur, dans les escaliers, puis jusqu'à sa chambre.

La décoration était austère. Seul un parfum d'orange égayait légèrement l'endroit.

Grace s'approcha du lit à la blancheur trompeuse – le sombre théâtre de sa névrose.

Elle prit sur son oreiller la poupée de porcelaine, blonde aux yeux bleus, aux vrais cheveux bouclés.

– Toi, dit-elle, dis-nous ce que tu sais.

Freud considéra « Judith ».

Elle était comme ces totems, ces entités primitives sacrées dont il avait étudié certains aspects chez les Aborigènes australiens. Animaux, objets, plantes ou phénomènes naturels, ils incarnaient le père symbolique et l'esprit protecteur d'un lignage. À chacun d'eux étaient associés des tabous spécifiques.

La poupée jouait un rôle comparable. Esprit vigilant au service de la « famille intérieure » de Grace, elle matérialisait une forme de protection mais aussi une série d'interdits. Comme un totem, elle cachait le secret de son origine depuis tant d'années qu'il était presque impossible de l'élucider.

Il scruta Judith comme s'il attendait d'elle la réponse à la question de Grace.

Puis il se rendit compte de l'absurdité de son attitude et baissa les yeux, gêné. Son regard tomba alors sur ses mains et il poussa un cri horrifié.

Elles étaient couvertes de sang.

23

Manhattan regorgeait d'oiseaux à vendre.

Kahn avait déjà observé des flopées de cygnes en formation triangulaire migrer au-dessus de Central Park, des perruches dans les appartements chics de la Cinquième Avenue, et même des faucons pèlerins fondre entre deux immeubles pour emporter un pigeon dans leurs serres. Mais il ignorait qu'autour de Times Square on pouvait se procurer aussi bien des merles que des goélands ou des oiseaux de paradis.

Malgré l'éclectisme de leur offre, les premiers oiseleurs à qui il rendit visite confessèrent leur ignorance devant la créature que Kahn transportait dans une cage. Sans compter que les yeux rouge sang de l'oiseau et ses griffes agitées de soubresauts les mettaient mal à l'aise. L'un des commerçants demanda pourtant à l'acheter. Les plumes d'un turquoise profond allaient, selon lui, faire la joie des dames de la haute.

Les chapeaux féminins constituant l'essentiel des débouchés pour les oiseaux exotiques, Kahn réorienta sa recherche vers les vendeurs de plumes. Deux oiseleurs lui donnèrent l'adresse d'un certain Conklin, spécialiste en espèces tropicales qui se fournissait sur trois continents et vendait dans un entrepôt près des docks.

Il poussa la Ford à sa vitesse maximale de quarante-cinq miles à l'heure et fonça sur la Septième Avenue en direction de Wall Street.

– Conklin, assassin !

– Conklin, ferme ton magasin !

Une bonne cinquantaine de femmes de tous âges étaient en train d'assaillir l'entrepôt-boutique de Marty Conklin en agitant des pancartes et des écriteaux.

Sa cage à la main, Kahn descendit de la Ford puis tenta de se frayer un chemin dans la mêlée. On l'arrêta pour lui apprendre que la manifestation avait été organisée par l'association « Les Amies d'Audubon ». Ses membres, inspirés par le fameux ornithologiste Audubon, militaient contre la chasse aux oiseaux rares pour leurs plumes. Des dizaines d'espèces avaient déjà disparu, victimes de la mode.

Kahn sortit son badge pour convaincre ces dames de s'écarter, mais une petite brune lui barra le chemin en désignant, indignée, l'oiseau agonisant qu'il tenait à bout de bras.

– La police devrait arrêter les tueurs au lieu de les aider !

Les femmes se pressèrent autour de Kahn, qui leur assura qu'il traquait justement le bourreau du malheureux volatile et que sa présence ne visait nullement à entraver leur action.

Il réussit à gagner la porte du magasin où, en voyant son badge, un grand type ouvrit la porte, juste le temps de le laisser entrer. À nouveau barricadé, il se tourna vers lui d'un air mécontent :

– J'ai appelé les flics il y a plus de deux heures !

Peut-être à force de vivre au contact d'oiseaux, Conklin ressemblait étrangement à un vautour avec son crâne chauve, son long cou et sa redingote noire.

– Et puis ces demoiselles-là piaillent, mais toutes les autres veulent des plumes sur leurs couvre-chefs !

Il brandit devant Kahn un catalogue de la Compagnie nationale des costumes et des capes, qui vendait des articles par correspondance. Sur les dessins, une femme sur deux portait un chapeau à plumes.

– Ce n'est pas pour elles que je suis là, dit Kahn.

Il désigna l'intérieur de la cage. Le commerçant se pencha pour regarder l'oiseau puis fit un pas en arrière, l'air effrayé.

– Sortez-moi ça de là !

– Il ne va pas s'échapper, dit Kahn. En tout cas, je vois qu'on m'a bien informé. Cette bestiole, vous la connaissez.

Conklin le fixa en plissant les yeux.

– Celui qui l'a acheté savait pertinemment ce qu'il faisait ! Je n'y suis pour rien s'il y a eu un petit pépin !

– Avant qu'il n'y ait un très gros pépin entre votre société et le service des douanes, dit Kahn, racontez-moi comment vous vous êtes procuré cet oiseau.

– Son nom, c'est le pitohui à capuche, dit Conklin. Il vient de Nouvelle-Guinée. J'en ai reçu une demi-douzaine dans une grande cage. Des plumes magnifiques, longues et fournies : j'ai payé le prix fort. Et puis j'ai eu le malheur d'en regarder un de plus près.

– Qu'est-ce qui vous est arrivé ?

– La sale bête m'a piqué le doigt. J'ai sucé la blessure. Ma langue s'est mise à brûler. Je ne sentais plus mon palais et j'avais la main qui gonflait.

– À cause du coup de bec ?

– À cause des plumes ! Elles sont recouvertes d'une substance toxique. Le médecin m'a dit que si je m'étais pas gavé de quinine j'y serais passé. J'avais jamais entendu parler d'un oiseau empoisonné. C'est sans doute une espèce unique au monde.

– Qu'est-ce que vous en avez fait ensuite ?

– J'avais raconté mon histoire à pas mal de monde. Une semaine plus tard, quelqu'un est venu me proposer de m'en débarrasser. Un type qui travaillait pour le Muséum d'histoire naturelle. Il voulait les empailler pour les présenter au public.

– Vous l'avez cru ?

– Il payait comptant, dit Conklin en haussant les épaules. Et je lui ai expliqué qu'ils étaient dangereux. Je voulais plus les voir. Des oiseaux de malheur, c'est le cas de le dire…

– Il vous a dit son nom ?

– Non.

Kahn sortit de son portefeuille une coupure de presse. Il la déplia pour montrer à Conklin la photo de John Manson.

– Est-ce qu'il ressemblait à ça ?

– Non. C'était plutôt un type avec une drôle de tête.

– Décrivez-le-moi et je vais esquisser ses traits au crayon.

– Si ça peut vous faire plaisir.

Kahn s'appliqua pour dessiner le portrait-robot sur une feuille fournie par Conklin. Il avait fait ce boulot, à ses débuts, pour réaliser des affiches à l'intention des chasseurs de primes. En quelques minutes, il ébaucha un visage en forme de museau de souris qui lui était vaguement familier. Il gomma les erreurs à la mie de pain, l'image se précisa et il comprit qui il avait dessiné.

– C'est ressemblant ?

– Il était quand même pas si moche, dit Conklin.

C'était un visage qui ne revenait décidément pas à Kahn : celui de Roy Blake. Détective de l'agence Pinkerton. Chargé de protéger August Korda.

Blake avait donc acheté les oiseaux qui avaient causé la mort de James Wilkins.

Kahn appela Renzo depuis la boutique pour qu'il lui trouve l'adresse du détective. Une demi-heure plus tard, il entrait dans un petit immeuble sans charme de la 40e Rue, en plein Greenwich Village. La concierge l'informa que Roy Blake avait quitté les lieux très tôt le matin, avec deux valises.

Le trois-pièces était impersonnel et ordonné. Une touche de luxe : un divan aux coussins de soie. Un soupçon de laisser-aller : des caleçons en flanelle sous le lit. Un brin de vie privée : la photo d'une jeune femme tenant un bébé dans ses bras.

Sur le bureau, Kahn trouva des piles de documents : notes,

correspondance d'affaires, fascicules de l'agence Pinkerton, copies de dossiers criminels bourrées de photographies.

Dans le tiroir du milieu, une nouvelle masse de papiers : comptes rendus de filatures, rapports à Pinkerton, factures et reçus divers. Parmi ceux-ci, une série de transactions à l'en-tête de la Banker Trust Company attira son attention. Dirigée par John Pierpont Morgan – l'un des noms sur la liste du Club des architectes –, c'était un organisme financier au service des grosses entreprises.

Bizarrement, le dernier paiement remontait à deux jours. Alors que Korda était déjà mort.

Le téléphone sonna. Kahn hésita quelques secondes, puis mit un pan de sa veste devant sa bouche et décrocha.

– Blake.

– Bien essayé, boss, fit la voix de Renzo. Il s'est fait la malle ?

– Ouais.

– Je viens d'arriver chez August Korda. Rappliquez, j'ai quelque chose d'intéressant à vous montrer.

Kahn trouva Renzo en train d'aller et venir dans la chambre de Korda, en manipulant divers objets.

– En reprenant le dossier, lui expliqua-t-il, j'ai essayé de comprendre comment quelqu'un avait pu entrer dans la maison la nuit du meurtre. Je regardais le plan qu'on a fait établir et puis quelque chose de bizarre m'a frappé. Regardez.

Kahn jeta un coup d'œil au document posé sur le bureau.

– Le couloir qui traverse toute l'aile fait 50 pieds de long, dit Renzo. Cette chambre-ci, qui couvre la largeur de la maison, fait 30 pieds de large. 50 fois 30 égalent 1 500 pieds carrés.

– Exact.

– Bon, maintenant regardez le cadastre de Perris.

Renzo désigna un gros in-quarto ouvert à son intention. Depuis plusieurs décennies, la maison Perris publiait le cadastre le plus précis de Manhattan, immeuble par immeuble, avec des codes colorés et une minutie qui rassuraient les assureurs.

– Il est indiqué que l'hôtel particulier du 1303 Columbus Avenue couvre 1750 pieds carrés au sol. Ça fait une différence de 250 pieds carrés avec mon total.

– Comme si la maison était plus grande de l'extérieur que de l'intérieur…, dit Kahn. Tu as vérifié nos mesures ?

– Je viens de le faire : elles sont justes…

– Tu as compté l'épaisseur des murs ?

– Je l'estime à 100 pieds carrés maximum. Ça veut dire qu'il y a 150 pieds carrés « disparus » entre les deux plans.

– C'est incompréhensible, dit Kahn.

Son regard s'illumina.

– À moins qu'il n'y ait un espace caché dans les murs.

– Eh oui, boss. Un espace ne figurant pas sur les plans… C'est ce que je cherche depuis un moment.

– Un passage secret, dit Kahn. Aboutissant ici. Permettant à l'assassin d'entrer puis de sortir sans être vu.

À son tour, il examina fébrilement la chambre, frappant sur les murs, ôtant des livres de la bibliothèque. Après une série d'efforts infructueux, il tenta de se remémorer la pièce telle qu'il l'avait trouvée juste après le meurtre.

– La statue de saint Jérôme avec le lion ! s'exclama-t-il. Où était-elle placée ?

– Dans cette niche, dit Renzo en désignant une alcôve. On voit encore la trace qu'elle laissait sur son socle.

– Si le meurtrier l'a utilisée pour frapper Grace, c'est peut-être parce qu'il l'avait sous la main quand elle est entrée dans la chambre. Au moment précis où lui s'apprêtait à décamper.

Il passa la main dans la niche. Il tâta les parois, puis le rebord supérieur, puis le socle sur lequel se trouvait la statue. Il sentit qu'il était mobile et tenta de le manipuler. Quand il accentua sa pression, la colonne dans laquelle se trouvait la niche s'ébranla et commença à pivoter sur elle-même. Derrière apparut une ouverture obscure, d'où partait une volée de marches.

– Et voilà par où l'assassin s'est enfui, murmura Kahn.

– Ça ne nous dit pas *qui* il était, remarqua Renzo.

Ils descendirent à tâtons l'escalier en colimaçon. Il débouchait, deux étages plus bas, sur une petite porte en bois. Ils l'ouvrirent et se retrouvèrent dans la cave.

– Très malin, dit Renzo. De là, on peut passer dans la cour intérieure, puis dans la rue.

Ce n'est qu'en remontant que Kahn vit quelque chose luire au bord d'une marche.

Il se pencha pour toucher un objet froid, dur et tranchant et sursauta.

– Je crois que j'ai trouvé l'arme du crime.

L'épée était ancienne, courte – moins d'un mètre – et élégante. La poignée était très travaillée. La lame à double tranchant était encore couverte de sang.

– Je ne crois pas qu'on va relever des empreintes là-dessus, dit Renzo en l'examinant.

– Mais un armurier pourra nous renseigner sur son origine, dit Kahn.

Dès leur retour dans la chambre, il reprit le cadastre.

– Je me demande qui a fait creuser le passage. La maison a à peine dix ans, on devrait pouvoir mettre la main sur l'architecte.

Il trouva une référence et sourit.

– Évidemment. Concepteur : Daniel Burnham. L'architecte qui se trouve sur la liste du club. Et qui a construit le Flatiron, siège de la Korda Bros, Inc.

Il fouina dans la bibliothèque jusqu'à faire émerger le *Who's Who in America* – ouvrage pratique dont tout notable possédait un exemplaire.

– « Burnham, Daniel », lut-il. Il est né à Chicago, où il a dirigé la construction de l'Exposition universelle de 1893. Son associé John Root a inventé les fondations en caissons qui leur ont permis de concevoir le Montauk, le premier gratte-ciel de l'histoire. Puis le temple maçonnique en 1882, immeuble le plus haut du monde pendant une bonne dizaine d'années.

Kahn se frappa le front.

– Bon sang, Burnham, Chicago, 1893, on tient quelque chose !

– Quoi ? demanda Renzo.

– Un moyen de faire pression sur un membre du club.

Il fit glisser son doigt sur la page.

– D.H. Burnham & Compagnie est sur la 7e et Broadway. Allons-y. Le détective vient de nous filer entre les doigts. Je ne voudrais pas perdre l'architecte de la même manière.

24

La vision de ses mains en sang qui avait saisi Freud dans la chambre de Grace le troublait encore quand il arriva à l'hôtel Astor. Une hallucination, il le savait, n'était rien d'autre qu'un souvenir déguisé par l'inconscient en apparition surnaturelle. La confrontation avec la poupée avait manifestement réveillé en lui un fort sentiment de remords. Lequel ? Il était impatient de retrouver Jung pour ne pas avoir à le déterminer.

Ce dernier venait de rentrer dans sa chambre, où il s'énervait contre un groom à l'air insolent à qui il reprochait de ne pas arriver à joindre Anna Landis au téléphone.

– Ce système tant vanté ne fonctionne pas du tout dans cette ville ! grommelait Jung.

– Si je peux me permettre, monsieur, dit le groom, les New-Yorkais échangent avec succès un milliard de conversations téléphoniques par an…

– Alors pourquoi m'est-il impossible d'obtenir cette communication ?!

– Tout simplement parce que votre amie ne décroche pas, osa le groom. Puis-je vous proposer un numéro musical pour vous détendre ? Un phonographe est branché à l'autre bout de la ligne. Trois cents pour une sonate, sept cents pour un opéra…

– Merci, mais non merci…

Le groom se retira en virevoltant.

– Je suis un peu agité, dit Jung à Freud. Je n'ai pas trouvé la queue d'un indice sur William Moore au commissariat.

– Je suis moi-même épuisé par ma séance, dit Freud en s'asseyant sur un fauteuil et en sortant un cigare.

– Avez-vous avancé au moins ?

– J'ai reconstitué la scène primitive…

Freud résuma sa principale découverte : la vision par Grace de son père faisant l'amour avec Mary Connell. La restitution de la scène avait entraîné la levée de l'amnésie de Grace concernant sa dernière rencontre avec August.

– Vous êtes donc arrivé au bout ! s'exclama Jung.

– Non, dit Freud. L'apparition de Judith semble liée à d'autres facteurs que la jalousie envers le père, car la plupart des épisodes amnésiques restent impénétrables… Je ne suis pas au bout de mes peines, même si Grace m'a donné quelques indices neufs – notamment en m'avouant que son père était parfois violent.

– Violent ? s'exclama Jung. J'ai trouvé quelques clés à ce sujet dans le dossier de Korda. Une hypothèse plus qu'étrange m'est même passée par la tête…

– Laquelle ?

– Écoutez d'abord. L'homme dont j'ai parcouru la vie est un individu farouchement libre, d'une constante agressivité et presque sûrement mégalomane. Le dossier, outre les coupures de presse, comprenait des témoignages particulièrement instructifs de proches de Korda. Les détails vont parler d'eux-mêmes.

– Je suis tout ouïe.

– Son père Georgi était roumain, de Bucovine. Sa mère Lucia était sicilienne.

– Comment se sont-ils rencontrés ? demanda Freud.

– Sur un transatlantique juste avant la guerre de Sécession. Georgi, maçon de profession, a d'abord travaillé dans les mines de charbon en Pennsylvanie, puis dans les fonderies d'acier. Après quelques années d'une existence misérable, il est devenu chercheur d'or dans les montagnes Bleues de l'Oregon à la fin des années 1860. Chercheur d'or ! Suivez-moi bien parce que mes conclusions pourront vous paraître surprenantes.

– Je n'en attends pas moins de vous, dit Freud.

– Bientôt, la chance lui a souri. Il a ouvert une concession et Lucia et lui ont pu avoir leurs deux enfants. Avec d'autres pionniers et l'aide d'ouvriers chinois, ils ont construit une ville de toutes pièces…

– D'où la passion d'August pour l'urbanisme…

– Il a été très impressionné par l'édification de cette ville-champignon. Mais il était tout aussi écœuré par la corruption et la violence qui y régnaient. Lorsqu'il était enfant, la ville a subi plusieurs razzias de bandits. La dernière a tourné à la tragédie. La famille s'est réfugiée dans l'église locale, en vain. Georgi a été assassiné sous les yeux de sa femme et de ses enfants. Lucia a alors fui avec Herman et August à travers les collines. August a raconté qu'il avait alors vu leur ville en flammes…

– Il est revenu de l'enfer.

– Heureusement, Georgi Korda avait rapatrié son or à Manhattan, où il avait investi dans l'achat de terrains. Lucia et ses fils ont entamé leur nouvelle vie dans l'aisance.

– Elle a donc pu se consacrer entièrement à eux.

– Et elle voulait qu'ils réussissent. August s'est souvenu que son frère Herman revenait parfois de l'école avec une mauvaise note et que Lucia le forçait à rester debout dans un cagibi pour étudier jusqu'à une heure avancée de la nuit. August, plus brillant, échappait à ces punitions et venait en cachette l'aider à faire ses devoirs. De là date la complicité entre les deux frères. Et puis, très vite, deuxième drame. La mère, à quarante ans, est atteinte de troubles mentaux et nerveux, accompagnés de problèmes à la colonne vertébrale qui l'ont alitée pendant des mois. Cette maladie mystérieuse l'a tuée en moins d'un an.

– La syphilis, diagnostiqua Freud. Le troisième stade de la maladie, accompagné d'une ataxie locomotrice qui a déformé sa colonne. Une affection rare chez une femme.

– Vous savez comme moi à quel point les symptômes sont impressionnants, approuva Jung. Herman avait alors seize ans, August quatorze. Ce dernier était rêveur, imaginatif. Le jour de la mort de leur mère, il conçut ce projet qu'il communiqua à son frère : à partir de la « base » de Manhattan, construire à leur tour une ville nouvelle – mais une ville idéale, plus durable que toutes celles qui existaient. Pour cela il fallait étudier : l'architecture, bien sûr, mais aussi l'histoire, la philosophie, les religions, tout ce qui pouvait donner à leur projet une assise intellectuelle.

– Comme l'alchimie…

– Les principes de l'alchimie donnaient même sens à l'histoire de son père : Georgi a été successivement maçon, fondeur, et chercheur d'or. Mais revenons à la mère. Dans l'église des montagnes Bleues, elle a pu être battue sous ses yeux, violée même. Peut-être est-ce au cours de cette tragédie qu'elle a contracté la maladie qui l'a tuée ? Et j'en viens à mon hypothèse.

– Je crains d'entendre ce que vous allez me dire, dit Freud.

– Et si August, ayant assisté au meurtre de son père et à d'autres horreurs, n'avait pu trouver de soulagement qu'en commettant le type d'acte dont il avait été le témoin ?

Freud acquiesça, pensif.

– August, poursuivit Jung, a une histoire de frustrations violentes, de désirs de vengeance refoulés. En comprenant cela, j'ai eu l'impression de voir des dominos bien alignés tomber l'un après l'autre. Ainsi, le fait que sa scène traumatique ait eu lieu dans une église a dû lui donner un rapport névrotique à la religion. C'est aussi le cas du meurtrier.

– Korda se prenait en effet pour un bâtisseur de temple, dit Freud. Comme Hiram, auquel s'identifie l'assassin. Mais cela ne suffit pas à me convaincre qu'il avait des instincts criminels. À moins que…

Les remarques de Jung se bousculaient dans sa tête, créant une ligne de fuite qui le bouleversait.

– À moins que mon analyse ne soit fausse sur toute la ligne…, dit-il. À moins que Grace n'ait été victime non d'un fantasme œdipien mais de violences réelles de la part de son père…

– Vous voulez parler d'agressions sexuelles ? demanda Jung. Vous avez pourtant abandonné votre théorie de la séduction…

– … qui affirmait que les névroses hystériques découlaient de violences subies dans l'enfance. Je l'ai abandonnée parce que, dans la majorité des cas, elle était impossible à prouver ! Ce qui ne l'empêche pas d'être parfois vraie. L'inceste ne serait pas aussi tabou dans toutes les cultures de l'humanité s'il ne naissait pas d'un désir puissant, susceptible de se concrétiser. Je ne vais pas me voiler la face devant les faits !

– C'est tout à votre honneur, dit Jung.

– Ah oui, bien sûr, vous êtes content, ironisa Freud, parce que au fond vous détestez l'œdipe ! Je vous rassure, il ne vous apprécie pas beaucoup non plus.

Jung sourit d'un air contrit.

– Ne nous emballons pas cependant, poursuivit Freud. Cette nouvelle théorie me semble hasardeuse et je n'irai pas plus loin tant que je n'aurai pas revu Grace.

Il s'interrogeait sur les ambiguïtés potentiellement perverses de ses réflexions. Son hésitation devant la possibilité d'un rapport incestueux ne cachait-elle pas un désir de protéger mentalement Grace de telles violences ?

– Mais vous partagez mon impression que le passé de Korda est psychiquement proche de celui de l'assassin ? insista Jung.

– Outre son initiation à l'alchimie, accorda Freud, le meurtrier a dû être marqué par des événements douloureux dans son enfance. Vous êtes dans la bonne direction.

– Tant mieux, dit Jung en prenant sa veste.

– Vous partez ?

– Il faut que j'aille voir Anna, s'excusa Jung. Elle ne répond pas au téléphone et elle me doit une réponse.

– À quelle question ?

– Je lui ai proposé de tout quitter pour venir me rejoindre en Europe…

– Et votre famille ? s'exclama Freud, qui faillit cracher son cigare d'étonnement.

– Nous trouverons un arrangement… Mais je dois la décider très vite. Son mari rentre demain de voyage.

– Vous êtes cinglé !

– En quoi ?

– Vous n'en faites qu'à votre tête, sans réfléchir aux conséquences !

Freud, hors de lui, fixa Jung qui prit l'expression butée d'un enfant décidé à répondre à une réprimande par une nouvelle bêtise. Et dire qu'encore récemment, il avait parlé de lui comme de son « fils chéri » !

– Nous finirons cette conversation tout à l'heure, conclut-il.

Il sortit le premier sans attendre de réponse.

25

L'atelier de Daniel Burnham débordait d'activité. Des apprentis portaient d'énormes rouleaux de papier qu'ils dépliaient pour des architectes plongés dans des dessins à la règle et au compas. Aux murs, les plans et photos d'immeubles récemment achevés et les dessins de tours circulaires ou de résidences encastrées sous des ponts témoignaient de la rage de construire qui faisait fureur à Manhattan.

Burnham, épaisse chevelure rousse et moustache tombante, accueillit les deux policiers dans un bureau illuminé par une verrière découpée dans le plafond. Tenant lieu de mur, une autre baie vitrée lui permettait de surveiller le travail de son équipe.

– Je n'ai que peu de temps à vous consacrer, leur dit-il. Je pars pour Chicago dans une heure.

– Il ne tient qu'à vous que ça aille vite, répondit Kahn.

Burnham se lissa les moustaches.

– J'ai peu à dire sur la mort d'August Korda, si ce n'est qu'il sera difficile à remplacer. Notre époque ne produit pas beaucoup d'hommes aussi audacieux que lui.

– Épargnez-moi vos formules.

L'architecte eut l'air choqué, mais Kahn s'en fichait. Il lui fallait frapper d'emblée pour avoir une chance de s'imposer.

– Vous avez dessiné la maison d'August Korda sur Columbus Avenue ?

– Il y a cinq ans de cela.

– Il existe dans cette maison des pièces secrètes, que le plan du cadastre ne mentionne pas. Or vous êtes, comme tout citoyen, tenu par la loi de révéler toute information pouvant favoriser l'élucidation d'un meurtre.

– C'était une idée de Korda, admit Burnham. Il m'a demandé de ménager un passage secret entre sa chambre et la cave.

– Pourquoi ne pas en informer la police comme c'était votre devoir ?

– La presse a annoncé que le meurtrier était arrêté, et personne ne m'a posé de questions. Je ne vois pas pourquoi j'aurais révélé des informations qui auraient attiré l'attention sur mon travail de façon négative.

– Auraient-elles aussi amené le public à chercher des passages semblables dans vos autres constructions ?

– Je n'ai rien à dire à ce sujet, fit sèchement Burnham.

– Comment avez-vous connu Korda ? demanda Kahn.

– Tous les architectes du pays voulaient travailler avec lui. La première fois qu'il m'a vu, il m'a dit : « Ne faites pas de petits plans. Ils ne suffisent pas à faire circuler le sang d'un homme. » J'ai trouvé son conseil admirable.

– Vous faites partie comme lui du Club des architectes.

Un frémissement troubla la morgue tranquille de Burnham.

– Vos informations sont fausses. Je n'ai jamais entendu parler de ce club. Je fréquente très peu d'autres architectes.

Certains policiers se vantaient de pouvoir deviner un mensonge à d'infimes détails : tics du visage, agitation des extrémités. Kahn était plus prudent : les bons menteurs étaient souvent assez sûrs d'eux pour ne pas être trahis par leur corps.

– Si vous me cachez la vérité, dit-il fermement, je vous traînerai au tribunal pour ne pas avoir témoigné à temps sur ce passage secret dont l'assassin s'est servi.

– Mais enfin, il était impossible de se douter que ce passage servirait à un meurtre ! s'exclama Burnham.

En s'emportant, il offrait à Kahn l'ouverture qu'il attendait.

– Vous avez bien été l'architecte en chef de l'Exposition universelle de Chicago ? demanda-t-il.

– C'est exact.

– L'année suivante, je vous ai vu témoigner lors du procès de H. H. Holmes, ce docteur qui louait les chambres de sa maison aux visiteurs de l'Exposition, puis les assassinait pendant leur sommeil.

– J'ai effectivement livré une expertise architecturale sur la propriété de ce cinglé.

– Vous savez donc que Holmes a été surnommé « notre Jack l'Éventreur » et la maison en question baptisée le « château des Horreurs ». Pouvez-vous me rappeler la raison de ce petit nom ?

Burnham, gêné, répondit en baissant la tête.

– Elle était bourrée de passages secrets qui permettaient à Holmes de gazer ses hôtes par des tuyaux cachés dans leur chambre, avant de les incinérer dans un fourneau construit dans sa cave.

– Un architecte doué, ce tueur, le coupa Kahn. Il avait prévu des murs coulissants, des plafonds avec des trappes et des échelles, des rampes graissées dans de faux planchers par où les cadavres glissaient jusqu'à la cave ! Un authentique précurseur de votre génie. Serait-ce l'œuvre de Holmes qui vous a donné l'idée d'intégrer de tels passages dans vos constructions ?

– Cette discussion tourne au procès d'intention…

– Vous *saviez* que le passage de la maison de Korda avait permis à l'assassin de s'introduire chez lui. Si vous n'avez pas rapporté cette information, c'est que vous avez quelque chose d'autre à nous cacher. Ça me suffira pour vous arrêter.

Burnham roula des yeux, l'air scandalisé.

– Mon œuvre s'inscrit dans un canon classique hérité de la Grèce, de Rome et de l'Égypte antique. Les passages secrets sont une tradition architecturale remontant aux civilisations les plus anciennes – dont j'espère ressusciter certaines valeurs en Amérique. Mais je serais fou d'espérer qu'un flic doublé d'un mécréant comprenne tout cela !

– Renzo, passe-lui les menottes, dit Kahn.

– Ça ne va pas ?

Burnham jeta un coup d'œil affolé à ses employés en contrebas, qui assistaient à la scène.

Renzo s'avança vers lui, menottes à la main.

– Attendez, dit Burnham. S'il vous plaît.

– Le Club des architectes, dit Kahn. Pourquoi une telle loi du silence sur cette organisation ?

Burnham desserra sa cravate. Il transpirait.

– OK, finit-il par dire. Je vais vous parler.

Il s'éloigna de Renzo, comme pour s'assurer que les menottes ne s'approcheraient plus de ses poignets.

– Le club, dit-il, n'est pas une association malfaisante. C'est une confrérie d'individus qui partagent une utopie.

– Qui consiste en quoi ?

– À faire de certaines villes américaines des laboratoires du futur. Chicago est l'une d'entre elles. Je suis en train d'achever le plan de développement de son centre urbain. Manhattan en est une autre. Tout ça n'a rien d'amoral, bien au contraire.

– En quoi le club répondait-il à vos aspirations ?

– Mon itinéraire intellectuel serait long à vous expliquer. Sachez que mes parents m'ont élevé selon les rites de l'Église de la Nouvelle Jérusalem, issus des idées du Suédois Swedenborg. Ils m'ont fait prendre conscience que mon rôle dans ce monde était d'élever l'esprit humain.

– Par l'architecture ?

– C'est l'un des principaux vecteurs de spiritualité. Comme Imhotep, qui fonda les principes des pyramides, j'inclus dans mes projets des données mystiques comme le nombre d'or ou l'orientation astrologique et polaire. Ces procédés font de mes constructions des symboles évoquant la vérité sacrée des achéropites.

– Qu'est-ce qu'un achéropite ? demanda Kahn avec agacement.

– Un objet artificiel mais qui n'est pas issu de la main de l'homme. Comme le Suaire de Turin pour les chrétiens. Je vous vois sourire, mais les mystères de l'architecture ont survécu à bien des moqueries. Savez-vous que les pyramides sont faites de pierres réagglomérées, utilisant des procédés chimiques que l'on n'a, selon la science officielle, inventés qu'il y a trente ans ?

– Justement, l'alchimie est-elle au centre des pratiques du club ?

– C'est l'une des sciences que nous étudions de près.

– L'assassin de James Wilkins et de Bernard Emery, révéla Kahn, a laissé des gravures alchimiques près des corps de ses victimes. Korda détenait les dessins préparatoires de ces gravures.

Il guetta la réaction de Burnham, qui se raidit sensiblement.

– L'assassin pratiquait l'alchimie, poursuivit Kahn. De là à penser qu'il avait un lien fort avec le club – ou bien qu'il en faisait partie –, il n'y a qu'un pas.

– C'est absolument impossible ! s'indigna Burnham.

– Comment entre-t-on dans le club ?

– Par un vote, à la majorité des membres. Les règles d'admission sont très exigeantes et ne tolèrent pas d'exception. Ainsi Herman Korda, qui est un architecte de seconde zone, n'a pu être admis, bien que son frère soit l'initiateur du club. Le nombre de membres est de toute façon limité.

– À douze, c'est ça ? Comme les apôtres du Christ ?

– Korda ne se prenait pas pour le Messie ! Douze, c'est le nombre d'avenues de Manhattan. Le nombre de rues – cent cinquante-six – se décompose aussi en douze fois treize. Les francs-maçons hollandais qui les ont tracées ont emprunté ces nombres sacrés aux anciens alchimistes.

Kahn fit apparaître la liste des membres du club et la tendit à l'architecte.

– Confirmez-vous que ces individus sont les membres de votre organisation ?

Burnham se refusa carrément à regarder la liste.

– Les membres ne sont pas des apôtres, et il n'y a pas non plus de Judas parmi eux. Je ne citerai pas de noms.

– Lequel d'entre vous avait des raisons de s'identifier au mythique Hiram ?

Le regard interdit de Burnham informa Kahn qu'il avait marqué un point.

– Hiram, dit Kahn, a été trahi par ses pairs. Qui parmi vous a pu s'estimer trahi par les membres du club assassinés ?

– Je n'en sais rien…

– Est-ce qu'il y avait des conflits au sein du club ?

– Il y avait des désaccords. Plusieurs d'entre nous reprochaient à August Korda de brûler des étapes. L'idée de parsemer Manhattan de gratte-ciel était devenue impopulaire. Un journal a critiqué l'« invasion de New York par l'obscurité » et ses images de rues obscurcies par l'ombre de bâtiments géants ont fait scandale.

– Quelle était la position de Korda ?

– Il affirmait qu'il fallait passer par une phase d'incompréhension avant de s'imposer. J'ai pour ma part conçu des sommets en forme de pyramides, pour permettre au soleil de baigner les rues. Mais selon Korda, le projet que nous comptions bientôt dévoiler allait de toute façon tellement frapper l'imagination des New-Yorkais que nous n'aurions plus de difficultés par la suite.

– Quel est ce projet ?

– Un gratte-ciel révolutionnaire à Wall Street. Le premier de quatre « piliers » que nous avons prévu de bâtir à Manhattan.

– Est-ce que les membres du club qui ont été enlevés étaient favorables à ce projet ?

– Wilkins, Emery et Moore formaient plutôt une frange réticente. Pas seulement sur ce sujet, d'ailleurs : ils appelaient toujours à la prudence. Ils ont proposé un vote. Nous devions y procéder quand Wilkins a disparu. Le vote a été ajourné.

– Risquait-il d'être défavorable à Korda ?

– Nous sommes des individualistes. On ne pouvait pas prévoir l'issue du vote.

– Qui connaissait l'existence de votre passage secret dans la maison Korda ?

– Lui. Les ouvriers travaillant sur cette partie du chantier étaient des hommes de confiance.

– Vous avez parlé du souterrain à Roy Blake ?

– Qui ?

– Le détective de chez Pinkerton embauché pour protéger Korda après les deux premiers enlèvements.

– Je n'ai jamais entendu parler de lui, dit Burnham.

– Comme il a continué à empocher des chèques après la mort de Korda, je me suis dit que le club continuait à l'employer depuis. Il se trouve par ailleurs que Roy Blake a acheté les oiseaux qui ont aidé à assassiner Wilkins.

Burnham avait l'air sincèrement troublé par ce qu'il entendait. Sa moustache était maintenant luisante de sueur.

– Il est possible, dit-il, que Korda ait donné à un homme chargé de le protéger la clé de l'accès secret à sa chambre.

Kahn posa encore quelques questions avant de comprendre qu'il n'obtiendrait rien de plus de l'architecte.

– Nous allons vous laisser, lâcha-t-il finalement.

Burnham se laissa aller sur son fauteuil, soulagé.

– Ah, et Chicago attendra. Je ne vous autorise pas à quitter New York avant que cette affaire soit bouclée.

Burnham, atterré, voulut protester mais Kahn et Renzo étaient déjà sortis.

Vingt minutes plus tard, ils entraient dans le commissariat de Mulberry Street. Les flics assemblés dans le hall faisaient une tête de dix pieds de long.

– Qu'est-ce qui se passe ? demanda Kahn.

Un vétéran se dévoua pour annoncer la mauvaise nouvelle :

– John Manson s'est échappé.

– Quoi ?

– Il a blessé avec une lame de rasoir Johnson qui lui amenait son repas. Il lui a volé son flingue et l'a pris en otage. Il l'a traîné vers la sortie sur la 43e Rue. Un complice attendait dans une voiture. Il a balancé Johnson et a grimpé dans la caisse.

– Vous ne les avez pas poursuivis ?!

– Si. Ils nous ont bernés à Chinatown en se garant en plein marché. Ça grouillait de monde. Ils ont abandonné la bagnole et ont disparu dans la foule.

– Putain de merde ! jura Kahn. Où est-ce qu'il a trouvé cette putain de lame de rasoir ?

– Elle était cachée dans la reliure de sa bible.

– J'ai vérifié la bible moi-même à son arrivée…

– Alors c'est que quelqu'un lui a donné la lame depuis…

Kahn fixa les hommes un à un, l'esprit en ébullition, puis se tourna vers Renzo.

– Trois personnes seulement ont eu accès à Manson en dehors des gardiens. Freud, Jung, et Grace Korda.

Il jura de nouveau.

– Envoie-les chercher tous les trois !

26

– *Cream of the crop, tip of the top,* dit Anna Landis, signifiant ainsi à Jung que le restaurant où elle l'emmenait n'était pas la première gargote venue.

Il avait pressé la jeune femme de questions dès qu'ils s'étaient retrouvés, mais elle les avait éludées en expliquant qu'elle n'avait pas déjeuné et ne pouvait discuter l'estomac vide.

Ils avaient donc descendu à pied la Sixième Avenue, trouvé le Delmonico bondé bien que l'heure du dîner soit encore loin, puis marché en direction d'un établissement qu'elle affectionnait, Chez Marcel. Jung s'étonna qu'Anna accepte d'afficher ainsi leur liaison, mais elle ne craignait visiblement pas de narguer son époux.

Ce désir de provocation était de bon augure pour la suite de leur conversation.

Dans la rue, Jung montra du menton un groupe de femmes portant de larges chapeaux à fine dentelle et des corsages blancs à jabot en soie.

– L'heure de la promenade pour les dames de la haute ?

– Ne vous y fiez pas, dit Anna.

– Pourquoi ?

– Ce sont des prostituées.

– Avec cette allure ?

– L'immigration crée une compétition féroce dans ce secteur, d'où la surenchère des tenues.

Jung sourit.

– Je ne me répéterai jamais assez ce que Freud m'a fait promettre cent fois de garder en tête.

– Quoi ?

– Il dit toujours : « Cherchez la sexualité ! »

– Dans les rues de New York, ce n'est pas compliqué, dit Anna.

Jung devait admettre que sa libido n'avait jamais autant vibré que dans ces rues bordées de monstres phalliques de pierre et d'acier. Le désir sexuel était-il, plus que les soifs de gloire et d'argent, le moteur décisif de la métamorphose urbaine ?

Ils arrivèrent chez Marcel et s'assirent à la lumière de bougies. En riant et en français, ils commandèrent du bon vin, des langoustines et du gratin. Le courant passait de nouveau entre eux, et pour assurer à la conversation une tournure encore plus favorable, Jung l'orienta sur le sujet de son prochain livre : les *types psychologiques*.

– J'ai inventé un vocabulaire spécifique pour rendre compte de mon approche, expliqua-t-il. Prenons comme illustration la personnalité de Freud et la mienne. J'appelle Freud un *extraverti*, car il est tourné vers l'autre. Moi, je suis *introverti*, tourné vers moi-même. Sous ces catégories, les différences s'accumulent. Je suis gouverné par l'intuition et les sensations – des forces irrationnelles. Freud est, lui, dirigé par la pensée et les sentiments, des forces rationnelles. Nous sommes donc l'incarnation de deux types opposés.

Armé d'un crayon et d'un bout de papier, il dessina un cercle et traça un « F » d'un côté et un « J » de l'autre.

– Entre Freud et moi, dit-il en passant le doigt le long du cercle, il y a vingt-sept types intermédiaires. Je peux ainsi catégoriser n'importe quel être humain.

– Je croyais que vous aviez à vous seul deux personnalités, dit Anna, l'air taquin.

Puis, en baissant la voix :

– Comme la fille d'August Korda.

– Je souffre peut-être aussi de ce que je nommerais volontiers le *complexe de l'hydre*, admit Jung. À moins que ce ne soit une pathologie universelle. Nous avons tous une part d'ombre, une dualité qui jaillit de notre inconscient dans les moments de grande lucidité. Chacun doit accepter cette division de la conscience et affronter l'ennemi en son sein.

– Même vous ?

– Même moi. Heureusement, mes personnalités en viennent rarement aux mains. La première, qui m'est apparue à dix ans, a les traits innocents d'un petit garçon féru de mathématiques.

– Et la deuxième ?

– Un vieil aristocrate de la fin du dix-huitième siècle, en chaussures à boucles et tenue d'apparat.

Anna rit. Jung écarta son verre de bordeaux et se pencha vers elle.

– J'ai envie de vous embrasser.

– Lequel d'entre vous exprime cet audacieux souhait ? demanda Anna. Le petit garçon ou le vieillard ?

– L'homme…

– Dans ce cas, je préfère décliner.

– Est-ce parce que quelqu'un pourrait nous voir ?

Elle but une gorgée de vin, hésitante.

– Chez la femme une pudeur excessive cache souvent un désir de s'exhiber…, dit Jung d'un air badin.

– Ce n'est pas de la pudeur. Disons plus définitivement que votre type psychologique ne s'accorde pas avec le mien.

– Il n'y a pas d'incompatibilités entre types, protesta Jung.

– Eh bien votre théorie est incomplète. Ne vous méprenez pas : je vous comprends. Je suis étrangère, originale, libre, imprévisible. Votre Emma est familière, profonde, constante, fiable. Nous comblons chacune l'une de vos personnalités. Au fond, vous êtes un polygame de la psyché.

Jung, pris au dépourvu, dut admettre qu'il n'avait jamais envisagé le problème sous cet angle particulier.

– Mais moi, je suis une Américaine, conclut Anna. Et je ne pourrai jamais vivre avec un homme qui apprécie la compagnie d'une autre !

– Votre attitude n'est pas déterminée par votre nationalité mais par les forces du contrôle social, contre-attaqua Jung.

– Comment cela ?

– Le capitalisme libéral décide de votre morale sexuelle. Il cultive en vous les vertus dociles des classes moyennes, la vie sobre et régulière à laquelle incite la recherche du profit…

– Notre démocratie, dit fermement Anna, encourage le mariage d'amour. C'est pour ça que nous valorisons la fidélité conjugale. Avec vous, j'ai fait une erreur, voilà tout…

– Mais cette « erreur » prouve que votre « fidélité » est une illusion ! La même illusion qui fait affirmer à vos compatriotes que toute relation hors des liens du mariage est de la fornication !

– Je ne regrette pas ce que nous avons vécu ! Je dis simplement que ce n'est pas ce que je désire au fond de moi.

– La société, s'enflamma Jung, est un corset qui contraint le champ de vos désirs.

– On voit bien que vous n'avez jamais porté de corset !

Jung réalisa qu'il était en train de perdre la bataille. Il n'avait plus le choix, il devait déstabiliser la belle pour sauver au moins les apparences.

– Je vous ai déjà parlé d'Otto Gross, mon ancien collègue et patient ?

– Non, mais vous semblez avoir l'intention de le faire.

– Il avait des idées extraordinaires sur les rapports amoureux. Il a créé Monte Verità, une commune anarchiste dédiée à l'émancipation sexuelle. L'amoralité était pour lui la condition *sine qua non* de l'affranchissement des contraintes sociales. Son épouse, Frieda, est d'ailleurs la première femme que j'aie rencontrée qui m'ait dit choisir librement ses partenaires sexuels.

– Elle a un certain cran, admit Anna, intriguée.

– Une femme comme elle est d'autant plus précieuse qu'elle est rare.

Jung poursuivit sa description avec entrain, en cachant que Gross était aussi un lunatique et un drogué. Portant constamment plusieurs maillots de corps l'un sur l'autre. Ne mangeant qu'occasionnellement, et uniquement des légumes cuits à la vapeur – quand il n'était pas occupé à saccager son appartement.

Il constata, non sans satisfaction, qu'Anna buvait ses paroles. Mieux, elle s'en enivrait autant que de son vin.

– Cette Monte Verità est épatante, dit-elle en riant. Est-ce que cette commune existe toujours ?

– Je vous y emmènerai avant la fin de l'année, dit Jung.

Anna rit sans protester. Au moment de pousser son avantage, Jung sentit l'ivresse le saisir à son tour. Jusqu'à tout récemment, il avait respecté le vœu d'abstinence que l'hôpital du Burghölzli exigeait de tous ses médecins. Et, aujourd'hui encore, un verre d'alcool suffisait à le faire chavirer.

Il voulut lever celui-ci pour boire négligemment une gorgée, mais sa main glissa et il en renversa la moitié du contenu sur la nappe. Troublé, il essaya maladroitement d'éponger le vin à l'aide d'une serviette, avec l'impression qu'il s'étalait sur la nappe comme une tache de sang sur un linceul.

Il se leva d'un bond et se précipita aux toilettes où, à peine arrivé, il vomit une partie de son repas.

Quand il revint à sa place, l'estomac en berne, le regard d'Anna s'était durci. Le moment de grâce était passé.

– Je n'irai pas en Europe avec vous, finit-elle par lui dire. J'espère que vous ne m'en voulez pas.

– Je regrette simplement que vous n'ayez pas plutôt jeté votre dévolu sur Freud, répondit Jung, sarcastique.

– Et pourquoi ?

– Votre entente aurait été totale. Il partage votre obsession de canaliser la libido vers des buts prétendument élevés – comme la famille.

– Vous devenez méchant, dit Anna.

– Je n'ai plus faim, répondit Jung.

Son dépit s'était changé en détachement. Le rejet d'Anna ne le faisait plus souffrir. Mais par un jeu d'associations, la tache de vin avait déteint sur ses pensées et il avait mauvaise conscience. Freud lui en voulait sûrement de ne pas être resté à ses côtés. Et l'enquête criminelle, à laquelle il n'avait contribué que trop superficiellement, allait sans doute révéler un nouveau cadavre dans quelque gratte-ciel…

– Carl ! dit Anna comme il ne l'écoutait pas.

– Vous disiez ?

– Que vous alliez nous coûter cher.

Elle lui expliqua que Chez Marcel avait la particularité de faire payer une amende aux clients qui avaient le malheur de laisser des restes derrière eux.

Jung lui fut reconnaissant d'offrir une diversion à leur pénible conversation.

– En Amérique, dit-il, les commerces rivalisent pour inventer de nouveaux modes de tarification. Comme si le plaisir du client n'était pas dans l'achat, mais dans sa façon de dépenser son argent. Prenez ces magasins où tout coûte moins de dix cents.

– Les boutiques à cinq et dix cents de Woolworth.

– Woolworth, c'est cela, l'entreprise qui fait construire le prochain gratte-ciel record…

Jung poussa une exclamation.

– Mince, le Woolworth est en construction ! Le troisième dessin préparatoire de l'alchimiste avec les salamandres – vous vous rappelez ?

– Le symbole de la terre, se souvint Anna.

– Qui concerne le troisième dragon. Difficile d'enterrer un homme dans un gratte-ciel achevé, mais quel meilleur endroit qu'un gratte-ciel *en train d'être construit* pour se débarrasser d'un cadavre ?

– Ce n'est pas idiot, admit Anna.

Jung n'avait plus qu'une idée en tête, téléphoner à Kahn. William Moore gisait peut-être dans les fondations du Woolworth. Il s'en voulait d'avoir perdu autant de temps à courtiser une femme qui venait de lui démontrer qu'elle était psychologiquement incompatible avec lui.

Il fit un signe énergique au serveur.

– L'addition, s'il vous plaît, ordonna-t-il en français.

27

À peine allongé sur le canapé, Freud avait été gagné par une chaleur intense. Sa respiration s'était ralentie, son corps engourdi. Mais il n'était pas parvenu à s'assoupir. Depuis sa dernière discussion avec Jung, un déferlement d'images l'assaillaient.

Des images vieilles de plus de vingt ans.

Des images de cadavres d'enfants.

Pendant cinq mois, à partir d'octobre 1885, tandis qu'il étudiait auprès de Charcot, Freud avait assisté aux autopsies de Paul Brouardel à la morgue de Paris. Ce médecin légiste s'était spécialisé dans les cas de viols et d'assassinats de mineurs. Brouardel travaillait sur un matériel *post mortem* que la police, par complaisance, avait souvent préféré ignorer – et qu'il sauvait du néant en le faisant connaître de ses confrères.

Des dizaines d'enfants pauvres, surtout des filles, succombaient, en effet, chaque année à l'autorité abusive et criminelle d'un parent, d'un maître d'école, d'un prêtre ou d'un patron. On les disait sobrement victimes d'« attentats à la pudeur ».

Gêné par la lumière, Freud plaça une main sur ses yeux, tandis qu'il revoyait les corps les plus abîmés. Pour Brouardel, toutes les blessures ne résultaient pas de chutes ou de coups de poing – loin de là. Beaucoup, selon lui, trahissaient des coups de courroie ou de chaîne. Des brûlures. Des agressions à l'acide nitrique. Des supplices sexuels divers.

Mais le plus insoutenable, c'étaient les regards figés de ces petits innocents. Ils avaient amené Freud à étudier de près les témoignages de patients brutalisés pendant leur enfance. Et c'étaient ces récits qui l'avaient conduit à élaborer – comme Jung le lui avait rappelé quelques heures plus tôt – sa *théorie de la séduction*. Cette dernière postulait que les névroses naissaient d'authentiques traumatismes sexuels.

Puis il avait eu l'idée de l'œdipe – une théorie basée sur le *fantasme* et non sur le réel, plus générale car elle concernait tous les enfants, et plus seulement les enfants maltraités.

Pour atteindre l'universel – et la gloire qui allait avec –, il avait sacrifié le particulier. Il était allé jusqu'à tenter de démontrer que les souvenirs de viols confessés par certaines patientes étaient des fantaisies œdipiennes. Pour étendre la portée de ses idées, il avait remisé les enfants martyrisés dans une case reculée de son cerveau.

Un peu comme ces parents indignes qui enfermaient leur progéniture dans une cave sombre…

Comme souvent quand Freud s'enfonçait ainsi dans un puits de noirceur, sa nature combative lui offrit un sursaut d'énergie.

Il écarta sa main de ses yeux.

La sensation de chaleur avait disparu.

La fatigue aussi.

Il se redressa.

Il fallait qu'il retourne chez Grace Korda et qu'ils avancent ensemble dans leur analyse.

Il ne pouvait pas en rester là.

Une servante le fit rentrer dans la maison Korda. Dans le hall, il tomba aussitôt sur Grace. Elle était habillée pour sortir, avec un petit chapeau et un costume noir masculin, à peine agrémenté d'une blouse brodée. Elle le regarda avec perplexité, comme si sa visite le perturbait.

– Pourquoi êtes-vous ici, docteur Freud ?

– J'aimerais que nous reprenions le traitement le plus vite possible.

– Je ne peux pas, dit Grace. Pas maintenant.

Sa voix était affectée, curieusement impersonnelle.

– Qu'est-ce qui se passe ?

Elle sembla hésiter.

– Parlez-moi, insista Freud, vous avez l'air alarmée.

– Mon frère a besoin de moi.

– Vous allez le voir en prison ?

– Non. Il s'est évadé. Il m'a appelée au téléphone.

– Pour vous dire quoi ?

– Il est innocent, et il veut le prouver.

– Mais c'est de la folie…, l'arrêta Freud.

Il lui saisit le bras avec fermeté.

– Ce serait bien trop dangereux pour vous.

– C'est mon frère. C'est même *vous* qui me l'avez appris.

Freud sentit l'angoisse monter en lui. Il avait *peur pour elle*, et cette peur le troublait plus que tout ce qu'il avait vu ou entendu jusque-là pendant son analyse.

– Il m'a dit qu'il était en danger, reprit Grace. Qu'il avait besoin de mon aide.

L'idée s'imposa à Freud naturellement, comme une nécessité vitale.

– Je vais y aller à votre place, dit-il.

– Vous allez le dénoncer à la police ?

– Non. Je vous en fais serment.

Grace le regarda avec méfiance.

– Mais ce n'est pas à vous de…

– Je suis votre médecin, dit Freud. J'ai peur que, si vous le rencontrez, vous fassiez une rechute. Judith pourrait faire irruption en vous pour vous empêcher de communiquer avec lui.

– Elle ne me fait plus peur.

– En êtes-vous sûre ?

Grace hésita à répondre.

– Où devez-vous le rencontrer ? demanda Freud.

– Dans le hall du Woolworth en construction, dit Grace.

– Pourquoi là-bas ?

– C'est là qu'il se cache.

– Pourquoi dans un gratte-ciel ? Est-ce qu'il…

– Je n'en sais rien, le coupa Grace. Il m'a juste dit de venir le plus vite possible.

Freud comprit à l'urgence de sa voix que s'il voulait l'empêcher de rejoindre Manson, il fallait qu'il agisse maintenant.

– C'est peut-être un piège, dit-il. Il serait plus prudent que j'y aille. Et si c'est vraiment John Manson, il acceptera de me parler.

Il prit le métro à l'angle de Broadway, en direction de Wall Street en se mordant les doigts de la promesse de ne pas appeler la police qu'il venait de faire à Grace.

Il ne pouvait rompre cet engagement, car il aurait ainsi compromis entièrement sa relation analytique avec elle.

Mais cela risquait de lui coûter cher.

Arrivé au 233, Broadway Avenue, le Woolworth s'éleva devant ses yeux. C'était un vertigineux squelette en acier, une ébauche grossière à laquelle il lui fut difficile de superposer mentalement l'image du bâtiment fini – la silhouette gothique raffinée qu'il avait admirée dans le bureau d'August Korda.

Après avoir contourné une barricade, Freud se retrouva sur un parterre surplombant une excavation qui s'étendait jusqu'au pied de la construction. Le chantier tournait à plein régime. L'endroit grouillait d'ouvriers plus affairés les uns que les autres.

Un aphorisme d'Emerson lui vint à l'esprit : « La beauté est l'expression de l'efficacité. » L'essayiste aurait sans doute estimé que ces centaines de travailleurs maniant leurs outils avec une précision chirurgicale ne pouvaient qu'engendrer un chef-d'œuvre esthétique.

Il descendit par une pente douce dans l'excavation, en direction de la partie construite. En bas, l'activité semblait aussi frénétique qu'ininterrompue. De petits chevaux gris traînaient des carrioles chargées de poutrelles. Des hommes, amoncelés dans une nacelle tels des marins sur une hune, s'élevaient dans les airs, suspendus au câble d'une grue géante.

– S'il vous plaît ! entendit-il derrière lui.

Il se retourna pour faire face à un imposant appareillage métallique. À ses côtés, un homme l'apostrophait :

– Mais enfin, sortez du champ !

Comme Freud, interloqué, tardait à bouger, il poursuivit :

– Monsieur, je suis Edwin Porter, réalisateur pour la compagnie Edison. Je tourne un film cinématographique sur la construction de ce gratte-ciel. Ceci est une caméra et vous êtes dans son champ. Pouvez-vous vous écarter ?

– Excusez-moi ! dit Freud.

Il s'écarta. Porter se mit à tourner à toute vitesse la manivelle de sa caméra braquée en direction des ouvriers volants.

Freud entreprit de faire le tour de l'édifice naissant, cherchant l'entrée du rez-de-chaussée.

Soudain, il tomba nez à nez avec un ouvrier armé d'une perceuse électrique.

– Vous allez où ? lui demanda-t-il en le considérant de la tête aux pieds.

L'homme avait le teint sombre, des traits burinés, des cheveux noirs et raides, le nez busqué. Un Indien, certainement.

– Pourriez-vous m'indiquer l'entrée du bâtiment ? demanda Freud.

L'Indien pointa son index vers une arche de pierre à vingt mètres, puis se tourna vers lui, l'œil inquisiteur.

– Je vous déconseille d'y monter.

– Et pourquoi donc ?

– Les hommes blancs veulent monter toujours plus haut, mais arrivés au sommet ils se rendent compte qu'ils ont le vertige.

Nous, les Mohawks, n'avons pas le vertige. C'est pour ça qu'ils nous embauchent ici.

Il eut un sourire narquois.

– L'homme blanc doit regarder un gratte-ciel d'en bas. En haut, il se met à contempler sa mort.

Il appuya cette considération prophétique d'un clin d'œil.

– Je m'en souviendrai, dit Freud.

Ne sachant quoi dire, il gagna l'arche et s'arrêta devant l'ouverture, hésitant à continuer.

– Attention !

Une poutrelle arrivait droit vers lui et il dut se baisser pour l'éviter tandis que les ouvriers qui la portaient s'éloignaient en jurant.

L'incident le décida à entrer dans la seule partie du gratte-ciel déjà dans une phase de finition. L'endroit était vide. Cette partie du chantier semblait avoir été provisoirement délaissée. Il leva les yeux : le plafond voûté était extraordinairement haut. Il se trouvait dans ce qui devait devenir le hall du Woolworth.

Il fit quelques pas dans la pièce, contournant plusieurs piliers, sans voir personne. Il revenait sur ses pas quand il aperçut, dans un coin sombre, un homme noir, casquette sur les yeux et foulard sur la bouche, qui semblait examiner le revêtement du mur.

Pourquoi ne l'avait-il pas aperçu quelques secondes plus tôt ?

Méfiant, il s'éloignait quand le Noir se tourna vers lui.

Il tenait un pistolet dans la main droite.

– Tournez-vous et levez les mains en l'air ! cria-t-il.

Abasourdi, Freud s'exécuta. Très vite, il sentit l'extrémité du canon sur sa nuque.

– Tout droit, dit l'ouvrier d'une voix étouffée par son foulard. Vers le monte-charge.

Freud avança en direction d'une petite plate-forme en bois.

– Montez.

C'était une sorte d'ascenseur sommaire, suspendu à un échafaudage. Quand ils furent dessus, le Noir fit tourner d'une main une manivelle actionnant un mécanisme à poulies. Le canon de l'arme était maintenant enfoncé dans le dos de Freud.

– Qu'est-ce que vous me voulez ?

– Taisez-vous !

La voix était nerveuse. L'homme n'était pas sûr de son coup.

– Qui êtes vous ? demanda résolument Freud.

Le revolver s'enfonça dans ses côtes.

– Dernier avertissement !

Il ne fait pas ça de son propre chef, se dit Freud. Il entendait le frottement des cordes sur les poulies, tandis qu'ils s'élevaient lentement le long des étages squelettiques du Woolworth.

D'où il était, il pouvait voir tourner l'extrémité de la manivelle. Il remarqua qu'à chaque passage elle était plus noire et salie, et il comprit. C'était bien Manson qui était derrière lui, le visage et les mains recouverts de suie ou de charbon.

Ce choix de se déguiser en Noir lui rappela aussitôt ces acteurs blancs grimés qui singeaient ceux qu'ils appelaient les *niggers* dans les spectacles intitulés *minstrels shows*.

Les *blackfaces* refoulaient leur mauvaise conscience face à l'esclavagisme en rabaissant ceux qui en avaient été les victimes. Manson, lui, s'identifiait sans doute aux cibles de leurs moqueries.

Un esclave avait subi une mort identitaire. On l'avait dépouillé de son nom, annihilant ainsi sa vie antérieure. De même, Manson n'avait jamais hérité du nom de son père…

Le monte-charge grinça une dernière fois et s'arrêta à la hauteur d'une passerelle en bois grossièrement posée sur l'échafaudage.

– Descendez et avancez.

Il obéit. La passerelle dominait le chantier de plusieurs dizaines de mètres. Les intentions du jeune homme devenaient claires. Il voulait le précipiter dans le vide.

Freud sentit son haleine chaude sur sa nuque.

Il se concentra. *Le nom.* Le nom assigne une position, situe un individu dans l'ordre du monde.

– Maintenant, sautez, fit la voix derrière lui.

Freud eut un frisson de vertige et d'horreur en voyant s'ouvrir trente mètres de vide à quelques pas de lui.

Tout en bas, des ouvriers travaillaient dans la fosse. Et s'il criait ? Cela précipiterait sans doute sa fin.

Le vide se rapprochait.

Il allait mourir. Son œuvre resterait inachevée.

Brusquement, il se tourna vers son agresseur. L'expression du jeune homme restait énigmatique sous son maquillage.

Son doigt se replia sur la gâchette. Il allait tirer.

– Tu es John Korda, lança Freud.

Le bras trembla. Le regard vitreux se troubla.

– Tu es le fils d'August Korda.

Son message sembla faire mouche mais rencontrer ensuite une forte résistance. *Comme si son esprit était occupé par des mots plus puissants. Comme s'il avait été hypnotisé.*

– Réveille-toi maintenant, Korda !

Le canon continuait à le pousser vers le vide. Les mouvements du jeune homme se ralentissaient, mais pas suffisamment. Un réveil d'hypnose demandait du temps…

Il s'affola. Il n'était qu'à quelques centimètres du grand saut.

– Attendez ! cria-t-il.

Le coup de feu éclata.

Freud manqua de tomber à la renverse. Mais ce n'était pas Manson qui avait tiré. Le coup était parti de l'intérieur du bâtiment, derrière les échafaudages.

– Arrêtez-vous ou je vous tue ! cria la voix de Kahn.

Manson, qui n'avait pas été touché, se retourna et tira à son tour en direction de la silhouette qui venait d'apparaître à leur étage. Puis il jeta un coup d'œil au monte-charge et, jugeant probablement qu'une fuite par ce moyen serait trop lente, il enjamba une barrière métallique pour descendre en glissant le long des colonnes d'acier.

Freud vit apparaître le visage de Reynolds Kahn sur la plateforme. Juste derrière lui se tenait l'ouvrier Mohawk. Et derrière encore, Carl Jung.

– C'est le secrétaire, dit Freud.

Kahn hocha la tête puis se lança à la poursuite du jeune homme.

Jung s'approcha de Freud qui, nerveusement exténué, lui tomba dans les bras.

– Je vous avais prévenu de ne pas monter, dit l'Indien derrière eux.

Freud haletait.

– Comment m'avez-vous trouvé ? articula-t-il tandis que Jung l'aidait à s'asseoir.

– J'ai eu l'intuition que notre troisième disparu était enterré sous le Woolworth, et Kahn m'y a conduit. Sur le chantier, nous avons trouvé ce monsieur – il désigna le Mohawk. Son œil de lynx avait repéré le monte-charge qui vous emmenait. Nous en avons emprunté un autre pour vous rejoindre.

– Manson…, dit Freud. Il était dans un état second.

– Second ou pas, dit Jung, Kahn ne va plus nous laisser lui adresser la parole…

Kahn dévalait les échafaudages à la poursuite de Manson. Alors qu'il gagnait un peu de terrain, le jeune homme, encore à quelques mètres du sol, se laissa tomber à terre, roula sur lui-même et parvint à se relever pour disparaître derrière un pilier.

L'inspecteur sauta à son tour. Il chuta lourdement et poussa un cri de douleur. Quand il se releva, Manson avait disparu. Boitant et grimaçant, Kahn se dirigea vers l'avenue où l'attendait la Ford. À côté, Renzo faisait des gestes frénétiques.

– Là-bas !

Kahn se tourna pour voir, à cent mètres de là, Manson sauter dans une automobile rouge vif qui s'éloigna aussitôt.

– Un taxi ! dit Renzo quand il le rejoignit. Il l'attendait !

– Ils vont vers le pont de Brooklyn, dit Kahn en montant dans la Ford qui démarra aussitôt.

Il identifia la voiture qui s'éloignait à vive allure. C'était une Darracq, un véhicule rapide importé de France par l'unique compagnie de taxis new-yorkaise. Ils allaient souffrir pour le battre de vitesse.

– Il faut le rattraper avant la sortie du pont ! lança-t-il.

Une fois dans Brooklyn, le fuyard pourrait se volatiliser dans la myriade de rues non numérotées – d'autant plus facilement que la nuit tombait.

Renzo écrasa la pédale de l'accélérateur. Ils filèrent le long des trottoirs de Madison Street. Devant eux se profilaient les immenses maçonneries beiges du pont le plus long du monde – ses concurrents atteignaient tout juste la moitié de sa taille. À cette allure, la perspective était aussi dynamique qu'étourdissante.

– Ce chauffeur est dingue ! cria Renzo.

La Darracq aborda le pont en dépassant deux voitures à cheval, longeant la double voie ferrée où au même moment un train doublait un tramway dans un crépitement d'étincelles jaunes.

La Ford atteignit à son tour la rampe qui permettait d'accéder au pont. Entre les cahots de la voiture et les vibrations causées par les trains, la vision de Kahn se brouillait.

– On gagne du terrain ! s'exclama Renzo.

Son indicateur de vitesse tapait contre le bord du cadran. De son côté, le conducteur de la Darracq prenait tous les risques pour dépasser une calèche juste avant les piles centrales du pont.

Sur le passage pour piétons qui dominait les voies de quelques mètres, des passants se penchaient déjà au-dessus du parapet pour regarder les deux voitures passer l'ogive noire gothique, superstructure de l'œuvre, et aborder la deuxième moitié du pont à pleine vitesse.

Renzo donna un brusque coup de volant à droite pour éviter une charrette tirée par un cheval, jusque-là cachée par un camion.

Il trouva ensuite la voie dégagée et put fondre sur la Darracq. Kahn, en se penchant, ne parvint pas à distinguer les traits du chauffeur, qui portait lui aussi une casquette. Mais il vit la main tenant une arme qu'il tendait vers eux.

– Attention, Renzo !

Kahn empoigna son colt, mais avant qu'il ait pu s'en servir, une balle fit exploser leur pare-brise. En même temps, la Darracq se rabattit brusquement pour serrer la Ford contre la rambarde extérieure du pont.

L'inspecteur eut le temps de tirer en direction du taxi, mais il n'entendit pas le bruit de l'impact, car Renzo hurla en freinant de toutes ses forces. La direction de la Ford venait de rompre. La voiture, devenue folle, fonça droit vers la rambarde, qu'elle percuta à pleine vitesse.

Précipité à travers le pare-brise, Kahn se rattrapa *in extremis* au capot, s'épargnant une chute de quarante mètres dans la rivière en contrebas. Au mépris de la douleur, il parvint à se rétablir et à regagner l'habitacle. S'étant lourdement laissé tomber sur le siège avant, il se tourna vers Renzo, dont les traits étaient figés dans une grimace de douleur. Son collègue lui montra ses jambes coincées dans la tôle froissée.

– Vas-y, gémit-il. Je me débrouille.

Kahn sortit de la Ford et regarda tout autour. Le taxi rouge était immobilisé lui aussi, après avoir embouti la rambarde opposée. Il se précipita dans sa direction, difficilement car sa cheville le faisait souffrir. Quand il arriva au niveau de la Darracq, il ouvrit la portière et vit aussitôt une forme inanimée sur le siège passager.

C'était John Manson, le visage barbouillé de suie. Il avait une tache rouge sur la tempe droite. Ce n'était pas le résultat de l'accident. Il avait reçu une balle dans la tête.

Kahn s'extirpa du véhicule et regarda devant lui. Il aperçut une silhouette qui s'éloignait en courant en direction de l'extrémité du pont et du terminal de Fulton Ferry tout au bout. C'était le chauffeur, un homme grand et maigre, coiffé d'une casquette. Il se lança à sa poursuite.

Soudain, l'homme traversa la chaussée. Malgré ses efforts, Kahn n'arrivait pas à refaire son retard. Serrant les dents, il avisa un groupe d'adolescents qui les observaient depuis la passerelle pour piétons. En agitant les bras, il les appela à l'aide. Les jeunes entreprirent d'enjamber la bordure de métal pour monter sur les larges barres d'acier qui reliaient la passerelle à la chaussée.

Le chauffeur avait-il remarqué qu'il avait de nouveaux poursuivants ? Comme s'il réalisait la vanité de ses efforts, il se contentait maintenant de marcher, d'un pas incertain, en longeant le parapet qui les séparait du fleuve.

L'inspecteur était encore à trente mètres de lui quand il le vit grimper sur le parapet et se glisser de l'autre côté, où aucune barrière ne le séparait plus de l'abîme.

Kahn constata qu'un ferry était en train de passer sous le pont juste en dessous d'eux.

– Ne fais pas de connerie ! lança-t-il.

L'inconnu ne se retourna pas. Il fit un pas en avant et son pied dérapa sur l'acier du rebord. Au lieu de se rattraper, il choisit de tendre les bras et de sauter.

À bout de souffle, Kahn se pencha dans le vide pour voir le corps raidi comme une flèche rapetisser jusqu'à devenir presque invisible. Une brume sombre montait du fleuve et il ne vit pas les remous créés par le choc sur l'eau. Impossible de savoir si l'homme avait coulé ou s'il était remonté à la surface.

Les trois adolescents qui avaient progressé jusque-là sur la poutrelle apparurent à ses côtés. Ils se penchèrent pour regarder l'onde agitée par le passage du ferry.

– Il s'est suicidé, lança l'un d'eux.

Cent trente-trois pieds, se dit Kahn en tentant, toujours sans succès, de discerner un corps émergeant de l'eau. On pouvait survivre à un tel saut. Pour être sûr de mourir, il fallait se jeter depuis le haut de l'une des tours qui tenaient lieu de sommet aux arches. Un tenancier de saloon était devenu célèbre en racontant qu'après avoir plongé, il avait traversé tranquillement la rivière à la nage.

– Moi je suis pas sûr qu'il ait clamsé, fit un autre *teen*.

Impuissant, Kahn se retourna pour marcher en direction de Manhattan, de la Darracq devenue le cercueil de Manson et de la Ford où Renzo était encore coincé.

Entre les délicats entrelacements de câbles du pont, la ligne scintillante des immeubles de Wall Street rougeoyait dans le crépuscule. Tout d'un coup, sur des dizaines d'étages, l'électricité s'alluma, faisant apparaître une muraille de lumière sans relief ni profondeur. Kahn se crut un instant dans un gigantesque décor de théâtre.

Sauf que le mort n'allait pas se relever pour saluer le public, le front luisant de sueur et la chemise tachée d'encre rouge.

28

À peine sorti du chantier du Woolworth, Freud, aidé de Jung, avait cherché la première boutique de Madison Square disposant d'un téléphone. Puis il avait appelé Grace Korda. Une servante l'informa qu'elle avait disparu. Des policiers avaient sonné à la porte pour lui parler, mais en montant la chercher, la servante avait trouvé sa chambre vide.

Déçu et troublé, il regagnait la rue avec Jung quand ils virent des voitures de pompiers se diriger vers le pont, leurs cloches sonnant à toute volée.

Quelque chose était arrivé.

Ils attendirent encore de longues minutes avant de voir Kahn descendre d'un véhicule pour les rejoindre.

– Manson a donc été assassiné par le conducteur du taxi, conclut-il après leur avoir relaté l'échec de sa poursuite. Comme s'il voulait à tout prix éviter qu'on puisse l'interroger.

– Manson était manipulé, dit Freud. C'est sous les ordres de quelqu'un d'autre qu'il s'en est pris à moi.

– Mais pourquoi aurait-il obéi à ces ordres ?

– Parce qu'il était hypnotisé.

– Comment cela ?

– C'est la seule explication de son comportement irrationnel en ma présence.

– Qui pourrait être l'hypnotiseur ? demanda Kahn. Un médecin ?

– L'hypnotisme, dit Jung, peut être maîtrisé par un amateur. Un lecteur perspicace de Franz Messmer, par exemple.

– Il ne manquait plus que ça, dit Kahn.

Énervé, il se tourna vers Freud.

– Et d'abord, qu'est-ce que vous faisiez au Woolworth ?

– Grace m'a confié qu'elle avait reçu un appel de John Manson lui demandant de l'y rejoindre. J'ai eu peur pour elle et m'y suis rendu à sa place.

Kahn fit claquer ses doigts.

– Cela confirme ce que je pensais : Grace et Manson étaient complices. C'est elle qui l'a aidé à s'échapper avant de s'enfuir à son tour.

– Peut-être, dit Freud avec gravité, que Judith a de nouveau pris possession d'elle.

– Ce que je ne comprends pas, dit Kahn, c'est pourquoi elle se préoccupait du sort du secrétaire de son père.

Freud regarda l'inspecteur d'un air profondément embarrassé.

– Il y a quelque chose que j'ai omis de vous expliquer…

En quelques mots, il apprit à Kahn la parenté de Manson et de Grace ainsi que la découverte de cette parenté par Grace.

– Je suis désolé. Mon souci du secret médical me paraît maintenant déplacé, conclut Freud.

– Vous m'avez fait beaucoup de tort, dit Kahn. Si vous m'aviez dit qu'elle était sa sœur, je ne l'aurais pas laissée en tête à tête avec Manson.

– Je vous avais dit de ne pas le faire !

– Manson serait peut-être toujours vivant, le coupa l'inspecteur. Renzo ne serait pas à l'hôpital. Et nous n'aurions pas perdu la trace de Grace.

– Si vous n'aviez pas tenté d'arrêter ma patiente sans me consulter, elle ne se serait pas enfuie, rétorqua rageusement Freud. Quant à Manson, vous n'étiez pas obligé de le canarder.

– Il allait vous tuer !

– J'étais sur le point de le neutraliser !

Jung n'avait jamais vu Freud aussi énervé – sans doute parce qu'il ne l'avait jamais surpris ayant aussi mauvaise conscience. Il leva la main pour les apaiser.

– Je vous rappelle que William Moore, mort ou vivant, se trouve peut-être ici, dans le Woolworth.

Kahn les fixa froidement.

– Nous réglerons nos comptes plus tard.

Il s'éloigna à grands pas.

Jung s'efforça alors de persuader Freud de rentrer à l'hôtel.

– Vous avez été choqué. Il faut vous reposer.

– Ce n'est pas le moment.

– Dans le parcours de tout héros, insista Jung, il y a un temps où il faut s'arrêter pour panser ses plaies. Même le guerrier Gilgamesh a dû apprendre à offrir une « pause à son cœur ».

Il l'entraîna.

– Pourquoi Manson a-t-il donné rendez-vous à Grace ici ? s'interrogea Freud en le suivant machinalement.

Il leva les yeux vers l'étage du gratte-ciel en construction d'où il avait failli plonger vers le néant et comprit :

– C'est elle qu'on lui avait d'abord ordonné de tuer…

La lumière blafarde de la lune baignait à présent l'immense carcasse du Woolworth. Kahn avait recruté une dizaine d'ouvriers et les avait assignés en compagnie d'autant de flics à la fouille du chantier. Il s'agissait de trouver William Moore.

À la lumière de lampes à kérosène, ils inspectèrent chaque recoin. À trois heures du matin, ils n'avaient rien trouvé. Alors que ses troupes se réchauffaient en buvant du café, Kahn poursuivit son exploration du hall – espace majestueux, d'une sérénité souveraine, que l'architecte avait conçu comme l'*adagio cantabile* de cette symphonie de pierre qu'était le Woolworth.

Un câble attira son attention. Il courait au pied d'un mur puis s'enfonçait dans le sol, au niveau d'une dalle en marbre. Kahn fit venir un chef de chantier, qui avoua sa perplexité. Le câble était un fil de téléphone. Or, le réseau téléphonique ne serait pas installé avant la fin du chantier. Seules les gaines avaient été posées dans les parois des premiers étages.

Kahn fit suivre le câble sur sa partie émergée et découvrit qu'il était connecté, quelques centaines de mètres plus loin, à un poteau téléphonique sur Broadway.

Il scandalisa ensuite le chef de chantier en lui faisant savoir que la dalle devait être démolie au plus vite. Or le marbre coûtait une fortune et la dalle devait accueillir, une fois le *lobby* achevé, le buste du commanditaire du gratte-ciel, Frank Woolworth. Kahn demanda au chef de protester dans un rapport circonstancié auprès du département de police. Il était prêt, s'il le fallait, à creuser jusqu'aux caissons en acier enfoncés dans la roche dure.

Après moult efforts et avec le concours de l'ensemble des troupes, on parvint à déplacer la dalle. Dessous, on trouva une caisse en bois d'environ six pieds sur trois. On la hissa à la surface à l'aide de cordes. Kahn éloigna les ouvriers avant de faire déclouer le couvercle par ses flics.

Il savait déjà ce qu'il allait y trouver.

C'est donc sans étonnement qu'il reconnut le visage de la dernière victime de l'« alchimiste ». William Arthur Moore, quarante-trois ans, membre distingué du Club des architectes.

La surprise vint ensuite. D'abord quand il se rendit compte qu'un appareil téléphonique était posé à côté de la tête de Moore.

Puis quand il constata, très ému, que son corps était chaud et respirait encore. Il se pencha sur l'armateur et vit que ses lèvres remuaient faiblement.

– Qui ? demanda-t-il. Qui vous a enterré ici ?

Moore réagit à peine. Il semblait ne plus avoir la force d'ouvrir la bouche.

Et pourtant il murmura, si bas que seul Kahn, le visage contre le sien, put l'entendre :

– August Korda.

Puis il ferma les yeux et sa peau parut bleuir.

– Patron, dit un flic, il faut l'emmener à l'hôpital.

Kahn approuva distraitement. Il réagit à peine quand il aperçut au fond du cercueil une gravure à l'eau-forte sur cuivre, dont il savait déjà qu'elle décrivait son supplice.

L'aveu de Moore avait bouleversé son enquête avec la magnitude du séisme qui, trois ans plus tôt, avait dévasté San Francisco.

À l'hôpital, un médecin russe spécialiste des famines fut amené au chevet de Moore. Il annonça qu'il fallait le réhydrater progressivement pour ne pas le tuer. Kahn ne pourrait pas espérer l'interroger avant plusieurs jours.

Quelques heures encore, ajouta le docteur, et son patient serait mort de soif ou d'asphyxie.

Kahn se posa d'autres questions. Quels étaient les hommes – car ils étaient forcément plusieurs – qui avaient enterré la caisse juste avant la pose de la dalle ? On lui rapporta que les deux ouvriers qui l'avaient installée avaient démissionné quelques jours plus tôt et qu'on n'avait plus entendu parler d'eux.

Au commissariat, il fit inspecter le contenu du cercueil. À sa grande satisfaction, des empreintes digitales purent être relevées sur le combiné téléphonique. Il fit ensuite examiner ce dernier par un ingénieur des laboratoires Bell.

– C'est un modèle émetteur, doté d'une batterie autonome, dit l'ingénieur. Inspiré assez précisément de l'un de nos premiers brevets – le téléphone Bell de 1882.

– Quelle est sa particularité ?

– Il inclut un receveur unique pour la parole et l'écoute, et ne comporte pas d'interrupteur.

– Concrètement, ça veut dire quoi ?

– Que celui qui était à l'autre bout du fil pouvait entendre tout ce que faisait Moore, sans que ce dernier puisse l'en empêcher.

L'assassin avait tenu à écouter Moore le supplier, l'insulter, et mourir. Il avait joui de ne pas répondre aux suppliques de sa victime pendant qu'elle dépérissait. Cette hypothèse cadrait avec ce que Kahn savait de son profil.

– Vous avez un moyen de localiser le poste émetteur ?

– L'appel a dû passer par un de nos commutateurs, dit l'ingénieur, mais on ne peut pas retrouver son origine.

– Dommage, ça nous aurait permis de pister ce salaud.

– On n'a pas encore de procédé de contrôle pouvant enregistrer la provenance des appels, dit l'ingénieur.

Il lui fit un clin d'œil.

– Je vous ferai signe quand j'aurai déposé un brevet.

29

Dans sa chambre d'hôtel, Freud se faisait un sang d'encre pour Grace. Il avait appelé à nouveau chez elle. Aucune nouvelle. Herman Korda avait demandé à la police de lancer un avis de recherche.

Il ne pouvait que l'approuver. Grace était en danger. Le chauffeur qui avait assassiné son demi-frère était peut-être à ses trousses. Il attendait avec impatience des nouvelles de Kahn pour décider d'une ligne d'action.

C'est alors que son téléphone sonna.

Il décrocha, croyant tomber sur l'inspecteur.

Il se trompait. C'était une voix féminine, grave, forte.

– C'est Judith.

Un véritable boucan se faisait entendre de l'autre côté de la ligne – il distinguait des voix, des sonnettes, de la musique.

– Où êtes-vous ? demanda vivement Freud.

– Vous avez trouvé mon frère ?

– Oui, bafouilla-t-il, mais il lui est arrivé quelque chose.

– Quoi ?

– Une tragédie… il a été tué par un inconnu sur le pont de Brooklyn.

Il y eut un grésillement et un silence, comme si Judith avait écarté l'appareil de sa bouche. Derrière elle, la cacophonie continuait, comme si elle se trouvait au milieu d'une fête foraine.

– Grace vous faisait confiance, docteur Freud, dit-elle enfin. Moi je savais que vous la trahiriez.

– Je ne l'ai pas trahie. Il faut qu'on se voie, c'est important.

– Je ne reviendrai pas. Je dois fuir.

– Pourquoi ? Qui est-ce qui vous veut du mal ?

– *Tout ça, c'est de votre faute…*, dit Judith.

Freud n'eut pas le temps de répondre. Il entendit un claquement. Son interlocutrice avait raccroché.

C'est alors que Jung entra en trombe dans sa chambre.

– Kahn a retrouvé William Moore. Il est en vie !

Sans doute à cause de l'angoisse provoquée par le coup de téléphone de Judith, une vague de tristesse incontrôlée submergea Freud quand il apprit quel supplice avait subi Moore.

Il avait été enterré vivant, comme Antigone dans cette Thèbes moderne qu'était New York.

Il refit l'expérience de l'*Unheimlich* – cette *inquiétante étrangeté* qui l'avait étreint lors de la découverte du corps immergé de Bernard Emery. Il comprit pourquoi en enfouissant sa victime en état de léthargie, le meurtrier avait accompli un fantasme de retour au ventre maternel.

– Hiram l'alchimiste a donc bien fait trois victimes, comme le suggéraient les gravures ! s'exclama Jung dans le taxi qui les emmenait au commissariat. Trois actes barbares, déterminés par un principe similaire : tuer la victime à petit feu.

– Pour donner à ses actes la lenteur cérémoniale d'une liturgie, suggéra Freud.

– Oui. Le premier meurtre était un baptême. Le deuxième une communion. Quant à Moore… ce fut une crucifixion, suivie d'une mise au tombeau. En écoutant ses suppliques au téléphone, le tueur s'est peut-être remémoré celle du Christ en croix : *Mon Dieu, pourquoi m'as-tu abandonné…*

– Chacun des meurtres est une satire du christianisme…

– … et une affirmation parallèle des principes de l'alchimie. La transmutation du plomb en or est aussi une opération lente.

Guérir prend également du temps, se dit Freud. Et Grace n'était pas guérie.

Elle était totalement vulnérable. Enfermée en Judith, luttant en vain pour qu'elle lui dise la vérité. Et lui reprochant sans doute de n'avoir rien fait pour la sauver.

Il ne fallut à Kahn que quelques phrases pour expliquer aux psychanalystes, comme on jette une grenade dégoupillée, qu'August Korda était l'assassin qu'ils cherchaient.

– Il ne fait plus guère de doute qu'il a éliminé ses rivaux – ceux qui, au sein du club, avaient contrecarré ses ambitions.

– Mais lui, qui l'a tué ? demanda Jung.

– Les membres survivants, quand ils ont découvert ses agissements. Ils ont voulu mettre un terme à sa folie criminelle. Ils ont débauché Blake pour qu'il tue Korda en profitant de la confiance que ce dernier avait placée en lui.

– Ça veut dire qu'ils sont tous coupables ? s'étonna Jung.

– … d'avoir rendu eux-mêmes la justice, dit Kahn.

– Vous estimez donc avoir suffisamment de preuves pour incriminer Korda ? demanda Freud.

– J'ai le témoignage de Moore. Je sais que Korda était un alchimiste, et qu'il avait un mobile. Les victimes ont disparu autour du Flatiron, son quartier général. Korda était près de Wilkins juste avant sa mort. Ce sont des cheveux noirs et drus qui ont été retrouvés près du cadavre de ce dernier. Et d'après le légiste, son sang est du groupe AB, comme celui trouvé sur Wilkins. Et enfin…

Il fit une moue – comme si l'argument qu'il allait utiliser ne lui plaisait qu'à moitié.

– Son profil psychologique correspond à celui du criminel. De tous les suspects, August est le seul qui pouvait se prendre pour « Hiram », chargé de construire le « temple de Salomon » avant d'être trahi par ses « architectes félons ».

Il les fixa :

– D'ailleurs, vous n'avez guère l'air surpris par mes conclusions.

– Nous avions développé la même hypothèse ce matin, dit Freud, volant la vedette à Jung.

– J'ai déterminé en examinant le dossier de Korda, se hâta d'expliquer Jung, qu'il avait le profil d'un psychopathe en puissance. Son père a été assassiné sous ses yeux. Sa mère est morte dans des circonstances traumatisantes. Il a subi un stress émotionnel qui a pu le rendre capable d'extrêmes brutalités.

– Je croyais jusqu'ici que cette violence s'était canalisée dans son œuvre, ajouta Freud. Je le voyais comme un artiste qui trouvait dans la création une catharsis pour ses pulsions…

– Elles ont fini par le dépasser, conclut Kahn. C'est en tout cas le sens du rapport que je vais remettre à mes supérieurs.

– Allez-vous aussi leur parler de la fuite de Grace ? demanda Freud. Il faut tout faire pour la retrouver. « Judith » m'a appelé tout à l'heure sans dire où elle était. Elle se sent en danger.

– C'est peut-être *elle*, le danger, dit Kahn. Elle qui vous a attiré dans un piège au Woolworth. Elle qui était assez proche de son père pour être sa complice.

– Elle a aussi essayé d'étrangler le docteur Freud, au cours d'une des séances d'analyse, dit Jung.

Freud fusilla son collègue du regard.

– Vraiment ? demanda Kahn.

– Judith, protesta Freud, avait un profond ressentiment contre son père. Mon analyse montre qu'elle n'a pu être sa complice.

– Votre analyse ne l'a pas empêchée de s'échapper, s'énerva Kahn.

Freud, lui, se contint pour ne pas réamorcer la vaine dispute qu'ils avaient eue quelques heures plus tôt.

– Qu'est-ce qui se passe dans sa tête à présent ? insista Kahn.

– Elle est sous l'emprise de son double. C'est ce qu'on appelle une fugue psychique.

– Ça peut durer combien de temps ?

– Aussi longtemps qu'elle le jugera nécessaire. Elle sent sa position s'effondrer. Elle sait que je suis sur le point de découvrir la vérité sur le passé de Grace. Les crises précédentes ne dépassaient pas une journée, mais étant donné les circonstances, cette phase pourrait être beaucoup plus longue. Elle peut même entamer une nouvelle vie ailleurs, sous une autre identité.

– Si nous retrouvons Judith, que préconisez-vous ?

– Je devrai provoquer en elle un choc psychique qui me permettra de retrouver Grace et de poursuivre le traitement. Mais, inspecteur, promettez-moi une chose.

– Quoi ?

– Si nous la trouvons, ne la traitez pas comme une criminelle.

L'intensité de sa voix lui attira un regard perplexe de Kahn.

– Moi non plus, commenta Jung avec ironie, je ne comprendrai jamais son rapport aux femmes.

Freud, pas amusé du tout, lui tourna le dos.

En conclusion de son rapport sur la mort de trois membres du Club des architectes et la tentative de meurtre d'un quatrième, Kahn évoqua la possibilité que leur assassin, August Korda, ait été tué à son tour par les membres survivants. Le témoignage définitif de Moore transformerait ces hypothèses en certitudes.

– Je trouve tout cela très impressionnant, dit le commissaire après un temps. C'est un exercice de style brillant.

Un exercice de style ?

– Bien sûr, dit Kahn, présageant le pire, j'aurais préféré coincer le tueur vivant. Mais nous pouvons à présent faire le ménage dans ce club qui a provoqué un sacré grabuge dans notre ville.

– Sans doute, dit Sullivan. Mais ce ne sera pas vous. Le maire a demandé à ce que vous soyez démis de l'enquête.

Kahn se figea.

– McClellan ? Sous quel prétexte ?

– Vous avez laissé Manson s'échapper, c'était une erreur grossière.

– Vous plaisantez ?

Un simple coup d'œil lui confirma sa crainte, son chef était on ne peut plus sérieux.

– McClellan fait lui aussi partie du club, lâcha Kahn. J'ai un document qui le prouve.

Sullivan ne regarda même pas la feuille qu'il lui tendait.

– Ce satané club ne m'intéresse pas, dit-il. L'affaire est close.

– Sans même attendre le témoignage de Moore ?!

– Moore ne souhaite pas témoigner.

– Il n'a même pas la force de dire une chose pareille !

– Je vous croyais plus intelligent que ça, dit sèchement Sullivan. Il n'est de l'intérêt de personne qu'August Korda devienne l'objet de l'opprobre général. Par conséquent, rideau.

– L'affaire n'est pas finie, rugit Kahn. Nous n'avons pas trouvé l'homme qui a tué Manson. Et Grace Korda a disparu.

– Le maire, dit Sullivan en haussant le ton, a chargé les Pinkerton de la retrouver. Quant à vous, vous avez une heure pour transmettre tous les éléments du dossier.

Kahn avait passé le cap de la colère et même de la consternation. Il ne se relèverait pas d'un tel camouflet. Ses rêves de promotion étaient déjà de l'histoire ancienne.

Sullivan le gratifia d'un sourire faussement désolé puis lui désigna la porte de sa paume largement ouverte.

Freud ne put lui non plus contenir son écœurement en apprenant que le Club des architectes était parvenu à faire avorter l'enquête de Kahn. Comment des individus aussi haut placés, aussi visionnaires, pouvaient-ils manifester un tel mépris pour la justice ? Visiblement, ils avaient les moyens de forger leur vérité – et de l'imposer.

C'était là une attitude rigoureusement contraire à celle qu'il défendait quotidiennement au sein de son club à lui – la Société de psychanalyse, qu'il avait fondée à Vienne en 1905.

– Sans mandat officiel, conclut l'inspecteur, il sera difficile, pour ne pas dire impossible, de boucler ce dossier.

Freud le fixa d'un air déterminé.

– Il faut aller convaincre le Club des architectes. Nous devons rencontrer ces gens.

– Ils n'accepteront jamais de nous recevoir, protesta Kahn.

– Forcez-leur la main, proposa Freud. Appelez Daniel Burnham et Adolph Ochs et faites-leur savoir que vous vous apprêtez à rendre publiques vos informations sur leur organisation et ses activités occultes…

– Ils ne trahiront pas le club. Réfléchissez : J.P. Morgan figure aussi sur la liste. Or Morgan est l'homme le plus puissant d'Amérique. Il pourrait détruire leurs carrières en se mouchant. Et ce qu'il reste de la mienne.

– Au contraire, dit Freud, c'est l'immobilisme qui risque de mettre fin à votre vocation. Moi-même, je n'aurais jamais amené la psychanalyse là où elle est si je n'avais pas pris mes problèmes à bras-le-corps. Vous devez apprendre à aller jusqu'au bout.

L'inspecteur secoua la tête d'un air résigné.

– Un violent sentiment de culpabilité, insista Freud, entraîne en vous une tendance antinarcissique et autodestructrice, comme le montrent vos conflits avec vos supérieurs. Mais ces pulsions sont basées sur un malentendu.

– De quoi me sentirais-je coupable ? demanda Kahn, surpris.

– *Vous ne pouviez rien faire pour sauver votre mère.* Vous n'étiez qu'un enfant.

– Évidemment que ce n'était pas ma faute, dit vivement Kahn.

– Mais votre inconscient entretient l'opinion contraire.

Kahn le fixa, immobile et silencieux, comme s'il laissait couler en lui ces paroles.

– *Maintenant*, par contre, vous pouvez faire quelque chose, conclut Freud avec force.

Il y eut un long silence.

– Il y a peut-être une solution, dit enfin Kahn.

– Laquelle ?

– Theodore Roosevelt.

Freud et Jung lui jetèrent un regard déconcerté.

– Roosevelt, expliqua Kahn, était commissaire de la police de New York entre 1895 et 1897. Pendant deux ans, il a tenté d'assainir la police et c'est lui qui m'a promu au grade d'inspecteur. Il est resté depuis mon modèle et inspirateur. En 1901, il est devenu le vice-président de McKinley puis, après l'assassinat de ce dernier, président pour huit ans.

– Il était à l'enterrement de Korda, dit Freud.

– D'après la liste, il fait partie du club. Je n'ai pas voulu utiliser cette carte jusqu'à présent, mais je le connais personnellement. Il est le seul à avoir assez d'autorité pour imposer ses vues à des hommes comme J.P. Morgan.

– Et il acceptera de vous recevoir ?

– Roosevelt est une célébrité mondiale, dit Kahn. Il est Prix Nobel de la paix. Au sein du club, il est le plus sensible à l'opinion publique. Il était déjà très embarrassé quand les journaux lui ont reproché d'avoir tué des centaines d'animaux sauvages dans un safari en Afrique. Ce que nous pourrions révéler à la presse est bien plus grave pour sa réputation.

– Vous aurez besoin de témoins, dit aussitôt Freud. Nous viendrons avec vous.

– Êtes-vous prêt à prendre ce risque ? s'exclama Kahn. Je vous préviens que le club va essayer de vous intimider.

– Comment ? demanda Freud.

– Pour commencer, en annulant vos conférences à Clarke et en vous réexpédiant en Europe sur le prochain transatlantique.

Freud mit cette fois du temps à réagir.

– Pour Grace, je dois connaître la vérité, dit-il finalement. Sinon, elle ne guérira jamais.

30

Ils se connaissaient depuis plus de vingt ans.

Quand Adolph Ochs avait débarqué à New York en provenance de Chattanooga, Tennessee, il s'était fait introduire dans la grande loge franc-maçonne de Manhattan, qui comprenait quelques-uns des hommes les plus influents de la ville.

La loge avait aidé Ochs à développer un réseau. Mais, au début des années 1890, il cherchait toujours une position dans un grand journal. Les marchés financiers comme le monde politique lui semblaient chroniquement instables. Son ambition ne suffisait pas à lui garantir un avenir doré.

La proposition d'un autre maçon, August Korda, avait tout changé. Korda créait un club qui ne se contenterait pas de promouvoir les intérêts de ses membres et de prêcher une éthique abstraite. Son cercle n'obéirait plus aux principes maçonniques mais à d'autres, bien plus exigeants et infiniment plus gratifiants.

Son objectif était à la fois novateur et universel, visionnaire et concret. Il ambitionnait ni plus ni moins de créer la ville du futur, en s'appuyant sur un savoir ésotérique venant du fond des âges.

« En construisant les pyramides, les Égyptiens ont offert à l'humanité l'idée d'un dieu tout-puissant, disait-il. En bâtissant Manhattan, nous créerons celle d'un *homme* tout-puissant. »

Ses efforts et ceux de ses partenaires seraient récompensés par une forme de vie éternelle. Les pharaons étaient enterrés au centre des pyramides. Les cendres des membres du club seraient conservées au sommet des gratte-ciel. Autant dire en plein ciel.

Leur mort serait une ascension.

Sans menaces, sans effets de manches, mais avec une énergie inlassable, Korda avait convaincu des hommes d'exception de se joindre à lui. Et une fois leur initiation entamée, aucun n'avait été tenté de faire demi-tour. Les résultats avaient comblé leurs espérances. Korda n'avait pas menti : la connaissance qu'il leur offrait était aussi puissance. Ochs pouvait en témoigner : il avait, en partant de rien, conquis le leadership de la presse américaine.

Les autres avaient suivi le même chemin glorieux. Chaque année, ils avaient gagné en richesse. Ils s'étaient intimement persuadés que la vision folle qui les réunissait était réalisable. Toutes les statistiques montraient que New York était en train de devenir la ville la plus puissante du monde.

Leur réussite éclatante n'avait pas pour autant attiré l'attention du public sur leurs liens. Ils contrôlaient une bonne partie des médias, directement, comme Ochs, ou plus discrètement, comme Morgan. Personne ne soupçonnait leur plan, et encore moins son ampleur.

Jusqu'à ce que l'assassin vienne les narguer.

Ochs fit une nouvelle fois le tour des visages. Outre leur hôte Marion Waldorf, il y avait là McClellan, Burnham, Wilson et Morgan. Chez ces hommes vêtus d'un costume noir, il lisait la même inquiétude. Waldorf tenta de la dissiper en se levant pour parler avec un sourire radieux.

– En cette heure sombre, dit-il, je suis heureux de vous signaler que nous avons reçu les plans d'Espagne !

Impatient d'annoncer cette bonne nouvelle, le magnat de l'immobilier – dont la masse corporelle avait augmenté de façon proportionnelle à sa fortune – avait accéléré, pour ne pas dire bâclé, les rites qui introduisaient leurs réunions. Le rappel des serments, la récitation des formules ou la présentation des métaux secrets n'avaient pris que quelques minutes.

Dans cet empressement, Adolph Ochs avait décelé une peur panique, encore plus patente que chez les autres membres du club. Mais il écarta ces pensées quand deux valets entrèrent pour poser devant eux des planches de grandes dimensions. Une rumeur parcourut l'assistance.

Ochs se sentit frissonner.

Il ne fut pas déçu quand Waldorf dévoila la première planche.

C'était un gratte-ciel tel qu'il n'en avait encore jamais vu. Trois fois plus haut que la plus grande construction existante – une esquisse du Metropolitan Life, à côté, tenant lieu d'échelle. Le bâtiment avait la forme d'un long cône, compliqué de nacelles verticales, d'arches paraboliques et hyperboliques formant avec lui des harmoniques renversantes. La construction était fluide et organique, produisant un effet totalement novateur.

– La forme du bâtiment central est très particulière, expliqua l'architecte Burnham. C'est la courbe dessinée par une corde pendant librement de deux points fixes, mais elle a été inversée. Son inclinaison est étudiée pour que le gratte-ciel résiste à la force de gravité. Elle le fige dans l'espace, mais aussi dans le temps. C'est un symbole d'éternité.

Le regard d'Ochs se figea. Le bâtiment lui semblait subitement un rêve fou, irréalisable.

Étaient-ils vraiment capables de construire cela ?

Waldorf dévoila la planche suivante ; l'intérieur du gratte-ciel. Ochs repéra des dédales de niveaux et de bulles unis par des piliers aériens et des ascenseurs de verre. Des successions de halls, de salons, d'appartements, de musées. De lieux de commerce, de loisirs, de science, de culte. C'était un monde complet – une illustration parfaite du rêve d'August Korda.

Des murmures admiratifs fusèrent.

– C'est le début d'une nouvelle Renaissance, souffla Ochs.

– Ce sera, poursuivit Burnham, le premier des quatre piliers qui feront de Manhattan notre Temple.

– Ils rendront nos âmes immortelles, ajouta Wilson qui donnait l'impression d'être un émissaire spécial du Ciel à chaque fois qu'il formulait une opinion.

Un silence méditatif suivit. Wilson le brisa :

– Ce Catalan est un véritable génie, dit-il. Comment s'appelle-t-il déjà ?

– Gaudí, rectifia Burnham. Antonio Gaudí.

C'était une chance extraordinaire, se dit Ochs, d'avoir trouvé en Europe cet homme qui faisait fructifier leurs idées avec un brio inouï, digne d'Imhotep et de Léonard.

Korda avait eu une dernière et magnifique inspiration en recrutant cet architecte adepte de l'art subtil dont les racines plongeaient dans la Grèce antique, la Chine des dynasties Ming, l'Inde du jeune Bouddha, le Moyen Âge des cathédrales : *l'alchimie.*

Le patron du *Times* regarda ses collègues et une intuition inquiète jaillit parmi ses pensées exaltées. Ils lui semblaient à nouveau trop rassurés. Trop soudés. Trop confiants.

Et si c'était le but de celui qui les persécutait ? Et s'il n'avait d'autre objectif que de les unir devant l'adversité, de s'assurer qu'ils menaient à bien un projet menacé par leurs dissensions ?

Les victimes, Emery, Wilkins et Moore, n'étaient-elles pas les adversaires du gratte-ciel de Gaudí ?

Et le meurtre de Korda n'était-il pas destiné à placer quelqu'un d'autre à la tête du club ?

À bien y réfléchir, cette situation lui semblait insupportable. Car si tel était l'objectif des meurtres, alors la source de leurs ennuis était bel et bien parmi eux…

La présentation était finie, laissant place à une discussion moins formelle.

Ochs tapa du poing sur la table et tous les autres membres se tournèrent vers lui.

– Qu'est-ce qui vous prend, Ochs ? demanda Marion Waldorf d'un air faussement détaché.

– Il me semble que nous évitons soigneusement de parler de ce que nous avons tous en tête. Il est temps de percer l'abcès.

– Nous attendions votre rapport, répondit Wilson. Vous êtes toujours le mieux renseigné.

– William Moore, dit Ochs, devait être la quatrième victime. C'est d'ailleurs un miracle qu'il soit encore vivant.

– Le problème, c'est quand cette série s'arrêtera, dit Waldorf.

– L'assassin connaît chacun de nous personnellement, reprit Ochs. Nous sommes devenus ses cibles.

Il les fixa tour à tour.

– Il faut, conclut-il, que nous trouvions une solution maintenant. Ou bien le seul moyen d'être en sécurité sera de nous éparpiller aux quatre coins du pays.

– Les Pinkerton sont toujours bredouilles, n'est-ce pas ? demanda Burnham.

– Oui. Roy Blake n'a apporté aucune preuve de l'implication de John Manson.

– Et la police ?

– J'ai dû arrêter l'enquête de l'inspecteur Kahn, dit McClellan. Il était prêt à dévoiler notre existence au public.

– Comment a-t-il retrouvé William Moore ? s'enquit Wilson.

– Il suivait la piste alchimique, dit Burnham. Celle des gravures laissées près des corps de nos amis.

– Justement, dit Ochs. Nous *sommes* des héritiers de la tradition alchimique.

Waldorf regarda Wilson, qui regarda Morgan, qui regardait un point dans le vide.

– Le coupable pourrait donc être *parmi* nous ! conclut Ochs.

Sa bombe lancée, il se sentit étrangement soulagé. Mais la panique gagna au contraire certains des visages qui l'entouraient.

– Qui ? s'écria Waldorf... Qui d'entre nous ?!

Il avait levé ses cent vingt kilos de sa chaise en transpirant à grosses gouttes.

– Et qui est sa prochaine victime ? Vous, Wilson ? Vous, Ochs ? Vous, Burnham ?

Les autres s'agitèrent sur leur chaise.

– Il n'y aura plus de victimes ! lança une voix forte.

Le voisin de Waldorf, doté d'une corpulence tout aussi massive, s'était levé. Et le silence se fit aussitôt.

L'autorité et le charisme de J. P. Morgan étaient légendaires.

Quand la Bourse s'était effondrée deux automnes plus tôt, l'économie nationale avait été à deux doigts de l'imiter. Tandis que les courtiers se pendaient par dizaines, Morgan, bravant le fatalisme ambiant, s'était enfermé pendant une nuit entière avec les présidents des principaux trusts dans un bateau au large de Manhattan. Il avait calmé les esprits, obtenu des prêts étrangers, sauvé à lui seul la nation de la faillite et du chaos.

– Votre affolement est légitime, commença-t-il. Mais il est inutile de paniquer. Nous sommes maintenant en sécurité.

– Comment pouvez-vous en être si sûr ? demanda Waldorf.

Morgan les regarda un à un, tel un avocat détaillant un jury.

– Je ne peux pas encore tout vous révéler. Mais il faut me faire confiance...

– Qu'est-ce que c'est que ce secret ?! s'indigna Burnham. Cette confrérie s'est créée dans un esprit de totale confiance...

– C'est encore trop dangereux, insista Morgan.

– Mais vous venez de nous dire que nous sommes en sécurité ! dit Wilson en tapant du poing sur la table.

– Morgan...

Ochs se tourna avec les autres pour voir entrer un homme au physique rude et aux épaules voûtées. Le retardataire de leur réunion du jour. Theodore Roosevelt.

– Je viens d'apprendre la vérité…, dit gravement le nouveau venu en regardant J. P. Morgan dans les yeux.

– Quelle vérité ? s'exclama le financier.

– Et je suis obligé de vous présenter ceux qui la détiennent, poursuivit Roosevelt. Sinon, ils iront la raconter ailleurs.

– Avez-vous perdu la raison ? rugit Morgan.

– Non, dit Roosevelt. L'inspecteur Kahn et les deux psychanalystes sont derrière cette porte. Nous devons leur parler.

– Qu'est-ce qui s'est passé ? s'exclama Ochs.

Morgan se tourna vers les membres du club. Pour la première fois de sa vie, il avait l'air embarrassé.

31

Le regard de Freud glissa sur les lustres Tiffany, les vases Fabergé, les tapisseries des Gobelins et les tableaux de Raphaël et de Turner qui ornaient le salon de réception de Marion Waldorf. L'endroit semblait trop somptueux pour être réel. Rares étaient les princes européens qui pouvaient rassembler autant de richesses dans un même espace.

Mais la beauté tranquille des objets contrastait avec la nervosité des grands hommes qui leur faisaient face.

Ils avaient semblé effrayés de le voir apparaître au côtés de Kahn et Jung.

Cela bien qu'ils fussent puissants.

Ou sans doute *parce qu'ils étaient puissants*.

Toute leur vie, pour échapper à l'hostilité jalouse des *petits*, ils avaient enfoui leurs désirs dans le secret et l'anonymat. Ils s'étaient réfugiés dans des sectes et des conspirations. Leur libido s'était couverte d'ombre.

Voilà pourquoi, contraints de s'afficher au grand jour devant trois individus aux revenus dérisoires et dont ils ignoraient l'existence une semaine plus tôt, ils arboraient le visage figé caractéristique des névrosés.

Les présentations terminées, Roosevelt prit la parole en tortillant sa moustache d'une imposante virilité :

– Les objectifs de notre société demandent la plus grande

confidentialité. Nous n'avons accepté de vous rencontrer que parce que vous en savez déjà beaucoup sur nous. Trop, sans doute.

Freud surprit une déception profonde dans le regard de Burnham – comme si, en découvrant la vérité sur leur confrérie, ils avaient brisé un rêve enfantin.

– Nous vous sommes reconnaissants, poursuivit Roosevelt, d'avoir sauvé la vie d'un de nos sociétaires, William Moore.

Il se tourna vers Kahn.

– Inspecteur, vous êtes venu me voir tout à l'heure pour me parler du rapport que vous avez remis à votre supérieur. Je vous demande maintenant de répéter vos propos devant mes amis.

– J'ai été chargé de l'enquête sur l'assassinat d'August Korda par le chef de la police, dit Kahn. Maintenant qu'elle est en passe d'aboutir, on m'en écarte sous prétexte de protéger les membres de votre confrérie.

– À quelle conclusion étiez-vous parvenu ? demanda Roosevelt.

– Après ses premiers succès, répondit Kahn, votre mentor August Korda a voulu faire bâtir quatre gratte-ciel monumentaux aux quatre coins de Manhattan. Plusieurs d'entre vous ont essayé de l'en empêcher, jugeant ce projet dangereux.

Il les fixa un à un.

– Parmi ceux qui s'étaient opposés à la construction du *premier pilier*, il y avait Emery, Wilkins et Moore.

Kahn baissa la voix, obligeant l'assistance à tendre l'oreille – un vieux truc qu'il utilisait fréquemment dans ses interrogatoires.

– Ils ont tous trois été torturés dans des gratte-ciel. Bernard Emery dans la tour Singer. James Wilkins au Metropolitan. William Moore au Woolworth – lui seul a survécu.

Il considéra l'assistance d'un air solennel.

– Des indices retrouvés sur les lieux des crimes m'ont conduit à penser qu'August Korda n'était pas étranger à ces meurtres. Cette hypothèse été confirmée par ces deux psychologues. Ce sont leurs déductions qui ont permis de retrouver les corps et de sauver William Moore.

Kahn fit une pause pour chercher du soutien dans les regards de Freud et Jung.

– Nous estimons, conclut-il, que vous êtes parvenus à la même conclusion sur la nature criminelle d'August Korda. Vous avez décidé de faire justice vous-mêmes et avez engagé un agent de la Pinkerton pour le tuer.

Les membres du club se raidirent. Plusieurs cherchèrent du regard J. P. Morgan, attendant visiblement qu'il intervienne.

Le financier finit par se lever, en faisant grincer son fauteuil.

– Il n'y a pas eu, commença-t-il d'une voix forte, de décision collective d'arrêter la folie homicide d'August Korda. Je me suis occupé de cette affaire seul.

Freud constata qu'il était, comme Jung et Kahn, suspendu à ses lèvres – Morgan savait ménager ses effets, et son charisme était indéniable. Sans compter que son nez en forme de patate semblait crier au monde : cet homme saura *flairer* tous les coups, les bons comme les mauvais.

– August Korda est l'homme que j'ai le plus admiré, continua Morgan. Mais les rapports de Pinkerton ne m'ont laissé aucun doute sur le fait qu'il était responsable des enlèvements.

– Les rapports de Roy Blake ? demanda Kahn.

– Oui. Le 24 août, après l'enlèvement de Wilkins, il m'a révélé que Korda était le criminel que nous recherchions.

– Avez-vous vu Korda avant de l'exécuter ? demanda vivement Kahn.

– Arrêtez de m'accuser de quelque chose que je n'ai pas fait ! s'indigna Morgan. Je lui ai parlé, en effet. Il m'a juré qu'il était innocent et qu'il était lui-même sur les traces de l'assassin. Il m'a demandé vingt-quatre heures pour rassembler des preuves. Pendant cette journée, je l'ai fait suivre par Blake. Ce matin-là, Korda est allé chercher Moore en voiture pour l'accompagner au port de New York. Quand j'ai appris que Moore n'avait jamais embarqué, j'en ai conclu que Korda utilisait le temps accordé pour achever son œuvre de sang.

– Pourquoi ne pas avoir informé la police ? demanda sèchement Kahn.

– August Korda aurait retourné n'importe lequel d'entre vous. Sa puissance et son pouvoir de conviction le plaçaient hors de votre portée. J'avais toutes les cartes en main et devais agir… J'ai donc organisé son enlèvement en pleine nuit. Seulement, quand Blake est arrivé dans la chambre par l'escalier dérobé, Korda était déjà mort.

Freud et Jung échangèrent un regard stupéfait.

– Qui l'a tué alors ? demanda Kahn.

– Sa fille Grace.

Freud sentit un pincement au cœur, sans pouvoir réagir.

– Blake l'a vue ? demanda Kahn.

– Elle était penchée sur le corps quand il est entré.

– Et pourquoi l'aurait-elle tué ? demanda Jung.

– Vous analyserez sa psychologie mieux que moi, dit insidieusement Morgan. Pour moi, elle a été sa complice, puis elle s'est retournée contre lui.

Kahn chercha des yeux Roosevelt, qui l'ignora.

– Vous conviendrez donc, conclut Morgan après un temps, que les membres du club sont innocents dans cette affaire. Si quelqu'un doit répondre de ses actes, c'est moi, et moi seul.

Freud, comme Kahn, saisit instantanément le sous-entendu : *donc vous ne pouvez rien faire, car je suis intouchable et que personne n'oserait attaquer le grand J. P. Morgan.*

– Blake, dit Kahn, a acheté pour Korda les oiseaux empoisonnés qui ont servi à torturer James Wilkins.

– Il ignorait le but de cet achat.

– Et pourquoi Korda aurait-il laissé les gravures alchimiques à côté des cadavres ?

– Ce serait trop compliqué à vous expliquer. Il vous suffit de savoir qu'August Korda était atteint de mégalomanie, ce qui l'a conduit à utiliser la science alchimique dans un but délirant.

Un goût amer envahit la bouche de Freud, qui se leva et défia l'assemblée du regard.

– Je m'oppose formellement à votre version des faits.

Il châtia son accent pour être sûr d'être bien compris.

– Inconsciemment, Grace Korda haïssait son père. Cette haine va bien sûr dans le sens de votre théorie. Mais pourtant, je suis intimement persuadé qu'elle est innocente d'un tel acte de violence. Rien dans mon analyse ne va dans ce sens.

Il serra les poings avec détermination.

– Par contre, seule Grace peut nous aider à éclairer les zones d'ombre que comporte encore cette affaire. Je dois la retrouver pour que son traitement aboutisse et qu'elle recouvre la mémoire. Ce n'est qu'ainsi que nous saurons la vérité tout entière.

Morgan lui lança un regard un peu moqueur.

– Nous ne voulons aucun mal à *votre* Grace, dit-il. Elle a été manipulée par son père. Mais il est hors de question qu'elle témoigne de la présence de Blake après le meurtre et que, de fil en aiguille, elle nous implique dans l'enquête.

Il s'approcha de Freud, intimidant.

– Si Grace Korda parle, notre mission sera compromise. Nous bâtissons une œuvre qui a beaucoup plus d'importance que nos vies. Nous ne pouvons pas mettre *cela* en danger.

Il martela son message comme un juge énonçant sa sentence.

– Nous avons déjà payé un lourd tribut à la folie d'August Korda. Justice a été faite : il aurait été condamné à mort par n'importe quel tribunal. Nous ne payerons pas davantage.

– On paye toujours le fait de bafouer la vérité, dit Freud.

– Nos vérités diffèrent, c'est tout. Quant à vous, inspecteur, je vous interdis de rechercher Grace Korda. Cette tâche nous revient. Nous la retrouverons et la soignerons pour qu'elle oublie les horreurs auxquelles son père l'a mêlée.

– Vous ne m'intimiderez pas, dit Freud. Pas au prix de la guérison – je dirais même de la vie – de ma patiente !

– Asseyez-vous, docteur.

– Votre autoritarisme, rétorqua Freud, est une preuve d'impuissance. Vous ne me faites pas peur.

Morgan se tut, sans doute choqué qu'on ose lui résister.

– Nous ne voudrions pas en venir là, dit-il, mais si vous persistez dans vos recherches, vous ferez courir de gros risques à vos proches. À votre épouse Martha. À vos six enfants : Mathilde, Jean-Martin, Olivier, Ernst, Sophie, et Anna.

Freud devint pâle comme un linge.

Morgan, impitoyable, se tourna vers Kahn :

– Vous n'avez pas encore d'enfants, inspecteur, ni de mère. Mais vous avez un père…

Kahn se leva d'un bond – le regard plein de rage.

– Vous, dit-il à Morgan, il faudrait vous faire quitter cette ville dans du goudron et des plumes…

Il s'était approché tout près du financier qui, le visage rouge, prit soudain l'inspecteur à la gorge et le poussa contre un mur. Kahn se défendit en le précipitant au sol avant d'entreprendre de lui écraser les côtes à coups de poing.

– Arrêtez ! hurla Roosevelt.

Wilson et Waldorf se ruèrent sur Kahn pour le maîtriser. Wilson rabattit le bras du policier dans son dos, mais ce dernier parvint à se dégager et expédia un nouveau crochet dans la mâchoire de Morgan. Wilson finit par l'encercler de ses bras et plaqua Kahn contre une des somptueuses tapisseries du mur.

Jung essaya d'intervenir, mais cette fois c'est Waldorf qui le maintint fermement jusqu'à ce qu'il se calme.

J. P. Morgan se releva péniblement. Il avait un hématome sur la pommette gauche et la bouche en sang.

Tétanisé par cette explosion de violence, Freud n'avait pas bougé.

« Le premier homme à jeter une insulte plutôt qu'une pierre

est le fondateur de la civilisation », avait-il écrit un jour. Manifestement, la civilisation était restée à un jet de pierre de la barbarie.

En sortant de l'hôtel particulier de Waldorf, Freud invita Kahn, plutôt mal en point, à s'appuyer sur lui pour marcher.

– Vous devriez vraiment suivre une analyse quand tout ça sera terminé, dit-il à l'inspecteur.

– Et moi, je suis décidé à suivre des cours de boxe, s'insurgea Jung. Je regrette de ne pas avoir su vous aider à l'assommer.

Freud le fixa d'un air réprobateur.

– Garder sa retenue en toute circonstance, dit-il, vaincre une passion intérieure pour l'amour d'une cause plus haute, c'est le plus grand exploit psychique à la portée d'un être humain.

Ils restèrent silencieux quelques secondes, reprenant leurs esprits en se dirigeant vers la Ford.

– Ces nababs, dit Freud pour atténuer ses reproches, me rappellent les porcs-épics de Schopenhauer, qui s'assemblent en oubliant leurs piquants pour s'éloigner aussitôt sous l'effet de la douleur.

– Ils restent néanmoins les porcs-épics les plus puissants du pays, fit Kahn avec amertume. Cette fois, c'est sûr, ma carrière est morte et enterrée.

– Il n'y a qu'une seule chose à faire à présent, dit Freud.

– Laquelle ? demanda Jung.

– Trouver Grace Korda avant eux.

32

Manhattan se préparait pour la nuit dans le bruit et la fureur les plus ordinaires, en augmentant sans lésiner sa consommation horaire de watts, d'ampères, de volts et de calories.

De son côté, Freud, de plus en plus silencieux, broyait du noir dans la chambre de Jung.

– Il faut nous rendre à l'évidence, dit Jung. Nous n'avons pas la queue d'une piste. Grace peut avoir fui n'importe où…

Le téléphone sonna et Freud décrocha. C'était Ferenczi, à Worcester. Sa voix était excitée, enthousiaste, en complet décalage avec l'humeur de son mentor.

– Savez-vous que William James est déjà arrivé ?

– James sera là ? s'exclama Freud, touché.

– Il est impatient de vous écouter. Vos conférences sont prêtes ?

– À quelques détails près…

– Est-ce que vous pourriez m'envoyer le texte ?

– Non… Il est dans ma tête, grommela Freud.

Un silence consterné suivit.

– Mais il ne reste que quatre jours avant votre départ !

– J'ai été occupé, dit Freud.

À tel point qu'il n'avait, en réalité, pas la moindre idée du sujet de sa conférence.

– Encore cette affaire de meurtre ? s'insurgea Ferenczi. Maître, je ne comprends pas. Nous sommes venus conquérir l'Amérique ! L'avenir de la psychanalyse se joue ici et nous avons bien plus besoin de vous que la police de New York.

– C'est à voir, dit Freud.

– Et Jung ? s'énerva Ferenczi. Il est toujours entiché de cette danseuse ou bien il a retrouvé son bon sens ?

– Ce n'est pas une danseuse, dit Freud. Et ça fait bien une heure que nous n'en avons pas parlé.

Jung réagit aussitôt à ce qu'il entendait :

– Anna m'a dévoilé un joli talent pour le pas de deux. Elle s'est rabibochée avec son mari.

Son air affligé agaça Freud, déjà irrité par les reproches de Ferenczi.

– Et ça vous préoccupe ?! Grace Korda est en danger de mort, et vos neurones continuent de voleter, comme des mouches, autour d'une bien faible ampoule.

– Vous aussi, s'indigna Jung, vous êtes fasciné par une femme. Reconnaissez la vérité pour une fois, bon sang !

– Quelle vérité ?

– Vous êtes amoureux de Grace !

– Un simple contre-transfert, grommela Freud. Qui s'évanouira dès que l'analyse sera terminée.

– Ben voyons !

– Je vais m'en occuper, vous dis-je.

Le téléphone grésilla.

– Ce n'est pas un contre-transfert, insista Jung. C'est une fascination morbide. Cette femme agit sous l'impulsion de sa part criminelle. Vous qui aimez tant la Bible, je m'étonne que vous n'y releviez pas la connotation du nom Judith. C'est la jeune et belle veuve qui séduit le roi Holopherne, dans le seul but de lui *trancher la tête pendant son sommeil.*

– Ça suffit, jeta Freud, horripilé. Je sors prendre l'air.

En voyant Jung saisir sa veste, il l'arrêta :

– Seul. Je sors seul.

– Sigmund, voyons, s'écria Jung. Ne partez pas comme ça !

Freud sortit en claquant la porte.

– Votre infatuation ne nous aide pas à voir clair dans cette affaire ! lança Jung dans le vide.

Il ramassa le récepteur du téléphone posé sur la table.

– Mais qu'est-ce qui se passe, enfin ? éructa Ferenczi au bout du fil.

– J'espère que ce n'est pas ce que je pense, répondit Jung.

Lorsque Judith lui avait téléphoné, Freud avait entendu, dans le récepteur, le brouhaha d'une foule, peut-être d'une fête. Pour cette raison, il entreprit de remonter Broadway, conscient du fait qu'il n'avait qu'une chance infime de repérer la jeune femme dans la foule qui arpentait l'avenue. Mais c'était toujours mieux que de rester à l'hôtel à se tourner les pouces.

Il entreprit de détailler toutes les jeunes femmes qui, de près ou de loin, lui semblaient présenter une quelconque ressemblance avec Grace ; tant et si bien que l'une d'entre elles finit par lui adresser un regard indigné. Il reprit sa quête avec détermination mais bientôt ce fut comme si ses yeux se déconnectaient de son cerveau. Les visages se superposaient vainement dans son regard.

L'esprit embrumé, il ne se rendit pas compte qu'après une heure de marche de bloc en bloc, il était entré dans ce bain de son et de lumière qu'était Times Square.

La place regorgeait d'annonces multicolores, de réclames en lettres mobiles et électriques, dansantes, tournantes, zigzagantes. Les rues étaient pleines de taxis et de fiacres, de musiciens ivres et de femmes en tenue affriolante ; les trottoirs – en travaux malgré l'heure tardive – bondés d'ouvriers dont certains vaquaient à leurs occupations en chantant des airs à la mode.

Il longea des cinémas aux enseignes cernées d'ampoules rougeoyantes. Ayant dépassé les colonnes baroques du Lyceum

Theatre, qui proposait une pièce en trois actes, *Arsène Lupin*, il tomba sur une affiche imprimée en lettres capitales : *Images animées. Programme inédit et exclusif,* Vive la vie de garçon *de Max Linder, Ben Turpin dans* M. Flip !

Freud n'avait encore jamais vu de film. Mais surtout, Judith lui avait proposé deux jours plus tôt de l'emmener au cinéma

Tandis qu'il hésitait, une adolescente qui s'était vieillie par un chapeau mauve à voilette s'avança vers lui :

– Monsieur, m'inviteriez-vous à cette séance ?

Quelque chose dans l'excitation de son regard lui rappela à nouveau Judith.

– S'il vous plaît, insista la fille, ils ne me laisseront pas entrer seule à cause de mon âge !

Freud acquiesça et se dirigea vers le guichet, suivi de l'adolescente.

La salle de projection était aussi bondée qu'enfumée. Ils dénichèrent deux places au premier rang, juste devant l'écran – un grand drap blanc accroché au mur. À peine s'étaient-ils installés que les lumières s'éteignirent.

Le programme commença par des courts-métrages dramatiques. *Pourquoi Mme Jones a divorcé* mettait en scène un businessman dans diverses situations compromettantes. *Le Point de vue de l'homme rouge*, d'un certain Griffith, évoquait le sort d'Indiens Kiowas luttant pour leurs terres et développait une théorie du bon sauvage clairement inspirée par Rousseau.

Mais le public ne s'anima vraiment qu'en voyant apparaître la star de *M. Flip*, Ben Turpin. Son personnage souffrait d'un strabisme convergent chronique. Dans le film, il incarnait un dragueur invétéré, puni par une douche d'Alka-Seltzer.

La jeune voisine de Freud riait tellement qu'elle avait, sans s'en rendre compte, posé une main sur son genou.

Freud le retira en se renfrognant. Quelque chose le perturbait. L'acteur comique ne refoulait aucun désir, ne manifestait aucune des inhibitions qui conditionnent la conduite en société. Il saccageait le mobilier, donnait des coups de pied, se mettait tout le monde à dos. Il était une pure incarnation de son inconscient.

Contrairement à la psychanalyse, le cinéma semblait conçu pour encourager les hommes à cultiver leurs pulsions plutôt qu'à les maîtriser.

La séance continua avec des actualités filmées. Freud eut cette fois la désagréable surprise de voir les prises de vues de la construction du Woolworth Building, montrant l'endroit où Manson avait essayé de le tuer. Il eut envie de partir et se leva pour sortir, mais sa voisine lui prit la main.

– Vous pouvez pas rater ça. C'est mon truc préféré !

Elle faisait allusion à un film consacré au spectacle *En combattant les flammes*, principale attraction du parc Dreamland sur Coney Island. Le film montrait un hôtel en proie à un violent incendie. Des dizaines de pompiers arrivaient en trombe, déployaient une échelle extensible, arrosaient les flammes, recueillaient les clients les plus chanceux dans des filets. D'autres, piégés, fuyaient vers le toit.

Freud, pris d'une intuition qui lui rappela les illuminations ressenties lorsqu'il trouvait la clé d'un rêve, s'extirpa précipitamment de son fauteuil et se rua vers la sortie.

– Habillez-vous, nous devons y aller.

Jung, tout juste sorti de son lit, le fixait d'un regard brumeux.

– Nous allons où ?

– À Coney Island. C'est là-bas qu'elle se trouve.

– Qui, Grace ?

– Judith. L'année dernière, elle disparaissait des après-midi et des nuits entières. Je me suis dit qu'elle retournait probablement toujours au même endroit – un endroit où elle passait inaperçue. J'ai d'abord pensé à un lieu isolé. Mais tout à l'heure, sur Broadway, j'ai réalisé qu'à New York on n'était jamais mieux caché que parmi la foule. Et que pour ne pas être reconnue, Judith devait se rendre dans un milieu très différent du sien.

– Coney Island ?

– Exactement. Il se trouve que je suis entré dans un cinéma et que j'y ai vu un film d'actualités…

Il décrivit à Jung les images de l'incendie, les femmes qui sautaient du toit pour échapper aux flammes.

– J'ai aussitôt fait le lien avec le rêve que m'a raconté Grace. Or, un rêve recrée souvent une forte impression visuelle.

– Elle aurait vu les mêmes actualités que vous ?

– Elle est plutôt allée sur place, à Dreamland ! Le brouhaha que j'ai entendu quand Judith m'a téléphoné évoquait justement une ambiance de fête foraine. Autre indice : après une crise d'amnésie, Grace s'est retrouvée devant chez elle avec comme seul souvenir de son escapade un ticket de la nouvelle ligne de métro. Or l'autre jour, j'ai vu sur le plan que cette ligne traverse Brooklyn et que sa dernière station, c'est Coney Island !

– C'est une piste, reconnut Jung.

– Le film montrait les visiteurs de ce parc d'attractions : ce sont des ouvriers, des employés, des gens du peuple. Ce n'est pas un endroit pour Grace. Mais Judith, elle, peut y trouver les émotions fortes qu'elle affectionne. Là-bas, elle se fond dans la masse – nul ne cherche à savoir qui elle est !

– Certes, dit Jung, mais ça ne sert à rien d'aller à Coney en pleine nuit. Il vaudrait mieux prévenir Kahn.

– Eh bien allons-y !

Freud était sur le point de sortir quand Jung l'interpella :

– Votre départ soudain tout à l'heure…

– Je comprends vos inquiétudes, dit posément Freud. Mais ce qui me passionne dans Grace… c'est sa psyché, voilà tout.

– Souffrez-vous du fait, dit Jung, qu'une part de cette « psyché » vous échappera toujours ?

– Les femmes sont *le* grand mystère, dit Freud, éludant la question. C'est toujours en vain que j'essaie de les comprendre.

Le dernier orage de l'été éclata juste avant minuit. Sous l'averse, Freud eut l'impression que le chaos de Manhattan se dissolvait dans une grisaille confuse en symbiose avec ses pensées.

Un taxi les conduisit à Mulberry Street. Ils gagnèrent directement le bureau de Kahn et trouvèrent l'inspecteur la mine abattue. Renzo, une jambe dans le plâtre, essayait vainement de l'animer. Mais Kahn bondit de sa chaise en entendant Freud.

– On trouve un centre téléphonique en plein air à Dreamland, dit-il. Ça pourrait expliquer le raffut au bout du fil…

– Qui nous dit qu'elle est toujours là-bas ? demanda Renzo.

– Elle n'a plus de raisons de rentrer, dit Freud. Peut-on habiter à Dreamland ?

– Il y a des hôtels sur Surf Avenue, répondit Kahn. Souvent des bouges.

– Ça ne lui fera pas peur, dit Freud. Judith est du genre dévergondé.

– Une femme seule à Coney Island, soupira Kahn, c'est une aiguille dans une botte de foin. Il faudrait cinquante hommes pour quadriller l'île. Je ne les ai pas. Herman Korda a chargé les Pinkerton de mener la traque. En toute logique, je devrais confier vos informations à leurs détectives.

– Ils sont à la solde du Club des architectes, dit Jung.

– Mais que voulez-vous que je fasse ? Les ordres de Sullivan m'interdisent de mobiliser le service de sécurité des parcs. Nous pouvons contacter les hôtels, mais savons-nous seulement sous quel nom elle s'est enregistrée ?

– Pas sous le sien, dit Freud. Elle est trop rusée pour ça.

– Parfait, ironisa Kahn, nous ne connaissons même pas son identité… Bon sang, j'ai une idée !

Il fixa Freud d'un air illuminé.

– Sullivan ne veut pas que je recherche Grace Korda. Mais il s'agit ici d'une mission complètement différente : mettre la main sur une sociopathe au comportement instable et dangereux, dont le prénom est Judith.

– Vous croyez vraiment qu'on va berner Sullivan avec ça ? s'exclama Renzo. Imaginez le pétrin dans lequel nous serons quand il se rendra compte que…

– Ce ne sera pas pire que maintenant, fit Kahn. Et puis je ne fais que mon devoir…

– Comment voulez-vous procéder ? demanda Freud.

– J'ai encore un ou deux hommes de confiance ici. Je vais les envoyer au terminal des ferries et à la station de métro de Coney, avec le signalement de Judith.

Il se tourna vers Renzo.

– Appelle le Brighton Beach et les autres hôtels de l'île. Demain vendredi, nous prendrons le ferry de six heures, qui part plus tôt que le premier métro.

– Nous venons avec vous, dit Freud sans consulter Jung. Si on lui met la main dessus, il faudra trouver les mots justes.

– Comme d'habitude, c'est à vos risques et périls, dit Kahn.

Il regarda longuement Freud dans les yeux, comme s'il commençait lui aussi à soupçonner les véritables raisons de son mystérieux attachement à la fille d'August Korda.

33

Coney Island était un monde inversé où la tristesse se métamorphosait en gaîté, la laideur en désir, la rapacité en don, le mépris en amour.

Où, au lieu d'une créature d'ombre, elle redevenait une séduisante jeune femme.

Coney était l'autre côté du miroir. Le revers de cette société qui voulait détruire celle qu'elle protégeait.

Coney était un théâtre, bien plus vaste que ceux où Grace jouait à Manhattan. Les immigrés d'Irlande ou de Russie, d'Italie ou de Chine y interprétaient une pièce enivrante et ininterrompue. L'île était un labyrinthe de décors plus inouïs les uns que les autres. Deux allées, Surf Avenue et Bowery, y reliaient trois scènes principales : Steeplechase, Luna Park et Dreamland. Chacune d'elles offrait un voyage fantastique dans le temps, la géographie et les civilisations.

Dans la forêt anonyme des acteurs et des spectateurs, elle pouvait échapper à la police. Au docteur Freud. À son morbide héritage. *Ici, sous son contrôle, Grace ne saurait jamais.*

Elle avait passé la nuit dans une chambre de l'hôtel en forme d'éléphant qui trônait aux abords de Luna Park. Elle s'était levée au petit matin pour s'asseoir, dès l'ouverture, au bar de Nathan, le plus fameux restaurant de l'île. Nathan faisait partie de la légende de Coney. Son titre de gloire était l'invention de ces sandwiches à la saucisse appelés *hot dogs* dont il vendait, disait-il, quarante mille par jour. Deux ans plus tôt, pour attirer le chaland, il avait habillé dix clochards de vestes blanches et de stéthoscopes et les avait installés à son comptoir derrière l'écriteau : *Si des médecins mangent nos hot dogs, c'est qu'ils sont bons*. La foule avait afflué.

Judith avait découvert que l'endroit était propice aux rencontres. Très vite, on l'avait abordée. Les hommes du peuple s'intéressaient à cette belle inconnue élégamment vêtue, aux mains blanches et fines et aux boucles noires parfumées.

Ainsi ce rouquin qui, depuis qu'elle était entrée, l'observait en douce du coin de l'œil.

Dans les parcs, il y avait plein de types vulgaires comme lui. Et très peu d'hommes distingués comme son père, qui méprisait l'architecture grotesque et ostentatoire de ces lieux, les gaspillages de leurs spectacles et de leurs feux d'artifice. August construisait Manhattan pour des individus cultivés. Coney Island était conçu pour des primitifs. C'était le contraire de sa vision d'un Progrès ne tolérant aucune faiblesse ni aucun vice.

Judith, elle, comprenait que les visiteurs des parcs veuillent fuir le désespoir de leur vie quotidienne. Qu'ils désirent se gaver de sensations, de transgressions. De surprises, de vitesse, de rires.

De sexe et de violence.

Rien de ce dont elle jouissait ici n'existait à Manhattan.

À Coney, elle dormait *dans* un éléphant et elle se promenait *sur* le dos de Gyp et Judy, les pachydermes de Steeplechase. Elle avait hurlé avec la foule quand les gérants du parc avaient électrocuté une éléphante enragée, responsable de la mort de trois ouvriers, lors d'un show exceptionnel, devant soixante mille personnes.

Ici, elle pouvait nager dans la plus grande piscine du monde à Luna Park. Monter sur la structure virevoltante du Chatouilleur, conçu pour éjecter ses passagers de leurs fauteuils. Faire la course sur des chevaux de bois montés sur rails.

Mais c'est à Lilliputia qu'elle passait le plus de temps. Trois cents nains venus des quatre coins du pays habitaient cette cité miniature expérimentale. Elle s'était liée d'amitié avec ces chaleureux petits bonshommes qui tenaient leur propre parlement, leur arène de cirque, leur écurie de chevaux nains. Pour mettre en valeur leur taille, deux géants les côtoyaient. Elle se reconnaissait dans le rapport violent que tous ces êtres difformes avaient avec leur propre corps.

– Je t'offre une bière ?

Le rouquin s'était approprié une place qui s'était libérée à côté d'elle, au bar. Il était plus jeune qu'elle ne l'avait supposé. Trop jeune. Une petite frappe de Five Points.

– J'allais partir, dit Judith.

– Alors je peux t'inviter à danser ?

– Où ça ?

– À Dreamland, sous l'auvent en forme de coquillage.

– Danser quoi ?

– Tout ce que tu voudras : le cakewalk, le fox-trot, le turkey-trot. « *Tout le monde le fait / Fait quoi ? / Le turkey-trot* »...

Il esquissa quelques pas en chantonnant.

– Tu n'es pas maladroit, dit Judith en passant sa langue sur ses lèvres.

Les yeux du rouquin s'allumèrent comme des lampions. Elle s'apprêtait à le ferrer quand elle vit trois hommes entrer dans le restaurant. Elle les identifia aussitôt pour avoir souvent croisé leurs semblables. Leurs yeux fouineurs balayaient la première salle, s'attardant sous les chapeaux des dames.

C'était elle qu'ils cherchaient.

– Allons-y, le parc va bientôt ouvrir, lança-t-elle au rouquin.

Elle lança une pièce sur le comptoir et attrapa par le bras son prétendant surpris, qui la suivit en trébuchant. Tout en le poussant vers une porte latérale, elle cacha son visage dans le cou du jeune homme, telle une femme amoureuse.

Dehors, ils se mêlèrent à la foule qui, déjà, se faisait dense. Judith jeta un regard derrière elle : aucune trace des détectives.

– Viens, dit-elle au jeune homme.

Elle l'entraîna sur Surf Avenue. Sur le trottoir, un gamin brandissait le *Herald* en scandant les nouvelles :

– Rebondissements dans l'affaire Korda ! Son assassin se jette dans l'Hudson ! La police recherche sa fille disparue !

Judith sursauta en voyant la photo d'avis de recherche en première page. C'était la sienne. Ou plutôt celle de Grace.

Elle serra les poings.

– Qu'est-ce qui t'arrive ? demanda le rouquin.

Elle approcha la bouche de son oreille.

– Il y a ici des gens qui me veulent du mal.

Il fixa ses yeux verts comme les prairies de son Irlande natale. Puis il sourit et écarta un pan de sa veste pour dévoiler le manche d'un couteau dépassant d'une poche intérieure.

– Je suis ton homme, ma belle.

Sous la brume épaisse qui montait de l'Hudson dans ce matin frisquet, les parcs émergèrent lentement dans une lumière diffuse. Debout sur le pont du ferry qui approchait de la côte, Freud et Jung avaient d'abord cru voir surgir un mirage au milieu de l'océan. Coney Island débordait de formes extravagantes – coquilles, roues, spires, grands huit, toboggans, *roller-coasters* défiant la gravité. Une tour longiligne, mauresque en haut, vénitienne au milieu, indienne en bas, dominait l'un des parcs. L'ensemble évoquait les décors kitsch des opérettes viennoises.

Ils étaient sûrs à présent que Grace était sur place. En montrant une photographie d'elle aux employés du ferry, Kahn avait recueilli le témoignage d'un steward qui l'avait aperçue la veille – il avait remarqué son inhabituelle beauté.

Le pont était encombré de gens qui, comme eux, voulaient

entrer dans les parcs dès leur ouverture. Sur un banc, un gamin lisait à sa sœur un roman de Jules Verne, *De la Terre à la Lune*. Contre la rambarde, deux jeunes s'embrassaient à pleine bouche. Ailleurs, Freud vit des mains se glisser sous des vêtements relâchés. Était-ce le voyage sur l'eau, chargé symboliquement, qui poussait ces couples à défier le puritanisme ambiant ?

– Je me demande, dit-il à Jung, si Judith vient à Coney pour y avoir des aventures *incognito*.

Kahn se glissa à leurs côtés.

– Le bateau grouille d'agents Pinkerton, dit-il en désignant discrètement deux hommes au chapeau melon à quelque distance.

– Comment est-ce possible ? demanda Freud. Un de vos hommes nous a dénoncés ?

– Je pense plutôt que nous sommes espionnés.

– Toujours le club…, dit Jung.

Le ferry s'approchait maintenant d'un ponton. À quelque distance, on voyait déjà des baigneurs en maillot sur une plage.

– Il faudra être plus rapides qu'eux, conclut Kahn. Car ils sont certainement dix fois plus nombreux.

Un individu barbu et rondelet portant un chapeau haut de forme vint les accueillir sur le quai.

– Messieurs, dit Kahn, voici Stanford Marai.

Freud et Jung saluèrent le nouveau venu.

– M. Marai est l'un des concepteurs des attractions de Dreamland. Il va nous guider dans les parcs.

– Ce sont de vrais labyrinthes, précisa Marai.

– Ils semblent surtout bourrés de monde ! dit Jung en considérant la foule autour d'eux.

– Sur la seule promenade de Dreamland, on compte parfois plus de trente mille visiteurs, dit fièrement Marai. Il faut ajouter les employés – vingt mille pour l'ensemble des parcs…

– Belle réussite, souligna Jung.

– Mon père venait de Hongrie, dit Marai. Il me disait qu'une seule chose me sauverait en Amérique : mon violon. Il ne se doutait pas qu'ici, pour divertir la foule, il faut faire des choses bien plus grandioses.

– Où se trouve le spectacle de l'incendie ? demanda Freud, désireux de ne pas perdre de temps.

– À Dreamland, le parc le plus récent et le plus vaste. Mais cette représentation n'a lieu qu'en fin d'après-midi.

– Quelles sont donc les attractions les plus excitantes du moment ? C'est là qu'il faut chercher Judith.

– Suivez M. Marai, conseilla Kahn. Je reste ici pour surveiller l'entrée.

Dès qu'ils eurent passé les guichets de la majestueuse entrée de style rococo de Dreamland, Freud, Jung et Marai tombèrent sur un étrange bâtiment jaune vif dont la forme arrondie évoquait vaguement celle d'un œuf au plat.

– Qu'est-ce que c'est que ça ? demanda Jung.

– C'est l'hôpital du parc, dit Marai. Connu pour l'incubateur du docteur Courtney, destiné aux enfants prématurés. C'est l'appareil de ce type le plus sophistiqué du monde. Les visiteurs sont admis. Votre amie est peut-être entrée ?

Freud répondit par la négative. Judith ne s'approcherait certainement pas d'un endroit où s'accumulaient les nouveau-nés. Grace lui avait confié que, n'ayant pas aimé son enfance, elle ne voulait pas avoir de progéniture.

– Continuons, suggéra-t-il.

Ils se frayèrent un chemin dans la foule, au milieu d'une incessante cacophonie de cris, explosions, coups de sifflet ou de fusil. Un photographe incitait bruyamment les visiteurs à poser devant son appareil. À côté, un prédicateur conjurait ses auditeurs en brandissant le poing de ne pas succomber aux tentations de la chair. Freud dut s'écarter pour éviter ses postillons.

Depuis l'entrée dans le parc, il était aussi assailli par une quantité d'odeurs de provenances multiples – saucisses grillées, pop-corn, bière, tabac, patchouli. Il était toujours particulièrement attentif à l'odorat. Des cinq sens, c'était le plus important pour la mémoire, donc pour l'inconscient et la sexualité. Pour lui, le déficit olfactif de l'homme par rapport aux primates était la cause de la grande névrose humaine – ce manque ressenti dans les relations sexuelles.

Les senteurs agressives qui flottaient sur le parc étaient une incitation à la promiscuité. Elles apportaient à Judith ce qu'elle recherchait : évasion, perte de soi, plaisir de sentir son odeur se fondre dans les autres.

Marai ralentit le pas alors qu'ils arrivaient devant un bâtiment aux allures de temple grec, entouré de badauds.

– C'est le *hit* actuel, commenta-t-il. À l'intérieur, on peut assister à un spectacle avec effets mécaniques mettant en scène une éruption du mont Vésuve…

– Rien que ça ! dit Jung.

– Suivie de l'engloutissement de Pompéi et de ses habitants dans un déluge de lave et de cendres… Comme vous le voyez, la compétition entre parcs nous oblige à surenchérir.

Jung chercha Freud du regard et vit qu'il s'était arrêté net devant l'entrée de l'attraction suivante. C'était une énorme sculpture en carton-pâte représentant deux cuisses et un sexe féminin, par l'ouverture duquel on accédait à l'intérieur…

– Nous sommes décidément à mille lieues de l'Amérique puritaine, s'exclama Jung.

Marai leur expliqua que cette sculpture était tolérée parce que le spectacle proposé à l'intérieur, *Création*, était une comédie musicale inspirée de la Genèse. Puis, embarrassé, il les entraîna vers l'entrée moins choquante d'un autre bâtiment. La Porte de l'Enfer était surplombée d'une tête de diable rouge et cornue. Là aussi, une longue file d'attente s'était formée.

– Le ticket d'entrée, dit Marai, vous donne le droit d'être transporté en bateau vers un tourbillon d'eau qui conduit directement dans les cavernes de l'Enfer. Mais on peut aussi entrer gratuitement pour se délecter de la terreur des passagers pris dans le tourbillon. Peut-être votre amie a-t-elle été tentée ?

– Judith, en enfer ?

Freud secoua de nouveau la tête. Judith fuyait certainement toutes ces métaphores du ventre maternel, qu'il s'agisse des grottes d'Hadès ou de la lave de Pompéi.

Non, son rejet violent de la psychanalyse montrait qu'elle cherchait une évasion vers d'autres sphères. Elle préférerait se perdre *loin d'elle* plutôt que de plonger *en elle*.

– Continuons, dit-il.

Ils passèrent devant d'autres attractions. Le Tremblement de terre de Chicago. La Bataille des Sous-Marins.

– Visez donc un peu ça !

Jung désignait à Freud une estrade en acier où des volontaires – pour la plupart des jeunes femmes – subissaient de légères décharges électriques. Quand elles échappaient à cette torture, c'était pour être précipitées, *via* des toboggans, dans des trous et molestées par des acteurs travestis en chats. Pendant leur supplice, les demoiselles étaient applaudies par l'assistance.

– L'immersion dans la foule permet à ces femmes de se laisser aller à des pulsions masochistes, commenta Jung. Ces attractions font appel aux instincts primaux de la Masse – entité qui se comporte à mon avis indépendamment des individus qui la composent.

Freud ne réagit pas à ce point de vue non orthodoxe. Il se disait que Judith ne venait pas ici pour se faire humilier. Elle se fuyait elle-même. Comment se dépossédait-on ? Comment répudiait-on son narcissisme ? La réponse s'imposa : en tombant amoureux. En se mettant sous la coupe du narcissisme d'autrui.

Il fallait trouver l'endroit des parcs où Judith pouvait jouer à être amoureuse.

– En réalité, poursuivait Jung, ce « pays des rêves » met en scène les horreurs de nos cauchemars : monstres, accidents, guerres, catastrophes naturelles.

– Jung, s'impatienta Freud. Nous théoriserons plus tard !

Il se tourna vers Marai.

– Selon vous, quels sont les endroits préférés des amoureux dans ce parc ?

– Les pistes de danse, répondit Marai. Celle du ponton est la plus vaste. On peut aussi s'embrasser sur la grande roue.

Il désigna le gigantesque cercle multicolore qui surplombait le parc à quelques centaines de mètres de là.

– C'est même le cadre le plus romantique !

– Je vais faire un tour de ce côté, dit Freud. Séparons-nous pour augmenter nos chances.

La vérité était que Jung lui tapait sur les nerfs. Il avait besoin d'être seul.

– Je vais vers la grande roue.

– D'accord, dit Jung. Nous ferons le tour de la piste de danse.

Freud s'éloigna. *Il sentait qu'elle était là.* Dans une sorte d'ivresse, il se rendit compte que parmi toutes les odeurs ambiantes, la plus prégnante pour lui venait du passé : c'était le parfum de Grace quand, possédée par Judith, elle s'était affaissée dans ses bras.

Autour de Freud, la foule s'éclaircissait. Les attractions qu'il longeait à présent semblaient moins populaires que les précédentes. Alors qu'il passait devant une modeste construction en bois de pin, une banderole attira son attention :

Grande Galerie des Miroirs – 10 cents seulement !

Au-dessous, un écriteau l'intrigua encore davantage. Il annonçait un *Labyrinthe des miroirs*, avec une injonction en lettres rouges : *Vous qui entrez ici, laissez toute ressemblance.*

Une paraphrase de Dante, incongrue en ces lieux. Mais étrangement synchrone avec les préoccupations de Judith.

Il se dirigea résolument vers le guichet où trônait une employée habillée en Mexicaine et lui tendit dix cents. Puis il monta l'escalier recouvert d'une matière réfléchissante qui menait à l'entrée de la galerie. Après une porte de verre, un couloir bordé d'alcôves l'attendait. Il contenait notamment un miroir concave qui le transforma en paysan bavarois, et un convexe qui le métamorphosa en Don Quichotte à lunettes.

Cette déformation grotesque de ses proportions l'indisposa, contrariant le souvenir gratifiant du *stade du miroir* – quand, enfant, il avait pris conscience, en se regardant dans la glace, qu'il avait un corps à lui, différent de celui de sa mère.

Au bout du couloir, Freud poussa une porte pour découvrir un dédale de miroirs orientés obliquement le long d'un tunnel sinueux. Il vit aussitôt un corps s'y multiplier à l'infini – pas le sien mais celui d'un grand type aux cheveux roux.

Quand il se retourna pour voir l'individu, ce dernier avait disparu.

Il accéléra le pas et se retrouva devant un embranchement. Il choisit la voie de gauche – Judith était gauchère.

Après une demi-douzaine de tournants dans le labyrinthe, il entendit un halètement.

Un éclair rouge traversa son champ de vision. Une robe. Il se précipita à sa suite, heurta un nouveau miroir, se retourna et surprit le reflet du type qui le saisit par la taille, le retourna comme une crêpe, et lui mit un couteau sur la gorge.

– Je le tiens, dit-il avec délectation. Qu'est-ce que j'en fais ?

Freud chercha du regard la personne à qui il parlait. Il ne capta que des reflets : des cheveux en bataille, un regard sombre et dur. Puis plus rien. Judith était passée fugacement dans son champ de vision et s'était retirée.

– On pourrait le tuer, dit une voix.

C'était bien celle, rauque et grave, de l'*alter ego* de Grace.

– Vous n'avez pas intérêt à faire ça.

– Et pourquoi donc, docteur Freud ?

– Je suis là pour vous aider. Vous êtes traquée par des détectives. Il faut quitter le parc.

Soudain, Judith apparut dans le miroir qui lui faisait face.

– Et où sont-ils ? demanda-t-elle, les mains sur les hanches.

Ses gestes étaient théâtraux. Dans la démultiplication de son corps, elle avait retrouvé son territoire d'actrice. D'usurpatrice.

– Ici, dans ce labyrinthe. Vous devez me croire.

Il tâcha de se tourner pour voir où elle était mais sentit la pression du couteau s'accentuer sur sa gorge.

– Je le fais, alors ? s'impatienta le rouquin.

Freud eut un sursaut en voyant Judith apparaître devant lui : réelle, tangible, odorante. C'était bien elle et pas un de ses reflets.

– Ces détectives…, dit-elle. Qu'est-ce qu'ils me veulent ?

– Vous empêcher de dire la vérité sur votre père et sur les crimes qu'il a commis.

– Ce n'est pas à eux que j'en parlerai.

Elle fit un pas en arrière et se dédoubla dans les miroirs.

– C'est à Grace qu'il faut parler, dit Freud. Elle a besoin de la vérité. Elle veut comprendre ce qui lui est arrivé…

– Elle ne sait pas ce qu'elle risque, répondit Judith. Elle ne sait pas à quel point elle va souffrir.

– Vous croyez qu'elle ne souffre pas, en ce moment, emprisonnée en vous !

Judith s'éclipsa. Freud ne voyait à présent que son propre reflet – comme si c'était lui-même qu'il avait essayé de convaincre.

– Je dois vous révéler quelque chose de très important, qui va tout changer, dit-il. S'il vous plaît, venez avec moi.

– Vas-y avec ton couteau, dit Judith au rouquin.

Un désir de viol, se dit Freud avant de voir le rouquin derrière lui lever la main pour le poignarder. Dans un réflexe brusque, il projeta ses coudes en arrière, frappant l'homme au plexus. Le souffle coupé, le rouquin se plia en deux.

Emporté en avant par son élan, Freud aperçut Judith et se

précipita vers elle. Alors qu'il croyait la saisir, il buta contre la surface froide d'un nouveau miroir.

– Tu en finis maintenant ! lança Judith au rouquin.

Freud la chercha vainement des yeux. Le rouquin leva de nouveau vers lui un poing énorme et il se résigna au pire.

– Allez, beau mec, arrête ton numéro !

Un individu au chapeau melon – Freud reconnut l'un des détectives du ferry – visait d'un pistolet l'un des reflets du rouquin.

Ce dernier s'affola et se jeta sur le détective, couteau à la main. Deux détonations retentirent. Un miroir vola en éclats, puis un autre. Les balles ne touchèrent que des reflets et le détective succomba à l'assaut du rouquin qui le jeta à terre.

Freud chercha Judith. Un instant, il crut qu'elle avait été touchée par une balle. Recroquevillée sur elle-même, elle avait les yeux fixés sur des débris de miroir sur le sol. Cette vision éparse d'elle-même semblait l'épouvanter.

C'était, se dit Freud, l'envers de cette situation où un enfant prend conscience du contour de son corps. Dans les fragments de miroir, elle contemplait une identité dénuée de forme et se retrouvait projetée dans un destin inacceptable.

Les deux hommes se battaient toujours sur le sol. Il se précipita vers Judith.

– Venez avec moi !

Il la releva d'un geste résolu. Le regard figé, elle ressemblait à une poupée cassée.

– Allez !

Elle agrippa enfin la main de Freud. Ils s'enfuirent, cherchant frénétiquement la sortie.

À l'extérieur, ils trouvèrent refuge dans la foule des visiteurs.

– Il y a une sortie du parc par là ! cria Freud.

Elle regarda dans cette direction et refusa d'avancer. Comme Judith, Freud vit alors que deux autres détectives étaient plantés devant la grille. Dans une seconde, leur regard serait attiré par la robe rouge. Il la tira dans la direction opposée.

Elle se laissa faire. La violence qui avait éclaté dans le labyrinthe avait affaibli sa volonté. Il fallait en profiter pour reprendre aussitôt la thérapie. Il ne la trouverait peut-être plus jamais dans cet état de vulnérabilité.

Il devait l'analyser ici, dans le parc. Mais où, dans un pareil capharnaüm ?

Il avisa la grande roue, sur leur droite.

– Venez.

Il l'entraîna vers la billetterie. Indécise, elle se laissa guider. Ils montèrent dans une nacelle au moment où la roue s'arrêtait et s'assirent sur des coussins de cuir jaune.

Un gros moteur se mit à ronfler. La nacelle, animée de légers soubresauts, s'éleva lentement dans les airs. Judith fixait le ciel, comme si cela l'apaisait.

Au-dessous d'eux, la magie artificielle et tapageuse de Dreamland se faisait de plus en plus dérisoire.

Il était temps.

– Écoutez-moi, dit fermement Freud.

– Eh bien, quelle révélation avez-vous à me faire ? fit froidement Judith.

– C'est très simple. Si Grace continue à ignorer ce qui lui est arrivé, elle va en mourir.

Elle eut un rire faux qui ne l'arrêta pas.

– Le traumatisme qui a fragmenté votre conscience la travaille en profondeur. Vous croyez être son ange gardien : vous l'anesthésiez chaque fois que sa souffrance devient insupportable. Mais, au fond de son inconscient, l'enfant traumatisé continue à gémir. De plus en plus fort. Bientôt, elle ne le supportera plus et elle attentera à ses jours. À vos jours.

La main de Judith agrippa le garde-fou.

La roue s'arrêta pour faire monter de nouveaux passagers avant de repartir. Ils s'éloignaient peu à peu des odeurs, des rumeurs et du ronronnement du moteur.

– Les peines de l'enfance ne disparaissent pas avec elle, poursuivit Freud. Un enfant qui grandit dans la misère porte son ombre toute sa vie. Un enfant qui a subi ce que vous avez subi doit vivre une période de deuil. C'est pourquoi il doit savoir précisément ce qui lui est arrivé : parce que c'est la seule façon de l'en *dissocier*.

– Grace doit rester endormie, dit Judith avec obstination. Elle ne doit jamais apprendre...

Tout comme la roue les entraînait vers le ciel, il devait la tirer vers ce qu'elle avait de meilleur : sa soif élémentaire de vérité.

– Ce rêve que Grace a fait, dit-il, cette forme se mouvant, glissant dans le noir, ces yeux perçants qui la regardaient. Ce n'était pas un rêve, n'est-ce pas ? C'était un souvenir à peine déguisé, revécu sous forme d'hallucination...

– Vous avez une imagination débordante, docteur Freud !

– On a recours à l'imagination quand on ignore ce qui nous fait souffrir. Grace imagine sans cesse, parce que chaque fois que ces images ressurgissent, vous lui cachez leur sens. Vous lui faites croire à un cauchemar. Vous la trompez ! Mais sa douleur n'est pas une illusion. Vous ne pouvez mentir à son corps : il est réel. Il réclame des soins.

Le souffle de Judith s'accéléra. Elle tendit les bras comme pour atteindre un être ou une force invisible.

– Judith ?

– Je le vois, oui, je le vois !

Sa voix était devenue plaintive, aiguë. Une voix de gamine. Le regard hautain s'était fait suppliant. Le corps s'était recroquevillé, rapetissé sur son siège.

Ce n'était plus Judith. Les gestes adoucis étaient ceux de Grace – mais son regard celui d'une petite fille terrifiée.

– Le voilà. J'ai peur ! J'ai peur de lui !

– Vous avez peur de qui ? souffla Freud.

La nacelle était arrivée au sommet de la roue. Elle eut une secousse puis s'immobilisa complètement. À cette hauteur, une brise soufflait, agitant la chevelure de jais de la jeune femme tandis que sa voix enfantine poursuivait, de plus en plus aiguë :

– Non, arrêtez ! Arrêtez !

Soudain, elle se mit à suffoquer en se débattant furieusement, comme si elle tentait d'empêcher quelqu'un de l'étouffer.

Il la secoua, déboutonna son corsage, l'obligea à respirer.

– Grace ! Grace ! Revenez ! C'est fini maintenant ! Il n'y a plus de danger.

Il comprit : Grace, *sous la direction de Judith*, revivait le traumatisme qui avait tout initié. *Judith lui passait le relais.*

Au bout d'un long moment, elle sembla reprendre ses esprits.

– Je l'ai vu ! dit-elle en tremblant, avec sa voix d'adulte.

– Qu'est-ce que vous avez vu ?

– Il est entré dans la chambre. Je me suis réveillée quand il s'est approché de moi. Puis Judith a pris ma place.

– Comment ça, pris votre place ?

– Je n'ai que six ans. Je ne veux pas vivre ça.

– Vivre quoi ?

Elle fit une pause, comme pour écouter une voix en elle. *Judith lui parlait.* Elle levait toutes les digues qui la séparaient des épisodes de son chemin de croix.

– Quand je dormais, Judith voyait tout. Et un jour elle a craqué et elle a tout dit à Miss !

– Miss Damon ?

– Elle s'est occupée de moi. Elle m'a protégée. Elle m'en a débarrassé.

– De qui ?

– Du bébé.

– Vous êtes tombée enceinte ?

– Oui.

– Quand ça ?

– À douze ans.

Grace poursuivit sur un ton neutre, comme si elle ne réalisait pas complètement les informations qu'elle répercutait :

– Miss Damon m'a donné des tisanes pour qu'il s'en aille.

Elle pencha la tête en arrière et Freud vit sa nuque onduler lentement, son regard épuisé tracer un cercle dans l'azur du ciel, tandis que la roue commençait sa descente.

– Toutes ces années, Judith m'a caché la vérité. Mais elle ne peut plus garder cette douleur pour elle toute seule.

Grace ferma les yeux comme pour écouter, puis les rouvrit.

Sur le visage de la jeune femme était apparue une expression de terreur.

Freud comprit : Grace avait identifié son agresseur.

Le cri monta lentement dans sa gorge et puis partit :

– Noooooooon !

Grace se leva d'un bond pour enjamber le bord de la nacelle. Freud se jeta sur elle et la ceintura alors qu'elle se débattait comme une tigresse. Son foulard glissa et tomba à travers les poutrelles vers l'engrenage de la roue. Un deuxième cri jaillit. Les passagers des autres nacelles se tournèrent vers eux, croyant à un accident.

Ils n'étaient plus qu'à une vingtaine de mètres du sol.

Freud força Grace à se rasseoir. Il attira son visage sur sa poitrine.

– C'était mon père, dit-elle en s'affaissant contre lui.

– Il est mort, dit Freud. C'est fini.

Elle avait perdu connaissance. Il la serra dans ses bras.

La nacelle arrivait à terre. Aussitôt quelqu'un ouvrit la portière et un attroupement se forma autour d'eux. Un homme entra dans la nacelle et s'approcha pour séparer Freud de Grace. Hébété, l'esprit embrumé, le psychanalyste résista.

– Docteur, c'est moi !

Freud leva les yeux, reconnut Kahn.

– Il faut lui prodiguer des soins, vite, dit l'inspecteur.

Freud regarda le visage inanimé de Grace et desserra son

étreinte. Il se sentit soudain reconnaissant, non envers le policier mais tout simplement envers la vie. *Elle était toujours vivante.*

– Venez avec moi.

C'était Jung, qui lui tendait le bras. Freud le saisit pour descendre de la nacelle, sous les regards curieux des badauds.

Une demi-douzaine de détectives avaient aussi entouré Grace. Parmi eux, la silhouette longiligne d'Herman Korda.

– Je me charge d'elle, dit l'oncle de Grace, campé devant Kahn.

– Pas avant qu'elle soit interrogée, répondit l'inspecteur.

– Sous quel prétexte ?

– Complicité de meurtres.

– C'est n'importe quoi, dit Herman. Vous délirez !

Il repoussa les badauds pour s'approcher encore de Grace.

Kahn sortit son revolver, le pointa sur lui.

– Je l'emmène au commissariat, dit-il entre ses dents.

– Vous aurez affaire à moi ! rugit Herman.

Une voiture s'avançait vers eux à travers la foule. Kahn entraîna Grace dans la direction du véhicule, suivi par Herman.

C'est alors que Freud remarqua un homme portant un masque à l'effigie d'Abraham Lincoln qui arrivait rapidement vers eux en jouant des épaules.

Le temps sembla se ralentir.

L'homme au masque sortit un linge blanc de sa poche. Un canon apparut entre les plis.

– Attention ! cria Freud.

Kahn se retourna. Aussitôt, il plaqua violemment Grace par terre. Une détonation retentit. La balle se logea dans la carrosserie de la voiture. Kahn, à terre, ajusta et tira. Touché, l'inconnu poussa un cri et s'enfuit.

Freud voulut se précipiter vers Grace, mais Jung, venu à sa hauteur, le retint.

– Laissez faire l'inspecteur !

Kahn poussa dans la voiture une Grace inconsciente du péril auquel elle venait d'échapper. Puis il en sortit et échangea quelques mots avec le policier qui la conduisait – ce dernier démarra aussitôt, écartant la foule affolée sur son passage.

Des détectives s'étaient lancés à la poursuite de l'agresseur en compagnie d'Herman Korda, lui aussi armé. Se voyant traqué, l'homme masqué arracha une torche à un cracheur de feu et la jeta sur le toit en paille de la cabane d'un glacier. La cabane prit feu aussitôt et un épais nuage de fumée commença à se former. Mais l'homme ne put en profiter pour accroître son avance : un panneau enflammé emporté par un coup de vent s'effondra devant lui, lui barrant la route.

– Jetez votre arme ! cria le détective qui le poursuivait.

L'homme, acculé, leva son bras armé pour indiquer qu'il allait obtempérer, mais une nouvelle détonation interrompit son geste. Il s'écroula. Le détective se retourna et découvrit Herman, hagard, dont l'arme fumait encore.

– Qu'est-ce que vous avez fait !?

– Il a voulu tuer ma nièce ! fit Herman.

Le détective s'approcha de l'homme à terre, se pencha sur lui et lui retira son masque.

– C'est l'un des nôtres, dit-il, stupéfait.

– Roy Blake ! s'exclama Kahn, qui venait de les rejoindre. Il perd beaucoup de sang.

Il se tourna vers un des siens :

– Appelle les secours !

– Sans l'intervention de ce connard, je l'aurais coincé, dit le détective en désignant Herman, qui affichait une mine piteuse.

Kahn toisa l'oncle de Grace.

– Emmenez-le au poste, dit-il à un autre policier.

– Quoi ? protesta Herman. C'est une conduite inqualifiable !

Le policier le prit par le bras sans ménagement.

– Allez, suivez-moi.

Freud, qui avait suivi toute la scène aux côtés de Jung, voulait rejoindre Kahn quand une voix s'éleva au-dessus de la foule :

– Dreamland est en feu !

Les deux analystes se retournèrent. Un grand chapiteau s'était enflammé à son tour. À l'intérieur, on entendait des barrissements d'éléphants. Autour, les gens couraient en tous sens.

– Partons du côté le plus dégagé, lança Jung. La foule est plus dangereuse que le feu.

Freud restait immobile, tétanisé par la frénésie ambiante. Du côté du chapiteau en flammes, un éléphant s'était échappé et fonçait dans la cohue, affolé. Des cloches se mirent à sonner à toute volée et ils virent accourir les pompiers nains de Lilliputia, armés de tuyaux d'arrosage.

– Allons-y ! insista Jung.

Freud suivit enfin son confrère, qui le pressait d'avancer.

Quand ils eurent rejoint Surf Avenue, où régnait un calme relatif, Jung se tourna vers son aîné.

– Qu'est-ce que Grace vous a révélé ?

– Elle a été victime d'abus sexuels de la part d'August, dit Freud.

– Vous en êtes sûr ?

– Elle a revécu toute l'expérience sous mes yeux. Elle a même dit qu'il y avait eu un témoin : Miss Damon. Qui a réussi à la protéger…

Jung se figea, épouvanté.

– Cet inceste est donc le crime originel. Celui qui a entraîné tous les autres.

– Peu importe maintenant, dit Freud.

Son cœur battait à toute allure, à tel point qu'il craignait un infarctus. Il souffrait pour cette jeune femme martyrisée à laquelle il s'était – il devait l'admettre – profondément attaché.

Mais surtout, il s'en voulait. Indéniablement, il s'était trompé dans son analyse. Peut-être avait-il même aggravé les symptômes de sa patiente. En réduisant son traumatisme enfantin à un fantasme, il avait poussé Judith à prendre de folles initiatives.

Grace avait failli payer ces errements de sa vie.

Il réalisait avec horreur que l'œuvre pour laquelle il avait tant travaillé pouvait, à son corps défendant, faire de lui un meurtrier…

34

Aux urgences de Dreamland, à deux pas des couveuses du docteur Courtney, Kahn attendait impatiemment que Roy Blake reprenne connaissance.

Les médecins étaient réservés. Avec des brûlures sur le visage et deux impacts de balle dans un bras et le torse, Blake était entre la vie et la mort. Dès son arrivée, on l'avait endormi à l'éther pour tenter une intervention d'urgence. L'incendie avait provoqué une panne générale d'électricité et un assistant devait diriger la lumière déclinante du jour vers la table d'opération au moyen d'un miroir afin que le chirurgien puisse opérer.

Quand ce dernier ouvrit l'abdomen, il constata que l'estomac avait été sévèrement touché. Mais il échoua à trouver la balle. Il fallut attendre que l'électricité soit rétablie pour pouvoir utiliser la machine Röntgen à rayons X. Le chirurgien s'aperçut alors que le projectile s'était logé tout près de la colonne vertébrale. Il ne pouvait l'extraire : l'intervention serait trop dangereuse.

– Dans ces conditions, conclut-il à l'intention de Kahn, l'infection risque de se propager sur le trajet de la balle, avant de gagner le système sanguin. Il a peu de chances de survivre.

– Est-ce qu'il va reprendre connaissance ? demanda Kahn.

– Je l'ignore.

– Il le faut, insista Kahn. J'ai besoin de lui parler !

– À l'heure qu'il est, c'est tout simplement impossible. Et s'il revient à lui, il vaudra mieux lui éviter toute émotion forte.

Il toisa l'inspecteur.

– Maintenant, si vous voulez m'excuser, avec cet incendie j'ai du pain sur la planche.

Il s'éloigna. Kahn s'assit au pied du lit, résolu à ne pas quitter le blessé d'un pouce.

Une heure plus tard, le parc, entièrement évacué, avait retrouvé son calme. L'incendie semblait avoir été maîtrisé.

Vers deux heures de l'après-midi, Blake ouvrit enfin les yeux et demanda de l'eau. Kahn s'empressa de le servir. Après avoir bu, le détective le reconnut et son regard s'anima.

– Je t'avais dit que t'aurais besoin de moi.

Épuisé, il avait perdu son air sournois.

– Je vais y passer, n'est-ce pas ? ajouta-t-il.

– La balle qui te tuera n'est pas encore fondue, dit Kahn.

Blake, les traits ravagés, secoua la tête.

– Réfléchis plutôt à un moyen de ne pas finir entre quatre murs, poursuivit Kahn. Par exemple, dis-moi qui t'a embauché pour tuer Grace Korda. Le Club des architectes ?

– Je peux même pas crever sans que tu me harcèles avec ça ?

– Si tu me donnes des preuves, je te couvre.

– Tu peux pas me protéger, dit Blake.

– À l'heure qu'il est, ton seul choix est de me croire…

– C'est pas pour moi. J'ai une môme. Elle a sept ans.

– Je me chargerai aussi de ta gamine, insista Kahn.

– Je placerais pas tous mes jetons sur toi. À la roulette, j'ai jamais eu de veine.

Kahn surmonta son exaspération et cala le coussin sous la tête de Blake avant de lui redonner de l'eau.

– Je vais te faciliter la tâche, dit-il. Je raconte et tu remplis les blancs. Quand tu bossais pour August Korda, tu as acheté les piafs qui ont tué Wilkins.

– Korda m'avait demandé de me procurer ces oiseaux. Mais j'ignorais ce qu'il comptait en faire.

– Où est-ce que tu les as livrés ?

– À son bureau du Flatiron.

Le visage de Blake virait lentement du blanc au gris.

– Tu en as parlé à Morgan ?

– Oui. Il est venu me voir parce qu'il se méfiait déjà d'August Korda. Il m'a demandé de le surveiller de près.

– C'est comme ça que tu as vu William Moore monter dans sa voiture avant son embarquement pour l'Europe ?

– Exactement.

– Et tu les as suivis ?

– Korda m'a semé.

– C'est Morgan qui t'a demandé de t'introduire chez Korda de nuit ?

– Oui. Je devais le chloroformer, puis le descendre par l'escalier secret jusqu'à une voiture qui m'attendait. Quand je suis entré dans la chambre, Korda était déjà en sang. Je me dépêchais de décamper quand la fille a surgi derrière moi. Je me suis affolé et je l'ai assommée avec le premier objet qui m'est tombé sous la main.

– C'est elle qui l'a tué ?

– Probable. Dehors, je suis resté faire le guet. J'avais peur que Grace me foute le crime sur le dos. C'est pour ça que je t'ai aidé à coincer Manson. Plus tard, j'ai appris qu'elle avait perdu la mémoire, ce qui m'a pas mal soulagé, comme tu imagines.

– Qu'est-ce que Morgan t'a dit quand tu lui as raconté ça ?

– Il m'a dit de disparaître. La fille m'avait vu.

– Alors pourquoi tu as réapparu, putain !?

– Vous avez commencé à trouver les cadavres… La fille a révélé des choses à ce fichu docteur. Ce n'était qu'une question de temps avant qu'elle se souvienne et qu'elle ait ma peau. Quand j'ai su que les Pinkerton la cherchaient à Dreamland, je me suis dit que c'était ma dernière chance de lui régler son compte.

Blake eut un hoquet et Kahn lui redonna à boire.

Quelque chose ne collait pas ; le détective avait pris des risques disproportionnés avec son objectif.

– Je me demande toujours pourquoi tu as raté ta filature de Korda quand il a enlevé Moore, dit Kahn. Pas très glorieux de la part du meilleur détective de Manhattan.

– Il m'a semé.

– À moins que…

Kahn tressaillit.

– À moins que tu n'aies pas vu Moore monter dans la voiture de Korda.

Blake se tut.

– *Quelqu'un* t'a demandé de dire ça à Morgan pour confirmer ses soupçons à l'encontre de Korda !

– Non.

– Et cette personne qui manifestement te terrorise t'a aussi ordonné de tuer Korda, contrairement aux directives de Morgan !

– Non !

Blake avait presque crié sa réponse, malgré son épuisement. Kahn réalisa que sa peur était viscérale.

Blake, tremblant, fit un effort surhumain pour articuler :

– Tu t'es trompé sur toute la ligne, Kahn. Ce n'est pas August Korda qui a tué les membres du club.

– Qui, alors ? Qui ? Je le trouverai. J'en finirai avec lui. Je te jure, je te revaudrai ça…

– *Et ce n'est pas Grace que je visais à Dreamland*, ajouta Blake.

Sa tête tomba sur le côté. Il avait perdu connaissance.

Et merde.

Une infirmière entra.

– Faites-le revenir ! supplia Kahn.

– Il ne reviendra plus, dit-elle après s'être penchée sur Blake.

Kahn, désarçonné, passa la main sur les paupières du détective pour les fermer.

C'était la première fois que Blake lui inspirait un sentiment chrétien. Et vraisemblablement la dernière.

– Alors ? lui demanda Renzo à son arrivée à Mulberry Street. Tu as tiré quelque chose de Blake ?

– Avant d'y passer, dit Kahn, il a affirmé que c'est Grace qui a poignardé Korda. Que ce n'était pas elle que lui-même tentait de flinguer à Coney. Et que Korda n'a pas tué les membres du club. Mais la seule chose dont il m'ait persuadé, c'est qu'il était terrorisé par celui qui lui donnait ses ordres.

– Grace a confirmé au moins une de ces affirmations, dit Renzo. Elle a avoué le meurtre de son père.

– Où est-elle ?

Renzo lui désigna une porte.

– Ici, avec Freud. Il a soutenu que lui seul pouvait éviter à Grace une nouvelle crise. Il n'avait vraiment pas l'air de plaisanter.

Dans le sas, Kahn les regarda à travers une vitre sans tain. Grace était assise à la table, les mains posées à plat, les yeux mi-clos. Installé face à elle, le docteur Freud lui parlait avec vivacité en la regardant dans les yeux. De temps en temps, la jeune femme secouait négativement la tête.

Il ouvrit la porte et entra dans la pièce. Freud se retourna aussitôt vers lui, l'air embarrassé.

– J'ai tout avoué, inspecteur, dit Grace. C'est moi qui… J'ai tué mon père.

– Je crains que Mlle Korda ne dise pas la vérité, dit vivement Freud.

– Le docteur éprouve de la compassion pour moi, dit Grace, il ne veut pas que je sois emprisonnée.

Kahn fixa Freud qui eut un geste d'impuissance.

– Je voulais qu'elle réfléchisse avant de dire des bêtises, dit-il.

– Pour quelle raison l'avez-vous tué ? demanda Kahn à Grace.

– Il avait abusé de moi pendant mon enfance…

– Pourquoi ne pas l'avoir dit avant ?

– Je l'ignorais. J'avais en moi une deuxième personnalité qui se souvenait pour moi.

– « Avait » ? Qu'est-ce qui lui est arrivé ?

Freud toussota.

– En récupérant ses souvenirs, Grace s'en est dissociée. Judith est alors devenue une structure psychique inutile pour elle.

– Elle se souvient de tout, alors ?

– Oui.

– Comment avez-vous tué votre père ? demanda Kahn à Grace. Avec quelle arme ?

– J'avais acheté une vieille épée, dit Grace. Enfin, Judith l'avait achetée chez un armurier.

– Et pourquoi passer à l'acte ce soir-là ?

– Je n'en sais rien. Mais quand mon père m'a dit qu'il avait un fils illégitime, je me suis abandonnée à Judith. La nuit, elle a pris l'épée cachée dans mon armoire.

Sa voix se brisa, puis elle trouva la force de reprendre.

– Il a senti ma présence au moment où j'allais frapper et a ouvert les yeux. Je ne crois pas qu'il ait eu le temps de comprendre mon geste. Puis ce détective est sorti de nulle part…

– Accepteriez-vous de mettre vos aveux par écrit ? demanda Kahn.

– Bien sûr.

Il apporta une feuille et une plume. Grace prit la feuille et se mit aussitôt à écrire.

Kahn fit alors signe à Freud de le suivre à l'extérieur. Dans le couloir, le psychanalyste fut le premier à parler :

– Puisqu'elle se souvient des faits, dit-il avec intensité, elle est aussi devenue capable de *mentir* à leur sujet.

– Mais vous confirmez la réalité du mobile, n'est-ce pas ? Le fait que son père l'ait violée ?

– Je ne désire pas m'exprimer sur ce point.

– Je vous ai surpris en train de tenter d'influencer un témoin, dit sèchement Kahn. Alors dites-moi la vérité. Vous n'aviez jamais envisagé l'inceste lors de nos conversations précédentes !

– Je vais vous expliquer, dit Freud. Il y a quinze ans, j'ai fait sensation en écrivant que les névroses hystériques résultaient d'une séduction sexuelle par un adulte. Ma *Seduktiontheorie* ravissait les psychiatres, parce qu'elle expliquait toutes sortes de troubles par un traumatisme originel unique ! Mon cabinet s'est mis à grouiller de patients séduits par leur père, leur mère, un frère ou un domestique…

– Bref, vous êtes devenu un flic, dit Kahn.

– Aux prises avec des faux témoignages. Plusieurs récits se sont révélés être des affabulations. Mes statistiques sont devenues invraisemblables : le nombre de victimes de viols menaçait d'égaler celui des névrosés. C'est alors que j'ai découvert l'œdipe.

– Je vais peut-être enfin comprendre ce que c'est…

– Les traumatismes étaient le plus souvent des fantasmes. Les patients imaginaient des choses qu'ils n'avaient pas vécues. Cette nouvelle théorie était plus généralisable. Malheureusement, dans le cas de Grace Korda, elle a faussé mon analyse.

– Cette jeune femme a donc été victime d'un inceste, résuma Kahn. Son désir de vengeance n'était-il pas une motivation suffisante pour tuer son père ?

– D'ordinaire, dit Freud, les résistances sont trop fortes, les patients n'agissent pas. Mais dans le cas de Judith…

Chaque phrase qu'il prononçait semblait le torturer.

– … je dois admettre qu'elle avait développé une volonté farouche, hors du commun. Elle était capable de tuer. Mais c'est une explication trop facile ! Nous ne sommes pas parvenus au bout de la vérité. Pourquoi Blake a-t-il tiré sur Grace à Dreamland ? Qui était le chauffeur de taxi qui a tué Manson ?

Kahn le fixa avec empathie.

– Je me pose les mêmes questions que vous, dit-il. Mais Grace n'a aucune raison de mentir. Elle est coupable.

– Donc vous allez l'arrêter ? Lui faire subir un procès ? La mettre en prison ? Elle ne s'en remettra pas. Sa personnalité se scindera de nouveau et elle ne guérira jamais.

Sans répondre, Kahn ouvrit la porte et invita un Freud de plus en plus nerveux à le suivre.

À l'intérieur, Grace avait posé sa plume.

– Ma vie est le produit des deux pires crimes qu'on puisse imaginer, leur dit-elle, le visage de marbre. Celui que mon père a commis sur moi et celui que j'ai commis sur mon père…

L'intensité de son expression frappa Freud. Quels tourments psychiques endurait-elle pour plier ainsi devant le destin ?

Kahn prit la feuille et se tourna vers le psychanalyste.

– Docteur, pouvez-vous attester que « Judith » a disparu ?

– Je l'atteste.

– Et que Grace Korda n'a plus de pulsions criminelles ?

– Je vous le confirme.

– Alors, dit Kahn en glissant la feuille dans sa poche, je garde ce document, pour nos dossiers. Vous êtes libre.

Grace rougit jusqu'à la racine des cheveux.

– Vous n'accordez donc aucun crédit à mes aveux ?

– Votre acte était justifié, dit simplement Kahn. La justice vous acquitterait, mais au prix de longues souffrances pour vous. Il vaut mieux s'en dispenser. Pour le public, le meurtrier d'August est votre demi-frère. Là où il est, il accepterait sans doute de faire ce sacrifice pour vous…

– Je veux avoir un procès, dit Grace. Je veux témoigner de ce que mon père m'a fait.

Cette fois, Kahn frappa du poing sur la table.

– Arrêtons de tourner autour du pot. Les hommes les plus puissants de New York ne veulent pas que la vérité sur August Korda soit révélée. Ils feront tout pour vous réduire au silence.

Ils se débrouilleront pour vous déclarer incapable de témoigner et pour vous interner à vie.

– Vous avez peur, inspecteur ? demanda Grace avec un regard frondeur. Pas moi.

– Vous avez tort. Vous ne resterez en vie que si les journaux publient demain que la mémoire vous est revenue et que vous avez certifié que John Manson était bien l'assassin de votre père.

Grace se tut, non pas convaincue, mais à court d'arguments.

– Docteur Freud, dit Kahn, inflexible, je vous demande de raccompagner Mlle Korda chez elle. Je vais appeler une voiture. Nous ferons garder votre chambre jusqu'à ce que nous soyons sûrs que votre vie n'est plus en danger.

Freud, manifestement ému, prit l'inspecteur à part.

– Pourquoi lui avoir fait rédiger cette confession si vous vouliez la renvoyer ? demanda-t-il.

– C'est notre garantie contre le club, dit Kahn. Tant que nous aurons ce morceau de papier, où elle accuse son père d'être un violeur et un criminel, ils ne pourront rien contre nous.

– Merci, dit Freud.

– Ne me remerciez pas, répondit Kahn. Vous avez raison : la vérité nous échappe encore. Korda n'était peut-être pas le meurtrier, et il n'y a pas que Grace qui soit en danger. Vous et moi, nous sommes tout aussi exposés.

35

– Connaissez-vous l'histoire de Béatrice Cenci ? demanda Freud à Grace tandis qu'ils roulaient vers son domicile.

– Non, répondit la jeune femme.

Elle n'avait pas desserré les lèvres depuis le début du trajet.

– C'est une figure de la Renaissance italienne. Une héroïne d'un genre assez particulier. Abusée par son père, un aristocrate romain, elle s'est vengée en le tuant. Avec l'aide de ses frères.

– C'est mon histoire, en somme.

– Oui, mais la Cenci, même sous la torture, a refusé d'avouer son crime…

– J'assume mes actes, moi.

– Vous m'avez accusé l'autre jour de perversité, dit Freud après un temps. C'est vous qui adoptez maintenant une stratégie perverse : révéler quelque chose de monstrueux pour cacher quelque chose qui vous pose un problème encore plus grave.

Ignorant son commentaire, elle se renferma dans son mutisme jusqu'à leur arrivée.

Au 1303 Colombus Avenue, elle monta rapidement les marches en évitant toujours le regard de Freud.

– Où est mon oncle ? demanda-t-elle à la servante qui leur ouvrit la porte.

– Il ne rentrera pas ce soir, dit la servante.

– Mais pourquoi ?

– Il a été arrêté, expliqua Freud, avant de lui rapporter brièvement la fusillade de Dreamland.

Grace parut affectée.

– Il a voulu me protéger, dit-elle. Je veux lui parler.

Elle se dirigea vers le téléphone et composa le numéro du commissariat – sous le regard réprobateur des deux policiers qui les accompagnaient. Elle finit par obtenir son oncle.

Freud la regarda échanger quelques phrases avec Herman. Ayant raccroché, elle se tourna vers lui.

– Bonsoir, docteur.

Il nota dans sa voix une réserve encore plus grande qu'auparavant.

– Faites attention à vous, mademoiselle.

Grace se tourna vers les policiers pour leur faire savoir qu'elle voulait à présent se retirer dans sa chambre. Freud considéra les flics : grands, costauds, armés… mais étaient-ils à la hauteur de leur tâche ?

Faute de pouvoir obtenir une réponse, il se résigna et sortit.

Dehors, la nuit était tombée. Il descendait l'escalier lorsqu'il vit Aileen Damon se presser vers la maison, enveloppée dans un châle noir.

– J'ai appris que Grace était revenue, dit-elle en le voyant. Est-ce qu'elle est saine et sauve ?

– Elle est en bonne santé.

– Merci, dit-elle. Merci.

Elle lui prit chaleureusement la main.

– Ça n'a pas été une journée facile, dit Freud, touché.

– Il faudra aussi remercier l'inspecteur Kahn de ma part.

Malgré son âge, sa poigne était intense et énergique. Presque masculine. Au moment de laisser filer sa main, Freud la serra instinctivement dans la sienne.

– Que faites-vous ? demanda Miss Damon.

– Grace s'est souvenue, dit Freud.

Troublée, la vieille dame parvint à lâcher sa main.

– Qu'est-ce que vous voulez dire ?

– Elle s'est souvenue de ce que vous lui cachiez.

– Parlez plus clairement…

– Vous saviez tout ce temps-là qu'August Korda était un père indigne, qu'il avait abusé de Grace enfant. Pourquoi n'avez-vous rien dit ? Pourquoi est-ce que vous ne l'avez pas dénoncé ?

Un tremblement agita le menton de Miss Damon, qui détourna son regard.

– C'est facile de parler après coup de ce qui aurait dû être fait…, dit-elle.

Elle entreprit de monter les escaliers vers la porte d'entrée. Freud la retint d'un geste. Tous les fils de sa réflexion venaient brusquement de se lier en un nœud solide.

– Vous étiez sûre que si vous parliez personne ne vous croirait. Vous auriez été renvoyée, comme Mary Connell, et plus personne n'aurait été là pour protéger Grace. Alors vous avez décidé de rester et de monter la garde devant sa porte chaque nuit.

– Tout cela appartient au passé, docteur Freud. Un passé douloureux. Que personne n'a envie de ressusciter…

Elle monta la dernière marche et posa une main sur la porte.

– Elle souffrait d'amnésie, reprit Freud. Vous la protégiez aussi de son secret. Vous avez vu que Grace ne surmontait pas ses traumatismes, sans pouvoir vous décider à lui rappeler ce qu'elle avait vécu. Vous avez essayé de l'aider par la fiction, en lui racontant des histoires. Celle du Docteur Jekyll par exemple lui apprenait à résister à la présence d'une entité étrangère et diabolique en elle.

Cette fois, la vieille dame s'arrêta, l'air mortifiée.

– J'ai réussi à limiter ces moments où elle perdait le contrôle d'elle-même, dit-elle.

– C'est sans doute vrai, mais vous n'avez pas empêché le double de Grace de déraper : elle a voulu se venger. Elle a tué.

– C'est faux ! s'indigna Miss Damon. Comment pouvez-vous dire ça ?

– Il y a quelques heures, dit Freud, Grace a signé une confession avouant le meurtre de son père.

– Et vous la croyez ? demanda Miss Damon, la voix tremblante.

– Je n'ai aucune raison de ne pas la croire.

– Mais elle ment ! Elle n'a rien fait !

– Pourquoi aurait-elle avoué alors ?

– Ce n'est pas elle qui l'a tué, je vous dis !

– Se serait-elle confessée pour couvrir quelqu'un d'autre ? demanda doucement Freud.

– C'est moi, chuchota la vieille dame, brisée. C'est moi qui l'ai tué.

Ses joues semblaient s'être vidées de leur sang.

– Je dois tout dire à l'inspecteur, conclut-elle…

Freud ferma les yeux. La confession le bouleversait d'autant plus qu'il l'avait obtenue par une stratégie qu'il devait qualifier de policière. En même temps, l'innocence de Grace le soulageait.

– Vous ne direz rien, fit-il finalement.

– Grace ne doit pas payer pour moi.

– La confession de Grace n'aura aucune suite. L'inspecteur a décidé de ne pas tenir compte de ses aveux. Je désapprouve votre acte, mais vous n'avez pas à avouer à cause de moi.

Le meurtre du père. Ce n'était pas sa fille qui l'avait commis, mais cette femme aux cheveux blancs volant son crime à Œdipe.

– Depuis presque dix ans, je voulais que M. Korda paie pour ce qu'il avait fait, lâcha Miss Damon après un temps.

– Mais pourquoi avoir agi à ce moment-là ? demanda Freud. Après tant d'années ? Alors que Grace semblait en sécurité ?

– L'après-midi avant… avant que je le fasse, dit Miss Damon, j'ai menti en disant que je n'avais pas vu Grace. Je l'ai surprise au moment où elle quittait la maison. Elle était… transformée.

– Elle était devenue Judith.

– Je l'ai retenue. Elle m'a parlé durement et dit que tout était de la faute de son père. Qu'il lui avait fait quelque chose d'horrible, encore une fois.

– Il venait de révéler à Grace qu'elle avait un frère.

– Elle ne m'a rien expliqué. Mais j'ai compris qu'elle ne serait jamais en paix tant qu'il serait vivant. Je m'en voulais tellement de ne plus être là pour la protéger. J'ai décidé d'agir.

Elle dévisagea Freud, une étincelle de folie dans le regard.

– Quand je l'ai vu mort à mes pieds, je n'ai éprouvé aucun remords. Au contraire, je me sentais purifiée. C'est la seule chose dont je me pense coupable !

– Vous avez appliqué la loi du talion, dit Freud. Vous avez tourné le dos à la civilisation.

– J'ai avorté cette enfant de mes mains. Je n'ai rien de plus à expliquer.

Freud se dit qu'il ne pénétrerait pas plus avant dans ces vingt ans de silence obstiné.

– La cicatrisation des plaies de Grace sera longue, dit-il. Elle aurait eu besoin de vous pour l'aider à reconstruire sa vie. Maintenant, elle aura du mal à vous accepter à ses côtés.

– Elle ne pourra pas me pardonner, constata la vieille dame.

– Pour pardonner, il faut comprendre. Et le meurtre du père est une des choses les plus difficiles à appréhender.

Miss Damon demeura silencieuse.

– Je suis désolé, dit Freud, mais je ne trouve pas de paroles plus réconfortantes…

Il s'éloigna sans se retourner.

La lumière morne des réverbères ne dissipait pas l'obscurité qui s'était abattue sur ses pensées. *Grace – abusée dans la nuit.*

Torturée, elle avait résisté. Refoulé.

Et elle avait continué à aimer son père, malgré les sévices qu'il lui avait fait subir.

Car Freud était maintenant persuadé que c'était Grace qui avait empêché Judith d'agir de façon plus radicale contre August. Les amnésies qu'elle s'était infligées avaient permis à son amour filial de survivre à ses tourments.

L'amour inscrit dans une logique œdipienne résistait à tous les assauts de la conscience. Il songea aux mots d'Hamlet à Ophélie : *« Doute que le soleil tourne, / Doute que la vérité soit la vérité / Mais ne doute jamais de mon amour ! »*

Cet amour, fou dans tous les sens du terme, lui semblait être la seule illusion qu'il ne parviendrait jamais à démasquer.

Devant ces tragédies programmées, sa science persistait à échouer.

36

Kahn attrapa une bouteille de whisky et un verre et se servit un scotch qu'il avala d'un trait.

Par la fenêtre de son bureau, il regardait travailler les Ailes Blanches – c'est ainsi qu'on appelait les employés de la voirie de New York qui, sous la direction du colonel George Waring, avaient débarrassé la ville de sa puanteur.

Par sa contribution à l'hygiène publique, le colonel avait sauvé plus de vies que tous les hôpitaux de la ville. Bien plus en tout cas que Kahn qui, dans l'affaire qui venait de se clore, comptait une poignée de cadavres pour deux rescapés – un vendeur d'armes et une meurtrière.

Il se servit un deuxième verre. La porte s'ouvrit pour laisser passer Renzo, devenu étonnamment habile avec ses béquilles.

– J'ai du nouveau sur les empreintes relevées sur le téléphone dans le cercueil du Woolworth, dit-il.

– C'étaient pas celles de Moore ?

– Il y en avait d'autres. Et elles n'appartiennent pas à Korda.

Kahn se leva d'un bond.

– Cela confirme ce que disait Blake, dit-il. Le coupable est celui dont il hésitait à me donner le nom à l'heure de sa mort. Le chauffeur qui a sans doute survécu à sa chute du pont de Brooklyn.

S'il refusait toujours de croire au pouvoir de l'alchimie, il commençait à croire que l'individu qu'ils traquaient avait pour les affronter des armes quasi surnaturelles.

– Mes recherches sur l'épée n'ont rien donné, dit Renzo. Aucun armurier de Manhattan ne l'a vendue.

Kahn termina son whisky et se dirigea vers la porte, qu'il ouvrit.

– Tu vas où ? demanda Renzo.

– Interroger Herman Korda. Je l'ai assez fait mariner.

– Je vais m'en occuper, fit une voix derrière lui.

Kahn se retourna pour considérer Thomas Sullivan.

– D'ailleurs, ça ne devrait pas prendre longtemps, ajouta le chef de la police. Il a agi en légitime défense.

– Ça reste à vérifier.

– Ça ne vous concerne plus. Vous êtes en état d'arrestation.

Kahn lui lança un regard stupéfait.

– Vous plaisantez ?

– Je n'apprécie pas qu'on contrevienne à mes ordres. Vous serez placé en détention jusqu'à ce que votre cas soit réglé.

Il fit signe à ses sbires, qui vinrent aussitôt encadrer un Kahn stupéfait.

Le restaurant du Waldorf-Astoria était surnommé la *Salle Paume* parce qu'il était enceint d'une enveloppe de verre entrelacée de feuillages métalliques Art nouveau laissant passer çà et là des rais de lumière.

Freud avait invité Jung à s'attabler tout près d'une des colonnes doriques qui, parsemées dans le vaste espace, ajoutaient à la superbe sophistication du lieu.

– Votre Grace me surprendra jusqu'au bout : avouer le meurtre commis par sa gouvernante ! s'exclama Jung quand Freud eut terminé le récit des derniers événements.

– Elle s'est souvenue l'avoir surprise près du corps de son père – mais a déployé tous ses talents de comédienne pour la protéger.

Freud alluma un cigare.

– J'aurais dû soupçonner Aileen Damon plus tôt. À Trinity Church, elle avait cité lady Macbeth. Comme cette dernière fait porter à des serviteurs la responsabilité du meurtre du roi Duncan, Miss Damon s'est accusée d'avoir « rougi la face » du secrétaire de Korda.

Il s'aperçut que Jung jetait de fréquents coups d'œil à une table au fond de la salle. Intrigué, il se retourna discrètement pour découvrir Anna et James Landis, unis comme au premier jour.

– Il est revenu, confirma Jung d'un ton amer. Sa cure de désintoxication chez les mormons l'a dissuadé de siroter du bourbon au petit déjeuner. Elle a même, paraît-il, régénéré sa libido défaillante…

– Est-ce pour cela qu'Anna vous évite ainsi du regard ? demanda Freud, amusé par la situation.

– C'est surtout parce que je l'ai un peu sermonnée.

– C'est-à-dire ?

– Je lui ai dit que si elle trompait son mari, ce n'était pas parce qu'elle ne l'aimait plus, mais parce qu'elle ne s'aimait plus assez elle-même et voulait s'aimer davantage. Je l'ai traitée de narcissique vieillissante.

– Ce n'est pas très délicat, dit Freud.

– J'ai aussi soutenu que l'extrême jalousie de son mari s'expliquait non pas par un trop-plein d'amour, mais par son attirance inconsciente pour les hommes qui s'approchaient d'elle.

– Vous m'avez emprunté cette idée…

– Et j'ai reconnu cet emprunt en lui prouvant comment, par une série de dénégations – non, je n'aime pas cet homme, je le déteste ; non, ce n'est pas moi qui l'aime, c'est ma femme –, James refoulait son homosexualité latente.

– Je comprends qu'elle ait été choquée…

– Elle a à peine flanché, regretta Jung. C'est une New-Yorkaise, une femme moderne, une louve dans la bergerie humaine ! La preuve : elle met un point d'honneur à venir déjeuner avec lui dans *mon* hôtel…

Freud ne l'écoutait plus. Il fixait à présent un individu d'une cinquantaine d'années, grand et maigre, qui haussait le ton à une table voisine en agitant ses mains gantées sous le nez de ses compagnons de table.

– Je me fiche du prix Nobel comme de ma dix-huitième serviette !

Puis il jeta élégamment ladite serviette dans un seau de glace. Une pile de serviettes similaires attendait à côté de son assiette. L'homme en prit une pour essuyer un à un des couverts pourtant immaculés, sous les regards blasés de ses compagnons, visiblement habitués à son manège.

– Phobie des germes, murmura Freud à l'intention de son confrère. Une névrose d'obsession compulsive.

Jung regarda à son tour.

– Drôle de personnage…

– C'est Nikola Tesla, dit Freud. Concepteur du premier moteur à courant alternatif, rival d'Edison. L'un des plus grands inventeurs de l'Histoire…

Jung fixa Freud, intrigué :

– C'est pour le rencontrer que vous nous avez amenés ici ?

– Exact, dit Freud. Tesla est sur la fameuse liste des membres du club, mais n'était pas présent lors de notre réunion avec eux. Peut-être est-il en désaccord avec ses collègues…

Le gérant de l'hôtel, qui circulait dans le restaurant pour saluer ses invités de marque, arriva à leur table et remarqua leurs regards rivés sur l'étrange scientifique.

– J'espère que les manières de M. Tesla ne vous dérangent pas, souffla-t-il. C'est l'un de nos meilleurs clients.

– J'ai lu à ce propos qu'il était célèbre pour son désintéressement et sa générosité, remarqua Freud.

– Entre autres excentricités, confirma le gérant, il aurait déchiré devant George Westinghouse un contrat qui lui accordait trois dollars de royalties pour chaque mégawatt produit par un de ses appareils. Comme vous l'imaginez, le contrat en question aurait fait de lui l'un des hommes les plus riches du monde…

Tesla avait maintenant les yeux fixés sur l'assiette de beignets au crabe qu'un serveur lui avait apportée.

– M. Tesla, poursuivit le gérant à voix basse, tient à calculer le volume cubique des assiettes avant de manger leur contenu. Il est aussi connu pour son obsession des chiffres multiples de trois.

– D'où les dix-huit serviettes, commenta Freud.

Ses calculs terminés, Tesla se tourna vers son voisin qui venait de lui adresser la parole et s'esclaffa :

– Laissez donc faire Guglielmo Marconi ! Il n'utilise guère que dix-sept de mes brevets…

Ses commensaux rirent bruyamment.

– Marconi vient d'obtenir le prix Nobel pour l'invention de la radio, ou communication sans fil, expliqua le gérant. M. Tesla estime qu'il l'a précédé de plusieurs années !

– Qui dîne avec lui ? demanda discrètement Jung.

– Son voisin de gauche est William K. Vanderbilt, la plus grosse fortune d'Amérique. À sa droite, c'est Robert Underwood Johnson, le poète.

– Il connaît du beau monde, commenta Freud. Était-il aussi ami avec August Korda, le promoteur qui a été assassiné ?

– Je les ai souvent reçus ensemble ici même, répondit le gérant. Ils avaient de nombreux projets en commun.

– Par exemple ?

– Korda était l'un des financiers d'un bâtiment que M. Tesla construit à Long Island. Un chantier de longue haleine, on en parle depuis des années.

– Un gratte-ciel ?

– Non, une tour de communication mondiale. M. Tesla a l'intention d'émettre des signaux qu'on pourra capter tout autour du globe. Des ondes radio, des messages, des images, des films, que sais-je encore.

Ils virent alors arriver un alerte vieillard, arborant une chevelure blanche léonine, qui se dirigea vers Tesla et le salua joyeusement.

Freud sursauta.

– Mais c'est…

– Mark Twain, dit le gérant. Encore un ami de M. Tesla. Mais vous devez avoir faim : je vais vous laisser passer vos commandes.

Le gérant s'éclipsa en faisant signe au maître d'hôtel de s'approcher. En tendant l'oreille, Freud entendit Twain inviter Tesla à le rejoindre à un certain Players Club dans la soirée.

– Les clubs sont pleins de fourrures, répondit Tesla, et j'y suis allergique. Venez plutôt dans mon laboratoire. Je vous garantis un spectacle inoubliable et gratuit.

– Il y a de plus en plus de spectacles bon marché à New York, commenta Twain. Un homme avec un million de dollars peut s'y distraire aussi bien que s'il était riche !

Les convives rirent à ce mot d'auteur.

– Elle est bonne, celle-là ! s'exclama Vanderbilt, hilare, en tapant sur l'épaule de Twain.

– Ce n'est pas une raison pour vous montrer aussi *famillionnaire* avec moi, rétorqua l'écrivain du tac au tac.

Nouvelle explosion de rires. Seul Tesla garda son sérieux et entreprit de se plaindre au poète Johnson des hallucinations géométriques qui encombraient son champ de vision.

– Une discussion avec cet homme ne manquerait certainement pas de sel, dit Jung.

– Ne nous en privons pas plus longtemps, dit Freud.

Il saisit un stylo et griffonna quelques mots sur un bout de papier arraché à son calepin. Puis il demanda à un serveur de transmettre cette note à Tesla.

– Qu'avez-vous écrit ? demanda Jung.

– Que je m'interrogeais sur la mort d'August Korda et souhaitais lui parler.

Ils observèrent Tesla, qui demanda au serveur de lui lire le message. Puis il se tourna vers eux et les salua d'un mouvement de la tête, sans manifester de surprise particulière. Sortant à son tour un carnet de sa poche, il rédigea à toute vitesse une réponse.

Quand Freud reçut le message, il l'étala sur sa table pour déchiffrer plus facilement l'écriture, fine et microscopique.

Cher docteur Freud. Vous êtes invité ce soir dans mon laboratoire au 46, Houston Street. Déposez vos armes à l'entrée. Je souffre de paranoïa depuis que des extraterrestres m'ont menacé de mort si je poursuivais mes expériences sur la foudre. Vous êtes aussi prié de ne pas vous faire accompagner d'une femme portant des boucles d'oreilles. Elles me causent des maux d'estomac désagréables. Respectueusement. Nikola Tesla.

– Encore un génie débordant de névroses, commenta Freud.

– Quel dommage, remarqua Jung, que nous ne restions en Amérique que quelques semaines...

Une heure plus tard, ils sonnaient au 46, Houston Street. Un serviteur les invita à remonter un long couloir qui les mena à une grande salle voûtée : le laboratoire de Nikola Tesla.

Des tubes lumineux fluorescents, accrochés aux murs, éclairaient cette pièce aux allures de caverne, remplie de machines aux formes étranges. L'atmosphère irréelle de l'endroit évoquait les caves des alchimistes médiévaux, jonchées d'instruments tortueux et d'alambics fumants.

Monté sur une estrade devant une douzaine d'admirateurs installés sur des divans – parmi lesquels le vénérable Mark Twain –, Tesla exhibait fièrement une de ses lampes sans fil.

– Nikola, lança Twain, tes lumières sont à nos nuits ce que mon humour est à notre littérature. Fais-nous ton show !

Tandis que les exclamations fusaient, un jeune homme

proposa à Freud et Jung de s'asseoir à ses côtés en leur précisant qu'il écrivait une thèse sur les découvertes de l'inventeur.

Tesla, lui, s'était planté au milieu de l'estrade, une main en l'air. Soudain, il claqua des doigts, faisant apparaître dans sa paume ouverte une boule de feu écarlate. Il se mit alors à faire sauter celle-ci sur ses vêtements, ses cheveux, ses genoux, sans se brûler – avant de la faire disparaître dans une boîte en bois.

Son tour achevé, il appuya sur un interrupteur invisible qui éteignit toutes les lumières d'un seul coup, plongeant la salle dans une obscurité totale.

– Maintenant, mes amis, annonça-t-il, je vais créer le jour !

Trois secondes plus tard, la pièce fut inondée d'une lumière brillante. Tous purent constater qu'elle émanait du corps même de Tesla, à présent perché sur une plate-forme en acier gris, bordée de deux larges plateaux circulaires.

L'étudiant indiqua à Freud la présence d'un indicateur de voltage accroché au mur, derrière Tesla.

– Deux millions de volts lui passent à travers le corps, dit-il.

Tesla ne bougeait pas un muscle. Le halo électrique formé d'une myriade d'étincelles enveloppait maintenant sa silhouette.

– Quand les fréquences sont hautes, expliqua l'étudiant, le courant alternatif de très fort voltage « flotte » sur la surface de la peau. Je ne vous conseille toutefois pas d'essayer ça chez vous.

Ils assistaient là, se dit Freud, à une forme de magie : une métamorphose du corps lui conférant une véritable aura. N'était-ce pas précisément ce que recherchait le meurtrier à travers ses rituels alchimiques ?

Son numéro fini, Tesla sauta de la plate-forme, ralluma les lumières et salua son assistance qui l'applaudit à tout rompre. Puis il leva un bras en direction de Twain.

– Si mon laboratoire de la Cinquième Avenue n'avait pas brûlé, mon cher Mark, je vous aurais présenté des phénomènes bien plus prodigieux !

Freud demanda à l'étudiant si, malgré ses difficultés financières, Tesla avait toujours des supporters dans l'establishment scientifique américain.

– Autant que d'ennemis, dit l'étudiant. Il suscite énormément de jalousies. Il faut dire qu'il y a peu d'avancées scientifiques que Tesla n'ait pas anticipées. Il a déposé plus de cent brevets.

– Est-il vrai qu'il a inventé la radio ? demanda Jung.

– Ainsi qu'une flopée de moteurs électrodynamiques, de compteurs de vitesse, d'appareils à rayons X, d'avions, de paratonnerres, de robots, de télécommandes ! Mais tout cela n'est rien encore. Ses prochaines inventions vont transformer le monde.

– De quelle façon ?

– Il compte se servir des orages pour se brancher sur des nuages « chargés » et créer ainsi une onde stationnaire qui engendrera une énergie illimitée. Il veut également utiliser les profondeurs terrestres comme conducteur pour transmettre de l'électricité gratuitement à toute la planète ! Le progrès scientifique sera ainsi partagé par tous. Mais ce n'est pas tout...

Essoufflé, il prit le temps de respirer avant de poursuivre :

– Dans l'avenir, il compte s'intéresser aux fusées à énergie solaire ou aux sous-marins électriques. Et apprendre quatre langues supplémentaires, pour en connaître treize.

– C'est un esprit universel à la De Vinci, commenta Freud. Une espèce en voie de disparition...

Le regard de l'étudiant s'éclaira. Tesla avait délaissé Twain, avec qui il entretenait une bruyante conversation à l'autre bout de la pièce, pour s'approcher d'eux.

– À propos de Léonard, dit-il en arrivant à leur hauteur, je suis tombé récemment sur un passage savoureux de ses *Carnets*.

Il a une sensibilité auditive extrême, se dit Freud. Une caractéristique de nombreux génies. Tesla poursuivait :

– Il y décrit le sexe masculin et affirme qu'il possède une intelligence propre parce qu'il agit à sa guise, se mouvant sans l'autorisation de son propriétaire, à son insu même. Souvent l'homme dort et il veille, ou l'homme est éveillé et il dort…

– Léonard, répondit Freud du tac au tac, conclut que, cet « être » ayant une intelligence distincte de celle de l'homme, ce dernier a tort de chercher à le dissimuler. D'après lui, il devrait plutôt l'orner et l'exposer avec pompe, comme un officiant…

– Comme un officiant… C'est très bien vu !

Tesla eut un rire délicat, presque féminin. Mais retrouva tout aussi vite son sérieux.

– D'autres organes fonctionnent indépendamment de la volonté, poursuivit Freud : le cœur, l'estomac, le foie, la vésicule biliaire, la rate, les testicules, les reins, la vessie.

– Aujourd'hui, on pourrait y ajouter mon courant alternatif, dit Tesla. Il transmet la lumière sans que Dieu lui-même puisse rien y faire.

Il sourit, découvrant des dents impeccablement blanches.

– J'espère ne pas vous avoir choqué avec mes propos sur Vinci. Je ne parlais de sexe que parce que je connais vos travaux, messieurs les psychanalystes. Il me semble que vous affrontez autant de pédantisme et de stupidité dans votre domaine que moi dans le mien. Que puis-je faire pour vous ?

Freud dut se faire violence pour détacher son regard de ses pouces, étonnamment longs.

– Professeur Tesla, dit-il, depuis notre arrivée à New York, nous avons beaucoup travaillé sur les… disons, les troubles de personnalité d'August Korda et de sa fille Grace.

– Ah, Korda !

Tesla fit une moue respectueuse.

– C'est l'un des seuls financiers que j'aie rencontrés qui ne se soit pas montré ingrat. Il a généreusement soutenu ma tour qui permettra de transmettre des informations à tous les habitants de New York, puis au monde entier.

– Vous êtes bien l'un des douze membres de son Club des architectes ? demanda Freud.

– Nous devions devenir treize, répondit Tesla d'un air mystérieux. Douze au départ, comme les avenues de New York. Mais Korda avait réfléchi que ces avenues définissaient *treize blocs*, et cherchait donc un initié supplémentaire.

– Ceci n'est pas anecdotique, commenta Jung. Le 1 s'ajoute au 3 dans ce nombre, tout comme les alchimistes apportent une entité additionnelle à la Trinité chrétienne : il s'agit de la force satanique, l'envers du Christ. Le 13 est le chiffre qui équilibre le Bien et le Mal.

– Je suis familier de cette plaisante arithmétique, dit Tesla. Mais je ne suis pas un homme de confréries. J'ai démissionné du club à la mort d'August. Morgan et les autres ne m'intéressaient guère. Korda était le seul qui avait une vision.

– Comment l'avez-vous rencontré ? demanda Freud.

– Korda a eu connaissance de mon projet consistant à transmettre du courant à haute tension dans la stratosphère afin de créer un parapluie lumineux au-dessus de Manhattan. Il m'a contacté. Il voulait faire de sa ville le « phare de la civilisation ».

Freud se souvint qu'Herman Korda lui avait parlé de ce projet. Il était donc issu du cerveau de cet individu qui, à certains égards, donnait l'impression de sortir tout droit du Burghölzli, dit Jung.

– De nuit, Manhattan est déjà le point le plus lumineux du globe, le seul visible depuis Mars, s'enflamma Tesla. J'ai d'ailleurs fait des expériences qui montrent que les Martiens essaient depuis quelque temps de communiquer avec New York.

– Les Martiens ?

– Les Martiens sont une certitude statistique.

Freud, dérouté, tenta de remettre la conversation sur les rails qui l'intéressaient :

– La mort de Korda a dû être pour vous un coup terrible…

– D'autant plus que je travaillais sur une idée qu'il aurait adorée.

– De quoi s'agit-il ? demanda Jung.

– D'un appareil capable de détruire facilement les bâtiments entravant un plan de rénovation urbaine.

– Un substitut à la dynamite ?

– Il s'agit, dit Tesla, les yeux brillants, d'un oscillateur-vibrateur électromécanique qui, connecté à la structure métallique d'un immeuble, crée une résonance qui se répercute d'objet en objet et finit par ébranler la superstructure tout entière. Je l'ai expérimenté dans le bâtiment que j'occupais dans Little Italy – la vibration s'est étendue à tout le pâté de maisons. J'avais produit un tremblement de terre… Les rues se sont remplies de monde et j'ai dû arrêter l'appareil pour ne pas provoquer une émeute.

Il saisit sur une table un boîtier compact de la taille d'une brique, qu'il leur montra. Jung écarquilla les yeux.

– C'est impossible. De telles masses ne peuvent pas être sensibles à un appareil si petit.

– Vous voulez une démonstration ? Il est en état de marche. Je pourrais détruire le pont de Brooklyn en quelques minutes avec seulement trois chevaux-vapeur et mon vibrateur. Je pourrais poser mon appareil contre le Metropolitan et le réduire en une montagne de gravats. Le revêtement en pierre s'effriterait, puis l'immense squelette d'acier s'effondrerait.

– C'est impressionnant.

– Korda m'avait aussi demandé de protéger ses gratte-ciel contre d'éventuels ennemis, poursuivit Tesla. J'envisage un moyen de les envelopper d'un halo magnétique pour les protéger des obus. Mais tout cela ne verra probablement plus le jour à présent. Korda est mort et je croule sous les dettes.

– Vous admiriez Korda, dit Freud, vous ne croyez donc pas qu'il soit responsable de la mort des autres membres du club ?

Tesla le toisa.

– Les hommes qui ont été assassinés n'arrivaient pas à la cheville de Korda. Pourquoi les aurait-il tués ?

– Ils l'empêchaient d'imposer ses idées au sein du club. Et il souffrait d'un attachement fanatique à sa mission.

– Mais de là à sacrifier des vies humaines ? Je n'y crois pas une seconde. Si vous voulez mon avis, les membres du club ont une frousse bleue de découvrir la vérité sur cette affaire.

Freud lança un coup d'œil à Jung. Tesla confirmait ce que Kahn avait insinué : August Korda était innocent.

– D'ailleurs, dit Tesla, je leur ai fait savoir que je ne voulais plus travailler avec eux. Cela me vaut l'inimitié de Morgan, qui refuse de financer mes nouveaux projets. C'est ainsi. Les idées révolutionnaires sont toujours piétinées par les rustres.

Freud sourit. Lui aussi avait été systématiquement rejeté lorsqu'il avait offert au monde une *source du Nil* : la solution de problèmes ayant occupé avant lui une myriade de chercheurs.

– Ce sont des hommes comme Korda qu'il nous faut, pas des mauviettes comme ceux qui se prétendaient ses associés, conclut Tesla. Enfin, le présent appartient aux imbéciles. Le futur, pour lequel je travaille, est à nous. Pourquoi est-ce que vous vous intéressez tant à la mort de Korda ?

– Je m'inquiète pour la sécurité de sa fille, dit Freud.

Tesla leva une main sentencieuse.

– Grace n'est pas en danger tant qu'elle reste en pleine lumière. Mais pour elle comme pour les autres, l'obscurité est le danger suprême. Dans le noir, Bien et Mal ont le même visage. On ne distingue pas un ami d'un ennemi. C'est pour cela que j'invente des lampes.

Il se pencha vers Freud, avec un air mystérieux.

– Un jour, une colombe blanche que je nourrissais m'est apparue pour m'annoncer qu'elle allait mourir. Ses yeux projetaient sur moi des rayons lumineux plus brillants que ce que j'ai jamais produit avec mes instruments. J'ai compris alors que la vérité est dans la lumière.

Il lança vers ses invités un dernier regard perçant.

– Voilà pourquoi j'ai toujours des graines dans mes poches

pour nourrir mes pigeons. Mais je vous laisse, docteur Freud, mes invités s'impatientent. Messieurs, je vous salue bien bas.

Il les gratifia d'une élégante courbette et s'éloigna à reculons.

Ils sortirent de l'immeuble pour s'enfoncer dans la nuit, en direction de leur hôtel.

– Il fait une fixation œdipienne sur sa mère, dit Freud après un silence.

– Vraiment ?

– La colombe blanche qui lui est apparue est un symbole de l'allaitement. Les rayons émanant des yeux de l'oiseau représentent le jet de lait qu'il continue à désirer.

– C'est pour ça qu'il ne s'est pas marié ? suggéra Jung.

– Évidemment. Il s'entoure de serveurs tenant des serviettes blanches, un substitut maternel. Mais il rejette les seins des autres femmes, raison pour laquelle il ne tolère pas les boucles d'oreilles, évoquant pour lui des tétons.

– Son délire me semble cohérent, dit Jung en souriant.

– Il voudrait même, poursuivit Freud, se substituer à la mère manquante. C'est pour ça qu'il nourrit des pigeons – des animaux insatiables, toujours plus nombreux. Pour eux, il « accouche » inlassablement de nouvelles idées.

– Tant mieux pour la science, dit Jung.

– Mais s'il ne se soigne pas, conclut Freud, il finira sa vie en se nourrissant exclusivement de lait… Une seule chose pourtant m'importe dans cette rencontre : cet homme, lucide malgré tout, est persuadé de l'innocence d'August.

– Il souffre d'une névrose obsessionnelle, vous venez vous-même de l'établir.

– Il est névrosé, certes, mais visionnaire.

Un frisson le secoua tandis que les propos de Tesla lui revenaient en mémoire. *Dans le noir, Bien et Mal ont le même visage. On ne distingue pas un ami d'un ennemi.*

– Accompagnez-moi à Colombus Avenue, dit-il à Jung.
– Pour voir Grace ? Mais elle doit dormir !
– J'ai un mauvais pressentiment.
– Je suis heureux que vous commenciez à y croire, dit Jung.
– À quoi ?
– Aux pressentiments.

37

À peine parvenu à la maison Korda, Freud comprit que non seulement son pressentiment était fondé, mais qu'ils étaient arrivés trop tard. Une Ford T de la police était garée sur le trottoir, à la hauteur de la porte laissée grande ouverte. Dans le hall, ils tombèrent sur Aileen Damon, désespérée.

– Grace a disparu ! leur lança-t-elle.

Freud grimpa quatre à quatre les escaliers, suivi de près par Jung.

À l'étage, ils découvrirent les deux policiers étendus sur le sol, inconscients. Des assiettes à moitié pleines et des verres vides étaient renversés non loin d'eux.

Freud s'agenouilla pour prendre leur pouls avant d'entrer dans la chambre. Là, Herman se tenait devant le lit vide et défait, aux côtés d'un autre policier.

– Je sentais venir cette catastrophe ! rugit-il en voyant Freud.

– Que s'est-il passé ?

– Si on ne m'avait pas gardé à la police, j'aurais pu empêcher ça !

Il désigna le policier :

– L'inspecteur Thompson m'a raccompagné, mais le mal était déjà fait ! Quand nous sommes arrivés, les gardes étaient empoisonnés et la chambre vide !

– Les gardes sont endormis, précisa Freud. Quelqu'un a

mélangé un somnifère à leur dîner. Un barbiturique comme le véronal.

– Le quoi ? grommela le dénommé Thompson.

– Peu importe, dit Freud. Grace a pu être endormie avec la même substance avant d'être enlevée.

Thompson le considéra avec suspicion.

– Qu'est-ce que vous faites ici ? demanda-t-il.

– Je suis médecin. Mlle Korda est ma patiente.

– Dans ce cas, j'aurais quelques questions à vous poser.

– Je collabore déjà avec l'inspecteur Kahn, protesta Freud.

Thompson haussa les épaules.

– Ça tombe mal. Kahn a été arrêté.

Freud, déboussolé, échangea un regard alarmé avec Jung.

– Le docteur Freud n'est pour rien dans tout cela, dit Herman, venant à sa rescousse. Essayez plutôt de m'expliquer comment le ou les ravisseurs ont pu pénétrer dans la maison ? Et si Grace était endormie, comment l'ont-ils transportée ?

– Monsieur Korda, soupira Thompson, je vais m'occuper de cette affaire.

– Je veux des réponses maintenant !

– Je vous prie de ne pas perturber mon travail, dit Thompson.

Délaissant cependant Freud, il entreprit de donner des consignes à ses hommes.

Herman, furieux, sortit de la pièce.

Derrière eux, effondrée sur un fauteuil, Miss Damon se mit à gémir :

– Grace a payé pour mon crime...

Avant que Freud ne puisse intervenir, Thompson fut sur elle.

– Qu'est-ce que vous dites ? Quel crime ?

– C'est moi qui ai tué August Korda, dit la vieille dame.

– Allons, ne recommencez pas, dit le policier. Vous n'avez pas pu commettre ce meurtre.

– L'arme du crime m'appartient !

– Mais qu'est-ce que vous racontez ?

– C'est une épée *basket-hilt*, j'ai encore son fourreau chez moi. Elle vient d'Écosse, où mes ancêtres l'utilisaient !

Freud jeta à Miss Damon un regard plein de compassion. Le désir d'expiation avait été le plus fort.

– Emmenez-la au poste, dit Thompson à l'un des flics. Nous entendrons son témoignage plus tard.

Quand les flics sortirent de la pièce, Freud marcha vers la poupée Judith. Quelque chose avait attiré son attention : elle était posée sur un plaque de cuivre – de la taille d'une carte de tarot.

– Regardez ça, dit-il à Jung qui s'approchait. Une nouvelle gravure de l'alchimiste.

Jung examina la plaque.

– Alors, ce n'était pas Korda qui les semait derrière lui ?

– En tout cas, quelqu'un continue à le faire, dit Freud.

De nombreux détails distinguaient cette gravure des trois premières. Cette fois-ci, un brasier occupait le centre du triangle.

– Le quatrième élément, dit Jung. *Le feu.*

À l'intérieur du brasier, on distinguait trois corps d'hommes désarticulés. À la place du soleil figurait un cercle contenant un homme et une femme enlacés et couronnés. Le cercle était formé de deux serpents qui se mordaient la queue.

– Une *noce chimique*, murmura Jung.

– Expliquez-vous, dit nerveusement Freud.

– Le couple enlacé qui a remplacé le soleil. Leurs couronnes montrent qu'il s'agit d'un roi et d'une reine. Cette gravure, dernière de la série, montre l'aboutissement de la quête alchimique : la fusion des principes masculin et féminin.

– *Mes Noces seront l'Apothéose*, cita Freud. La cérémonie sexuelle que nous avons envisagée ?

– Exactement. Une union sacrée, un mariage mystique. Et son principe féminin est incarné par Grace Korda.

Jung poursuivit, fiévreux :

– Les trois meurtres ne suffisaient pas. Il devait y avoir quatre étapes. Comme je vous l'ai dit, le quatre est le nombre sacré de l'alchimie. Quatre éléments. Quatre dimensions. Quatre vertus : vérité, miséricorde, justice et paix.

– Concluez, je vous en prie, s'impatienta Freud.

– Quand elle se réalise, la quadrature fait émerger une *cinquième essence*. Le complice de Korda veut réussir par un dernier crime cette fusion de l'eau, la terre, l'air et le feu. Il créera ainsi l'or du charisme infaillible, de la jeunesse éternelle.

Freud le fusilla du regard.

– Je parle de *sa* vision des choses, expliqua Jung. Ce sont des idées animistes, tout ce que vous voudrez, mais ce sont les siennes. Ce fanatique croit à la *toute-puissance* de ses pensées.

– Il est peu probable qu'il l'ait déjà tuée, dit Freud. Il doit d'abord la soumettre à un rituel.

Il frissonna puis se reprit.

– La question, c'est : où a-t-il pu l'emmener ?

– Dans un lieu mystique susceptible de décupler le potentiel symbolique de son rite, suggéra Jung.

– Un endroit où il pourra à la fois se rendre aisément et s'isoler, ajouta Freud.

– Un gratte-ciel, comme à son habitude, dit Jung.

Freud bondit pratiquement de son siège.

– Au Flatiron ! Selon Kahn, tous les enlèvements se sont produits dans un périmètre étroit autour de ce bâtiment. C'est le centre géographique des activités du tueur.

Jung réfléchit un moment puis approuva.

– Le Flatiron est aussi le point central du Manhattan « mystique ». À son pied se croisent, à mi-chemin entre l'Hudson et l'East River, les deux artères majeures de New York, la Cinquième Avenue et Broadway. Sa forme triangulaire évoque la Trinité. Son nom contient le mot *iron*. Le fer, que les alchimistes rêvent de transformer en or... Et son architecte est Daniel Burnham.

– Bon sang, Burnham ! lança Freud. C'est lui qui a construit l'escalier dérobé dans l'hôtel particulier de Korda. Le Flatiron comporte peut-être des curiosités de ce genre, ou même des pièces entières, dissimulées aux yeux de tous !

Leur raisonnement les avait emportés comme une vague. Leur enthousiasme retomba cependant quand ils réalisèrent que, s'ils avaient raison, Grace Korda était enfermée quelque part dans vingt mille mètres carrés.

– Ne perdons plus de temps, dit Freud.

– Ne devrions-nous pas avertir la police ? s'inquiéta Jung.

– Kahn est emprisonné, dit Freud, et j'ai peur qu'ils ne m'arrêtent aussi. Depuis Dreamland, nous sommes *persona non grata* pour les autorités de New York.

Il se dirigea résolument vers la porte.

– Où allons-nous, au fait ? demanda Jung.

– À votre avis.

Sa perfection triangulaire leur semblait à présent étrangement menaçante. Dans le couchant, la façade du Flatiron rougeoyait comme une lame portée à incandescence.

Installés au bar Chez Joe, au coin de Madison Square, Freud et Jung surveillaient l'entrée du gratte-ciel. Un épais nuage de fumée bleutée les enveloppait. Le box qui les abritait était protégé des oreilles et des regards indiscrets par des vitraux circulaires qui leur donnaient l'impression d'être dans un aquarium.

Pour l'instant, personne n'avait pénétré dans le Flatiron, hormis un employé en uniforme, sans doute un gardien venu prendre la relève pour la nuit car, quelques minutes plus tard, un individu portant le même costume était sorti.

Son troisième cigare de la soirée à moitié achevé, Freud se leva, déterminé.

– Allons-y.

– Mais que ferons-nous ?

– Que faites-vous lorsqu'un patient est pris d'une crise d'hystérie en pleine consultation ?

– J'improvise, dit Jung.

– Précisément. Même si vous ne savez pas comment y faire face, il est hors de question de s'enfuir du cabinet ! Nous ne pouvons pas non plus abandonner Grace là-dedans.

Jung essuya nerveusement ses lunettes.

– Vous allez créer une diversion et retenir le gardien, dit Freud. Je monterai dans les bureaux de Korda. S'il y a une pièce secrète, l'entrée doit s'y trouver.

– Vous n'avez même pas les clés.

– Nous obligerons le gardien à nous donner son trousseau !

Jung considéra Freud avec une certaine compassion. Sa barbe blanche, son corps maigre et frêle, ses épaules étroites qui commençaient à se voûter. Les cernes et les rides sous ses yeux. Pourquoi croyait-il qu'il avait l'âge de jouer les héros ?

– J'ai peur pour vous, dit-il finalement. Vous avez suffisamment risqué votre santé comme cela.

– Très bien, ne m'accompagnez pas..., dit Freud. De toute façon, depuis le début de ce voyage, vous n'avez eu de cesse de me faire comprendre que nos chemins allaient bientôt se séparer.

Jung faillit s'étouffer. C'était ainsi que l'homme à qui il avait sauvé la vie deux jours plus tôt le remerciait !

– Freud, il est malhonnête de votre part de choisir un tel moment pour aborder ce sujet !

– Jung, si vous ne venez pas, vous êtes radié à vie de la Société de psychanalyse.

Freud boutonna sa veste et se dirigea vers l'escalier. Jung poussa un juron et lui emboîta le pas.

Le gardien les toisa d'un regard hostile.

– Il n'y a plus personne dans les locaux.

L'écho de sa voix résonnait dans le hall entièrement vide.

Freud détacha son regard des portes de l'ascenseur qu'il brûlait d'emprunter et adopta son ton le plus diplomatique :

– M. Herman Korda m'a demandé expressément de récupérer certains documents.

– Je n'ai reçu aucune consigne à ce sujet...

– Il a parlé à votre collègue, qui aura oublié de vous en informer.

– Nous n'oublions jamais rien, monsieur. Je suis désolé, mais vous devrez revenir aux heures de bureau.

Jung se pencha à son tour, sévère :

– Regardez bien, il doit avoir laissé un message dans votre tiroir.

Le gardien ouvrit le tiroir de son bureau avec une mauvaise volonté évidente. Jung feignit de se pencher pour regarder, provoquant adroitement la chute du registre posé sur le comptoir.

– Messieurs, je crois que ça suffit ! s'énerva l'employé.

Il se baissa pour attraper le registre.

Quand il voulut se redresser, Jung avait contourné le bureau pour lui bloquer la tête sous son bras. Freud observa avec admiration la démonstration de son confrère, qui paralysait l'employé malgré les cris et gesticulations de ce dernier.

– Mais qu'est-ce que vous attendez ? protesta Jung, qui commençait à faiblir. Mon mouchoir ! Bâillonnez-le !

Freud s'exécuta. Fébrilement, il passa le mouchoir autour de la tête du gardien et tâcha d'exécuter un nœud marin qu'il avait appris lors d'un séjour à Athènes. Puis il prit son propre mouchoir et lia les mains du gardien derrière son dos.

– Allons, activez-vous ! fit Jung. Prenez-lui ses clés !

Freud se pencha sur l'énorme trousseau qui pendait à la ceinture du gardien et le détacha.

Tentant le tout pour le tout, leur prisonnier se jeta sur le côté. Jung rassembla ses forces pour le maîtriser. L'employé cessa enfin de bouger et s'affaissa sur le sol.

– Il faut l'enfermer quelque part, dit Freud.

Il avisa les toilettes derrière les ascenseurs. Jung le suivit en traînant l'homme par le col.

Freud ouvrit la porte des toilettes et Jung poussa l'employé à l'intérieur. Ce dernier reprenait lentement ses esprits.

– Il y a une serrure, dit Jung en refermant la porte.

Les mains tremblantes de Freud essayèrent une demi-douzaine de clés avant de trouver la bonne.

De l'autre côté, le gardien gémit. Le bâillon tenait toujours.

Jung sembla soudain réaliser ce qu'il venait de faire.

– Nom de Dieu, sommes-nous devenus fous ? Nous venons de basculer dans l'illégalité la plus totale !

Freud s'impatienta :

– Nous réfléchirons à tout ça plus tard. Il faut trouver Grace.

– Mais ce gardien pourrait se libérer et appeler la police.

– Vous devez donc rester ici pour le surveiller.

Jung regarda Freud se diriger avec sang-froid vers les ascenseurs. Ce fut son tour d'être impressionné.

– Cher ami !

– Quoi ? fit Freud d'une voix pas si assurée.

– Faites attention à vous.

Au 20e étage, la réception de Korda Bros. Inc. baignait dans la lumière de la pleine lune, aussi douce qu'inquiétante.

Freud se dirigea vers le bureau d'August Korda en effleurant les murs de la main. *Saxa loquuntur* – les pierres parlent, disaient les spécialistes de l'Antiquité.

Quelques années plus tôt, il s'était rendu sur le site des ruines de Troie, où l'archéologue Heinrich Schliemann avait mis au jour le trésor du roi Priam. Pendant vingt ans, Schliemann avait exhumé des vestiges *a priori* anodins : restes de murailles, débris de colonnades, tablettes couvertes d'inscriptions à moitié effacées. En déchiffrant à grand-peine ces inscriptions, il avait finalement mesuré l'importance de sa découverte.

À son tour, Freud avait besoin que les pierres lui parlent. Mais il n'avait pas vingt ans pour leur arracher leurs secrets.

L'urgence de la situation le tétanisait.

Il entra dans la salle de la maquette. Le Manhattan miniaturisé, éclairé par la lune, le fit frissonner. Il savait à présent quels crimes il avait permis de planifier.

C'est alors qu'en posant sa main sur le socle en bois, il perçut une vibration. D'où venait-elle ? Il considéra l'estrade, qui dominait le plancher d'un mètre environ, puis s'agenouilla et posa son oreille contre le sol. Une nouvelle vibration lui parvint.

Dans le bureau adjacent, il chercha un objet métallique et trouva un coupe-papier en argent. Il retourna à la maquette et s'agenouilla pour glisser le coupe-papier entre deux lames du plancher. À nouveau, il colla son oreille au sol.

Les métaux conduisent le son, avait-il appris enfant.

C'était un cri, perçant et prolongé.

Il enfonça le couteau dans d'autres fentes, pour trouver l'endroit où le son lui parvenait avec le plus de clarté. Il finit par revenir près de l'estrade. C'est là qu'il entendait le mieux.

Le cri devint gémissement, puis s'interrompit.

Freud aurait juré que c'était la voix de Grace.

Qui venait de l'étage en dessous.

Quittant les locaux de Korda Bros, il se rua vers les ascenseurs. Le dix-neuvième étage était occupé par les bureaux de l'éditeur Frank A. Munsey. Freud parcourut l'espace parsemé de piles de magazines sans rien trouver d'anormal.

Dans l'un des bureaux centraux, cependant, quelque chose finit par attirer son attention.

Le plafond.

Il était plus bas qu'à l'étage supérieur.

D'après ses estimations, ils se trouvaient juste en dessous de l'estrade surélevée qui supportait la maquette de Manhattan.

Il y avait à cet endroit un espace caché, coincé entre le dix-neuvième et le vingtième étage.

Un espace où – il en était persuadé – Grace était retenue prisonnière. Mais il n'avait aucune idée de la façon d'y accéder.

Il se dirigeait vers la sortie quand l'électricité s'éteignit, plongeant la pièce dans l'obscurité. À tâtons, il chercha une lampe, la trouva, pressa l'interrupteur. Sans résultat.

C'est alors qu'un bruit le fit sursauter.

– Jung ?

Pas de réponse. Dans l'obscurité, il manqua trébucher et se rattrapa difficilement.

Une idée lui traversa soudain l'esprit, si brutale, si inattendue qu'il manqua de défaillir.

Dans le noir, Bien et Mal ont le même visage.

C'est dans la nuit que Grace avait été saisie par le Mal.

Et si ses sens l'avaient trompée ?

Si ce n'était pas August… ? Si *quelqu'un d'autre* s'était fait passer pour son père *à la faveur de l'obscurité* ?

Freud perçut à nouveau un bruit, derrière lui cette fois ; mais il n'eut pas le temps de se retourner.

Une ombre surgit. Il reçut un coup violent sur le crâne et il s'affaissa aussitôt sur le sol.

38

Il la vit dès qu'il ouvrit les yeux.

Grace Korda était allongée sur une sorte d'autel de pierre calcaire. Un diadème doré ceignait son front livide. Ses yeux étaient clos, sa respiration régulière. Elle ne gémissait plus.

Son corps était recouvert d'un drap blanc, d'où émergeaient ses épaules et ses bras, étendus perpendiculairement. Freud constata avec effroi que ses poignets étaient entravés par des menottes métalliques fixées dans la pierre.

Ce n'est qu'en voulant se lever pour la secourir qu'il réalisa que lui-même était entravé. Il était attaché à une chaise, bras et mains dans le dos ligotés aux barreaux. On l'avait bâillonné. Une douleur aiguë jaillissait par intervalles le long de sa colonne vertébrale. Son crâne et sa mâchoire le faisaient aussi souffrir.

Il chercha des yeux son agresseur.

Il ne vit que du blanc.

La pièce où ils se trouvaient était un espace sans fenêtre au plafond bas recouvert d'une surface métallique réfléchissante. La blancheur des murs était accentuée par la lumière de tubes fluorescents rappelant ceux de l'atelier de Tesla. Seule une collection d'instruments disposés sur une table – pinces, éprouvettes, tubes, récipients en argent – rehaussait ce décor virginal.

Une ombre longiligne apparut brusquement sur l'un des murs.

Au même moment, Freud sentit une présence derrière lui. Il tenta de se retourner mais ses liens étaient trop serrés.

Une main froide lui ôta son bâillon.

– Grace ! cria aussitôt Freud. Réveillez-vous ! Grace !

Pour toute réponse, Freud entendit le rire discret d'Herman Korda qui avait contourné sa chaise pour se camper devant lui.

Freud scruta son visage maigre, marqué d'une expression qu'il ne lui avait jamais vue. Ce n'était ni le Herman passionné qui lui avait fait l'éloge des gratte-ciel, ni celui, morne et effacé, qu'il avait vu auparavant. C'était un individu tranchant, aux gestes rapides, arborant une expression sibylline, dont la neutralité légèrement bienveillante avait quelque chose de monstrueux.

L'aîné des Korda se dirigea en silence vers Grace, effleura de l'index le drap blanc qui recouvrait sa poitrine et souffla légèrement sur son front pour en chasser une mèche noire. La scène, discrètement sensuelle, révolta Freud.

Il expulsa sa rage dans un cri.

– Vous pouvez hurler autant que vous voulez, lui dit tranquillement Herman. Ici, personne ne vous entendra.

Kahn s'était résigné à ne plus tambouriner sur les murs quand les clés du gardien tintèrent dans la serrure de sa cellule.

– Je peux sortir ? demanda-t-il.

La porte s'ouvrit et il vit apparaître Renzo et ses béquilles.

– Dix minutes, dit le planton.

Il referma la porte. Renzo se pencha aussitôt vers Kahn.

– J'ai reçu l'analyse des empreintes relevées sur le téléphone dans le cercueil de Moore.

– Et alors ?

– Ce sont celles d'Herman Korda.

– Tu en es certain ? s'étonna Kahn.

– J'étais stupéfait moi aussi.

– Herman n'avait un alibi que pour le meurtre de son frère, dit Kahn après un temps. Il a pu tuer les trois autres membres du club. Ce qui me chiffonne, c'est le mobile.

– La vengeance, suggéra Renzo. Je viens de passer un coup de fil à Daniel Burnham pour lui demander qui avait voté contre l'admission d'Herman comme treizième membre du club…

– Et alors ?

– Le vote était secret, mais trois membres avaient ouvertement exprimé leur réserve : Wilkins, Emery, Moore.

– Soit Herman était le complice d'August, conclut Kahn avec nervosité, soit il l'a manipulé : il s'est fait passer pour son frère et a tout organisé pour que les apparences l'accusent.

Il s'appuya sur le mur, réfléchissant.

– Blake m'a confié qu'il n'était pas à Dreamland pour tuer Grace. C'est donc Herman qu'il visait. Il voulait régler son compte à celui qu'il savait être le vrai coupable…

– C'est dingue, dit Renzo. Herman, avec ses allures de fonctionnaire, me semble tellement banal. Inoffensif même.

– C'est grâce à ça qu'il nous a blousés. Bon sang, il faut lancer un mandat d'arrêt !

– Sullivan a refusé, dit Renzo. Il dit qu'il ne croit pas à la fiabilité des empreintes digitales. Il ne rouvrira pas l'enquête.

– Herman le tient lui aussi, dit Kahn. Il lui a soufflé l'ordre de me faire arrêter. Il faut que je sorte d'ici. Mais comment ?

– Comme ça.

D'un geste vif, Renzo entreprit de déchirer son plâtre à partir du haut, ce qui le fit grimacer de douleur. Puis il déroula son bandage pour découvrir divers outils plaqués contre sa cuisse : un tournevis, une clé et des pinces.

– Qu'est-ce que tu veux faire avec ça ?

– Profiter des failles dans la sécurité qu'on a déjà signalées mille fois.

Il désigna une épaisse plaque de métal boulonnée au sol.

– Elle donne sur les égouts.

Kahn, surpris, regarda alternativement les outils et la plaque.

– Autre chose, dit Renzo en poussant les outils sous le lit. Un des gardiens du Flatiron est venu déposer une plainte : il affirme avoir été agressé par des étrangers nommés Freud et Jung.

Il replaça son plâtre qu'il fit tenir avec le bandage.

La porte s'ouvrit.

– C'est fini, dit le planton.

– Bonne chance, dit Renzo.

– Oui, c'est ça, répondit Kahn.

Il n'avait plus que deux atouts. Le premier était qu'Herman croyait les avoir leurrés et que, de ce fait, il allait peut-être baisser sa garde. Le second qu'il était – comme disaient les analystes – complètement névrosé. En clair, fou à lier.

Il n'avait qu'un mince avantage : celui de la raison.

– Vous ne criez plus ? demanda Herman à Freud, qui, impuissant, s'était relâché sur sa chaise.

Ses lèvres s'étirèrent dans un sourire rigide, puis il reprit :

– Du reste, pourquoi s'époumoner alors qu'il suffit parfois de prononcer des mots bien choisis ? Surtout avec Grace qui a une ouïe très fine. Il m'a suffi de lui murmurer quelques phrases au téléphone, depuis le commissariat. J'ai ainsi décidé de son sort tout en m'offrant un alibi aussi solide que les murs de ma cellule.

Freud, abasourdi, vit que Grace ouvrait les yeux en battant rapidement des paupières. Elle bougea la tête de gauche à droite, à la façon d'un automate, puis referma les yeux et se rendormit.

– Vous l'avez hypnotisée !

Herman Korda éclata d'un rire franc.

– Dire que vous avez été incapable de contrer une méthode que vous avez été l'un des premiers à utiliser !

Il marcha vers les étagères, choisit quelques instruments et les aligna sur une table en bois blanc, près de l'autel.

– L'hypnotisme, science alchimique, dit-il. Monsieur le psychanalyste, croyez-vous sérieusement que vous avez inventé quoi que ce soit ? L'inconscient ? La signification des rêves ? Laissez-moi rire.

Il prit une clé posée sur la table et entreprit d'ouvrir les menottes qui emprisonnaient les poignets de Grace.

Puis il saisit deux coupes de nacre qu'il cala sous chacun des poignets de la jeune femme.

– Les initiés savent depuis longtemps que l'hypnose crée une dissociation de la conscience et permet de contourner les barrières amnésiques. Vous l'utilisez pour explorer l'inconscient de vos patients. Eh bien, il me semble que vous ratez le plus intéressant : la possibilité de le manipuler.

– C'est contraire à mon éthique, dit Freud. Commander à Manson de me tuer, c'est ce que vous appelez « manipuler l'inconscient » ?

Herman observa Freud avec une certaine fierté.

– Manson était un mauvais sujet et il m'a mis dans de sales draps sur le pont de Brooklyn. J'ai été contraint de sauter dans l'eau glacée. Grace, elle, est vraiment sensible à l'hypnose car je l'y ai soumise dès son enfance. J'ai gravé dans son inconscient des mots déclencheurs qui, prononcés par moi, la replongent instantanément dans le monde délicieux du sommeil hypnotique.

– Et au téléphone, souffla Freud, vous lui avez demandé de venir au Flatiron ?

– Après avoir endormi les policiers, approuva Herman. Il ne lui restait ensuite qu'à emprunter le passage secret pour rejoindre cette pièce que son père lui avait fait connaître.

L'efficacité du procédé ne surprenait pas Freud. L'hypnose faisait de l'ego une substance malléable. L'hypnotiseur amenait son sujet à se concentrer sur sa personne et à oublier le reste. Il devenait alors symboliquement le maître absolu, le *monde* de son patient.

– Je dois dire qu'autrefois, dit Herman, ma science était rudimentaire. Je versais un peu d'éther et de soude dans le verre d'eau de Grace pour favoriser mes expériences. Aujourd'hui, je dispose du véronal. Autant le dire, je suis devenu un maître. Grace m'a obéi tout à l'heure avec docilité, avec amour même.

Freud serra le poing, tout en réalisant que la forfanterie d'Herman – sa propension psychotique à étaler ses pouvoirs comme un étudiant avide d'être reçu à un examen – lui offrait une opportunité. Celle de la flatterie.

– Vous avez raison, dit-il, il n'y a pas loin de l'hypnose à l'état amoureux. En hypnotisant Grace, vous avez pris dans son esprit la place de l'Idéal du moi. Et ce d'une façon magistrale, je le reconnais.

Herman le considéra d'un air satisfait.

– Vous-même n'êtes pas dénué de talent, docteur Freud. Vous avez compris une chose essentielle : *l'homme est fait de rêves et de sang*. Accompagné par un maître, vous auriez pu entrevoir l'essence de notre savoir millénaire. Dommage que votre œuvre s'arrête aujourd'hui.

Il sourit largement à l'intention de Freud, tétanisé.

– Car vous allez payer pour la médiocrité de vos plans. Le gardien que vous avez enfermé dans les toilettes a été remplacé par un autre, armé d'un Luger – 58 coups à la minute. Cet aimable docteur Jung ? Il a de la vigueur, mais manque d'expérience. Il a pris la place que vous aviez dévolue au premier gardien.

Freud se pétrifia.

– Quant à l'inspecteur Kahn, le seul *deus ex machina* qui vous reste, nos amis de la police le gardent au frais. À l'heure qu'il est, il mesure à quel point il m'a sous-estimé. Enfin, sachez que notre petite cachette est inaccessible. À moins de dynamiter les murs.

Un puissant dégoût envahit Freud. La sueur coulait à grosses gouttes sur son front.

– En résumé, nous sommes seuls, poursuivit Herman. Elle, vous et moi. Et bientôt, il n'y aura plus que moi. J'aurai alors acquis une puissance telle que nul ne pourra plus m'arrêter.

– Pourquoi ces tortures, ce sadisme ? demanda Freud. Vous auriez pu atteindre votre but sans tous ces meurtres.

– Le passage à l'acte était inéluctable. Emery, Wilkins et Moore ignoraient la splendeur d'Hiram. Ils ont convaincu mon frère d'entraver mes efforts. Je devais purger le monde de leur fange.

Il alla chercher un nouvel ustensile. Freud en profita pour frotter ses poignets contre les barreaux de la chaise, dans l'espoir d'user ses liens, tout en sachant qu'il avait davantage de chances d'affaiblir la volonté d'Herman en perçant sa psyché.

– Pourquoi vous en prendre à Grace ? lui demanda-t-il. Elle n'a rien à voir avec ceux qui vous ont trahi.

– Vous êtes bien naïf, docteur Freud, dit Herman en souriant. Je comprends que vous ayez eu tant de mal à obtenir une chaire de professeur de médecine.

Freud tiqua en constatant que l'architecte en savait bien plus long sur lui qu'il ne l'avait laissé deviner jusque-là.

– Cela dit, vous m'avez été fort utile, ricana Herman. Au départ, j'avais des doutes sur votre capacité d'exhumer les souvenirs de Grace. Mais j'ai tout de suite compris que si vous y arriviez, cela serait une contribution décisive à mon œuvre ! J'avais d'ailleurs anticipé cela depuis des années, en faisant croire à Grace que son agresseur nocturne était son père. Je mettais son parfum. Je reproduisais sa démarche. J'imitais sa voix...

L'aveu confirma l'intuition horrifiée de Freud.

Herman avait accès à la chambre de Grace. Dans le noir, *droguée*, la petite fille avait pris son oncle pour son père. Herman avait tout fait pour favoriser cette confusion.

La névrose de Grace s'était orientée à partir d'une méprise. Son cerveau avait enregistré l'implication d'August et son inconscient avait agi en conséquence. Son complexe obsessionnel par rapport à son père était basé sur un mensonge de ses sens.

Miss Damon, trompée elle aussi, avait tué un innocent.

Il s'aperçut qu'Herman posait à présent des garrots en caoutchouc autour des bras de Grace.

– Pendant tout ce temps, poursuivit-il, j'espérais que vous réussiriez. Les souvenirs de Grace devaient accabler mon frère, et faire porter les soupçons sur lui. Mais bien sûr, je n'ai pas attendu votre analyse. J'avais déjà prévu des moyens plus sûrs pour convaincre les membres du club qu'August était coupable…

– Vous ne saviez tout de même pas que j'allais découvrir le cadavre de Bernard Emery ? demanda Freud.

– Non. Mais là encore, vous n'avez fait qu'accélérer le cours des choses.

Herman finit de serrer les garrots et contempla son travail, satisfait.

– Tout cela n'a, de toute façon, plus d'importance. Aujourd'hui, je vais opérer la transmutation. La beauté et la jeunesse de Grace vont couler dans mes veines. Je posséderai enfin la vie éternelle…

Freud, effaré, se souvint des explications de Gupnine sur la « panacée » des alchimistes. Il détourna son regard du visage d'Herman pour détailler son attirail – les coupes de nacre, les garrots…

– Il y a deux parties dans la salle de travail d'un alchimiste, commenta Herman en suivant son regard. Le *laboratoire*, où on s'affaire parmi les creusets et les cornues. Et *l'oratoire* où on implore de Dieu l'illumination. Où s'opère le sacrifice de la nourriture sacrée.

Il montra le corps étendu. Freud vit une lame briller dans la main d'Herman, près des poignets nus de la jeune femme. Il comprit.

Herman s'apprêtait à faire couler le sang de Grace.

Et après ça, il allait le boire.

Freud s'obligea à regarder ses genoux pour s'abstraire de l'horreur de la situation. C'était le moment de mettre en œuvre tout son savoir pour plonger au cœur des stratégies mortifères d'Herman.

Le rituel qu'il se disposait à accomplir – une distorsion du *mariage mystique* mentionné par Jung – restait d'ordre sexuel. Le sang avait des pouvoirs magiques aux yeux d'Herman et évoquait celui de la menstruation ou de la perte de la virginité.

Mais il y avait aussi là un sens plus primitif, présexuel : la cérémonie rappelait les festins totémiques de certaines tribus archaïques. Herman allait s'abreuver de l'énergie vitale de sa nièce de la même façon que les cannibales mangeaient le chef tout-puissant de leur village ou d'une tribu rivale.

Une impulsion aussi primaire devait prendre ses sources à l'origine de son développement psychique.

Au désir qui avait tout déclenché.

À la tentation originelle.

À cette passion peu ordinaire d'Herman pour son frère par exemple. La complicité fusionnelle qu'il souhaitait entre eux avait été perturbée par le club. Cet amour s'était ensuite retourné comme un gant pour devenir jalousie pathologique, puis paranoïa. Le « Je l'aime » était devenu « Je le hais » puis « Il me persécute ».

Mais, précédant le désir pour le frère, il devait y en avoir un autre, encore plus lointain, encore plus refoulé.

Celui pour la mère.

Grace ressemblait à Lucia Korda. Elle avait à peu près l'âge de sa grand-mère quand elle avait engendré Herman…

En buvant le sang de Grace, l'aîné des Korda prétendait absorber l'essence de cette mère qui lui avait préféré son cadet.

Freud se souvint de cet enfant qui avait affirmé vouloir mettre sa maman dans une marmite et la cuire. « Et alors il y aura de la mère confite et je pourrai la manger », avait-il dit.

La mort prématurée de Georgi Korda, *chercheur d'or*, avait

soumis Herman à l'unique autorité d'une figure maternelle traumatisée devenue marâtre abusive. Castré, déprécié, il avait développé les germes de son complexe paranoïaque à l'égard de son cadet, qui avait reçu en héritage à la fois la *puissance magique* du père et *l'amour* infini de la mère.

La vengeance d'Herman avait mûri avec la logique implacable propre à l'inconscient : il avait pris la place du père en devenant alchimiste, puis celle de la mère en possédant Grace.

Alors qu'il se demandait comment exploiter ce matériel psychique aussi abject que déroutant, Freud s'aperçut qu'Herman versait une poudre blanche dans une fiole, avant de la mélanger avec une cuiller en or.

– Ma cérémonie, docteur Freud, dit-il en souriant, va maintenant rendre hommage à votre charmante *Contribution à la connaissance des effets de la coca*. Pour mieux vous faire apprécier cette soirée, je vais en effet vous offrir quelques grammes de *Cocainum muriaticum*.

Il s'approcha de Freud, lui tendit la fiole pleine.

– Vous vous demandez sans doute pourquoi je vous garde vivant ? Eh bien c'est pour vous donner le temps de comprendre pleinement le beau rôle que vous avez joué dans mon triomphe.

Freud tira d'un coup sec sur la corde qui liait ses mains, pour s'apercevoir que ses efforts l'avaient à peine entamée. Herman éclata de rire puis, de sa main libre, exhiba un long poignard dont il fit glisser la lame sur la barbe blanche de son prisonnier.

– Buvez, docteur.

La pression de l'acier s'accentua sur le cou de Freud. Il avala.

– Vous me servirez aussi *après* votre mort, conclut Herman. Quand la police vous trouvera raide, une balle dans la tempe, drogué, elle conclura que le grand docteur des cerveaux a perdu la tête. Qu'il s'était follement épris de sa patiente – comptez sur moi pour témoigner en ce sens – et que, ne supportant pas qu'elle le repousse, il l'a trucidée dans un moment de folie avant de se suicider. Un bijou de conte psychanalytique. Docteur Freud, le sort de votre science de ce côté-ci de l'Atlantique est scellé…

Kahn arriva au Flatiron hors d'haleine et couvert de traces boueuses et nauséabondes, reliquat de sa pénible traversée des égouts. Il s'approcha du gardien et exhiba son insigne.

– Police. Je dois monter dans les étages supérieurs.

En voyant son accoutrement, le nouvel employé secoua la tête et saisit son pistolet Luger, posé sur le bureau.

Il pointa son arme sur Kahn qui, surpris, recula.

Mais le sourire narquois du gardien se mua soudain en un rictus douloureux. Une silhouette avait surgi derrière lui, pour lui enserrer le cou d'un geste vif et précis. Contrairement à son collègue, il ne résista que quelques secondes avant de s'écrouler.

Carl Jung avait amélioré sa technique de strangulation.

– Il m'a fallu un temps fou pour crocheter la serrure des toilettes avec ma boucle de ceinture, dit-il.

– Où est Freud ? fit Kahn.

– Il est monté au vingtième étage – je crains le pire !

Sans attendre, Kahn courut vers les ascenseurs, pour constater qu'ils ne répondaient pas.

– Les escaliers !

Ils entreprirent de gravir les vingt étages à pied.

– J'ai reconnu ses mains quand il m'a étranglé, dit Jung. C'était Herman Korda.

– Nous avons des preuves contre lui, dit Kahn en accélérant l'allure.

– Comme August, Herman a eu un traumatisme d'enfance, dit Jung en grimpant les marches quatre à quatre. Mais il a eu un impact différent parce qu'il est une personnalité dominée. Notre analyse était juste : nous nous sommes simplement trompés de sujet…

– Peu importe à présent, lâcha Kahn en se demandant comment Jung arrivait à discourir dans de telles circonstances.

– Le charisme de son frère a nourri en lui un complexe d'infériorité doublé d'une *envie* dévorante, poursuivit ce dernier.

Au douzième étage, Kahn s'arrêta quelques secondes, hors d'haleine.

– Il y a aussi le rapport semi-mystique à la mère, dit Jung. Comme August, Herman ambitionne de construire pour Lucia un *temple*. Mais il accomplit ce but *dans la chair*, la sienne et celle des autres.

– Vous ne voulez pas la boucler un peu ? suggéra Kahn, qui reprenait difficilement son souffle. Vous êtes plus fatigant encore que cet escalier.

Il reprit sa course. Jung le suivit avec facilité.

– Je fais plusieurs sommets chaque hiver dans les Alpes, dit-il entre deux inspirations bruyantes de l'inspecteur. Vos escaliers ne sont pour moi qu'un aimable divertissement.

Au vingtième étage, ils recherchèrent des traces du passage de Freud. Kahn trouva le coupe-papier planté dans le plancher de la salle de la maquette.

Jung hocha la tête, ému et inquiet. Il entreprit de fouiner à son tour autour de la maquette. Sous le fauteuil surélevé d'August, une planche était légèrement décalée.

Il essaya de la manipuler : elle coulissa.

En dessous, se trouvait une trappe métallique dotée d'une poignée et de roues dentées et numérotées.

Kahn tira en vain sur la poignée.

– C'est l'entrée d'une pièce fermée comme un coffre-fort, fit-il d'une voix lasse. Il faudrait la faire sauter.

– Eh bien allons-y !

– Le temps de réunir le matériel, il pourrait être trop tard…

– Nom de Dieu, gémit Jung. Herman est en train d'assassiner un génie là-dessous ! Si nous le laissons faire, la postérité ne nous le pardonnera jamais !

Kahn le fusilla du regard. Comment pouvait-on penser à la postérité dans une situation pareille ?

– Alors, dit Jung, qu'est-ce qu'on fait ? Ne restez pas comme ça, les bras ballants.

– Quand il s'agit d'analyser, s'énerva Kahn, on n'entend que vous. Mais pour ce qui est de trouver des solutions concrètes…

– J'ai une idée, s'exclama Jung.

En quelques mots, il exprima son illumination de façon suffisamment claire pour que l'inspecteur lui donne son avis définitif sur la question :

– Ça ne marchera jamais.

Freud était en transe.

La cocaïne qu'Herman l'avait obligé à avaler commençait à faire son effet. Ou plutôt *ses* effets. Lèvres et palais pâteux, bouche fraîche, somnolence. Vint ensuite une sensation perturbante d'euphorie, qui lui était aussi familière.

Mais soudain, il fut saisi d'un vertige qu'il n'avait encore jamais expérimenté. Un voile se forma devant ses yeux, comme si des centaines de flocons de neige lui tombaient dessus sans discontinuer. Bientôt, des zébrures noires se mêlèrent aux flocons. Il ne sentait plus ses pieds, ni ses jambes, ni ses bras.

Il s'efforça de rester conscient de ce qui l'entourait. Devant lui, Herman avait revêtu une toge d'une blancheur aveuglante. À ses côtés, une étendue laiteuse – le corps dénudé de Grace.

Les doigts du tueur effleurèrent son ventre arrondi, ses hanches, son pubis.

Grace avait les yeux ouverts, fixes et brillants, comme assoiffés. Herman lui ordonna d'ouvrir la bouche et elle obtempéra. Il versa entre ses lèvres le contenu d'une fiole. Puis lui redressa la tête pour faciliter sa déglutition.

– Es-tu prête ? demanda-t-il.

Un cri monta dans la gorge de Freud.

Un jet de sang venait de gicler du poignet droit de Grace. D'un geste rapide, Herman lui avait tranché une artère.

Grace resta muette tandis que son sang coulait dans la coupe. La substance qu'elle avait avalée semblait l'avoir anesthésiée.

Freud tenta une manœuvre désespérée :

– Judith ! cria-t-il en direction de Grace.

De nouveau, Herman éclata d'un rire franc.

– Louons de nouveau le docteur Freud, dit-il. Il a permis l'anéantissement de cette furie, Judith. J'admets encore une fois que sa psychanalyse a quelques vertus…

En lui donnant la cocaïne, Herman avait évoqué le rôle qu'il avait joué dans son « triomphe ». Freud comprit enfin : en « intégrant » Judith, il avait effacé la résistance qui permettait à Grace de ne pas être complètement vulnérable à l'hypnose.

La disparition de l'ange gardien dans son champ de conscience avait permis à son oncle de réactiver le mécanisme qu'il avait implanté en elle pendant son enfance.

Atterré, il regarda Herman appliquer une compresse sur le poignet de la jeune femme avant de contourner l'autel pour s'approcher de son flanc gauche.

– Votre mère Lucia, lui lança Freud en luttant contre l'engourdissement de ses lèvres, se sentait coupable de la mort de votre père. Elle a essayé de se racheter en misant tout sur son fils le plus précoce, August. Elle a eu tort.

Herman se figea un instant. Freud poursuivit :

– Privilégier un enfant au détriment d'un autre est un crime dont vous avez été la victime. Elle a créé en vous ce sentiment d'être un individu *inférieur*. Elle a suscité votre désir de revanche.

– Et alors ? demanda Herman.

– Vous devez vous libérer de l'emprise de ses actes. Vous ne pouvez pas la laisser détruire votre existence.

Herman ricana et s'empara de la coupe pleine pour en verser le contenu dans un verre en cristal. Sans hésitation, il porta le verre à sa bouche et but.

Freud sentit son estomac se retourner. Seule la cocaïne lui donnait la force de supporter la scène.

– Je bois son flux vital dans le temps même de sa mort, fit Herman d'une voix monocorde. Je deviens l'Homme et la Femme, le Roi et la Reine, le Corps et le Sang.

Dans un éclair, Freud comprit que cette cérémonie était le dernier des simulacres de rituels chrétiens qu'Herman avait liés à ses meurtres. En s'appropriant la vie de Grace, il mettait en scène la *Résurrection*. Avec l'espoir fou de conquérir la vie éternelle.

Une goutte de sang coula sur la lèvre d'Herman. L'horreur de cette vision fit courir une onde de choc dans le cerveau de Freud.

Faute de pouvoir convaincre, il devait provoquer.

– Vos rituels meurtriers, dit-il vivement, ne sont qu'une parodie de l'alchimie.

– Vous méconnaissez les alchimistes, rétorqua Herman.

Il tourna sa coupe vers Freud.

– La mort ne leur importait guère. Seule leur œuvre était sacrée. Les réalisations humaines les plus grandioses impliquent un mépris absolu de la vie. Combien d'esclaves sont morts en construisant les tombeaux de Kheops et de Khephren ? Combien de manants en bâtissant Chartres ?

Il fit le tour de l'autel. Arrivé de l'autre côté, d'un coup sec de son poignard, il entailla le bras gauche de Grace.

– Le pouvoir et la fortune viennent à ce prix. Les barons qui ont bâti l'Amérique l'ont payé. Ce sont ces gens, pourtant, qui font tourner la roue de l'Histoire.

Il apposa une nouvelle compresse sous le poignet gauche.

– Il n'y a pas de Bons et de Mauvais sur terre, mais une pyramide d'hommes s'élevant par degrés de puissance.

Grace remua faiblement.

Elle était vivante.

– Votre frère ne tuait pas, dit Freud, en reprenant ses efforts pour user ses liens. Il vous aimait. Il vous a initié à l'alchimie... Il a tenté de faire de vous le treizième membre du club.

– Mais il n'a pas su m'imposer. Il a renoncé à devenir le nouveau Salomon. C'est moi qu'il aurait dû charger de bâtir les piliers du Temple ! Ensuite, quand il a trouvé mes dessins, il a réprouvé mes choix et voulait même me dénoncer à la police ! J'ai donc été contraint d'ordonner à Blake de le tuer.

Il vida la deuxième coupe dans le verre de cristal. Il but le contenu d'une traite, toisant Freud avec mépris.

– August ignorait que la masse a besoin d'un meneur pour ne pas s'abandonner à des plaisirs vulgaires. Il lui faut un homme doté d'une puissance prodigieuse, qui paralyse les facultés critiques et subjugue l'esprit. Seule la transmutation peut conférer un tel charisme…

Il se pencha vers Grace.

– Tu as tué mon enfant, il y a longtemps, dit-il d'un ton glacial. Cette fois, je protégerai mon œuvre. C'est en moi que naîtra la créature, celle qui guidera l'humanité.

Sa voix se fit plus forte, plus rythmée.

– Je me sens déjà plus fort, plus jeune, plus puissant !

Si le sang coulait encore une fois, se dit Freud, Grace s'enfoncerait inévitablement dans sa fin.

– Vous vous prenez pour un surhomme, lança-t-il, mais vous êtes incapable de prendre la vie !

Herman fixa le psychanalyste d'un œil torve.

– Je vous tuerai tout à l'heure, docteur. Vous ne perdez rien pour attendre, croyez-moi.

– Vous ne tuez que par procuration. Vous n'avez pas eu le courage d'abattre vous-même votre frère.

Les yeux de Korda roulèrent rageusement.

– Je vais vous montrer maintenant ce dont je suis capable !

– Vous avez laissé vos victimes mourir de mort lente, insista Freud, parce que vous aviez *peur* d'elles. Leur force vitale vous terrorisait.

– Leur agonie faisait partie du rituel ! balbutia Herman.

– Vous n'auriez même pas le courage de *me* tuer.

– Je vous tuerai comme Abraham a sacrifié sa brebis. D'une main implacable !

– Tuez-moi alors, *Hiram.*

Une rage folle avait saisi Freud qui ne contrôlait plus ses provocations. Herman posa son verre sur la table et s'empara d'un poignard, qu'il pointa nerveusement vers le psychanalyste.

– Votre interruption est un sacrilège !

Grace eut un soubresaut qui attira l'attention d'Herman. Freud profita de cette diversion pour tirer à nouveau sur ses liens. Ils cédèrent enfin, et son élan le propulsa à terre.

– Imbécile ! cria Herman.

Il se rua sur Freud et le saisit au collet. Puis il lui cogna la tête contre un mur, lui entaillant profondément le front. Freud s'écroula, à moitié inconscient.

Herman se pencha sur lui en haletant.

– Je vous en supplie, gémit Freud. Épargnez Grace.

– Vous faites tant d'efforts pour elle. Vous l'aimez, docteur, n'est-ce pas ?

Herman s'immobilisa et réfléchit, comme pour approfondir son intuition.

– Vous l'aimez, conclut-il.

D'une démarche saccadée, il retourna vers l'autel.

Freud ne sentait plus rien. Il avait perdu tout espoir et ne souhaitait plus qu'une chose – que la mort délivre Grace.

Herman trancha une nouvelle artère, d'un geste moins précis. Le sang jaillit, plus faiblement mais suffisamment pour convaincre Freud que la jeune femme ne reviendrait plus à elle.

Obéissant à une impulsion désespérée, il se redressa et se précipita vers l'autel pour renverser la coupe à moitié pleine. Le sang éclaboussa le sol.

Herman se tourna vers le psychanalyste, hors de lui.

– Vous avez gâché un sang sacré.

D'un revers de la main, il jeta Freud à terre.

– Notre union aurait pu être pure, dit-il. Il a fallu que vous salissiez tout. J'en ai fini avec vous, docteur.

Il se saisit du poignard et abaissa son bras armé vers sa poitrine.

Les murs autour d'eux se mirent à trembler.

Le sol lui aussi vibrait, ballottant leurs corps en tous sens. Grace tomba de l'autel. Herman voulut la retenir, glissa et s'écroula en lâchant son poignard qui se ficha dans le plancher.

Dans une pluie d'éclats pourpres, Freud parvint à attraper une compresse tombée à terre. Il rampa jusqu'à Grace pour poser le pansement sur son bras ensanglanté.

Quelques secondes plus tard, un fracas métallique lui signala qu'Herman s'était relevé. Quand il se retourna, il était en train de se jeter sur lui. Affolé, Freud lâcha Grace et roula sur lui-même pour lui échapper.

Herman visait en fait son arme tombée sur le sol. Il réussit à s'en emparer avant qu'une nouvelle vague de secousses, plus puissantes encore, n'ébranle la pièce entière. Freud fut projeté, tel un fétu de paille, contre le corps de Grace. Il lui sembla que le plafond était en train de craquer.

Aussitôt après, le bâtiment s'arrêta de trembler.

Un cri guttural pétrifia Freud alors qu'il replaçait la compresse sur le bras de Grace.

Herman s'avançait vers lui en titubant, son poignard à la main, les cheveux souillés, collés par le sang.

Freud pressa le pansement plus fort encore sur la plaie, dans l'espoir qu'un réflexe musculaire *post mortem* figerait son geste, épargnant à Grace une hémorragie fatale.

Avant de perdre connaissance, il songea qu'il n'y avait qu'une explication possible au séisme.

L'oscillateur-vibrateur électromécanique de Tesla.

L'écho d'un coup de feu meubla ses dernières secondes de conscience.

Poussant du pied Herman qu'il venait d'abattre, Kahn se planta au centre de la pièce, le dos raide et l'arme au poing.

Tout en ce lieu, défiait son entendement. L'autel de calcaire blanc. Les instruments venus d'un autre âge dispersés çà et là. Et surtout le sang répandu sur le sol et les murs.

Mais le plus remarquable, le plus surprenant même, c'était ces deux corps étendus au pied de l'autel.

Freud était recroquevillé comme un enfant contre le corps de Grace, les mains serrées sur les bras de la jeune femme.

Kahn se pencha sur eux, chercha leur pouls et poussa le plus gros soupir de soulagement de sa carrière.

– Il est vivant ? demanda une voix angoissée.

– Ils le sont tous les deux, dit Kahn.

Tremblant, Carl Jung posa sur l'autel l'oscillateur, dont il venait de vérifier l'étonnante efficacité.

Il remercia mentalement le ciel d'avoir trouvé l'excentrique savant dans son atelier, à deux pas du Flatiron, disposé à régler son appareil pour l'usage auquel il le destinait. L'arme de destruction mise au point par Nikola Tesla avait, au prix de quelques dégâts finalement négligeables, sauvé deux vies.

– Allez chercher les secours, fit Kahn d'une voix faible.

– Il vous a touché ! s'exclama Jung en remarquant une tache rouge sur la poitrine de l'inspecteur.

– Un petit coup de couteau. Ce n'est rien.

Jung se précipita vers la trappe ouverte dans le plafond.

Une des histoires policières que Kahn lisait enfant se concluait par la morale suivante : un flic doit se baigner dans la fange, en restant propre ; mettre ses mains au feu, mais sans jamais se brûler. L'auteur citait en exemple un certain James McParland, qui, pour infiltrer la mafia irlandaise des Molly McGuires, avait subi un marquage au fer rouge sans pousser un seul cri.

Voilà – à présent, lui aussi avait été marqué au fer. En traquant Herman Korda, il s'était approché au plus près de la folie criminelle. Mais il n'en était ressorti ni indemne, ni innocent.

Dans un état d'hébétude et de semi-inconscience, Kahn regarda Freud et Grace allongés l'un contre l'autre.

L'espace d'un instant, ces deux-là lui semblèrent échapper aux lois impitoyables qui gouvernaient tous les autres.

Était-ce pour cela qu'ils respiraient encore, alors qu'un esprit dément les avait voués à une mort aussi sûre que prématurée ?

Ou bien n'avaient-ils été sauvés que par une succession de coïncidences ? Par les circonvolutions aveugles du destin ?

Par le même esprit joueur qui avait tué sa mère. Et dont il n'avait pas pu arrêter le bras souverain.

Il revit une robe blanche, il revit un sourire apaisant.

Des larmes brouillèrent son regard.

Une enquête policière qui sauvait la vie d'un innocent n'était rien d'autre qu'un miracle.

Finalement, seule la mort avait l'éternelle jeunesse, la puissance illimitée, le don d'ubiquité.

Elle seule n'avait jamais à se justifier.

39

Freud frissonnait de façon incontrôlable : sa phobie des trains lui rendait le voyage vers Worcester encore plus interminable.

Face à lui, Jung était en train d'éplucher le *New York Times*.

– Miss Damon a échappé à la prison, remarqua-t-il.

– Encore une fois, personne ne l'a crue, répondit Freud. Le *Times* parle d'elle ?

– Cet article dit que le meurtre de Korda reste inexpliqué, dit Jung en lui tendant le journal.

Freud trouva la colonne qui avait attiré l'attention de son collègue.

> *PLUS DE CENT MEURTRES IMPUNIS À NEW YORK AU COURS DES CINQ DERNIÈRES ANNÉES. Les assassinats récents de notables comme Bernard Emery, James Wilkins et les frères August et Herman Korda illustrent une nouvelle fois l'incapacité des représentants de la loi à arrêter les meurtriers les plus audacieux. Ces derniers font preuve de plus en plus d'inventivité pour échapper à la justice. La solution est-elle de réformer la police new-yorkaise, comme le suggère l'inspecteur Reynolds Kahn, promu hier au rang de commissaire divisionnaire du district de Brooklyn ?*

– Il y a au moins quelqu'un à qui cette affaire aura fait un peu de publicité, commenta-t-il en rendant le journal à Jung.

La psychanalyse n'avait, elle, rien gagné à la débauche d'énergie qu'ils avaient déployée. Le cas de Grace avait affaibli à ses yeux la théorie de l'œdipe qu'il voulait offrir au public américain. Quant à son investigation de la folie criminelle d'Herman Korda, il aurait rougi de honte s'il avait dû l'exposer en public.

Il avait vécu son face-à-face avec le tueur comme une séance d'analyse apocalyptique. Écœuré par son travail, il désespérait de parvenir à communiquer ses convictions lors des conférences.

Pour combattre le découragement, il se concentra sur la carte postale de Manhattan qu'il avait posée devant lui dans le but d'écrire à sa fille Anna. Il fixa l'image avec intensité.

C'est au moment où il la quittait que la ville faisait sur lui son impression la plus décisive.

Conçue dès l'origine comme une entité abstraite, un objet platonicien trouvé dans les cieux. Organisée selon une grille mathématique. Mue, malgré l'apparente anarchie de son développement, par une implacable rationalité.

Le plus remarquable, c'est que les méthodes de ses bâtisseurs s'opposaient à celles du capitalisme libéral qui régissait la société américaine. Les autres villes du pays s'étaient développées à l'horizontale, selon une logique de multiplication individuelle. Manhattan, elle, croissait verticalement, régie par la dictature de quelques esprits forts.

De là émanait son aura. Comme les pyramides ou les cathédrales, cette île était un foyer d'énergie et de fascination illimitées. Quand les masses se lassaient de travailler pour assurer leur subsistance, elle leur inspirait de nouveaux efforts. Au lieu de brimer l'ego dans les refoulements et la frustration, elle déchaînait les appétits. Follement, elle espérait ainsi tenir à distance la déchéance et la mort.

Sous l'angle psychanalytique, tout cela n'était que vanité pure et narcissisme exacerbé. La métaphore de la hauteur, jadis au service de Dieu, du roi ou de la science, exaltait maintenant l'individu prométhéen triomphant. Les gratte-ciel phalliques figeaient son désir de jouissance. Et Herman Korda était le révélateur de la face noire de ce désir.

Manhattan était une séductrice qui violait ses visiteurs dès leur arrivée, dans l'enfance de leur découverte.

– Le phallus du Soleil !

Jung venait de briser le silence.

– Le quoi ? demanda Freud, troublé que la remarque de son confrère semble venir commenter ses pensées.

– La dernière des gravures d'Herman Korda, expliqua Jung. Le Soleil s'y trouve relié au globe terrestre par ce qui ne peut être qu'un phallus.

– Et alors ?

– J'avais le vague sentiment d'avoir déjà vu cette image quelque part. Mais j'ignorais où. Or je viens de m'en souvenir. C'est dans un mythe mithriaque du sixième siècle avant Jésus-Christ. Il y est fait mention d'un tube suspendu au Soleil, un appendice sexuel dont les mouvements seraient à l'origine du vent et autres phénomènes météorologiques.

– Quel est le rapport ?

– Herman Korda n'a pas pu avoir connaissance de ce mythe ! Je ne l'ai vu mentionné qu'une fois, dans un manuscrit très rare à la Bibliothèque impériale de Berlin. J'en déduis que cette vision du « sexe du Soleil » est un composant archaïque que l'esprit humain reproduit spontanément au cours des âges. En d'autres termes, l'individu ne crée pas une telle image, il en hérite.

– Votre raisonnement me semble bancal, grommela Freud.

– Et c'est ainsi que j'interpréterais à présent le rêve que j'ai fait sur le paquebot. La maison dans laquelle il se passait n'était pas une représentation mesquine de mon moi. C'était une vision universelle de l'histoire humaine, chaque étage montrant un moment de civilisation. Ce rêve permet de postuler l'existence d'un inconscient *collectif*, composé d'archétypes, qui nous structure tout autant que notre parcours personnel !

Freud se vit dans un cercueil, étouffant sous un voile noir.

Victime d'une nouvelle syncope, il perdit connaissance.

– Merde ! s'écria Jung.

Il prit vivement les jambes de Freud pour l'allonger sur la banquette puis appela un serveur du wagon-restaurant pour lui demander un sac de glace.

Il le posa lui-même sur le front de son aîné.

Freud se réveilla. Il ne se donna même pas la peine de regarder Jung avant de l'attaquer :

– Vous voulez vraiment ma mort ?

– Mais pas du tout, je...

– Votre théorie attaque frontalement la notion d'inconscient telle que je l'ai développée.

– Je vous montrerai, dit Jung, que ces idées peuvent être conciliées avec vos théories. Je ne voulais pas vous offusquer.

Freud le regarda avec hostilité.

– Il n'y a pas d'inconscient collectif, dit-il, la preuve, c'est que vous et moi n'avons strictement rien en commun.

– Vous exagérez, dit Jung.

Le regard de Freud s'adoucit quelque peu.

– Cela dit, vous m'avez sauvé la vie.

– Deux fois, précisa Jung. Et c'est normal. Vous m'avez découvert, révélé. Sans vous, je ne serais qu'une terre en friche, inexplorée. Je suis votre Amérique, mon cher Freud.

Freud eut envie de rire et un élan inattendu parcourut son corps endolori.

– Êtes-vous conscient du narcissisme de votre compliment ?

– Je savais que vous apprécieriez, dit Jung en souriant.

Il reprit son journal. Freud s'attarda sur ses mains noueuses de montagnard dont il avait pu constater la vigueur deux jours plus tôt au Flatiron.

– Vous êtes l'un de ces rares élèves que l'on estime et craint à la fois, lui lança-t-il.

Mais malgré son affection pour son confrère, Freud redoutait que sa compagnie ne lui vaille de nouvelles syncopes, plus graves encore.

Il aurait pu donner sa vie pour Grace Korda, mais il n'avait pas l'intention de mourir pour Carl Jung.

Ayant discrètement écarté le rideau pourpre, Freud observait son futur auditoire. La rumeur des conversations enflait et une forme d'électricité saturait déjà la salle. Des costumes élégants, des visages à la fois dignes et enjoués. La crème des cerveaux du jeune continent américain.

Mais malgré les respectueuses incitations de Ferenczi, il n'avait pas rédigé sa conférence.

Et alors ? Il devait bien connaître son sujet, avec tout le temps qu'il y avait consacré.

Voyons. La psychanalyse. Des histoires d'enfance destinées aux adultes.

Ses adversaires qualifiaient ses découvertes de contes de fées : ils avaient probablement raison.

Si seulement il pouvait inverser le cours du temps et se retrouver dans son bureau de Vienne, seul au milieu de sa collection de statuettes antiques ! Elles, elles n'attendaient rien de lui. Au contraire, elles jouaient chaque jour à son intention une pièce haute en couleur.

Éos, déesse de l'Aurore, y poursuivait un prince troyen, sous le regard circonspect d'un bouddha millénaire. Un sphinx de bronze, mi-femme, mi-lion, posait une énième énigme à Isis et Osiris, les enfants d'Horus. Des chameaux de plomb défiaient un sorcier africain au corps d'ébène. Trônant sur le bureau, Athéna, déesse de la Sagesse et de la Guerre, les commandait tous, épée dans la main droite, tête de méduse sur la poitrine.

Leurs regards muets, venus de Grèce ou de Rome, de Chine ou d'Égypte, dialoguaient sans se quereller. Chaque jour, il les écoutait pour être stimulé, motivé.

Aujourd'hui, de nouveau, il avait besoin d'elles.

Il les convoqua mentalement. Petit à petit, la rumeur qui bourdonnait dans sa tête se précisa.

– Docteur Freud ?

Il sursauta. Stanley Hall l'invitait, d'un signe, à gagner l'estrade. Il lui fit comprendre qu'il avait encore besoin d'une minute. Œdipe lui avouait son complexe ; Romulus, sa fixation sur le sein d'une louve ; Gilgamesh ses rêves, les plus anciens enregistrés par l'humanité.

Hall revint à la charge. Cette fois, il n'eut pas d'autre choix que de le suivre jusqu'à l'estrade.

Une vague d'applaudissements l'accueillit. Freud sourit, gêné. Il plissa les yeux pour parcourir rapidement son public du regard. Ferenczi et Jung étaient assis au premier rang. À leur droite, il reconnut le philosophe William James, éminence grise de la psychologie américaine.

Il rassembla tout son courage et s'éclaircit la voix.

Il était là pour présenter la psychanalyse. Une histoire d'enfance, une histoire d'enfants.

Il décida de leur raconter cette histoire si simplement que même des enfants auraient pu la comprendre.

– Mesdames et messieurs, commença-t-il, c'est une expérience nouvelle et déroutante pour moi que d'apparaître comme conférencier dans le Nouveau Monde ! Je suppose que je dois cet honneur au fait que j'incarne, logiquement quoique pas tout à fait volontairement, les fondements de la psychanalyse. Par conséquent, c'est de la psychanalyse que je vais vous parler…

Sa voix portait, forte, assurée.

Il jeta un coup d'œil au public. Comme des oisillons recevant la becquée, ils attendaient impatiemment qu'il nourrisse leurs esprits avides de sens.

Calmement, il poursuivit :

– Je vais commencer par vous présenter les origines et les développements successifs de cette nouvelle méthode d'investigation et de traitement…

Quand il se tut, une heure et demie plus tard, la foule se leva comme un seul homme pour lui offrir une *standing ovation* des plus chaleureuses, qu'il reçut avec embarras, les yeux baissés.

Jung applaudissait aussi, impressionné par la précision implacable de l'allocution du maître. Dans un siècle, le texte de sa conférence figurerait sans doute *in extenso* dans les manuels universitaires. Freud n'avait jamais présenté ses théories de façon aussi claire et convaincante. Il n'avait pas eu une hésitation, pas commis un seul lapsus. Les événements des dix derniers jours semblaient n'avoir laissé aucune trace.

Habilement, il avait fait référence à un auteur américain qui avait évoqué la sexualité infantile trois ans avant lui. Ce réflexe de modestie avait suffi à déjouer la plupart des critiques.

La conférence était pour tout dire un tel triomphe que Jung savait d'avance qu'il ne parviendrait pas à faire mieux.

Pourtant, c'était bel et bien à son tour de prendre la parole. Il avait choisi un sujet divertissant : les tests d'association utilisés pour interroger John Manson. Il se disait que les pragmatiques Américains ne pourraient qu'apprécier l'exposé d'une méthode susceptible de confondre un criminel.

Mais il devait se résigner à cette idée : Freud avait frappé un grand coup. Dans l'esprit du public, Jung resterait le second, le disciple, au mieux le rival occasionnel. L'ombre.

Une bouffée de frustration l'envahit. Un instant, il eut l'impression de comprendre la sombre passion qui avait régi la vie d'Herman Korda.

Il inspira profondément, à la manière des moines taoïstes qu'il avait longuement étudiés, et monta à son tour sur l'estrade.

– Je crois à la *compulsion du nom*, dit-il pour commencer son allocution. J'entends par là la concordance entre le patronyme d'un homme et son caractère ou ses idées… Avez-vous remarqué, par exemple, que le docteur Freud, dont le nom veut dire *joie* en allemand, défend le *principe de plaisir* ? Qu'Adler, *l'aigle*, a découvert la *volonté de puissance* ? Eh bien moi, Carl Jung, qui serai toujours *jeune*, je sollicite d'avance votre indulgence pour les fautes dues à mon inexpérience…

Une rumeur favorable accueillit son introduction.

Galvanisé, Jung se lança à corps perdu dans une bataille verbale pour la gloire qu'il savait pourtant perdue d'avance.

La première chose que fit Grace lorsque ses jambes purent la porter fut de se rendre à l'angle de la 42e Rue et de la Septième Avenue – l'adresse du somptueux New Amsterdam Theater, le plus grand théâtre de New York. Celui où elle avait toujours rêvé de jouer.

À cette heure matinale, le lieu était désert. Dans le silence ambiant, les riches décorations aux tons mauves, verts et or – animaux sculptés dans les rampes des escaliers, branchages emmêlés aux colonnes des vestibules – semblaient les vestiges d'un âge d'or révolu, le musée d'une joie passée.

Elle gagna l'immense scène en forme de pomme, monta quelques marches pour se trouver seule sur les planches vernies.

Émue, elle leva les yeux vers les fauteuils rouges. Et vit qu'elle avait un spectateur, debout dans la travée centrale.

Le docteur Sigmund Freud.

Prise d'un frisson, elle ferma les yeux, tandis que la voix familière montait jusqu'à elle.

– Je suis venu vous dire au revoir, dit Freud. Je repars pour l'Europe tout à l'heure.

Elle reconnut avec une étrange émotion l'odeur de son cigare.

– Je suis heureux que vous alliez mieux, poursuivit-il.

Elle ouvrit les yeux et le regarda durement.

– Je vous en veux tellement.

La phrase lui fit l'effet d'une gifle.

– Vous souffrez, répondit-il. En vous révélant la vérité, je vous ai aussi appris son horreur. C'est le paradoxe d'une analyse réussie.

Un nouveau silence suivit.

– La souffrance, répondit-elle finalement, n'est plus partout. Elle est une partie de moi. J'ai réussi à la contenir. C'était votre but, non ? Mais ce n'est pas pour ça que je vous en veux.

– Pourquoi alors ?

Quelque chose d'amer glissa dans le regard de Grace. Il y lut la tristesse de la fin de leur relation.

– Vous êtes encore sous le coup du transfert, dit-il, troublé. Cela passera avec le temps.

Elle s'efforça de sourire.

– Je vous souhaite un bon voyage de retour. Adieu, docteur Freud.

– Adieu, Grace, murmura Freud.

Dire qu'il avait affirmé à Isolda Breheim qu'il écartait tout affect, tout sentiment envers ses patients…

Grace ferma les yeux, inspira de nouveau longuement.

Quand elle les ouvrit, Freud n'était plus là.

Elle regarda les rangées de fauteuils vides et récita quelques vers d'un poème de William Blake en murmurant d'abord, puis à voix haute. Très vite, elle se dit qu'elle était capable d'affronter le public.

Judith ne l'avait pas abandonnée.

Elle lui avait légué son talent.

Les histoires étaient finies.

La réalité commençait.

Là, sur scène.

40

Le retour vers le Vieux Monde s'avéra plus mouvementé que l'aller. Les éléments semblaient avoir juré la perte du *Kaiser Wilhelm der Grosse*, qui tanguait de façon effrayante. Les ponts étaient balayés par le vent, la pluie et les embruns. Des cordes avaient été tendues en travers pour permettre aux voyageurs les plus aventureux d'y faire quelques pas, mais la plupart des passagers s'agglutinaient dans les salons, d'où l'on pouvait écouter à loisir les grognements des machines et les mugissements de la tempête.

Depuis que Jung, en plein dîner, avait vu son assiette lui glisser des mains pour lui revenir quelques secondes plus tard pleine de vomi, les trois psychanalystes avaient décidé d'éviter autant que possible la salle à manger.

Austère et pensif, Freud fuyait également les parties d'échecs auxquelles s'adonnaient Jung et Ferenczi pour passer le temps. Avec ses attaques et ripostes incessantes, le jeu évoquait douloureusement en lui une séance d'analyse. Sans compter que voir Ferenczi culbuter son roi quand Jung le battait déchaînait en lui une succession d'idées noires.

Il se sentait vide, éteint, sans émotions.

Quand le vent se fut un peu calmé, il monta sur le pont supérieur pour affronter son désarroi seul face à la mer, immobile, oscillant avec le bateau comme une figure de proue.

Le cinquième jour, le ciel s'éclaircit et un soleil insistant réchauffa le pont réservé aux passagers de première classe. Freud et Jung en profitèrent pour s'approprier deux chaises longues, face à l'océan. Ils entendaient, provenant d'un salon, les envolées d'un ténor italien qui enchaînait des arias de Verdi – encouragé de temps à autre par de légers applaudissements.

Jung entreprit d'écrire à sa femme. Il semblait avoir oublié Anna Landis comme Sabina Spielrein. Il ne parlait quasiment plus à Freud non plus.

C'était comme si toutes les relations qu'il entamait dans la passion devaient se terminer dans l'indifférence.

Une heure plus tard, il s'était endormi sur sa lettre.

Freud, lui, regardait l'horizon. Le soleil à moitié immergé rougeoyait, comme léché par des vagues de sang. D'un coup, la violence qui l'avait entouré en Amérique déferla dans son esprit.

L'un après l'autre, il fit défiler les morts. Ceux qu'il avait vus, ceux dont il avait rêvé. Il revit le regard halluciné de Grace quand elle avait tenté de se jeter dans le vide depuis la grande roue de Dreamland.

Il repoussa ces visions d'angoisse mais elles revenaient inlassablement, défiant son intellect. Impuissant, il renonça à lutter, tandis que refluait en lui une idée plus terrifiante encore.

Il avait été un instrument de cette violence. Herman Korda s'était servi de son travail d'analyste. Et si d'autres l'imitaient ? La psyché était une boîte de Pandore, et l'explorer en pionnier n'était pas sans risques. Devait-il poursuivre ? Sa conviction d'enrichir le savoir universel justifiait-elle qu'il continue à se comporter comme un prédateur de l'âme ?

Le ciel devant ses yeux tournait au pourpre et au violet. Une rafale de vent balaya le pont, et il vit que le feuillet que Jung tenait une seconde plus tôt était tombé de sa main endormie.

Un nouveau coup de vent menaça de l'envoyer par-dessus bord et il se leva d'un bond pour l'attraper.

Il y parvint sans difficulté, content que son corps ait malgré les épreuves gardé son agilité. Son regard se posa sur la lettre de Jung, dont il parcourut quelques lignes sans honte particulière.

> *« Comme toujours, la mer est d'une grandeur et d'une simplicité cosmiques, qui imposent le silence. Car que peut dire l'homme, surtout la nuit, quand l'océan est seul avec le ciel étoilé ? Chacun regarde au loin, muet, renonçant à toute puissance personnelle tandis que, nombreuses, de vieilles paroles, de vieilles images traversent l'esprit. La mer est comme la musique ; elle porte en elle et effleure tous les rêves de l'âme. »*

Contrairement à Jung, Freud refuserait toujours de « renoncer à toute puissance personnelle », mais ces phrases résonnèrent en lui. « *La mer porte en elle tous les rêves de l'âme.* » Ainsi, la psychanalyse, l'inconscient, l'interprétation des rêves : tout cela n'aurait été qu'un peu d'écume dans un univers à jamais impénétrable ? Il jeta un dernier coup d'œil à la lettre.

> *« La beauté de la mer vient de ce qu'elle nous contraint à descendre dans les fécondes profondeurs de notre âme, où nous nous confrontons avec nous-mêmes. Pour l'instant, nous sommes encore épuisés par la tourmente de ces derniers jours. Nous ruminons et remettons en ordre, par un travail inconscient, tout ce que l'Amérique a bouleversé en nous. »*

Freud tressaillit. Pour la première fois, il venait de réaliser qu'il ne reverrait plus jamais Grace Korda. Affolé, il fit quelques pas pour se pencher sur la rambarde. Là, tandis que les embruns giflaient son visage, il laissa le chagrin l'envahir.

C'est alors qu'il la vit.

Elle marchait vers lui, vêtue d'une robe rouge, les cheveux flottant au vent, le visage radieux.

Il avait le plus grand mal à se la représenter depuis qu'il avait serré dans ses bras son corps nu et ensanglanté, dans le repère secret des Korda. Éprouvait-il à son égard une forme de honte primaire et infantile ?

Tout ça n'avait plus d'importance.

Surprenante, émouvante, elle s'approchait d'un pas dansant, aérien.

– Comment se fait-il que vous soyez à bord ? s'exclama-t-il.

– J'avais besoin de vous voir, dit Grace.

– Pourquoi ?

– Parce que vous m'avez sauvé la vie. Parce que vous êtes le seul à savoir qui je suis... Et surtout parce que je dois vous dire quelque chose.

– Quoi ?

– Vous vous êtes trompé.

Il la fixa, perplexe.

– Ce n'était pas un transfert, dit-elle. C'est beaucoup plus simple que ça.

Dans un mouvement léger et fluide dont il se souviendrait jusqu'à son dernier souffle, elle se dressa, telle la Gradiva, sur la pointe de ses pieds graciles. Son haleine fraîche caressa son visage quand elle posa ses lèvres parfumées sur les siennes.

– Venez, rentrons ! fit une voix derrière lui.

Freud se retourna pour voir Jung venir à lui en bâillant.

– Vous allez prendre froid, insista son confrère.

– Mais où est-elle passée ? demanda Freud en balayant le pont du regard.

– Qui ça, elle ?

– Grace Korda.

Jung le considéra avec stupéfaction.

– Pourtant, cette fois, vous portez vos lunettes.

Freud rougit.

Puis il vit passer un éclair de sympathie dans les yeux de Jung.

Il le lui rendit.

Après tout, lui seul pouvait comprendre l'épreuve qu'il était en train de traverser.

– Il faudra quand même liquider un jour votre résidu de névrose amoureuse, reprit Jung. Je vous aiderai s'il le faut.

– Décidément, vous ne lâchez jamais, dit Freud. Est-ce que vous mettez parfois d'autres lunettes que celle de l'analyste ?

– Pas souvent, admit Jung.

– C'est bien dommage.

– Et c'est *vous* qui me dites ça !

Ils échangèrent un regard entendu. Puis, accoudés à la rambarde, tous deux fixèrent l'horizon.

– Restons encore un peu, proposa Freud.

Devant eux s'étendait la mer, cette mer féconde, antédiluvienne, violente et compatissante, dans laquelle le soleil achevait enfin de se noyer.

Composition IGS-CP
Impression : Imprimerie Floch, janvier 2009
Éditions Albin Michel
22, rue Huyghens, 75014 Paris
www.albin-michel.fr
ISBN : 978-2-226-19072-7
N° d'édition : 25629 – N° d'impression : 72847
Dépôt légal : février 2009
Imprimé en France.